比较文学与世界文学 研究丛书

主编 曹顺庆

二编 第 1 册

作为方法的比较文学

宋德发、张瑞瑶 著

花木兰文化事业有限公司

国家图书馆出版品预行编目资料

作为方法的比较文学／宋德发、张瑞瑶 著 —— 初版 —— 新北市：
花木兰文化事业有限公司，2023〔民112〕
目 2+280 面；19×26 公分
（比较文学与世界文学研究丛书 二编 第 1 册）
ISBN 978-626-344-312-9（精装）
1.CST：比较文学 2.CST：文学评论
810.8 111022104

ISBN-978-626-344-312-9

比较文学与世界文学研究丛书
二编 第一册 ISBN：978-626-344-312-9

作为方法的比较文学

作 者 宋德发、张瑞瑶
主 编 曹顺庆
企 划 四川大学双一流学科暨比较文学研究基地
总 编 辑 杜洁祥
副总编辑 杨嘉乐
编辑主任 许郁翎
编 辑 张雅淋、潘玟静 美术编辑 陈逸婷
出 版 花木兰文化事业有限公司
发 行 人 高小娟
联络地址 台湾 235 新北市中和区中安街七二号十三楼
电话：02-2923-1455／传真：02-2923-1452
网 址 http://www.huamulan.tw 信箱 service@huamulans.com
印 刷 普罗文化出版广告事业
初 版 2023 年 3 月
定 价 二编 28 册（精装）新台币 76,000 元 版权所有 请勿翻印

作为方法的比较文学

宋德发、张瑞瑶 著

作者简介

宋德发，男，生于 1979 年。2000 年毕业于长沙理工大学中文系，获学士学位；2002年毕业于湘潭大学比较文学与世界文学专业，获硕士学位；2007 年毕业于天津师范大学比较文学与世界文学专业，获博士学位。2008-2011 年在四川大学中国语言文学博士后流动站从事研究工作。2012 年晋升教授，2014 年聘为博士生导师。主要从事欧美文学、比较文学、教育学的教学与研究，在各级期刊发表论文 150 余篇。文学研究著作有《故事中的人生：西方文学中的生命哲学》《厄普代克中产阶级小说的宗教之维》《19 世纪欧洲作家笔下的拿破仑》《常识 方法 视野：比较文学的三维建构》《做一个受欢迎的外国文学老师：西方文学的口语传承》；教育学研究著作有"大学八书"，即《站稳讲台：大学讲授学》《如何走上大学讲台：青年教师提高讲课能力的途径与方法研究》《教学是一种信仰》《大学故事与大学精神的建构与传播：以西南联大为中心》《教育的弦外之音》《用整个的心做大学老师》《大学的痛与梦》《大学教学名师研究》。

张瑞瑶，女，四川大学文学与新闻学院比较文学与世界文学专业博士研究生，主要从事比较文学研究。

提　　要

比较文学是一种"精神"，体现为世界性的眼光、多元的思维和包容的胸怀。作为"精神"的比较文学不是凭空产生的，它蕴含于作为"方法"的比较文学之中。大部分比较文学学者并不是研究"比较文学"本身，而是将"比较文学"视为一种特殊的文学理论，即借用"比较文学"的方法，更自觉、更系统、更便捷地梳理和辨析异质文学之间、以及文学与其他知识体系之间的相互关系，获得一些别样的发现。本书作者作为比较文学的学习者和讲授者，对作为"方法"的比较文学有比较充分的了解和掌握，且有意识运用比较文学提供的"影响与传播研究""跨学科研究""形象学研究"，审视外国文学和中外文学关系，获得了诸多不一样的视角和认识。

本书各节曾作为单篇论文发表于《外国文学研究》《国外文学》《俄罗斯文艺》《湘潭大学学报》《海南大学学报》《广东社会科学》《湖南社会科学》《求索》《兰州学刊》等刊。现重新编排，以成体系。

比较文学的中国路径

曹顺庆

自德国作家歌德提出"世界文学"观念以来，比较文学已经走过近二百年。比较文学研究也历经欧洲阶段、美洲阶段而至亚洲阶段，并在每一阶段都形成了独具特色学科理论体系、研究方法、研究范围及研究对象。中国比较文学研究面对东西文明之间不断加深的交流和碰撞现况，立足中国之本，辩证吸纳四方之学，而有了如今欣欣向荣之景象，这套丛书可以说是应运而生。本丛书尝试以开放性、包容性分批出版中国比较文学学者研究成果，以观中国比较文学学术脉络、学术理念、学术话语、学术目标之概貌。

一、百年比较文学争讼之端——比较文学的定义

什么是比较文学？常识告诉我们：比较文学就是文学比较。然而当今中国比较文学教学实际情况却并非完全如此。长期以来，中国学术界对"什么是比较文学？"却一直说不清，道不明。这一最基本的问题，几乎成为学术界纠缠不清、莫衷一是的陷阱，存在着各种不同的看法。其中一些看法严重误导了广大学生！如果不辨析这些严重误导了广大学生的观点，是不负责任、问心有愧的。恰如《文心雕龙·序志》说"岂好辩哉，不得已也"，因此我不得不辩。

其中一个极为容易误导学生的说法，就是"比较文学不是文学比较"。目前，一些教科书郑重其事地指出：比较文学不是文学比较。认为把"比较"与"文学"联系在一起，很容易被人们理解为用比较的方法进行文学研究的意思。并进一步强调，比较文学并不等于文学比较，并非任何运用比较方法来进行的比较研究都是比较文学。这种误导学生的说法几乎成为一个定论，

一个基本常识，其实，这个看法是不完全准确的。

让我们来看看一些具体例证，请注意，我列举的例证，对事不对人，因而不提及具体的人名与书名，请大家理解。在 Y 教授主编的教材中，专门设有一节以"比较文学不是文学比较"为题的内容，其中指出"比较文学界面临的最大的困惑就是把'比较文学'误读为'文学比较'"，在高等院校进行比较文学课程教学时需要重点强调"比较文学不是文学比较"。W 教授主编的教材也称"比较文学不是文学的比较"，因为"不是所有用比较的方法来研究文学现象的都是比较文学"。L 教授在其所著教材专门谈到"比较文学不等于文学比较"，因为，"比较"已经远远超出了一般方法论的意义，而具有了跨国家与民族、跨学科的学科性质，认为将比较文学等同于文学比较是以偏概全的。"J 教授在其主编的教材中指出，"比较文学并不等于文学比较"，并以美国学派雷马克的比较文学定义为根据，论证比较文学的"比较"是有前提的，只有在地域观念上跨越打通国家的界限，在学科领域上跨越打通文学与其他学科的界限，进行的比较研究才是比较文学。在 W 教授主编的教材中，作者认为，"若把比较文学精神看作比较精神的话，就是犯了望文生义的错误，一百余年来，比较文学这个名称是名不副实的。"

从列举的以上教材我们可以看出，首先，它们在当下都仍然坚持"比较文学不是文学比较"这一并不完全符合整个比较文学学科发展事实的观点。如果认为一百余年来，比较文学这个名称是名不副实的，所有的比较文学都不是文学比较，那是大错特错！其次，值得注意的是，这些教材在相关叙述中各自的侧重点还并不相同，存在着不同程度、不同方面的分歧。这样一来，错误的观点下多样的谬误解释，加剧了学习者对比较文学学科性质的错误把握，使得学习者对比较文学的理解愈发困惑，十分不利于比较文学方法论的学习、也不利于比较文学学科的传承和发展。当今中国比较文学教材之所以普遍出现以上强作解释，不完全准确的教科书观点，根本原因还是没有仔细研究比较文学学科不同阶段之史实，甚至是根本不清楚比较文学不同阶段的学科史实的体现。

实际上，早期的比较文学"名"与"实"的确不相符合，这主要是指法国学派的学科理论，但是并不包括以后的美国学派及中国学派的学科理论，如果把所有阶段的学科理论一锅煮，是不妥当的。下面，我们就从比较文学学科发展的史实来论证这个问题。"比较文学不是文学比较""comparative literature is not literary comparison"，只是法国学派提出的比较文学口号，只是法国学派一派的主张，而不是整个比较文学学科的基本特征。我们不能够把这个阶段性的比较文学口号扩大化，甚至让其突破时空，用于描述比较文学所有的阶段和学派，更不能够使其"放之四海而皆准"。

法国学派提出"比较文学不是文学比较"，这个"比较"（comparison）是他们坚决反对的！为什么呢，因为他们要的不是文学"比较"（literary comparison），而是文学"关系"（literary relationship），具体而言，他们主张比较文学是实证的国际文学关系，是不同国家文学的影响关系，influences of different literatures，而不是文学比较。

法国学派为什么要反对"比较"（comparison），这与比较文学第一次危机密切相关。比较文学刚刚在欧洲兴起时，难免泥沙俱下，乱比的情形不断出现，暴露了多种隐患和弊端，于是，其合法性遭到了学者们的质疑：究竟比较文学的科学性何在？意大利著名美学大师克罗齐认为，"比较"（comparison）是各个学科都可以应用的方法，所以，"比较"不能成为独立学科的基石。学术界对于比较文学公然的质疑与挑战，引起了欧洲比较文学学者的震撼，到底比较文学如何"比较"才能够避免"乱比"？如何才是科学的比较？

难能可贵的是，法国学者对于比较文学学科的科学性进行了深刻的的反思和探索，并提出了具体的应对的方法：法国学派采取壮士断臂的方式，砍掉"比较"（comparison），提出比较文学不是文学比较（comparative literature is not literary comparison），或者说砍掉了没有影响关系的平行比较，总结出了只注重文学关系（literary relationship）的影响（influences）研究方法论。法国学派的创建者之一基亚指出，比较文学并不是比较。比较不过是一门名字没取好的学科所运用的一种方法……企图对它的性质下一个严格的定义可能是徒劳的。基亚认为：比较文学不是平行比较，而仅仅是文学关系史。以"文学关系"为比较文学研究的正宗。为什么法国学派要反对比较？或者说为什么法国学派要提出"比较文学不是文学比较"，因为法国学派认为"比较"（comparison）实际上是乱比的根源，或者说"比较"是没有可比性的。正如巴登斯佩哲指出："仅仅对两个不同的对象同时看上一眼就作比较，仅仅靠记忆和印象的拼凑，靠一些主观臆想把可能游移不定的东西扯在一起来找点类似点，这样的比较决不可能产生论证的明晰性"。所以必须抛弃"比较"。只承认基于科学的历史实证主义之上的文学影响关系研究（based on scientificity and positivism and literary influences.）。法国学派的代表学者卡雷指出：比较文学是实证性的关系研究："比较文学是文学史的一个分支：它研究拜伦与普希金、歌德与卡莱尔、瓦尔特·司各特与维尼之间，在属于一种以上文学背景的不同作品、不同构思以及不同作家的生平之间所曾存在过的跨国度的精神交往与实际联系。"正因为法国学者善于独辟蹊径，敢于提出"比较文学不是文学比较"，甚至完全抛弃比较（comparison），以防止"乱比"，才形成了一套建立在"科学"实证性为基础的、以影响关系为特征的"不比较"的比较文学学科理论体系，这终于挡住了克罗齐等人对比较文学"乱比"的批判，形成了以"科学"实证为特征的文学影响关系研究，确立了法国学派的学科理论和一整套方法论体系。当然，法国学派悍然砍掉比较研究，又不放弃"比较文学"这个名称，于是不可避免地出现了比较文学名不副实的尴尬现象，出现了打着比较文学名号，而又不比较的法国学派学科理论，这才是问题的关键。

当然，法国学派提出"比较文学不是文学比较"，只注重实证关系而不注重文学比较和文学审美，必然会引起比较文学的危机。这一危机终于由美国著名比较文学家韦勒克（René Wellek）在 1958 年国际比较文学协会第二次大会上明确揭示出来了。在这届年会上，韦勒克作了题为《比较文学的危机》的挑战性发言，对"不比较"的法国学派进行了猛烈批判，宣告了倡导平行比较和注重文学审美的比较文学美国学派的诞生。韦勒克作了题为《比较文学的危机》的挑战性发言，对当时一统天下的法国学派进行了猛烈批判，宣告了比较文学美国学派的诞生。韦勒克说："我认为，内容和方法之间的人为界线，渊源和影响的机械主义概念，以及尽管是十分慷慨的但仍属文化民族主义的动机，是比较文学研究中持久危机的症状。"韦勒克指出："比较也不能仅仅局限在历史上的事实联系中，正如最近语言学家的经验向文学研究者表明的那样，比较的价值既存在于事实联系的影响研究中，也存在于毫无历史关系的语言现象或类型的平等对比中。"很明显，韦勒克提出了比较文学就是要比较（comparison），就是要恢复巴登斯佩哲所讽刺和抛弃的"找点类似点"的平行比较研究。美国著名比较文学家雷马克（Henry Remak）在他的著名论文《比较文学的定义与功用》中深刻地分析了法国学派为什么放弃"比较"（comparison）的原因和本质。他分析说："法国比较文学否定'纯粹'的比较（comparison），它忠实于十九世纪实证主义学术研究的传统，即实证主义所坚持并热切期望的文学研究的'科学性'。按照这种观点,纯粹的类比不会得出任何结论,尤其是不能得出有更大意义的、系统的、概括性的结论。……既然值得尊重的科学必须致力于因果关系的探索,而比较文学必须具有科学性,因此,比较文学应该研究因果关系,即影响、交流、变更等。"雷马克进一步尖锐地指出,"比较文学"不是"影响文学"。只讲影响不要比较的"比较文学",当然是名不副实的。显然,法国学派抛弃了"比较"(comparison),但是仍然带着一顶"比较文学"的帽子,才造成了比较文学"名"与"实"不相符合,造成比较文学不比较的尴尬,这才是问题的关键。

美国学派最大的贡献,是恢复了被法国学派所抛弃的比较文学应有的本义——"比较"(The American school went back to the original sense of comparative literature——"comparison"),美国学派提出了标志其学派学科理论体系的平行比较和跨学科比较:"比较文学是一国文学与另一国或多国文学的比较,是文学与人类其他表现领域的比较。"显然,自从美国学派倡导比较文学应当比较(comparison)以后,比较文学就不再有名与实不相符合的问题了,我们就不应当再继续笼统地说"比较文学不是文学比较"了,不应当再以"比较文学不是文学比较"来误导学生!更不可以说"一百余年来,比较文学这个名称是名不副实的。"不能够将雷马克的观点也强行解释为"比较文学不是比较"。因为在美国学派看来,比较文学就是要比较(comparison)。比较文学就是要恢复被巴登斯佩哲所讽刺和抛弃的"找点类似点"的平行比较研究。因为平行研究的可比性,正是类同性。正如韦勒克所说,"比较的价值既存在于事实联系的影响研究中,也存在于毫无历史关系的语言现象或类型的平等对比中。"恢复平行比较研究、跨学科研究,形成了以"找点类似点"的平行研究和跨学科研究为特征的比较文学美国学派学科理论和方法论体系。美国学派的学科理论以"类型学"、"比较诗学"、"跨学科比较"为主,并拓展原属于影响研究的"主题学"、"文类学"等领域,大大扩展比较文学研究领域。

二、比较文学的三个阶段

下面,我们从比较文学的三个学科理论阶段,进一步剖析比较文学不同阶段的学科理论特征。现代意义上的比较文学学科发展以"跨越"与"沟通"为目标,形成了类似"层叠"式、"涟漪"式的发展模式,经历了三个重要的学科理论阶段,即:

一、欧洲阶段，比较文学的成形期；二、美洲阶段，比较文学的转型期；三、亚洲阶段，比较文学的拓展期。我们将比较文学三个阶段的发展称之为"涟漪式"结构，实际上是揭示了比较文学学科理论的继承与创新的辩证关系：比较文学学科理论的发展，不是以新的理论否定和取代先前的理论，而是层叠式、累进式地形成"涟漪"式的包容性发展模式，逐步积累推进。比较文学学科理论发展呈现为层叠式、"涟漪"式、包容式的发展模式。我们把这个模式描绘如下：

法国学派主张比较文学是国际文学关系，是不同国家文学的影响关系。形成学科理论第一圈层：比较文学——影响研究；美国学派主张恢复平行比较，形成学科理论第二圈层：比较文学——影响研究＋平行研究＋跨学科研究；中国学派提出跨文明研究和变异研究，形成学科理论第三圈层：比较文学——影响研究＋平行研究＋跨学科研究＋跨文明研究＋变异研究。这三个圈层并不互相排斥和否定，而是继承和包容。我们将比较文学三个阶段的发展称之为层叠式、"涟漪"式、包容式结构，实际上是揭示了比较文学学科理论的继承与创新的辩证关系。

法国学派提出，可比性的第一个立足点是同源性，由关系构成的同源性。同源性主要是针对影响关系研究而言的。法国学派将同源性视作可比性的核心，认为影响研究的可比性是同源性。所谓同源性，指的是通过对不同国家、不同民族和不同语言的文学的文学关系研究，寻求一种有事实联系的同源关系，这种影响的同源关系可以通过直接、具体的材料得以证实。同源性往往建立在一条可追溯关系的三点一线的"影响路线"之上，这条路线由发送者、接受者和传递者三部分构成。如果没有相同的源流，也就不可能有影响关系，也就谈不上可比性，这就是"同源性"。以渊源学、流传学和媒介学作为研究的中心，依靠具体的事实材料在国别文学之间寻求主题、题材、文体、原型、思想渊源等方面的同源影响关系。注重事实性的关联和渊源性的影响，并采用严谨的实证方法，重视对史料的搜集和求证，具有重要的学术价值与学术意义，仍然具有广阔的研究前景。渊源学的例子：杨宪益，《西方十四行诗的渊源》。

比较文学学科理论的第二阶段在美洲，第二阶段是比较文学学科理论的转型期。从 20 世纪 60 年代以来，比较文学研究的主要阵地逐渐从法国转向美国，平行研究的可比性是什么？是类同性。类同性是指是没有文学影响关系的不同国家文学所表现出的相似和契合之处。以类同性为基本立足点的平行研究与影响研究一样都是超出国界的文学研究，但它不涉及影响关系研究的放送、流传、媒介等问题。平行研究强调不同国家的作家、作品、文学现象的类同比较，比较结果是总结出于文学作品的美学价值及文学发展具有规律性的东西。其比较必须具有可比性，这个可比性就是类同性。研究文学中类同的：风格、结构、内容、形式、流派、情节、技巧、手法、情调、形象、主题、文类、文学思潮、文学理论、文学规律。例如钱钟书《通感》认为，中国诗文有一种描写手法，古代批评家和修辞学家似乎都没有拈出。宋祁《玉楼春》词有句名句："红杏枝头春意闹。"这与西方的通感描写手法可以比较。

比较文学的又一次危机：比较文学的死亡

九十年代，欧美学者提出，比较文学作为一门学科已经死亡！最早是英国学者苏珊·巴斯奈特 1993 年她在《比较文学》一书中提出了比较文学的死亡论，认为比较文学作为一门学科，在某种意义上已经死亡。尔后，美国学者斯皮瓦克写了一部比较文学专著，书名就叫《一个学科的死亡》。为什么比较文学会死亡，斯皮瓦克的书中并没有明确回答！为什么西方学者会提出比较文学死亡论？全世界比较文学界都十分困惑。我们认为，20 世纪 90 年代以来，欧美比较文学继"理论热"之后，又出现了大规模的"文化转向"。脱离了比较文学的基本立场。首先是不比较，即不讲比较文学的可比性问题。西方比较文学研究充斥大量的 Culture Studies（文化研究），已经不考虑比较的合理性，不考虑比较文学的可比性问题。第二是不文学，即不关心文学问题。西方学者热衷于文化研究，关注的已经不是文学性，而是精神分析、政治、性别、阶级、结构等等。最根本的原因，是比较文学学科长期囿于西方中心论，有意无意地回避东西方不同文明文学的比较问题，基本上忽略了学科理论的新生长点，比较文学学科理论缺乏创新，严重忽略了比较文学的差异性和变异性。

要克服比较文学的又一次危机，就必须打破西方中心论，克服比较文学学科理论一味求同的比较文学学科理论模式，提出适应当今全球化比较文学研究的新话语。中国学派，正是在此次危机中，提出了比较文学变异学研究，总结出了新的学科理论话语和一套新的方法论。

中国大陆第一部比较文学概论性著作是卢康华、孙景尧所著《比较文学导论》，该书指出："什么是比较文学？现在我们可以借用我国学者季羡林先生的解释来回答了：'顾名思义，比较文学就是把不同国家的文学拿出来比较，这可以说是狭义的比较文学。广义的比较文学是把文学同其他学科来比较，包括人文科学和社会科学'。"[1]这个定义可以说是美国雷马克定义的翻版。不过，该书又接着指出："我们认为最精炼易记的还是我国学者钱钟书先生的说法：'比较文学作为一门专门学科，则专指跨越国界和语言界限的文学比较'。更具体地说，就是把不同国家不同语言的文学现象放在一起进行比较，研究他们在文艺理论、文学思潮，具体作家、作品之间的互相影响。"[2]这个定义似乎更接近法国学派的定义，没有强调平行比较与跨学科比较。紧接该书之后的教材是陈挺的《比较文学简编》，该书仍旧以"广义"与"狭义"来解释比较文学的定义，指出："我们认为，通常说的比较文学是狭义的，即指超越国家、民族和语言界限的文学研究……广义的比较文学还可以包括文学与其他艺术（音乐、绘画等）与其他意识形态（历史、哲学、政治、宗教等）之间的相互关系的研究。"[3]中国比较文学早期对于比较文学的定义中凸显了很强的不确定性。

由乐黛云主编，高等教育出版社 1988 年的《中西比较文学教程》，则对比较文学定义有了较为深入的认识，该书在详细考查了中外不同的定义之后，该书指出："比较文学不应受到语言、民族、国家、学科等限制，而要走向一种开放性，力图寻求世界文学发展的共同规律。"[4]"世界文学"概念的纳入极大拓宽了比较文学的内涵，为"跨文化"定义特征的提出做好了铺垫。

随着时间的推移，学界的认识逐步深化。1997 年，陈惇、孙景尧、谢天振主编的《比较文学》提出了自己的定义："把比较文学看作跨民族、跨语言、跨文化、跨学科的文学研究，更符合比较文学的实质，更能反映现阶段人们对于比较文学的认识。"[5]2000 年北京师范大学出版社出版了《比较文学概论》修订本，提出："什么是比较文学呢？比较文学是一种开放式的文学研究，它具有宏观的视野和国际的角度，以跨民族、跨语言、跨文化、跨学科界限的各种文学关系为研究对象，在理论和方法上，具有比较的自觉意识和兼容并包的特色。"[6]这是我们目前所看到的国内较有特色的一个定义。

---

1 卢康华、孙景尧著《比较文学导论》，黑龙江人民出版社 1984，第 15 页。
2 卢康华、孙景尧著《比较文学导论》，黑龙江人民出版社 1984 年版。
3 陈挺《比较文学简编》，华东师范大学出版社 1986 年版。
4 乐黛云主编《中西比较文学教程》，高等教育出版社 1988 年版。
5 陈惇、孙景尧、谢天振主编《比较文学》，高等教育出版社 1997 年版。
6 陈惇、刘象愚《比较文学概论》，北京师范大学出版社 2000 年版。

具有代表性的比较文学定义是 2002 年出版的杨乃乔主编的《比较文学概论》一书，该书的定义如下："比较文学是以跨民族、跨语言、跨文化与跨学科为比较视域而展开的研究，在学科的成立上以研究主体的比较视域为安身立命的本体，因此强调研究主体的定位，同时比较文学把学科的研究客体定位于民族文学之间与文学及其他学科之间的三种关系：材料事实关系、美学价值关系与学科交叉关系，并在开放与多元的文学研究中追寻体系化的汇通。"[7]方汉文则认为："比较文学作为文学研究的一个分支学科，它以理解不同文化体系和不同学科间的同一性和差异性的辩证思维为主导，对那些跨越了民族、语言、文化体系和学科界限的文学现象进行比较研究，以寻求人类文学发生和发展的相似性和规律性。"[8]由此而引申出的"跨文化"成为中国比较文学学者对于比较文学定义所做出的历史性贡献。

我在《比较文学教程》中对比较文学定义表述如下："比较文学是以世界性眼光和胸怀来从事不同国家、不同文明和不同学科之间的跨越式文学比较研究。它主要研究各种跨越中文学的同源性、变异性、类同性、异质性和互补性，以影响研究、变异研究、平行研究、跨学科研究、总体文学研究为基本方法论，其目的在于以世界性眼光来总结文学规律和文学特性，加强世界文学的相互了解与整合，推动世界文学的发展。"[9]在这一定义中，我再次重申"跨国""跨学科""跨文明"三大特征，以"变异性""异质性"突破东西文明之间的"第三堵墙"。

"首在审己，亦必知人"。中国比较文学学者在前人定义的不断论争中反观自身，立足中国经验、学术传统，以中国学者之言为比较文学的危机处境贡献学科转机之道。

三、两岸共建比较文学话语——比较文学中国学派

中国学者对于比较文学定义的不断明确也促成了"比较文学中国学派"的生发。得益于两岸几代学者的垦拓耕耘，这一议题成为近五十年来中国比较文学发展中竖起的最鲜明、最具争议性的一杆大旗，同时也是中国比较文学学科理论研究最有创新性，最亮丽的一道风景线。

7 杨乃乔主编《比较文学概论》，北京大学出版社 2002 年版。
8 方汉文《比较文学基本原理》，苏州大学出版社 2002 年版。
9 曹顺庆《比较文学教程》，高等教育出版社 2006 年版。

　　比较文学"中国学派"这一概念所蕴含的理论的自觉意识最早出现的时间大约是 20 世纪 70 年代。当时的台湾由于派出学生留洋学习,接触到大量的比较文学学术动态,率先掀起了中外文学比较的热潮。1971 年 7 月在台湾淡江大学召开的第一届"国际比较文学会议"上,朱立元、颜元叔、叶维廉、胡辉恒等学者在会议期间提出了比较文学的"中国学派"这一学术构想。同时,李达三、陈鹏翔(陈慧桦)、古添洪等致力于比较文学中国学派早期的理论催生。如 1976 年,古添洪、陈慧桦出版了台湾比较文学论文集《比较文学的垦拓在台湾》。编者在该书的序言中明确提出:"我们不妨大胆宣言说,这援用西方文学理论与方法并加以考验、调整以用之于中国文学的研究,是比较文学中的中国派"[10]。这是关于比较文学中国学派较早的说明性文字,尽管其中提到的研究方法过于强调西方理论的普世性,而遭到美国和中国大陆比较文学学者的批评和否定;但这毕竟是第一次从定义和研究方法上对中国学派的本质进行了系统论述,具有开拓和启明的作用。后来,陈鹏翔又在台湾《中外文学》杂志上连续发表相关文章,对自己提出的观点作了进一步的阐释和补充。

　　在"中国学派"刚刚起步之际,美国学者李达三起到了启蒙、催生的作用。李达三于 60 年代来华在台湾任教,为中国比较文学培养了一批朝气蓬勃的生力军。1977 年 10 月,李达三在《中外文学》6 卷 5 期上发表了一篇宣言式的文章《比较文学中国学派》,宣告了比较文学的中国学派的建立,并认为比较文学中国学派旨在"与比较文学中早已定于一尊的西方思想模式分庭抗礼。由于这些观念是源自对中国文学及比较文学有兴趣的学者,我们就将含有这些观念的学者统称为比较文学的'中国'学派。"并指出中国学派的三个目标:1、在自己本国的文学中,无论是理论方面或实践方面,找出特具"民族性"的东西,加以发扬光大,以充实世界文学;2、推展非西方国家"地区性"的文学运动,同时认为西方文学仅是众多文学表达方式之一而已;3、做一个非西方国家的发言人,同时并不自诩能代表所有其他非西方的国家。李达三后来又撰文对比较文学研究状况进行了分析研究,积极推动中国学派的理论建设。[11]

　　继中国台湾学者垦拓之功,在 20 世纪 70 年代末复苏的大陆比较文学研

10 古添洪、陈慧桦《比较文学的垦拓在台湾》,台湾东大图书公司 1976 年版。
11 李达三《比较文学研究之新方向》,台湾联经事业出版公司 1978 年版。

究亦积极参与了"比较文学中国学派"的理论建设和学科建设。

季羡林先生 1982 年在《比较文学译文集》的序言中指出:"以我们东方文学基础之雄厚，历史之悠久，我们中国文学在其中更占有独特的地位，只要我们肯努力学习，认真钻研，比较文学中国学派必然能建立起来，而且日益发扬光大"[12]。1983 年 6 月，在天津召开的新中国第一次比较文学学术会议上，朱维之先生作了题为《比较文学中国学派的回顾与展望》的报告，在报告中他旗帜鲜明地说:"比较文学中国学派的形成（不是建立）已经有了长远的源流，前人已经做出了很多成绩，颇具特色，而且兼有法、美、苏学派的特点。因此，中国学派绝不是欧美学派的尾巴或补充"[13]。1984 年，卢康华、孙景尧在《比较文学导论》中对如何建立比较文学中国学派提出了自己的看法，认为应当以马克思主义作为自己的理论基础，以我国的优秀传统与民族特色为立足点与出发点，汲取古今中外一切有用的营养，去努力发展中国的比较文学研究。同年在《中国比较文学》创刊号上，朱维之、方重、唐弢、杨周翰等人认为中国的比较文学研究应该保持不同于西方的民族特点和独立风貌。1985 年，黄宝生发表《建立比较文学的中国学派:读〈中国比较文学〉创刊号》，认为《中国比较文学》创刊号上多篇讨论比较文学中国学派的论文标志着大陆对比较文学中国学派的探讨进入了实际操作阶段。[14]1988 年，远浩一提出"比较文学是跨文化的文学研究"（载《中国比较文学》1988 年第 3期）。这是对比较文学中国学派在理论特征和方法论体系上的一次前瞻。同年，杨周翰先生发表题为"比较文学:界定'中国学派'，危机与前提"（载《中国比较文学通讯》1988 年第 2 期），认为东方文学之间的比较研究应当成为"中国学派"的特色。这不仅打破比较文学中的欧洲中心论，而且也是东方比较学者责无旁贷的任务。此外，国内少数民族文学的比较研究，也应该成为"中国学派"的一个组成部分。所以，杨先生认为比较文学中的大量问题和学派问题并不矛盾，相反有助于理论的讨论。1990 年，远浩一发表"关于'中国学派'"（载《中国比较文学》1990 年第 1 期），进一步推进了"中国学派"的研究。此后直到 20 世纪 90 年代末，中国学者就比较文学中国学派的建立、理论与方法以及相应的学科理论等诸多问题进行了积极而富有成效的探讨。

---

12 张隆溪《比较文学译文集》，北京大学出版社 1984 年版。

13 朱维之《比较文学论文集》，南开大学出版社 1984 年版。

14 参见《世界文学》1985 年第 5 期。

刘介民、远浩一、孙景尧、谢天振、陈淳、刘象愚、杜卫等人都对这些问题付出过不少努力。《暨南学报》1991 年第 3 期发表了一组笔谈，大家就这个问题提出了意见，认为必须打破比较文学研究中长期存在的法美研究模式，建立比较文学中国学派的任务已经迫在眉睫。王富仁在《学术月刊》1991 年第 4 期上发表"论比较文学的中国学派问题"，论述中国学派兴起的必然性。而后，以谢天振等学者为代表的比较文学研究界展开了对"X+Y"模式的批判。比较文学在大陆复兴之后，一些研究者采取了"X+Y"式的比附研究的模式，在发现了"惊人的相似"之后便万事大吉，而不注意中西巨大的文化差异性，成为了浅度的比附性研究。这种情况的出现，不仅是中国学者对比较文学的理解上出了问题，也是由于法美学派研究理论中长期存在的研究模式的影响，一些学者并没有深思中国与西方文学背后巨大的文明差异性，因而形成"X+Y"的研究模式，这更促使一些学者思考比较文学中国学派的问题。

经过学者们的共同努力，比较文学中国学派一些初步的特征和方法论体系逐渐凸显出来。1995 年，我在《中国比较文学》第 1 期上发表《比较文学中国学派基本理论特征及其方法论体系初探》一文，对比较文学在中国复兴十余年来的发展成果作了总结，并在此基础上总结出中国学派的理论特征和方法论体系，对比较文学中国学派作了全方位的阐述。继该文之后，我又发表了《跨越第三堵'墙'创建比较文学中国学派理论体系》等系列论文，论述了以跨文化研究为核心的"中国学派"的基本理论特征及其方法论体系。这些学术论文发表之后在国内外比较文学界引起了较大的反响。台湾著名比较文学学者古添洪认为该文"体大思精，可谓已综合了台湾与大陆两地比较文学中国学派的策略与指归，实可作为'中国学派'在大陆再出发与实践的蓝图"[15]。

在我撰文提出比较文学中国学派的基本特征及方法论体系之后，关于中国学派的论争热潮日益高涨。反对者如前国际比较文学学会会长佛克马（Douwe Fokkema）1987 年在中国比较文学学会第二届学术讨论会上就从所谓的国际观点出发对比较文学中国学派的合法性提出了质疑，并坚定地反对建立比较文学中国学派。来自国际的观点并没有让中国学者失去建立比较文学中国学派的热忱。很快中国学者智量先生就在《文艺理论研究》1988 年第

---

15 古添洪《中国学派与台湾比较文学界的当前走向》，参见黄维梁编《中国比较文学理论的垦拓》167 页，北京大学出版社 1998 年版。

1 期上发表题为《比较文学在中国》一文，文中援引中国比较文学研究取得的成就，为中国学派辩护，认为中国比较文学研究成绩和特色显著，尤其在研究方法上足以与比较文学研究历史上的其他学派相提并论，建立中国学派只会是一个有益的举动。1991 年，孙景尧先生在《文学评论》第 2 期上发表《为"中国学派"一辩》，孙先生认为佛克马所谓的国际主义观点实质上是"欧洲中心主义"的观点，而"中国学派"的提出，正是为了清除东西方文学与比较文学学科史中形成的"欧洲中心主义"。在 1993 年美国印第安纳大学举行的全美比较文学会议上，李达三仍然坚定地认为建立中国学派是有益的。二十年之后，佛克马教授修正了自己的看法，在 2007 年 4 月的"跨文明对话——国际学术研讨会（成都）"上，佛克马教授公开表示欣赏建立比较文学中国学派的想法[16]。即使学派争议一派繁荣景象，但最终仍旧需要落点于学术创见与成果之上。

比较文学变异学便是中国学派的一个重要理论创获。2005 年，我正式在《比较文学学》[17]中提出比较文学变异学，提出比较文学研究应该从"求同"思维中走出来，从"变异"的角度出发，拓宽比较文学的研究。通过前述的法、美学派学科理论的梳理，我们也可以发现前期比较文学学科是缺乏"变异性"研究的。我便从建构中国比较文学学科理论话语体系入手，立足《周易》的"变异"思想，建构起"比较文学变异学"新话语，力图以中国学者的视角为全世界比较文学学科理论提供一个新视角、新方法和新理论。

比较文学变异学的提出根植于中国哲学的深层内涵，如《周易》之"易之三名"所构建的"变易、简易、不易"三位一体的思辨意蕴与意义生成系统。具体而言，"变易"乃四时更替、五行运转、气象畅通、生生不息；"不易"乃天上地下、君南臣北、纲举目张、尊卑有位；"简易"则是乾以易知、坤以简能、易则易知、简则易从。显然，在这个意义结构系统中，变易强调"变"，不易强调"不变"，简易强调变与不变之间的基本关联。万物有所变，有所不变，且变与不变之间存在简单易从之规律，这是一种思辨式的变异模式，这种变异思维的理论特征就是：天人合一、物我不分、对立转化、整体关联。这是中国古代哲学最重要的认识论，也是与西方哲学所不同的"变异"思想。

---

16 见《比较文学报》2007 年 5 月 30 日，总第 43 期。
17 曹顺庆《比较文学学》，四川大学出版社 2005 年版。

由哲学思想衍生于学科理论，比较文学变异学是"指对不同国家、不同文明的文学现象在影响交流中呈现出的变异状态的研究，以及对不同国家、不同文明的文学相互阐发中出现的变异状态的研究。通过研究文学现象在影响交流以及相互阐发中呈现的变异，探究比较文学变异的规律。"[18]变异学理论的重点在求"异"的可比性，研究范围包含跨国变异研究、跨语际变异研究、跨文化变异研究、跨文明变异研究、文学的他国化研究等方面。比较文学变异学所发现的文化创新规律、文学创新路径是基于中国所特有的术语、概念和言说体系之上探索出的"中国话语"，作为比较文学第三阶段中国学派的代表性理论已经受到了国际学界的广泛关注与高度评价，中国学术话语产生了世界性影响。

四、国际视野中的中国比较文学

文明之墙让中国比较文学学者所提出的标识性概念获得国际视野的接纳、理解、认同以及运用，经历了跨语言、跨文化、跨文明的多重关卡，国际视野下的中国比较文学书写亦经历了一个从"遍寻无迹""只言片语"而"专篇专论"，从最初的"话语乌托邦"至"阶段性贡献"的过程。

二十世纪六十年代以来港台学者致力于从课程教学、学术平台、人才培养，国内外学术合作等方面巩固比较文学这一新兴学科的建立基石，如淡江文理学院英文系开设的"比较文学"（1966），香港大学开设的"中西文学关系"（1966）等课程；台湾大学外文系主编出版之《中外文学》月刊、淡江大学出版之《淡江评论》季刊等比较文学研究专刊；后又有台湾比较文学学会（1973 年）、香港比较文学学会（1978）的成立。在这一系列的学术环境构建下，学者前贤以"中国学派"为中国比较文学话语核心在国际比较文学学科理论、方法论中持续探讨，率先启声。例如李达三在 1980 年香港举办的东西方比较文学学术研讨会成果中选取了七篇代表性文章，以 *Chinese-Western Comparative Literature: Theory and Strategy* 为题集结出版，[19]并在其结语中附上那篇"中国学派"宣言文章以申明中国比较文学建立之必要。

学科开山之际，艰难险阻之巨难以想象，但从国际学者相关言论中可见西方对于中国比较文学学科的发展抱有的希望渺小。厄尔·迈纳（Earl Miner）

---

18 曹顺庆主编《比较文学概论》，高等教育出版社 2015 年版。
19 *Chinese-Western Comparative Literature：Theory & Strategy*，Chinese Univ Pr.1980-6

在 1987 年发表的 *Some Theoretical and Methodological Topics for Comparative Literature* 一文中谈到当时西方的比较文学鲜有学者试图将非西方材料纳入西方的比较文学研究中。（until recently there has been little effort to incorporate non-Western evidence into Western com- parative study.）1992 年，斯坦福大学教授 David Palumbo-Liu 直接以《话语的乌托邦：论中国比较文学的不可能性》为题（*The Utopias of Discourse: On the Impossibility of Chinese Comparative Literature*）直言中国比较文学本质上是一项"乌托邦"工程。（My main goal will be to show how and why the task of Chinese comparative literature, particularly of pre-modern literature, is essentially a *utopian* project.）这些对于中国比较文学的诘难与质疑，今美国加州大学圣地亚哥分校文学系主任张英进教授在其 1998 编著的 *China in a polycentric world: essays in Chinese comparative literature* 前言中也不得不承认中国比较文学研究在国际学术界中仍然处于边缘地位（The fact is, however, that Chinese comparative literature remained marginal in academia, even though it has developed closely with the rest of literary studies in the United Stated and even though China has gained increasing importance in the geopolitical world order over the past decades.）。[20]但张英进教授也展望了下一个千年中国比较文学研究的蓝景。

新的千年新的气象，"世界文学""全球化"等概念的冲击下，让西方学者开始注意到东方，注意到中国。如普渡大学教授斯蒂文·托托西（Tötösy de Zepetnek, Steven）1999 年发长文 *From Comparative Literature Today Toward Comparative Cultural Studies* 阐明比较文学研究更应该注重文化的全球性、多元性、平等性而杜绝等级划分的参与。托托西教授注意到了在法德美所谓传统的比较文学研究重镇之外，例如中国、日本、巴西、阿根廷、墨西哥、西班牙、葡萄牙、意大利、希腊等地区，比较文学学科得到了出乎意料的发展（emerging and developing strongly）。在这篇文章中，托托西教授列举了世界各地比较文学研究成果的著作，其中中国地区便是北京大学乐黛云先生出版的代表作品。托托西教授精通多国语言，研究视野也常具跨越性，新世纪以来也致力于以跨越性的视野关注世界各地比较文学研究的动向。[21]

---

20 Moran T . Yingjin Zhang, Ed. China in a Polycentric World: Essays in Chinese Comparative Literature[J].现代中文文学学报,2000,4(1):161-165.
21 Tötösy de Zepetnek, Steven. "From Comparative Literature Today Toward Comparative Cultural Studies." CLCWeb: Comparative Literature and Culture 1.3 (1999):

以上这些国际上不同学者的声音一则质疑中国比较文学建设的可能性，一则观望着这一学科在非西方国家的复兴样态。争议的声音不仅在国际学界，国内学界对于这一新兴学科的全局框架中涉及的理论、方法以及学科本身的立足点，例如前文所说的比较文学的定义，中国学派等等都处于持久论辩的漩涡。我们也通晓如果一直处于争议的漩涡中，便会被漩涡所吞噬，只有将论辩化为成果，才能转漩涡为涟漪，一圈一圈向外辐射，国际学人也在等待中国学者自己的声音。

上海交通大学王宁教授作为中国比较文学学者的国际发声者自 20 世纪末至今已撰文百余篇，他直言，全球化给西方学者带来了学科死亡论，但是中国比较文学必将在这全球化语境中更为兴盛，中国的比较文学学者一定会对国际文学研究做出更大的贡献。新世纪以来中国学者也不断地将自身的学科思考成果呈现在世界之前。2000 年，北京大学周小仪教授发文（*Comparative Literature in China*）[22]率先从学科史角度构建了中国比较文学在两个时期（20 世纪 20 年代至 50 年代，70 年代至 90 年代）的发展概貌，此文关于中国比较文学的复兴崛起是源自中国文学现代性的产生这一观点对美国芝加哥大学教授苏源熙（Haun Saussy）影响较深。苏源熙在 2006 年的专著 *Comparative Literature in an Age of Globalization* 中对于中国比较文学的讨论篇幅极少，其中心便是重申比较文学与中国文学现代性的联系。这篇文章也被哈佛大学教授大卫·达姆罗什（David Damrosch）收录于《普林斯顿比较文学资料手册》（*The Princeton Sourcebook in Comparative Literature*，2009[23]）。类似的学科史介绍在英语世界与法语世界都接续出现，以上大致反映了中国学者对于中国比较文学研究的大概描述在西学界的接受情况。学科史的构架对于国际学术对中国比较文学发展脉络的把握很有必要，但是在此基础上的学科理论实践才是关系于中国比较文学学科国际性发展的根本方向。

我在 20 世纪 80 年代以来 40 余年间便一直思考比较文学研究的理论构建问题，从以西方理论阐释中国文学而造成的中国文艺理论"失语症"思考

---

22 Zhou, Xiaoyi and Q.S. Tong, "Comparative Literature in China", Comparative Literature and Comparative Cultural Studies, ed., Totosy de Zepetnek, West Lafayette, Indiana: Purdue University Press, 2003, 268-283.

23 Damrosch, David (EDT)*The Princeton Sourcebook in Comparative Literature*: Princeton University Press

属于中国比较文学自身的学科方法论，从跨异质文化中产生的"文学误读""文化过滤""文学他国化"提出"比较文学变异学"理论。历经 10 年的不断思考，2013 年，我的英文著作：*The Variation Theory of Comparative Literature*（《比较文学变异学》），由全球著名的出版社之一斯普林格（Springer）出版社出版，并在美国纽约、英国伦敦、德国海德堡出版同时发行。*The Variation Theory of Comparative Literature*（《比较文学变异学》）系统地梳理了比较文学法国学派与美国学派研究范式的特点及局限，首次以全球通用的英语语言提出了中国比较文学学科理论新话语："比较文学变异学"。这一新概念、新范畴和新表述，引导国际学术界展开了对变异学的专刊研究（如普渡大学创办刊物《比较文学与文化》2017 年 19 期）和讨论。

欧洲科学院院士、西班牙圣地亚哥联合大学计·莫内讲席教授、比较文学系教授塞萨尔·多明戈斯教授（Cesar Dominguez），及美国科学院院士、芝加哥大学比较文学教授苏源熙（Haun Saussy）等学者合著的比较文学专著（Introducing Comparative literature: New Trends and Applications[24]）高度评价了比较文学变异学。苏源熙引用了《比较文学变异学》（英文版）中的部分内容，阐明比较文学变异学是十分重要的成果。与比较文学法国学派和美国学派形成对比，曹顺庆教授倡导第三阶段理论，即，新奇的、科学的中国学派的模式，以及具有中国学派本身的研究方法的理论创新与中国学派"（《比较文学变异学》（英文版）第 43 页）。通过对"中西文化异质性的"跨文明研究"，曹顺庆教授的看法会更进一步的发展与进步（《比较文学变异学》（英文版）第 43 页），这对于中国文学理论的转化和西方文学理论的意义具有十分重要的价值。（"Another important contribution in the direction of an imparative comparative literature-at least as procedure-is Cao Shunqing's 2013 *The Variation Theory of Comparative Literature*. In contrast to the "French School" and "American School" of comparative Literature, Cao advocates a "third-phrase theory", namely, "a novel and scientific mode of the Chinese school," a "theoretical innovation and systematization of the Chinese school by relying on our *own* methods" (*Variation Theory* 43; emphasis added). From this etic beginning, his proposal moves forward emically by developing a "cross-civilizaional study on the heterogeneity between

---

24 Cesar Dominguez,Haun Saussy,Dario Villanueva Introducing Comparative literature: New Trends and Applications，Routledge,2015

Chinese and Western culture" (43), which results in both the foreignization of Chinese literary theories and the Signification of Western literary theories.）

　　法国索邦大学（Sorbonne University）比较文学系主任伯纳德·弗朗科（Bernard Franco）教授在他出版的专著（《比较文学：历史、范畴与方法》）*La littérituurecomparée: Histoire, domaines, méthodes* 中以专节引述变异学理论，他认为曹顺庆教授提出了区别于影响研究与平行研究的"第三条路"，即"变异理论"，这对应于观点的转变，从"跨文化研究"到"跨文明研究"。变异理论基于不同文明的文学体系相互碰撞为形式的交流过程中以产生新的文学元素，曹顺庆将其定义为"研究不同国家的文学现象所经历的变化"。因此曹顺庆教授提出的变异学理论概述了一个新的方向，并展示了比较文学在不同语言和文化领域之间建立多种可能的桥梁。(Il évoque l'hypothèse d'une troisième voie, la « théorie de la variation », qui correspond à un déplacement du point de vue, de celui des « études interculturelles » vers celui des « études transcivilisationnelles . » Cao Shunqing la définit comme « l'étude des variations subies par des phénomènes littéraires issus de différents pays, avec ou sans contact factuel, en même temps que l'étude comparative de l'hétérogénéité et de la variabilité de différentes expressions littéraires dans le même domaine ».Cette hypothèse esquisse une nouvelle orientation et montre la multiplicité des passerelles possibles que la littérature comparée établit entre domaines linguistiques et culturels différents.） 25。

　　美国哈佛大学（Harvard University）厄内斯特·伯恩鲍姆讲席教授、比较文学教授大卫·达姆罗什（David Damrosch）对该专著尤为关注。他认为《比较文学变异学》（英文版）以中国视角呈现了比较文学学科话语的全球传播的有益尝试。曹顺庆教授对变异的关注提供了较为适用的视角，一方面超越了亨廷顿式简单的文化冲突模式，另一方面也跨越了同质性的普遍化。26国际学界对于变异学理论的关注已经逐渐从其创新性价值探讨延伸至文学研究，例如斯蒂文·托托西近日在 *Cultura* 发表的（Peripheralities: "Minor" Literatures, Women's Literature, and Adrienne Orosz de Csicser's Novels）一文中便成功地将变异学理论运用于阿德里安·奥罗兹的小说研究中。

25 Bernard Franco La littérature comparée: Histoire, domaines, méthodes，Armand Colin 2016.
26 David Damrosch Comparing the Literatures,Literary Studies in a Global Age,Princeton University Press,2020.

国际学界对于比较文学变异学的认可也证实了变异学作为一种普遍性理论提出的初衷，其合法性与适用性将在不同文化的学者实践中巩固、拓展与深化。它不仅仅是跨文明研究的方法，而是一种具有超越影响研究和平行研究，超越西方视角或东方视角的宏大视野、一种建立在文化异质性和变异性基础之上的融汇创生、一种追求世界文学和总体问题最终理想的哲学关怀。

以如此篇幅展现中国比较文学之况，是因为中国比较文学研究本就是在各种危机论、唱衰论的压力下，各种质疑论、概念论中艰难前行，不探源溯流难以体察今日中国比较文学研究成果之不易。文明的多样性发展离不开文明之间的交流互鉴。最具"跨文明"特征的比较文学学科更需要文明之间成果的共享、共识、共析与共赏，这是我们致力于比较文学研究领域的学术理想。

千里之行，不积跬步无以至，江海之阔，不积细流无以成！如此宏大的套比较文学研究丛书得承花木兰总编辑杜洁祥先生之宏志，以及该公司同仁之辛劳，中国比较文学学者之鼎力相助，才可顺利集结出版，在此我要衷心向诸君表达感谢！中国比较文学研究仍有一条长远之途需跋涉，期以系列丛书一展全貌，愿读者诸君敬赐高见！

曹顺庆

二零二一年十月二十三日于成都锦丽园

目

次

引言　结缘比较文学

1998 年，大学二年级的时候，我立下报考研究生的志向。

考哪所学校？这是首先要考虑的问题。我是在湖南省省会长沙读本科，按"人往高外走"的逻辑，应该首选北京、上海、广州等大城市的高校，但因为三个缘由，我选择了位于"四线城市"湘潭的湘潭大学。

第一个缘由，我"求稳"的心态。我就读的长沙电力学院中文系，历史上只有一位 1998 届的师兄考取过研究生，所以缺乏悠久的考研传统和值得借鉴的考研经验。而我本人，虽然不是"学渣"，但也谈不上是"学霸"，考试的能力略显平庸。综合考虑，我决定选一个跳一跳就可以够得着的目标。北京大学、复旦大学、中山大学等名校，显然想都不敢想。

第二个缘由，湘潭大学校门吸引了我。在图书馆的阅览室，我经常翻阅《中国大学生》杂志。一次偶然，在其扉页上我看到了湘潭大学的校门——三道拱门，我一见钟情！我第一次发现世界上居然有这样的大学校门，如此的简约却又如此的不简单，可以说，它用最少的钱设计出最丰富的象征含义。我由此断定：这是一所有品位、有格调的大学。

第三个缘由，湘潭大学对我的好。我曾经给不少高校研究生招生办公室写信，询问考研的相关信息，结果只有湘潭大学给我回了信。随信不仅寄来了招生简章，而且附上了以往的考试试题——这大大减少了我复习的盲目性，增强了我复习的针对性。人非草木孰能无情。湘潭大学有情，我不能无义啊。

考哪个专业？在确定好报考学校后，这是需要思考的另一个问题。在所有课程中，我"外国文学"考得最好。再说我英语阅读能力还不错——我是班上为数不多的过了英语六级的人。那就报考"外国文学"吧。于是我翻看湘潭大学的研究生招生简章，发现并没有"外国文学"这四个字。怎么办？换个学校？但其他学校的研究生招生简章上也没有找到"外国文学"。

再仔细研究一番，我断定"比较文学与世界文学"就是自己要报考的"外国文学"，至少和"外国文学"有着密切的关系——后来我才知道，1997年，国家对汉语言文学专业所属的二级学科进行了较大的调整，外国文学和比较文学被合并为一门新的二级学科——比较文学与世界文学。

当报考湘潭大学比较文学与世界文学研究生这个目标明确之后，我开始了比较文学的学习。

一、学习比较文学

我的比较文学是自学的。

我在长沙电力学院读书期间，系里还没有开设"比较文学"课程。其实我是因为报考研究生，才第一次知道"比较文学"这个新事物、新名词。

湘潭大学指定的考研教材是张铁夫先生主编的《新编比较文学教程》（湖南人民出版社 1997 年）。当时购书的渠道有限，我只好给张铁夫先生写信求援。张铁夫先生便委托资料室的梁海燕老师给我邮寄了一本。我便拿着这本教材"啃"了起来。

中文系的男生和女生相比，无疑要叛逆、自由和随性很多。我也不例外。平时学习其他课程，我都是抱着"六十分万岁，多一分浪费"的心态，从未倾情投入过，因此手上的相关教材在一个学期之后基本都是崭新的。但这次不同了：我要考研了，而这本教材正是考研的参考教材，而且通过研究以往的考研试题可以判断，"比较文学"这门课的试题基本源于这本教材，所以我不得不认真对待了。

没有想到，大学里学了几十门课，我投入最多的，居然是这门课程表上没有的"比较文学"。只因为我带着明确的目标在学习。

虽然是自学"比较文学"，但遇到不懂的问题，我也可以请教老师。我的外国文学老师江龙，此前虽然没有教过"比较文学"，但毕竟"见多识广"，"比较文学"方面的问题，她总能给我及时的答疑解惑，这大大减少了我自学的难度。

考研结束时，我居然将《新编比较文学教程》"翻烂"了。可见我下了多少的"笨功夫"。这样的一段经历，也至少让我明白两个道理，一是死记硬背原来挺有用；二是打好基本功丝毫不影响中文专业的创造性和思想性。推而广之，对于学术研究而言，"倒背如流""烂熟于心""学富五车"之类的基础性工作，和"灵机一动""奇思妙想""豁然开朗""匠心独具""推陈出新""革故鼎新"之类的创造性工作并不是矛盾的。

2000 年 9 月，我以总分第一的成绩（399 分），考入湘潭大学比较文学与世界文学专业，师从张铁夫先生。张铁夫先生是俄罗斯文学研究的权威，尤其以"普希金研究"享誉世界。但张铁夫先生也是一位比较文学专家。他是中南地区第一部比较文学教材《新编比较文学教程》的主编，在比较文学教材建设方面贡献卓越。他是湘潭大学比较文学与世界文学硕士点的创建人，是湘潭大学比较文学与世界文学博士点的精神领袖，在比较文学的学科建设和人才培养方面功莫大焉。他还运用比较文学的方法，出版了《普希金与中国》（岳麓书社 2000 年）等比较文学专著，发表了《普密之争的由来及其实质》（《湘潭大学学报》1983 年第 4 期）、《普希金与莎士比亚》（《湘潭大学学报·外国文学专辑》1987 年）、《翻译文学是民族文学的组成部分》（《理论与创作》1990 年第 5 期）、《普希金"初临中土"的向导——戢翼翚与普希金》（《湘潭大学学报》2000 年第 5 期）、《普希金的中国幻想》（载曹顺庆主编《迈向比较文学新阶段——中国比较文学学会第六届年会暨国际学术研讨会论文选》，四川人民出版社 2000 年）、《"别求新声于异邦"——鲁迅与普希金》（《广东社会科学》1999 年第 6 期）、《作为比较文学学者的戈宝权》（《湘潭大学学报》2007 年第 3 期）等比较文学论文。

因此，跟随张铁夫先生学习俄苏文学的同时，我也在学习比较文学，学习如何运用比较文学来观照和审视外国文学和本土文学。张铁夫先生给我开的课程是"中外文学关系"，他主要讲的是中俄文学关系。课程内容由于不断涉及考证和史料，稍显枯燥，张铁夫感觉到我们有些走神时，就讲几个关于苏联的笑话，同学们哈哈大笑之后，又精神百倍了。

印象最深刻的是一次课外教学，准确的说，是一次聊天。张铁夫先生说起他写作《"别求新声于异邦"——鲁迅与普希金》一文的过程，其实就是教我如何运用逆向思维写作学术论文。他说，《"别求新声于异邦"——鲁迅与普希金》照例要分为三个部分，第一部分简单介绍鲁迅译介普希金的基本情况，第二部分重点分析《摩罗诗力说》译介普希金的功绩，但第三部分却没有内容可写了，因为自早年的《摩罗诗力说》之后，鲁迅再也没有写过有关普希金的评论文字了，也没有翻译过普希金的作品了。看来，这篇文章大有成为"烂尾楼"之趋势。有一天他却茅塞顿开：第三部分不就是分析鲁迅后来为何对普希金失去了兴趣却转而对果戈理推崇备至吗？背后的原因找到了，一篇好文章不就大功告成了？

二、教授比较文学

2001年，我还是湘潭大学研究生二年级的学生。由于院里的"比较文学"课老师另谋高就，急需一位继任者来承担教学任务，于是，我经过象征性的"选拔"程序，正式登上讲台，给大三学生教起了"比较文学"课。

2002年我正式留校任教后，继续教授"比较文学"课。这门课，我不知不觉间已经教了20年。一门课教了20年，只要不是太差，多少会有一些体验和经验。我教授比较文学的方法和方式，可以用"2+1+3+X"来加以概括。

所谓"2"，是指我讲授两节课。

"比较文学"课是大班授课，又是基础课和原理课，因此我需要"以我为主"，遵循讲授的基本规律，深入浅出、雅俗共赏、激情四射、幽默风趣地讲授。"讲"不是"教"的全部，但客观上是"教"的重要组成。其实，教师"讲"得好，对"教"得好是有直接帮助的，因为"讲"得好至少有三个看得见、摸得着的价值：一是更好地传递基础知识，帮助学生更好地入门，为更深入的学习打基础——如果我当年考研时，有一位会讲课的老师给我讲"比较文学"，我就不会自学得那么辛苦了；二是更好地引发学生的兴趣，让学生对这门课充满好感、充满期待，继而萌生"自学"的冲动和激情；三是塑造教师个人的美好形象，为"讲"之外的教学环节的顺利实施奠定坚实的基础——如果教师"讲"得好，学生就对教师的职业水平和职业态度产生欣赏和崇拜之情，就不会对教师"少讲"甚至"不讲"产生"这个教师在偷懒和敷衍"之类的怀疑，如果教师"讲"得不好，学生就对教师的职业水平和职业态度产生怀疑，继而不愿意配合教师"以学生为中心"的种种教学改革。

根据我的观察，大学里最受欢迎的"讲课"往往是"脱口秀式的讲课"，厦门大学的易中天，中国政法大学的罗翔，华中师范大学的戴建业，深圳大学的王立新，南京大学的潘知常，湖南科技大学的吴广平等，他们的讲课都属于此类。"脱口秀式讲课"之所以最受欢迎，因为它自然地融入了"幽默"的因素。而幽默恰恰是一种综合智慧，是非常高级的信息传播方式。我的讲课一直追求"脱口秀式风格"，但由于天赋有限，远达不到上述名嘴的水平。

所谓"1"，是指留下一堂课时间，让学生讲。

据我的理解，中文系学生一要能说，二要能写。显然，第二点我们重视不够，第一点我们更是直接忽视。学校并没有开设专门的"演讲与口才"课程。但这没有关系，我可以在我的"比较文学"课堂专设一个环节，培养他们演讲的意识，教给他们演讲的方法，提升他们演讲的能力。一般我是随机抽取三位学生，让每位大致讲 8 分钟左右。他们讲完，我再针对性地点评一番。在这个过程中，我反复强调几个重要的演讲原则或方法：一是千万不要超时，即不仅"能说"，而且"会说"，这就需要选题要集中、恰当，观点要精炼、准确，思路要清晰有条理；二是千万要脱稿，即要善于用口语写演讲稿，更要在台下反复演练；三是 PPT 上的文字千万不要太多，能用自己口说出来的，就不要将文字打在 PPT 上。这三点正是目前演讲者最容易犯的三个错误。

设置"学术演讲"的环节，算是对"翻转课堂""以学生为中心"等"先进"教学理念的积极回应。在这个"用心良苦"的环节，的确有不少学生发现了自己"演讲"方面的天赋。我问他们：你们这么适合当老师，将来愿意做我的同行，将我拍死在沙滩上吗？他们露出神秘的微笑。

所谓"3"，是指学生围绕"比较文学"，撰写三篇学术随笔。

学生的第一次作业，写八股文的较多，东抄抄西抄抄的自然也不少。我拿出一节课点评作业，并且表明自己喜欢原创的"口味"。学生的第二次作业，八股文较少，自己写的居多。我再次点评作业，并且重点表扬了几篇专门"鼓吹"我的文章，因为这几篇文章特别有文采，特别有想象力。第三次作业，几乎没有八股文了，有文采、有想象力的文章成倍增加。

所谓"X"，是指推荐学生阅读 X 篇学术论文。

这里的"X"没有确切的数字，但应该超过了 100。王向远先生的文章我鼎力推荐的最多。当然还包括曹顺庆先生、曾艳兵先生、何云波先生的代表性论文，我也不遗余力地介绍一番。我还推荐了钱理群、陈平原、潘知常、刘再复、孙绍振、李建军、李美皆、徐岱等实力派学者的代表性论文，最后我告诉他们，期末考试的题目就从这些论文中产生。不难推断，他们对这些论文的研读是无比的细致。我猜想，在这个过程中，他们不仅可以揣摩和领悟好论文的写法，而且消除了对学术论文的反感：原来学术论文也可以写得这般潇洒啊！

我以前是一个特别迷恋"讲"的教师。我认为大学老师把课"讲"好了，学生就满意了。的确，学生满意是教师的追求之一，学生满意也是"教学效果"的重要组成，但"教学效果"远不局限于学生满意。

教学的终极目标是让学生真正学到东西！只有当学生真正学到东西后，他们的满意才是长久的而不是暂时的，才是深层的而不是表层的。可是要让学生真正学到东西，仅仅老师"讲"得好是远远不够的，还需要借助教师的各种"巧思妙想"，让学生自己带着明确的和坚定的目标，真正地自学起来，并且在这样的过程中，进一步提升自学的意识和自学的能力。

除了上述的本科教学，我还指导了 30 余位硕士研究生和 4 位博士研究生，他们的毕业论文明确运用了比较文学方法的有：李林静的硕士论文《司汤达笔下的 16 世纪意大利形象》、张瑞瑶的硕士论文《马克·吐温游记中的欧洲形象》、翁瑜的硕士论文《经典化与去经典化：〈牛虻〉在中国》、王玲霞的硕士论文《论海明威笔下的非洲形象》、舒长清的硕士论文《论赛珍珠"异国恋小说"中东西方文化观的演变》、袁娜的博士论文《国际象棋与 20 世纪西方小说叙事研究》，他们通过这些毕业论文顺利获得硕士或博士学位，这自然是令我感到自豪的教学效果。

三、运用比较文学

我撰写的第一篇学术论文《"左联"湖南作家与俄苏文学》，经过张铁夫先生的修改和推荐，发表于《湘潭大学学报》2002 年第 1 期。作为这篇论文的副产品，我的第二篇学术论文《期待视野的重构与变迁——田汉偏向俄苏文学的接受学考察》发表于《湖南社会科学》2002 年第 1 期，当然这篇文章的发表有运气的成分：我大学时期的古代文学老师成松柳先生恰好在这家杂志做兼职编辑，他发现是自己学生的来稿，审稿时自然要"高抬贵手"。

不知不觉间，我已经发表了与比较文学密切相关的论文 30 余篇。但依然不能说我是研究"比较文学"的。在我看来，只有将"比较文学"作为一个独立的研究对象做自觉系统的研究，且发表原创新成果的学者，才算是真正在研究"比较文学"。按照这个标准，王向远先生、曹顺庆先生他们才算是"正宗"的比较文学研究者，而我只能算是运用比较文学的外国文学研究者。

我也写过两篇论及比较文学基本原理的文章，一篇是《比较文学跨学科研究："纷纷扰扰"三十年》，另一篇是《比较文学形象学的理论建构》，但这两篇文章的写作带有"友情客串"的性质，且主要是综合各家学说，并无什么原创性的见解。所以说，我学习比较文学和教授比较文学，但远谈不上研究比较文学。比较文学对我而言，更像是一种特别的文学理论，在我的学术研究中扮演着"方法论"的角色，即我运用比较文学教给我的方法，从事外国文学研究和中国文学研究。

在我看来，比较文学包含着两个层次。第一个层次是"方法"，即比较文学为我们提供研究文学和文化关系的诸多方法，通过这些方法，我们可以更自觉、更系统、更便捷地发现和梳理各种异质文学／文化之间、文学与其他知识体系之间的相互关系。第二个层次是"精神"，即比较文学培养我们世界性的眼光、多元的思维和包容的胸怀。当然这两个层次也不是相互割裂的，眼光、思维和胸怀是在方法的传授中潜移默化地培养出来的；方法的自觉运用，以及运用的广度和深度取决于眼光的深远度、思维的敏锐度和胸怀的宽广度。

应该说，所有的大学课程都至少包含了方法的层次和精神的层次。比如说，法学包含了法学的方法和法学的精神，管理学包含了管理学的方法和管理学的精神，乃至化学包含了化学的方法和化学的精神，数学包含了数学的方法和数学的精神。大学里的诸多课程在方法的层面呈现出诸多的差异，却在精神（又曰美学、哲学、精神、灵魂）的层面获得高度的相通。

比较文学所提供的诸多"方法"中，我最熟悉的是"传播与影响研究""跨学科研究""形象学研究"。不难发现，专门从事比较文学基本原理研究的学者对这三种"方法"是存有争议的。比如各种教材上所说的"影响研究"，在王向远先生看来，很多只能算是"传播研究"——文学的"影响"需要借助文学的"传播"来实现，但很多文学的"传播"并没有达到"影响"的程度；还如各种教材上所言的"比较文学跨学科研究"，在王向远先生看来，由于没有同时"跨文化"，所以只能算普通意义上的"跨学科研究"而非"比较文学跨学科研究"。按照王向远先生的"标准"，本书对普希金历史文学中"历史"的探讨、对厄普代克小说中"宗教"的探讨等都不属于"比较文学跨学科研究"，但按照各种教材对"比较文学跨学科"的理解，则又属于"比较文学跨学科研究"。因为我只是"借用"这三种比较文学的方法去做外国文学和中国文学研究，以期获得一些不一样的视角和发现，所以我没有用太多精力和时间去辨析谁是谁非，这就像我借用西方文论的术语、观念或思维去研究文学问题，但不会对西方文论本身做过于精细的探究一样。

在"翻检"自己的这些学术成果的同时，我也陷入了深深的回忆之中。应该说，这些论文作为"习作"，都是比较粗略的，创见不多，才气也不足，但当年写作时却付出了太多的心血和情感。实际上，我也借助这些"习作"，完成了基本的学术训练，特别是"练出"了比较流畅的文笔，这为我后半生写出一两本让自己满意的好书打下了扎实的基础。如今再看到这些习作，我总是产生这样的疑问："这是我写的吗？""哦，的确是我写的！"这些文字见证了我的青春，也见证了我的成长，它们让我更加深刻地明白一个道理：对大部分人而言，写作不是为了改变世界，而是为了改变自己。

第一辑　传播与影响研究

湖南比较文学三十年

　　湖南比较文学是有传统的。湘潭籍学者黎烈文，1926 年远赴日本、法兰西留学，后获巴黎大学研究院比较文学硕士学位。益阳籍文艺理论家周扬，对马克思主义经典作家文艺思想和总体文学的研究，为我国马克思主义文艺学和比较文学的发展做出了卓越的贡献。益阳籍作家周立波的《周立波鲁艺讲稿·外国名著选读讲授提纲》（上海文艺出版社 1981 年版）堪称比较文学的瑰宝，其中关于司汤达的《贾司陶的女主持》与莎士比亚的《罗密欧与朱丽叶》、梅里美的《卡尔曼》与普希金的《波西米亚人》（《茨冈人》）的比较分析尤为出彩。此外，前辈学者萧三、田汉、魏猛克、罗凯岚、彭燕郊、沈宝基、刘重德等也在比较文学领域取得了比较突出的成就。需要特别指出的是，1939 年至 1941 年，比较文学大师钱钟书在湖南省国立师范学院（旧址位于涟源市第一中学）任教，这是值得我们引以为豪的。

　　十一届三中全会召开前后，我国各项事业开始全面复苏。作为中国学术事业的一部分，中国比较文学也从此步入正轨。湖南比较文学作为中国比较文学的一部分，也随之迎来了自己的春天。在此后三十余年的发展历程中，湖南比较文学通过三个标志性的历史事件，即 1980 年"外国文学学会"的成立、1989 年"比较文学学会"的成立、1997 年"比较文学与世界文学学会"的成立，一步步走向高峰。据此，湖南比较文学的复兴史可以划分为三个阶段：第一阶段（1978-1989 年）：学科意识萌芽期；第二阶段（1989-1997 年）：学科意识确立期；第三阶段（1997-2009 年），比较文学"湘军"崛起期。

一、1978-1989 年：学科意识萌芽期

　　1978 年起，被誉为湖南外国文学"四大金刚"的曹让庭、易漱泉、王远

泽、张铁夫逐渐恢复自己的学术事业。曹让庭在《外国文学研究》1978 年第 2 期发表论文《还历史以本来面目——批判"四人帮"歪曲资产阶级古典文学的谬论》，易漱泉在《外国文学研究》1979 年第 1 期发表论文《聂赫留朵夫的形象不真实和被美化了吗？》，王远泽在《外国文学研究》1979 年第 4 期发表论文《试论高尔基戏剧的艺术特色》，张铁夫在《湘潭大学学报》1980 年第 1 期发表论文《论〈阿尔达莫诺夫家的事业〉》，拉开了湖南外国文学研究复兴的序幕。

为了加快复兴的进程，推动学术事业的规模化和体制化，1980 年 1 月 21 日至 23 日，湖南省外国文学学会在长沙成立。在成立大会上，学者们制订了科研工作的"五年规划"，列入重点的项目有：《文学与社会》（刘重德译）、《汤姆叔叔的小屋》（刘重德译）、《果戈理评传》（王远泽著）、《高尔基戏剧研究》（王远泽著）、《安徒生评传》（易漱泉著）、《歌德评传》（曹让庭著）、《马雅可夫斯基评传》（张铁夫、陈守成著）、《普加乔夫史》（戴启篁等译）、《俄罗斯儿童文学作品集》（罗颖之译）、《莎士比亚故事选译》（倪培龄译）、《外国短篇小说选》（易漱泉等选编）、《外国戏剧选》（曹让庭等选编）、《外国散文选》（王远泽、张铁夫等选编）、《西欧作家论现实主义》（易漱泉、王远泽等著）、《西欧作家论人道主义》（王远泽、易漱泉等著）。

不难发现，湖南比较文学复兴的起点是外国文学研究，第一代比较文学学者就是外国文学学者，因此，外国文学论著也就成为湖南比较文学研究最初的一批成果。这批成果除了上述的 15 个项目外，还包括陆续出版的《普希金创作评论集》（易漱泉、王远泽编，漓江出版社 1983 年）、《雨果创作评论集》（曹让庭编，漓江出版社 1983 年）、《普希金论文学》（张铁夫等译，漓江出版社 1983 年）、《雨果传》（沈宝基等译，湖南人民出版社 1983 年）、《面向秋野》（张铁夫译，湖南人民出版社 1986 年）、《俄国文学史》（易漱泉等主编，湖南文艺出版社 1986 年）、《西方浪漫主义文学史》（胡正学等主编，武汉出版社 1989 年）、《外国文学 500 题》（易漱泉主编，辽宁人民出版社 1986 年）、《外国文学史纲》（王田葵等主编，工人出版社 1988 年）、《外国现代派文学导论》（廖星桥著，北京出版社 1988 年）、《西方现代派文学 500 题》（廖星桥主编，辽宁人民出版社 1989 年）、《高尔基研究》（王远泽著，湖南教育出版社 1988 年）等。

外国文学研究天然具备比较文学的诸多特性，比如研究主体拥有本土文学和外国文学的双重素养和视角，在研究过程中，他们会自觉或不自觉地以本土文学为参照，探寻外国文学的特点，或者让外国文学相互参照，寻找诸如法国文学、欧洲文学、西方文学的特殊律和共同律，这些其实就是比较文学的平行研究。同时，研究主体习惯于从哲学、历史、宗教等视角探索各种文学现象的起源和发展等，这其实就是比较文学的跨学科研究。正是从这些意义上说，外国文学研究天生就持有外国文学和比较文学的双重国籍，或者说，"外国文学就是比较文学"[1]。

当然，我们可以说"外国文学就是比较文学"，却不能说"比较文学就是外国文学"。比较文学包含着外国文学，但其内涵远比外国文学要丰富和复杂。比如，外国文学研究只是暗含着"比较"的因素，但是，作为学科的比较文学却强调"比较的意识"，即比较的明确性和自觉性。

湖南学者在致力于外国文学研究的过程中，相继撰写了一些"比较"意图明显的论文，以此来突出"比较文学"相对独立的价值和特性。这些论义包括张铁夫的《普密之争的由来及其实质》（《湘潭大学学报》1983 年第 4 期），凌宇的《从苗汉文化和中西文化的撞击看沈从文》（《义艺研究》1986 年第 2 期），杨铁源的《李白诗歌的崇高美与西方艺术崇高美的比较》（《求索》1983 年第 3 期），华济时的《勇气·目的·分析·创新——略论鲁迅与外国文化》（《湘潭大学学报》1980 年第 1 期），马焯荣的《田汉的戏剧艺术和席勒》（《江汉论坛》1983 年第 1 期），黎跃进的《封建樊篱囚人死 大师笔下寄深情——〈妮摩拉〉和〈祝福〉的比较》（《古首大学学报》1983 年第 1 期），夏卫平的《试比较侯方域和奥涅金的悲剧形象》（《零陵师专学报》1984 年第 1 期）等等。

除了"比较文学"性质明显的论著频频问世，还有诸多迹象表明湖南比较文学的学科意识开始萌芽：1984 年和 1985 年，湖南人民出版社分别出版了刘介民选编的《比较文学译文选》和曾小逸主编的《走向世界：中国现代作家和外国文学》；1986 年，湘潭大学、湖南教育学院开设了比较文学课程；1987 年起，湖南文艺出版社推出了一套"比较文学丛书"[2]；1987 年，这套丛书的策划人唐维安和湘潭大学的张铁夫出席了中国比较文学学会第二届年会；凌

---

1 参见聂珍钊：《外国文学就是比较文学》，《外国文学研究》2000 年，第 4 期。

2 包括乐黛云著的《比较文学原理》，郁龙余编的《中印文学关系源流》，谢曼诺夫著，李明滨译的《鲁迅和他的先驱》，卢蔚秋编的《东方比较文学论文集》，严绍璗著的《中日古代文学关系史稿》，白之著，微周等译的《白之比较文学论文集》等。

宇等 19 位学者加入中国比较文学学会；当然最为明显的标志就是张铁夫等人开始筹划成立比较文学学会。

二、1989-1997 年：学科意识确立期

1987 年，在中国比较文学学会第二届年会召开期间，中国比较文学学会秘书长乐黛云先生希望张铁夫、唐维安把湖南省的比较文学学会搞起来。经过两年的精心筹划，1989 年 5 月 21 日至 23 日，湖南省比较文学学会在长沙湖南教育学院召开成立大会暨首届学术讨论会，张铁夫被推选为理事长。这次会议共收到论文 17 篇：《从意境说和典型说看中西艺术美学的差异》（夏昭炎）、《对比中西诗律，探讨中西格律新诗的节奏和节奏单位问题》（丁鲁）、《庄子与谢林美学观之比较》（曾思艺）、《中西文学及其背景的比较渊源》（魏善浩）、《谈孟姜女与雅罗斯拉夫娜的"哭泣"》（杨铭瑀）、《李白与大伴旅人酒诗比并》（罗田）、《比较文学特性刍议》（刘圣效）、《寓言比较断想》（陈蒲清）、《几个文学形象的比较分析》（邱运华）、《堂吉诃德和阿夫季深层性格之比较》（李家伦）、《当代主流文化与西方现代派文学》（黎跃进）、《阿 Q 精神和桑提亚哥精神主要的一面：精神胜利法》（刘立志）、《对屈原与魔幻现实主义的比较思考》（林健）、《试论〈俄狄浦斯王〉和〈雷雨〉的戏剧魅力》（何祖健）、《中西宗教与文学》（马焯荣）、《略论民间文学的比较研究》（王建章）和《苏联近年来文学的启示》（何云波）。如果将这份论文目录和前文所提及的"五年计划"相比，我们很容易发现，以比较文学学会的成立为契机，湖南比较文学的学科意识开始从萌芽走向确立，比较文学在湖南开始成为一种独立的研究范式和一门独立的学科。此后，湖南学者开始更自觉地通过多种途径来推动这门学科的建设和发展。

第一、开展主动、频繁的学术交流。1991 年和 1994 年，湖南比较文学学会召开了年会暨学术讨论会，加强了省内比较文学学者的相互了解。1993 年 7 月 14 日至 19 日，由湖南省比较文学学会承办的中国比较文学学会第 4 届年会暨国际学术研讨会在张家界召开，这是我国比较文学界继深圳会议、西安会议、贵阳会议之后的又一次盛会，会后，乐黛云、张铁夫主编的论文集《多元文化语境中的文学》由湖南文艺出版社于 1994 年出版。1991 年 8 月，罗选民、詹志和、刘耘华赴日本参加了国际比协第 13 届年会暨学术讨论会。1994 年 8 月，张铁夫、罗选民、罗成琰、刘立志参加了在加拿大举行的国际比协第

14 届年会暨学术讨论会。1997 年 8 月，罗选民等人参加了在荷兰召开的国际比协第 15 届年会暨学术讨论会，张铁夫应邀出席了在俄国彼得堡召开的第 4 届"普希金与世界文化"国际学术讨论会。1997 年 4 月，罗婷应邀出席了在香港中文大学召开的"全球化与本土主义"国际学术讨论会。这些相对集中的学术活动极大地扩大了湖南比较文学在全国和国际比较文学界的影响。

第二、规范比较文学教学。比较文学走进大学课堂是比较文学诞生的标志之一。同样，比较文学教学的日常化和普及化也是湖南比较文学确立学科意识的重要体现。在比较文学学会成立前，只有湘潭大学和湖南教育学院开设了比较文学课程，比较文学学会成立之后，长沙铁道学院、湖南师范大学、中南工业大学、湘潭师范学院和绝大部分师专中文系均陆续开设了这一课程。为了让教学更加规范化和体制化，湘潭大学的张铁夫、季水河两位教授联合长沙铁道学院的罗选民、何云波等人着手编撰《新编比较文学教程》。该教材于 1996 年获湖南省普通高等教育"九五"重点教材项目资助，1997 年由湖南人民出版社出版后，得到了乐黛云、陈惇、孙景尧、曹顺庆、谢天振等比较文学权威们的高度赞扬，受到了《中国比较文学》《中外文化与文论》等专业期刊的重点推荐，还在几年时间内被湘潭大学、中南大学、湖南大学、湖南师范大学、青岛大学、长沙理工大学、惠州学院、邵阳学院等国内 20 余所高校所广泛采用，同时被四川大学等高校列为博士生参考教材。

第三、建设一支稳定、团结的比较文学队伍。比较文学学会的成立整合了湖南比较文学的有生力量，加强了湖南比较文学学者的凝聚力。湖南比较文学学者也借此找到了归属感，获得了身份认同。此后，他们更加团结一心，目标坚定地投身到比较文学事业中。自 1989 年后，湖南比较文学的核心人物始终是张铁夫，"他不仅是我省开展的各种比较文学与世界文学学术活动的主要组织者，而且还使他所在的湘潭大学成为湖南省比较文学与世界文学研究的中心。"[3] 在他的领导下，湖南比较文学的三支主力部队初步组建起来。第一支主力是湘潭大学的比较文学与世界文学研究所，其核心成员有张铁夫、季水河、罗婷、曾思艺、黎跃进、刘耘华等。第二支主力是长沙铁道学院的比较文学与世界文化研究所，其学术骨干包括罗选民、佘协斌、张旭、何云波等。第三支主力则是湖南师范大学文学院的凌宇、罗成琰、赵炎秋、詹志和等学者。

应该说，在此期间，湖南比较文学开始从理论和实践上有意识地突出"比

3　刘耘华：《比较文学在湖南》，《中国比较文学》1999 年，第 2 期。

较文学"的相对独立性和学科地位。黎跃进的《当代中外文学名著导论：一种比较文化的透视》（新世纪出版社 1992 年）、马焯荣的《中西宗教与文学》（岳麓书社 1991 年）、陈蒲清的《世界寓言通论》（湖南教育出版社 1990 年）和《中外寓言鉴赏辞典》（湖南出版社 1990 年）、罗成琰的《现代中国的浪漫文学思潮》（湖南教育出版社 1992 年）等都是较为"标准"的比较文学专著。不过，需要说明的是，在为"比较文学"摇旗呐喊的时候，湖南比较文学并没有丢失自己的传统、特色、优势和立足点：外国文学研究。

这期间，湖南外国文学学会依然发挥着它的领导和平台作用，层出不穷的外国文学论著依然是湖南比较文学成就的重要组成部分。这些论著包括《欧洲近代文学论评》（曹让庭著，台湾商务印书馆 1996 年）、《戏剧革新家契诃夫》（王远泽著，湖南师范大学出版社 1993 年）、《普希金文集》第 7 卷（张铁夫译，人民文学出版社 1995 年）、《狄更斯长篇小说研究》（赵炎秋著，社会科学文献出版社 1996 年）、《浪漫派导论》（王田葵著，武汉大学出版社 1993 年）、《海明威：一个现代神话》（罗光汉著，漓江出版社 1993 年）、《劳伦斯研究：劳伦斯的生平、著作和思想》（罗婷著，湖南文艺出版社 1996 年）等。

三、1997-2009 年：比较文学"湘军"崛起期

1980 年成立的湖南外国文学学会和 1989 年成立的比较文学学会在独立运行的过程中，遭遇了这样的尴尬：比较文学学会的领导核心、主力成员和普通会员绝大部分都来自外国文学学会。湖南比较文学学者逐渐认识到，将比较文学与外国文学分离开来，只是为了发展比较文学而采取的权宜之计，由于比较文学与外国文学有着天然的血脉关联，更由于湖南乃至中国的比较文学研究主要立足于外国文学研究，因此，让比较文学与世界文学在短暂的分离后走向融合才是长久之计。

1994 年，湖南比较文学学会和外国文学学会共同举办年会，这在事实上结束了两个学会五年的分居状态。而两者的正式联姻则在 1997 年。这一年，国家对汉语言文学专业所属的二级学科进行了较大的调整，比较文学与外国文学被合并为一门二级学科："比较文学与世界文学"。同年 11 月，在两会会员的共同倡导和申请下，两会合并为"比较文学与世界文学学会"，并于该月的 29 日至 30 日在常德召开了合并后的第一次年会。以此为机遇，经过十余年的发展，湖南比较文学终于步入繁荣阶段，而繁荣的标志就是比较文学"湘

军"的崛起。

早在 1989 年底，何云波就提出了这样的设想和期待："我省的比较文学研究是否也可以多弄出点'湘味'，乃至最终形成一支'湘军'呢？"[4]经过 1989 年至 1997 年间的发展，湖南比较文学取得了长足的进步，学术队伍初现雏形，但并没有组建成一支被学界公认的湘军。而现在，我们可以很肯定地说，在中国比较文学界崛起了一支"湘军"。

2003 年，在《比较文学"湘军"的学术风采》一文[5]中，钱中文正式确认了比较文学湘军的说法。文中所说的"湘军"其实包含了两层含义，一是指"湖南"，二是指"湘潭大学"，也就是说，湖南比较文学已经成为实力强劲、特色鲜明的"湘军"，而这支"湘军"的主力之一就是湘潭大学的比较文学学者：张铁夫、季水河、吴岳添、罗婷、曾思艺、黎跃进、童真、万莲子、王洁群、胡强、沈云霞、杨向荣、李志雄、刘中望、罗如春、宋德发、漆凌云、郑长天和蒋欣欣等。

三十年来，湘潭大学一直是湖南比较文学的重镇和中心。1979 年，湘潭大学开始招收世界文学专业研究生，1986 年又在省内率先开设比较文学课，1989 年，它发起成立湖南省比较文学学会并作为会长单位延续至今。学会在张铁夫教授的领导下已成为"最红火的省级比较文学学会之一"（乐黛云语）。1998 年，湘潭大学在湖南省最先获得比较文学与世界文学硕士学位授予权。此后，湘潭大学比较文学在老一辈学者的支持和参与下，在季水河教授的带领下继续领跑湖南：2000 年被列入湖南省重点建设学科；2002 年被列入湖南省人文社会科学重点研究基地；2002 年和 2004 年分别推出"比较文学与世界文学研究丛书"第 1 辑和第 2 辑；2006 年获批湖南省"十一五"重点学科和博士学位授予权、主持国家精品课程《比较文学》、主编国家"十一五"国家级规划教材《新编比较文学教程》；2009 年，推出"中外文学与文论丛书"第 1 辑。

中南大学是湘军的一支劲旅。自 20 世纪 80 年代以来，中南大学铁道校区（原长沙铁道学院）便是湖南比较文学的主力。20 世纪 90 年代中期，中南大学和湘潭大学率先成立了比较文学与世界文学教研室，新世纪以来，他们又获得了比较文学与世界文学硕士学位授予权。合并以后的中南大学通过力量

4　何云波：《比较文学在湖南》，《理论与创作》1990 年，第 2 期。

5　钱中文：《比较文学"湘军"的学术风采》，《中国比较文学》2000 年，第 3 期。

整合，比较文学队伍实力更是大增。近年来，在何云波、张少雄、佘协斌、张跃军、张旭、钟友循、孟泽等人的努力下，他们在俄苏文学、欧美文学、翻译学、比较诗学等方面取得了骄人的成绩。他们集中推出的"外国语言文学与翻译传播研究丛书"充分显示出他们的研究特色和学科优势。

湖南师范大学是湘军中的一支生力军。它最初专攻外国文学和中国现当代文学研究，后单设"比较文学与世界文学"方向招收硕士生和博士生。这个方向的主要特色是将国别文学比较与跨学科比较两种方式结合起来，既重视现当代中外文学之间的关系研究，也重视现当代中国文学同其他门类学科的跨学科研究，从而为中国文学的研究提供了一种新的视野和一个新的坐标体系，它的学术骨干包括蒋洪新、凌宇、罗成琰、谭桂林、赵炎秋、詹志和、王攸欣和吴康等。

在这三大主力之外，其他院校和研究机构的比较文学队伍同样拥有不可小觑的力量。湖南科技大学的曾艳钰、湖南戏曲研究所的马焯荣、湖南商学院的潘建、湖南人文科技学院的李红叶和倪正芳、湖南理工学院的余三定和龚伯禄、长沙理工大学的罗璠和曾真、湖南科技学院的王田葵和邓楠、吉首大学的杨瑞仁和杨玉珍、湖南省社会科学院的胡良桂、衡阳师范学院的廖杰锋和蒋芳、湖南大学的曹晓青和刘舸等，都以自己的研究实绩为湖南比较文学的发展做出贡献。

经过多年的奋斗，比较文学湘军已经正式形成并且获得学界的广泛认可，是因为这些年来，湖南比较文学的优势、实力和特色已充分显现出来。正像张铁夫教授在 1997 年的比较文学与世界文学学会成立大会上所指出的，"要想使湖南的比较文学与世界文学研究在全国占有更高的地位，关键问题是要推出更多、更深入的研究成果并在此基础上形成湖南自己的特色。"[6]经过 1978-1989 年间的开拓，1989-1997 年间的进取，尤其是 1997 年以来的发展，湖南比较文学的"湘味"已经显现出来。

首先，外国文学研究是其传统与品牌。湖南的外国文学研究有三个稳定的方向。一是俄苏文学研究。标志性成果有何云波的《陀思妥耶夫斯基与俄罗斯文化精神》（湖南教育出版社 1997 年）、《肖洛霍夫》（四川人民出版社 2003年）、《回眸苏联文学》（湖南人民出版社 2003 年），曾思艺的《丘特切夫诗歌研究》（湖南文艺出版社 2000 年）、《俄国白银时代现代主义诗歌研究》（湖南

---

6 刘耘华：《湖南省比较文学与世界文学学会 97'年会暨学术讨论会纪要》（未刊稿）。

人民出版社 2004 年），谢南斗的《自然派研究》（湖南师范大学出版社 2001 年），张铁夫的《群星灿烂的文学：俄罗斯文学论集》（东方出版社 2002 年）、《普希金的生活与创作》（北京燕山出版社 1997 年）、《普希金新论：文化视域中的俄罗斯诗圣》（中国社会科学出版社 2004 年）、《普希金：经典的传播与阐释》（湘潭大学出版社 2009 年）。

二是欧美文学研究。主要成果有黎跃进和曾思艺主编的《外国文学争鸣评述》（广西师范大学出版社 1999 年），罗婷的《女性主义文学与欧美文学研究》（东方出版社 2002 年），蒋洪新的《英诗新方向：庞德、艾略特诗学理论与文化批评研究》（湖南教育出版社 2002 年），张跃军的《美国性情：威廉·卡洛斯·威廉斯的实用主义诗学》（安徽文艺出版社 2006 年），倪正芳的《拜伦研究》（中国广播电视出版社 2005 年），吴岳添的《法国文学散论》（东方出版社 2002 年）、《法国小说发展史》（浙江大学出版社 2004 年）、《法国现当代左翼文学》（湘潭大学出版社 2007 年），曾簇林的《马克思恩格斯艺术哲学纲要》（湖南文艺出版社 1997 年），朗强的《康拉德政治三部曲研究》（中国社会科学出版社 2008 年），蒋欣欣的《托尼·莫里森小说中黑人女性的身份认同研究》（湖南人民出版社 2008 年），曾艳钰的《走向后现代多元文化主义：从里德和罗思看美国黑人文学和犹太文学的新趋向》（厦门大学出版社 2004 年）、李志雄的《亚里斯多德古典叙事理论》（湘潭大学出版社 2009 年）、杨向荣的《文化社会学视域中的齐美尔美学》（社会科学文献出版社 2009 年）、宋德发的《厄普代克中产阶级小说的宗教之维》（湘潭大学出版社 2009 年）等。

三是东方文学研究。代表性成果有黎跃进的《外国文学新论》（学林出版社 1997 年）、《东方文学史论》（湖南人民出版社 2000 年）、《世界文苑论谭：以亚洲文学为主体》（中国社会科学出版社 2004 年）等。

其次，在比较文学研究上形成四大亮点：理论建设、影响研究、跨学科研究、中外文论与文化比较。理论建设方向的代表性成果有张铁夫、季水河主编的国家"十一五"规划教材《新编比较文学教程》第三版（湖南教育出版社 2009 年）、胡良桂的《世界文学与国别文学》（湖南人民出版社 2004 年）、黎跃进的《文化批评与比较文学》（东方出版社 2002 年）、何云波的《跨越文化之墙：当代世界文化与比较文学》（湖南人民出版社 2004 年）、张旭的《跨越边界：从比较文学到翻译研究》（北京大学出版社 2010 年）等。

影响研究方向的代表性成果有张铁夫的《普希金与中国》（岳麓书社 2000

年)、倪正芳的《拜伦与中国》(青海人民出版社 2008 年)、李红叶的《安徒生童话的中国阐释》(中国和平出版社 2005 年)、童真的《狄更斯与中国》(湘潭大学出版社 2008 年)、蒋芳的《巴尔扎克在中国》(中国社会科学出版社 2009 年)、罗婷的《女性主义文学批评在西方与中国》(中国社会科学出版社 2004 年)。

跨学科研究方向的代表性成果有谭桂林的《当代中国文学与宗教文化》(岳麓书社 2006 年)、《百年文学与宗教》(湖南教育出版社 2002 年)、《20 世纪中国文学与佛学》(安徽教育出版社 1999 年),詹志和的《佛陀与维纳斯之盟:中国近代佛学与文艺美学》(湖南师范大学出版社 2006 年)、何云波的《弈境:围棋与中国文艺精神》(北京大学出版社 2006 年)、王洁群的《晚清小说中的西方器物形象》(湘潭大学出版社 2009 年)。

中外文论和文化比较方向的代表性学者是湘潭大学比较文学与世界文学学科带头人季水河。他出版了《阅读与阐释:中国美学与文艺批评比较研究》(中国社会科学出版社 2004 年)、《多维视野中的文学与美学》(东方出版社 2002 年)、《回顾与前瞻:论新中国 50 年马克思主义文学理论研究及其未来走向》(中国社会科学出版社 2009 年) 等专著。此外谭桂林的《本土语境与西方资源:现代中西诗学关系研究》(人民出版社 2008 年)、邓楠的《全球化语境下的民族文化身份认同:魔幻现实主义与寻根文学比较研究》(作家出版社 2006 年)、万莲子的《关于女性文学的沉思》(山西古籍出版社 2001 年) 等也是这个方向的研究力作。

最后,"湖湘文化与世界文学"是研究重点。在 1989 年的比较文学成立大会上,张铁夫在开幕词中说到,"目前,我国若提出建立比较文学的'湘军'恐怕为时尚早,但使研究多带点'湘味'却不是做不到的。例如,我们可以开展湘籍作家与外国文学关系的研究,介绍国外研究湘籍作家的情况,还可以进行我省少数民族文学与汉民族文学以及世界文学的比较研究。"[7]在湖南省比较文学与世界文学学会 97'年会暨学术讨论会上,"如何形成湖南比较文学研究特色"成为中心议题。刘耘华建议,能否从"湖湘文化"和"湖南近现代文学与外国文化、文学的关系"着手来确立特色?[8]

---

7 张铁夫:《在湖南省比较文学研究会暨首届学术讨论会上的开幕词》(未刊稿)。
8 参见刘耘华:《湖南省比较文学与世界文学学会 97'年会暨学术讨论会综述》,《中国比较文学》1998 年,第 3 期。

　　湖南比较文学学者逐渐达成了一个共识，即今后要集中力量研究湖湘文化与世界文学的关系，这个课题既具有地方特色，又具有全国性、世界性的意义，只有抓住这个重点，才能形成湖南比较文学研究的特色。至此，"湖湘文化与世界文学"成为历届比较文学与世界文学年会的一个核心议题，湖南比较文学与世界文学学会创办的刊物也起名为"湖湘文化与世界文学研究丛刊"，目前已出版4辑。

　　对于这个最具湖南特色的方向，黎跃进教授从理论和实践上进行比较系统的探索。2003年，他发表了论文《湖南文学与外国文学比较研究综论》(《湘潭大学学报》2001年第2期)，对"湖湘文化与世界文学"研究的价值、内涵和具体操作方式做出了有效探讨。2006年，他又出版了《湖南20世纪文学对外国文学的接受与超越》(湖南文艺出版社2006年)，为这一研究提供了范例。此外蒋洪新的《大江东去与湘水余波：湖湘文化与西方文化比较断想》(岳麓书社2006年)、杨瑞仁的《沈从文、福克纳、哈代比较论》(中国文联出版社2002年)、罗璠的《残雪与卡夫卡小说比较研究》(人民出版社2006年)等也颇具代表性。

　　自1978年以来，一代代湖南比较文学学者甘于寂寞、不尚空谈，用自己脚踏实地、"看得见、摸得着"的研究实绩，参与了中国比较文学的复兴大业。据不完全统计，三十年来，湖南比较文学学者共出版专著220余部，发表论文3000余篇，主持了28个国家社科基金项目，获得了26项省级以上奖励……经过三个阶段性的递进式发展，湖南比较文学终于修成正果，赢得了国内、国际比较文学同仁的高度认可和赞赏。2004年，在第17届国际比较文学协会年会上，乐黛云先生在面向全球比较文学学者所做的报告"全球化时代的比较文学"中，先后提及并高度评价了湖南比较文学繁荣发展的两大标志：《新编比较文学教程》和"湖南省比较文学与世界文学学会。"[9]我们有理由相信，湖南比较文学将把这份荣誉当成鞭策，继续奋勇向前。

　　　　　　　　　　　　　　原载《湘潭大学学报》，2009年第5期

9　参见乐黛云：《全球化时代的比较文学》，《中国比较文学》2005年，第1期。

未来主义文学在中国

未来主义文学是 20 世纪初期兴起于意大利的一个文学流派,是未来主义艺术在文学领域的体现。未来主义文学作为西方现代主义文学最重要的流派之一,其在中国文坛的流传和影响却一直没有得到应有的关注。在本文中,我们试图解答几个疑问:未来主义文学何时进入中国?怎样进入中国?对中国文坛产生过怎样的影响?我们希望通过初步的梳理工作,引起学界对未来主义文学与中国文学关系的重视。

一、三条路线和三个阶段

西方现代派文学进入中国通常有两条路线,一条是先进入日本,然后由日本进入中国,这条路线之所以畅通,是因为日本既是当时接受西方影响最迅捷、全面的东方国家,又是中国的留学基地之一。另一条是从西方直接进入中国,不过,由于现代派文学主要盛行于西欧和美国,所以,从"西方"进入中国,对一般的现代派文学而言,其实就是从西欧和美国进入中国。但未来主义文学的三大重镇中,除了意大利、法国属于西欧外,俄国既不属于西欧,也不属于严格意义上的"西方",尤其是在十月革命后,俄国在气质上更接近于东方世界,所以,在"西方"世界中,俄国应该自成一极,这样看来,未来主义文学最初进入中国,除了经西欧(未来主义在美国没有什么反响)、日本两条路线外,还经过第三条路线:俄国。

先看第一条路线:日本。1909 年,在马里内蒂发表《未来主义的创立和宣言》几个月后,森欧外就把这篇宣言翻译成日文,1912 年他又和谢野宽介绍未来主义诗歌。此外,未来主义戏剧则由村由知义等引入日本。1920 年,

"俄国未来派之父"布尔柳克流亡日本期间举办了"俄国未来派展览会"，受此影响，同年 10 月，日本作家神原泰发表"第一次神原泰宣言书"，这个宣言书被视作马里内蒂宣言的翻版。1921 年 12 月，被布尔柳克称为"日本的马里内蒂"的平户廉吉在日本街头散发"日本未来派宣言运动"传单，标志着日本"未来主义文学"的产生，可以说，日本成为亚洲的未来主义文学中心。[1]

对于日本文坛的这一新动向，那些正留学日本、曾经留学日本或者懂日语的中国学者不可能视而不见，他们通过日本，尽可能及时地向国人介绍未来主义文学。我国最早介绍未来主义文学的是章锡琛，1914 年，他便翻译了一篇介绍未来主义的文章《风靡世界之未来主义》，发表在《东方杂志》上，这篇文章的原文就来自日本的《新日本》杂志，该文分为 9 个部分：1. 何谓未来主义。2. 旧文明之破坏。3. 现代器械文明之赞美。4. 赞美战争之文学。5. 英美法人未来主义。6. 俄国之未来主义。7. 剧场美术家栾伯斯忒之未来主义。8. 未来主义之烹饪。9. 日本之未来主义。[2]这篇文章对未来主义的思想内涵、艺术精神和在各国发展状况的把握虽然简短，但却基本全面和准确。日本文论家川路柳虹的《不规则的诗》对意大利和俄国未来主义诗歌有着较为到位的论述，《小说月报》刊登了它的中文译文。[3]1924 年，文学研究会编辑的近代西方文艺专辑《海星》载有日本学者宫岛新三的《欧洲最近文艺思潮概观》，其中有论及未来主义的文字。

再看第二条路线：西欧。宋春舫是中国最早翻译未来主义戏剧的作家，1921 年，他在《东方杂志》上发表译作"未来派戏剧四种"：《换一个丈夫吧》《月色》《朝秦暮楚》《只有一条狗》[4]，其中《月色》是未来派创始人马里内蒂的作品，同一年，他还翻译了未来主义戏剧《早已过去了》《枪声》，刊于《戏剧》[5]，戴望舒化名"月"写了《阿保里奈尔》，化名陈郁月翻译了他的小说《诗人的食巾》，化名江思翻译了《马里奈谛访问记》。高明的《未来派诗》[6]是当

1　参见吴中杰、吴立昌：《中国现代主义寻踪》，学林出版社 1995 年版，第 205-206 页。

2　《东方杂志》，1914 年第 11 卷第 2 号。

3　《小说月报》1922 年第 13 卷第 9 号。

4　《东方杂志》1921 年第 18 卷第 13 号。

5　《戏剧》1921 年第 1 卷第 5 期。

6　《现代》1934 年第 5 卷第 3 期。

时有关未来主义文学最为详尽的论述之一，所引材料多为法文原文。

　　未来主义文学起源于意大利，在五四前后，中国学者有留学意大利背景的人并不多，所以，当时从意大利引进原汁原味的未来主义文学并不多见；未来主义文学盛行于法国，虽然留学法国的中国学者较多，但从法国直接引进未来主义文学的情况也很少，很多人还是习惯于从其他西欧国家来译介未来主义文学，如郭沫若发表的《未来派的诗约及其批评》[7]中，关于未来主义诗歌理论部分是从英国诗人兼批评家亨利·纽波得的著作《英诗新研》里节译的，茅盾的《论无产阶级艺术》[8]一文对于未来主义的批评深受英国卡尔维特《现代欧洲文学的革命与反动》艺术的影响。直到 1978 年后，我国直接从意大利、法国介绍未来主义文学才形成一定的自觉和规模，代表性的著作是张秉真、黄晋凯主编的《未来主义·超现实主义》（中国人民大学出版社 1994 年）和柳鸣九主编的《未来主义　超现实主义　魔幻现实主义》（中国社会科学出版社 1987 年），这两个选本中收入的有关意大利、法国未来主义的资料是从原文直接翻译的。

　　最后看第三条路线：俄国。我国最初译介的主要是意大利和俄国的未来主义文学，对法国未来主义文学涉及很少。而法国未来主义文学之所以被当时中国文坛忽略，主要原因是法国以阿波里奈尔为代表的立体未来主义只追求艺术领域的变革，是一种"出世"文学，这显然和中国文坛当时追求"入世"的主流不相符合。相反，以马里内蒂为代表的意大利未来主义文学和以马雅可夫斯基为代表的俄国立体未来主义文学都是密切关注现实的，前者因为"政治反动"可以作为中国文坛的反面教材来译介，后者因为"政治进步"可以作为中国文坛的正面教材来译介。这样，俄国未来主义文学是我国当时译介的重心，孙席珍的《论俄国的未来主义》[9]、茅盾的《未来派文学之观势》[10]、蒋光慈的《十月革命与俄罗斯文学》[11]、郑振铎的《俄国文学史略》[12]等主要引进和评价了俄国的未来主义文学。

7　《创造周报》1923 年 9 月 2 日第 17 号。

8　《文学周报》1925 年第 172、173、175、196 期。

9　《国闻周报》1935 年 12 卷第 34 期，又见孙席珍：《孙席珍文论选集》，浙江大学　出版社 2002 年，第 91-104 页。

10　《小说月报》1922 年第 13 卷 10 号。

11　《创造月刊》1926 年 4-6 月第 1 卷第 2-4 期，1927 年 7-8 月第 1 卷第 7-8 期。

12　郑振铎：《俄国文学史略》，商务印书馆 1924 年。

和其他西方现代派文学一样，未来主义文学在中国的译介经历了三个阶段。1914 至 1948 年为第一阶段，在该阶段，我国对西方现代派文学虽然主观态度不一，但客观的译介却一直在进行，即是说，中国文坛译介未来主义文学虽然断断续续，但并没有完全停止。1949 至 1978 年为第二阶段，在该阶段，因为政治的原因，我国对西方现代派文学基本一概否决和拒绝，未来主义文学也难逃这一命运。1978 后为第三阶段，在该阶段，随着改革开放和思想解放，我国重新大规模地介绍西方现代派文学，未来主义自然也得到一定的重视。

在上述三个阶段中，我国译介未来主义文学形成了两个高潮，第一个高潮是 1920-1930 年，这个时期，创造社的三大刊物《创造季刊》《创造周报》《创造月刊》和文学研究会的刊物《小说月报》等开始谈论未来主义文学，同时，商务印书馆、文学评论社、北平人文书店、世界书局、学术研究会、正中书局等出版机构出版的各类西方文学史中设置了未来主义文学的章节。第二个高潮是 1978 年以后，这也是我国译介西方现代派文学的一个高潮期。1979 年，袁可嘉等学者开始选编《外国现代派作品选》，共 4 册 8 本，约 260 万字，历时五年，在 1980 年至 1985 年间出齐（上海文艺出版社出版），这部选集包括现代派文学中的十一个流派，其中未来主义文学的一些理论纲领和重要作品得到译介。张秉真等人主编的《未来主义·超现实主义》和柳鸣九主编的《未来主义 超现实主义 魔幻现实主义》收录了有关意大利、法国和俄国未来主义文学的一些重要文献资料。当然，我国在 1978 年后出版的各种西方现代主义文学史，如袁可嘉的《欧美现代派文学概论》（广西师范大学出版社 2003 年）、杨国华的《现代派文学概说》（华中师范大学出版社 1989 年）、赵乐甡等人的《西方现代派文学与艺术》（时代文艺出版社 1986 年）、廖星桥的《外国现代派文学导论》（北京出版社 1988 年）、丁子春等人的《欧美现代主义文艺思潮新论》（杭州大学出版社 1992 年）、陈慧的《西方现代派文学简论》（花山文艺出版社 1985 年）等，都设置了"未来主义文学"的章节。和第一个译介高潮比较起来，第二个译介高潮对未来主义文学的介绍更为客观和全面，尤其是对法国未来主义文学有了相当程度的翻译和评论。

二、中国没有未来主义文学

中国文坛对未来主义文学的态度基本有三种，第一种是比较客观地介绍；第二种是作比较低的价值判断；第三种是创作中基本不接受它的影响。在 1978

年以后，我国对未来主义文学基本上持第一和第三种态度，即一方面以理性和客观的精神看待未来主义文学，另一方面，在实际创作中，基本上没有接受未来主义文学的影响。而在 1940 年之前，则是三种态度交织在一起。一方面，当时文坛对未来主义文学的思想内涵、艺术追求能够做比较忠实的译介，但随之便做出偏低的价值判断，进而在创造中竭力回避它的影响。西方现代派文学其他流派在中国虽然命运坎坷，但是在主观上却得到一部分人，或者某几个阶段的认同，在客观上对中国文学更是产生了明显的影响，但未来主义文学从进入中国的那一刻起，一直很难获得中国文坛的好感，客观上也没对中国文学创作产生太多的影响。

郭沫若在《未来派的诗歌及其批评》[13]一文，对未来派持严厉的批判态度。他把未来派比作捡破烂者，说未来派是没有灵魂的照相机或留声机，他举了马里内蒂的诗，认为诗中没有对人生的批评，没有有价值的创造，也没有个性的声音。鲁迅对未来派也无好感，1930 年他在《〈浮士德与城〉后记》中谈到："新的建设的理想，是一切言动的南针，倘若没有这而言破坏，便如未来派，不过是破坏的同路人，而言保存，则全然是旧社会的维持者。"[14]他明确提出意大利未来派只破坏、不建设。五年以后，针对中国某些人模仿未来派的诗，他又在《"寻开心"》一文中谈到："我有时候想到，忠厚老实的读者或研究者，遇见有两种人的文章，他是会吃冤枉苦头的。一种，是古里古怪的诗或尼采式的短句，以及几年前的所谓未来派的作品。这些大概是用怪字面，生句子，没意思的硬连起来的，还加上好几行很长的点线。作者本来就是乱写，自己也不知道是什么意思。"[15]宋春舫译介未来主义戏剧的同时，并不赞成未来主义的主张，贬之为"狂人学说"，指出，"据未来派的意思，全世界无非是一个大游戏场罢了。无论怎么严重悲惨的事，他们看起来，总是一个"大玩笑的好题目"，"他们明明知道世界是万恶的，我们既然脱不了这种魔障，胡闹一番就罢了。何必认真去做人"。[16]

1914 年至 40 年代，中国文坛因为主观上对未来主义文学比较反感，所以在客观上也不会过多地接受它的影响。如果说，西方象征主义催生了中国的象

13　《创造周报》1923 年 9 月 2 日第 17 号。

14　鲁迅：《〈浮士德与城〉后记》，《鲁迅全集》第 7 卷，人民文学出版社 2005 年，第 374 页。

15　鲁迅：《"寻开心"》，《鲁迅全集》第 6 卷，人民文学出版社 2005 年，第 279 页。

16　宋春舫：《未来派戏剧四种·篇末附言》，《东方杂志》1921 年第 18 卷 13 号。

征主义文学；西方表现主义催生了中国的表现主义文学，那么西方的未来主义文学却没有催生中国的未来主义文学，因为，中国既没有类似于"未来主义宣言"的理论主张，也没有真正意义上的未来主义作家，更没有群体意义上的未来主义创作。中国只有极少数作家身上可以看到未来主义文学的痕迹，徐訏是当时唯一明言自己受未来派戏剧影响的作家，他称自己的《荒场》（1931）、《女性史》（1933）和《人类史》（1935）等戏剧作品为"拟未来派戏剧"，不过这些作品也只是和未来派戏剧有些相似而已。其他作家，如郭沫若、何其芳、蒋光慈、蒲风、田间、萧三等，都或多或少受到马雅可夫斯基的影响，不过，他们所认同的与其说是未来主义诗人马雅可夫斯基，毋宁说是革命诗人马雅可夫斯基，所以，他们所受的马雅可夫斯基的影响中，真正属于未来主义的东西极少，只是形式和情绪上还可以见出未来主义文学的一些特征罢了。未来主义文学之所以没有受到中国文坛的青睐，并对中国文坛的创作影响甚微，原因大概有三个：

第一，未来主义文学的思想核心是歌颂现代工业文明，这显然脱离了 1940 年之前的中国现实状况。未来主义文学产生于意大利，意大利当时正处在农业文明向工业文明转型的时期，未来主义文学能够在俄国盛行，也因为俄国具有意大利相似的社会状况。按理说，未来主义文学也能够在文明转型时期的中国生根发芽，但实际情况是，中国除了上海、北京极少数大都市外，工业文明的程度无法和意大利相提并论，也不能和俄国等量齐观，何况，在俄国，未来主义文学所歌颂的对象已经不是现代工业文明那么简单，所以，五四前后的中国文坛不是不想歌颂现代工业文明，而是根本没有现代工业文明可以歌颂。1978 年之后，全球语境都在反思工业文明的负面效果，未来主义文学就更不可能受到青睐。

第二，未来主义文学的思想内涵过于复杂，很难把握。和象征主义、表现主义、意识流文学相比，未来主义文学的思想内涵过于复杂，导致复杂的原因是未来主义文学在不同地域经历了较大的演变。意大利未来主义文学和俄国立体未来主义文学是积极"入世"的文学，法国立体未来主义文学和俄国自我未来主义是积极"出世"的文学，1949 年之前的中国文坛主流是入世的文学，所以，意大利未来主义和俄国立体未来主义文学最受中国文坛关注，但意大利未来主义在马里内蒂的误导下，走向"反动"，这显然让追求光明的国人十分反感，这样，马雅可夫斯基便成为国人最为认同的诗人，问题是，马雅可夫斯基并不是自始至终的未来主义诗人，他的创作可以分为三个时期，第一个时期是未来主义时期（1912-1917 年），第二个时期是政治宣传鼓动时期（1918-1923 年），第三个时期是晚期（1924-1930 年）。中国文坛接受的主要是第二、第三时期而不是未来主义时期的马雅可夫斯基的影响，所以，中国文坛在创作上虽然具有马雅可夫斯基气质的作家比较多，但真正接近未来主义文学风格的却很少。

第三，未来主义文学的形式追求过于模糊。象征主义文学的象征、意识流文学的"意识流"、表现主义的"表现"等，既比较明确，容易把握，对中国文坛来说也比较新颖，相反，未来主义文学在文学形式上的核心主张是语言试验，由于过于绝对化和极端化，在实际操作上也很难把握，而且，中国文坛刚刚经过了白话文运动，对语言实验并不感到新鲜，所以，未来主义文学的形式革新得不到中国文坛的全面认同，倒是它的"立体诗歌"艺术，尤其是马雅可夫斯基的"楼梯诗"因为新颖独特，容易摹仿，在中国文坛产生了广泛的影响。

原载曾艳兵主编《西方现代主义文学概论》，北京大学出版社 2006 年

左联湖南作家与俄苏文学

我们把加入了左联的湖南籍作家看成一个突出的整体，考察其与俄苏文学的关系，并不仅仅着眼于地域籍贯和历史身份的简单组合，更是为了突出他们人生、创作的价值取向和择取外来文学眼光的共通性以及深层积淀的湖湘文化精神在其中所起的作用。

一、现实主义文学中的俄苏文学归趋

无论是作为个体还是作为群体的湖南左联作家，他们的创作和接受经验都已融合进整个新文学的历史进程之中，因而，探讨他们与俄苏文学的因缘关系，还需先荡开一笔，迅速打量一下整个新文学与俄苏文学的关系演进。

如所周知，中国新文学的发生发展是社会历史变革和外来文学思潮共同催迫的结果，换句话说，中国新文学的开创者和拓展者们依托特定的历史文化语境，有意识、有目的地选择外国文学作为建构本民族文学格局的动力系和参照系。就二十世纪中国新文学的整体而言，由于对政治的长期依附和对历史的直接承诺，致使它把参照的目光最终圈定在具有同样特质的俄苏文学身上。诚如先驱者鲁迅在 1932 年的总结和预言："俄国文学是我们的导师和朋友"[1]，可以说，对中国新文学的影响，没有哪国文学能同俄苏文学相提并论。

我们不妨对二十世纪中国文学接受俄苏文学的历程作这样的勾勒：（1）文学革命前是认识接触期，俄苏文学与其他民族的文学相比尚处于"边缘"的地位；（2）文学革命至革命文学这一阶段是恋爱期，俄苏文学渐渐占了上风。

1　鲁迅：《祝中俄文字之交》，《鲁迅全集》第 4 卷，人民文学出版社 2005 年，第 473 页。

根据阿英编的《中国新文学大系·史料索引》统计，从 1917 年至 1927 年十年间，翻译过来的外国文学理论和作品，俄罗斯文学占了近三分之一。但这依然是一个多元文学思潮共存共荣的时期；（3）革命文学至 60 年代是蜜月期，俄苏文学尤其是苏联文学直接导引了中国的左翼文学和社会主义文学的运行；（4）60 年代至 1978 年是冷落期，对俄苏文学的引进缺乏先前的组织性、半官方性和大规模性；（5）1978 年以后是破镜重圆期，中国思想、文学界又加强了对俄苏文学的关注。不难发现，由一个阶段向另一个阶段的递进均与特定的政治、革命变革直接关联。

　　因实际操作的需要，本文考察的时限集中在第二和第三个时期，即文学革命至建国后的头十年。在这段历史时间中，革命文学是一个转折点。因为在此前，尽管中国的半殖民地半封建性质决定了反封建的启蒙运动和反帝的救亡运动同根并发、并蒂开花，但历史的中心点指向的是启蒙，此后，救亡则取代了启蒙的位置——革命文学的萌生便是顺应这种历史变革的产物。随着历史中心点的变迁，作为特定历史文化语境下的中国新文学，其择取外来文学的期待视野也进行了相应的重构与调整。早期启蒙文学的由多元化艺术理念和张扬个性的时代精神所构筑起的深广的期待视野，变迁为革命文学的由中国传统文学的"文以载道"内核和救亡图存的时代呼求所搭建起的现实功利性眼光，这也内在地决定了中国新文学择取外来文学过程中的现实主义指向和现实主义文学中的俄苏文学归趋。

　　典型地呈现出这种情感变迁和运行特征的，左联湖南作家中应属田汉。二十年代初步入文坛的田汉，依然沐浴在"五四"运动的余波中，那是一个张扬个性、推崇自由的时期，也是一个中西文化碰撞融合而催迫旧文化向新文化转型的时期。这期间，西方各种文化思潮纷纷抢滩登陆，粉碎了中国的单元文化背景。就文学而言，西方的浪漫主义、现实主义、自然主义、现代主义等历时发展的文学思潮共时地涌入中国并找到了各自的知音。这样一个自由多元的文化氛围也玉成了田汉宽阔的艺术视野和多元化的艺术理念。他多元性的创作理念和倡扬个性追求的时代精神构建起他显明深广的期待视野。以此为基点，易卜生、莎士比亚、托尔斯泰、赫尔岑等现实主义作家；歌德、拜伦、海涅等浪漫主义作家；王尔德、波得莱尔、爱伦·坡、谷崎润一郎等唯美主义和现代主义作家均纷纷走入他的视野，成为他借鉴和汲取的对象。反过来，浪漫主义的抒情、唯美主义的美、现代主义的象征意味、现实主义的现实关怀精神又增强了他艺术品质的混融性。

从田汉前期的艺术理念和艺术实践看，俄苏文学不是他最早接触的对象，但却越来越吸引他的目光，接近他的心灵。事实也印证了这一点，在1919年发表的《平民诗人惠特曼的百年祭》一文中，他即指出了"因为有俄罗斯那么阴沉的地方，所以有脱尔思泰（托尔斯泰）等那么深刻的文学。"[2]1920年，他更是撰写了五万字长文《俄罗斯文学思潮之一瞥》连载于《民铎》杂志第6、7、8、9期上，在文中，他详细论述了普希金、莱蒙托夫、果戈理、托尔斯泰等一系列俄国重要作家。这不仅证实了俄国文学已引起他的兴趣，也表明他对俄国文学深重的思想内涵和忧郁的美学品格一开始就有了较精准的把握和概括。而俄国文学对生命困苦、现实无奈的忧虑也正契合了二十年代中国感伤的社会氛围，投合了田汉抒情化的创作旨趣。随着田汉艺术探索的深入和对现实认识的加深，俄国文学对他也越具亲和力。田汉说："在封建主义和帝国主义双重压迫下的祖国人民深重的苦难和民族危机前面，我不可能不有所觉醒，有所振奋；又在我搞王尔德、爱伦·坡、波得莱尔的同时，我爱上了赫尔岑、托尔斯泰等俄罗斯文学巨匠，因而在迷途未远的时候我就折回来了。"[3]这也预示了田汉期待视野的重构与变迁。在1930年的《我们的自己批判》一文中，田汉用社会政治价值标准审视并否定了自己所走过的路。此后，他舍弃了自己长期以来所持的政治与艺术分离的二元见解，公开地融入左翼文学。

二、左联湖南作家的期待视野

搭建左翼文学的期待视野的基本构件是日益显露的"文以载道"的传统文学内核和日益强烈的救亡图存的时代呼求。众所周知，"文以载道"的观念规约了中国一代代作家的文学价值取向。直到陈独秀、胡适等人倡导的文学革命，这一传统似乎有所改变，因为从表层看，他们因把旧文学当成是旧道德的载体而把文学的现代转型与反"载道"联系在一起，他们一度试图淡化文学的社会政治功用，恢复文学的本体地位。这也是五四时期多元的文学观念和思潮得以并存的一个深层原因。田汉早期多元的艺术品格即得益于这样宽容的时代氛围。但是五四文化启蒙作为一种历史性运动，它所要求于文学的，也必

2　田汉：《平民诗人惠特曼的百年祭》，《田汉文集》第14卷，中国戏剧出版社1987年，第16页。

3　田汉：《我怎样走上党的文学道路——〈田汉选集〉前记》，《中国当代文学研究资料丛书·田汉专集》，江苏人民出版社1984年，第191页。

然是对一种新道德新文化的工具性载承。因此，文学革命尽管从反载道始，但最终还是逃不脱载道的命运。这也不难理解文学由启蒙向救亡的转移为什么会如此的迅速和迫不及待，因为文学革命未能也不可能割断粗壮的传统文化血脉。

当文学史翻到了三十年代，二十年代前期的自由精神因缺乏现代化的物质基础和政治制度而被日益激化的民族、阶级解放，日趋浓厚的政治焦虑所排挤。面对着新的历史契机，流淌着传统文人血液的田汉、丁玲、周扬、周立波诸人，作出了不约而同的选择：加入党以及党领导的左翼作家联盟，多数人还担承起左翼文学的领导者和组织者的重任。他们的选择体现了深层积淀的地域性湖湘文化精神制导和规约了他们人生和创作的价值取向。

有心人把湖湘文化精神概括为三个层面：先楚文化；民间文化；近世湖湘文化。前两个层次呈现的是比中原文化带有更多原始成分、自然气息、神秘意味的特质，是湖湘文化的"旧"传统；后一个层次的内核是经世致用，是湖湘文化的"新"传统，它滥觞于鸦片战争前后，经魏源、陶澍、贺长龄、贺熙龄、曾国藩等人的不断鼓吹和践行，积淀为一种足以凌俯后世的集体无意识。如果说沈从文等人更多地受益于先楚文化和民间文化的熏染，那么，左联湖南作家则更多地受制于近世湖湘文化的规导，即在人生价值取向上，把政治当成生命的第一要义；在创作价值取向上，把社会政治功用当成文学的第一要义。萧三说："我首先是党员，然后才是诗人"[4]；丁玲的自我定位是："我首先是共产党员"[5]；周立波说："我的笔是停不了的，这归根结底是为了党和人民的利益"[6]，亦称"要使文学成为共产党的极有党性的事业"[7]，因此，周扬说，"立波首先是一个忠诚的无产阶级革命战士，然后才是一个作家"[8]；早年"凭一股青年的热情和正义感写作"的田汉在左翼文学后亦宣称他是"在党的领导下，通过戏剧活动为反帝反封建而斗争"[9]。

可以说，深层积淀的文化传统，近世湖湘文化的精神内核与三十年代的社

4 萧三：《我与诗》，《萧三文集》，新华出版社 1983 年，第 313 页。
5 丁玲：《我怎样跟文学结下缘分》，《丁玲全集》第 8 集，河北人民出版社 2001 年，第 237 页。
6 周扬：《怀念立波》，《人淡如菊》，北京师范大学出版社 1997 年，第 90 页。
7 周立波：《我们珍爱苏联文学》，《人民文学》1949 年，第 1 期。
8 周扬：《怀念立波》，《人淡如菊》，北京师范大学出版社 1997 年，第 90 页。
9 田汉：《我怎样走上党的文艺道路——〈田汉选集〉前记》，《中国当代文学研究资料丛书·田汉专集》，江苏人民出版社 1984 年，第 191 页。

会现实所呈现出的日益强劲的合流之势构筑起左联湖南作家的期待视野。这个视野如同一个大熔炉，把不同时期步入文坛的湖南作家的接受目光加以整合，模糊其个性，凸现其共性。概而言之，在三十年代及以后的泛政治化的历史语境中，他们不仅渴望充满民主主义、人道情怀和批判意识的文学，更急需激励的战斗的文学、关注工农大众当下生存状态的文学、传递集体主义道德情操的文学、为社会为政治的功利主义的文学以及涵括了上述特质的现实主义美学向度的文学。当把这些条件联合起来加以考虑，他们首先拒绝了现代主义文学和元话语意义上的浪漫主义文学。举着"我们不需要颓废的无病呻吟，更不需要才子佳人的风化雪月"的大旗步入文坛的叶紫读了象征主义作家纪德的《田园交响曲》后，称"我一开始就不喜欢纪德"；周立波也曾涉猎过多种现代派文学，而他对意识流小说家詹姆斯·乔易斯的评价，则表明了他对现代派文学的偏见。在《詹姆斯·乔易斯》一文中，他认为"在整个乔易斯作品里，充斥了俗物"，"猥琐，怯懦，淫荡，犹疑是乔易斯的人物的特质。"他还点名批评了乔易斯的代表作《尤利西斯》，说它是"一部怪书"。[10]纵观周立波三十年代的文学评论，他对现代派文学从内容到形式都作了彻底的否定。这也代表了左联湖南作家在左翼文学时期及以后的时间中对西方现代主义文学的态度。在他们看来，现代主义文学阴郁、空洞、颓废，只写西方现代人的悲观心境，缺乏对现实的激励精神，理应加以排斥；而作为元话语意义上的浪漫主义文学，固然具有冲决、破坏精神，但只以小资产阶级为表现对象和读者群，感伤气息太浓，也不适合现实的斗争需要。这样，他们把目光投向了现实主义美学向度的文学。欧美的批判现实主义文学，左联湖南作家基本上都倾心过，但由于它的生成和生存背景与中国的文学背景有很大的差异，而且它只注重揭露和批判，特质较为单一，因而也不能获得普遍彻底的认同。唯有对具备多层次特质的俄苏文学，他们的意见才比较一致和统一。

三、时代使命、美学向度和人道情怀

作为左联成员的湖南作家，其接受外来文学的眼光自然受制于左联的期待视野，对他们而言，激励的战斗的文学是期待之一。众所周知，为社会呐喊，为人民请命是俄国古典文学的传统特质，十月革命后，以高尔基为代表的俄罗

---

10 周立波：《詹姆斯·乔易斯》，《周立波三十年代文学评论集》，上海文艺出版社1984
　　年，第207页。

斯文学继承并光大了这个传统。鲁迅、瞿秋白等左翼文学的精神领袖们迅速地捕捉到这个信息，号召"对于中国，现在还是战斗的要紧"，并身体力行地加强了对苏联文学的译介和鼓吹。三四十年代的苏联文学热、高尔基热便由此而生。政治使命意识尤其强烈的左联湖南作家也就在这股热潮中起着推波助澜的作用。在对文学的现实激励性和战斗性的期待中，田汉把高尔基的《母亲》、托尔斯泰的《复活》改编为更具大众性、鼓动性和时效性的话剧。他改编《母亲》，是希望借这位伟大的无产阶级英雄母亲形象来唤起人民的觉醒。而对话剧《复活》，田汉更是从情节、人物到台词等作了本土化和现实化的处理，意在"以示殖民地被压迫人民在帝国主义铁鞭下的惨状及其英勇反抗"，在日本帝国主义侵略中国，国难日深之时，"需要每个人拿出良心来救国"。[11]

左联新人之一的湖南作家叶紫，最认同的俄苏作家是高尔基，这不仅因为他那"从大都市流到小都市，由小都市流到农村"，"由破碎的农村中流到了这繁华的上海"的苍生心态同高尔基的毕业于"社会大学"的生命经历更容易契合，更由于高尔基的"文学是一种战斗的事业"的创作理念与他那把文学当成是推动时代前进的事业的精神倾向不谋而合。在高尔基逝世后，叶紫深情悼念："高尔基是我受影响最大，受益最多，而且最敬爱的一个作家。"[12]

现实主义的美学向度是左联湖南作家的期待之二。二十至七十年代的泛政治化的历史语境接纳和纵容了现实主义从内涵到名称的变异。"唯物辩证法的创作方法"便是诸多变异形态中的一种。由于左联成立后不久就被正式吸收为国际革命作家联盟的一个支部，致使左翼文学直接地接受其指导，贯彻其精神。这样，左翼文坛对苏联的主张更是达到了亦步亦趋地拿来的程度。当时，湖南的政治诗人萧三担任左联长驻国际革命作家联盟代表，成为左联与苏联文艺界直接联系的重要中介人。他的主要职责是及时地向国内反映苏联的文坛动态。1929 年左右，苏联"拉普"基于对浪漫主义的反拨，倡导"唯物辩证法的创作方法"，萧三及时地写信回国内，传达了这种精神。左联由此迅速地在 1931 年作出决议："在方法上，作家必须从无产阶级的观点，从无产阶级的世界观，来观察，来描写。作家必须成为一个唯物的辩证法论者。"[13]

---

11 田汉：《〈复活〉后记》，《中国当代文学研究资料丛书·田汉专集》，江苏人民出版社 1984 年，第 173 页。

12 叶紫：《悼高尔基》，《叶紫文集》（下），湖南人民出版社 1983 年，第 555 页。

13 《中国无产阶级革命文学的新任务》，马良春、张大明编：《三十年代左翼文艺资料选编》，四川人民出版社 1980 年，第 182 页。

这种主张也就一度成为左翼文坛的理论导引和批评标准。作为左联的领导者和决策人之一，田汉试图从理论上认可和实践上贯彻这种创作方法。1932 年，他即公开宣称"我们是应该为获得唯物辩证法的创作方法而斗争"。[14]他 1932 年左右的作品《梅雨》《午夜饭》《洪水》《乱钟》等都或多或少地带上了这种创作方法的特征。左联的另一员战将丁玲虽然曾说自己想用却不知如何用"唯物辩证法的创作方法"进行创作，但她 1931 年的被看成是作者本人乃至整个左翼文学的转向之作《水》，却已经被纳入这种"创作方法"的价值认知系统，即被冯雪峰称作是唯物辩证法的创作的初步兑现，而丁玲本人因此被视为"具有唯物辩证法的方法的作家"[15]，在显示革命家和文学家双重姿态的革命文学家们看来，这是一种比元话语意义上的现实主义更为先进的操作方法，而在某种程度上，"唯物"一词确实意味着要以客观写实笔法，努力表现革命生活的真实性，因而对此前"革命浪漫蒂克"起到了　定的纠偏作用。但"辩证法"一词要求从现实中写出理想的召唤，从失败中听到胜利的锣鼓，从黑暗中绘出光明的尾巴，从而使大众受到教育和鼓舞。因而，在一次次的纠偏中，"唯物辩证法的创作方法"作为最新的发展形态，依然难以摆脱其描写社会生活的伪浪漫性质。历史终于将周扬推上了前台。

在左联湖南作家中，周扬是革命家的职业意识最为鲜明的一个，因而，他的文艺活动也表现出对政治更强的依附性。在三四十年代，周扬以革命文学的组织者和理论旗手的身份，以文学的政治煽动性和组织功能为轴心，从事译介和评论俄苏文学的工作。他的历史功绩主要体现在三个方面：一是译介和评述俄苏的作家、作品和文学发展状况；二是对俄国革命民主主义者的美学理论的翻译和系统介绍。1942 年，他翻译的车尔尼雪夫斯基的学位论文《艺术与现实的审美关系》在延安出版。这部译著被朱光潜先生称誉为是我国解放前的"最早的几乎是唯一的翻译过来的一部完整的美学专著，在美学界已成为一部家喻户晓的书。他的影响是广泛而深刻的"[16]，这种影响显然部分地达到了译者预期的接受目的，即以车氏的美学理论加强中国文学家为人生、为社会的功利意识和使命意识。出于同样的动机和角度，周扬在 1936 年以"列斯"的

---

14 田汉：《戏剧大众化和大众化戏剧》，《田汉全集》第 15 卷，花山文艺出版社 2000 年，第 236 页。

15 冯雪峰：《关于新的小说的诞生——评丁玲的〈水〉》，《冯雪峰论文集》（上），人民文学出版社 1981 年，第 69 页。

16 朱光潜：《西方美学史》（下），人民文学出版社 1982 年，第 559 页。

笔名发表《纪念别林斯基的一百二十周年诞辰》，向中国文艺界较详细地介绍了别氏的政治态度、文艺思想、生活道路和战斗的文艺批评精神；三是对"社会主义现实主义"的引进和鼓吹。由于左联对苏联文坛的一举一动都密切关注，所以当苏联开始清算"拉普"的错误主张，用"社会主义现实主义"的口号替代"唯物辩证法的创作方法"时，国内亦做出迅捷的响应。在诸多的介绍文章中，周扬的《关于社会主义的现实主义和革命的浪漫主义——"唯物辩证法的创作方法"之否定》一文最为系统和权威。此后，出于将这种新的现实主义形态"定于一尊"的意图，人们迫不及待地用否定旧的创作口号来宣传鼓动它。历经了三四十年代的一再爆发的现实主义论战，结合着新的革命现实和创作实践，这种创作方法最终在1942年的讲话中被钦定为无产阶级文学的理论法典，雄霸了中国文坛数十年。

如果说周扬是社会主义现实主义的引进者和鼓吹者，那么丁玲，周立波则是最忠诚、彻底、准确的实践者。丁玲，周立波分别于1936年、1939年到达陕北解放区。在解放区，由于社会现实中的新的接近社会主义性质的因素的萌芽，使得苏联的文学精神得到最极致的张扬，这样，丁玲、周立波在创作他们各自的代表作时，都自觉地借鉴了苏联的社会主义现实主义的经典之作，最明显的是肖洛霍夫的《被开垦的处女地》。丁玲在写作《太阳照在桑干河上》前认真研读这部作品，而周立波作为它的中文翻译者，对这部小说的思想底蕴和艺术品格更是烂熟于心。他对《被开垦的处女地》的摄取和内化自然很明显地在他的《暴风骤雨》中呈现出来。俄国教授阿尼西莫夫评价《太阳照在桑干河上》时说："在美学方面……有充分的理由将其归之为社会主义现实主义的成就。"[17]这样的评价自然也适合于周立波的《暴风骤雨》。

人道情怀，批判意识是左联湖南作家的期待之三。如果说，周扬引进的社会主义现实主义从理论上清算了"唯物辩证法的创作方法"所导致的公式化和概念化倾向，那么，差不多同时步入文坛的"左联新人"则从创作上给文坛吹来一股清新之风。由于他们是在左联后期走上文坛，因而受前期左倾的影响较小，加上他们都有着较深厚的生活体悟和积累，又在鲁迅的直接教诲下成长，因此，比起其他的左联作家，他们在创作上都能较多地守护文学的本体意识，在借鉴外来文学时，政治的目的性相对淡薄一些，文学角度的借用相对多

---

17 〔苏〕波兹德聂耶娃：《〈丁玲选集〉俄文版序言》，《丁玲研究在国外》，湖南人民出版社1985年，第66页。

一些。

　　左联新人中，湖南作家叶紫、张天翼是最耀眼的两位。他们都对俄苏文学怀有深厚的感情。就叶紫而言，俄罗斯古典作家的作品，像托尔斯泰的《战争与和平》、果戈理的《死魂灵》、屠格涅夫的《猎人笔记》、契诃夫的《坏孩子》、陀思妥耶夫斯基的《穷人》他都曾"研读再三，几可成诵"，就张天翼而言，"对十九世纪的欧洲文学家，他最钦佩的是果戈理，其次是契诃夫。"[18]

　　叶紫、张天翼都力主文学的战斗性，但他们的战斗性更多地是具体化为深沉的批判意识和人道情怀，而不只是表层的鼓吹。俄国古典文学的对"小人物"同情、悲悯的传统深深地影响着他们的创作。他们立足民族文化语境，分别以农民和小市民为核心建构自己的人物画廊。但他们并没有停留在对下层人物"哀其不幸"的层面，而是师法俄苏文学深沉的批判意识，努力地加强作品的广度、深度和力度。从广度上看，他们分别以农民和小市民为轴心，把关注的目光辐射到社会的角角落落，形成了自己的全景视角；从深度上看，俄苏文学影响了他们在对"小人物""哀其不幸"的同时，亦"怒其不争"，在拷问灵魂的同时，亦期盼再造灵魂；从力度上看，他们秉承俄苏文学的政治批判和文化批判的双重视角，加强作品的历史和文化内涵，分别形成了悲郁和"含泪的笑"的美学品格。

结语

　　如果把左联湖南作家和俄苏文学的因缘关系看成是一部历史文本的话，那么，在对这部文本作了上述的粗略的梳理之后，就可以解读出它的基本主题，即俄苏文学赋予他们的不仅是具体技法上的借鉴，更是文学精神上的导引。在历经多年的生命体悟和对俄苏文学的借鉴吸纳之后，他们由衷地说："我最初接触外国文学的时候，我是喜欢俄罗斯文学……"[19]"外国的作品，尤其是苏联的作品，也该好好学习。"[20]"中国人民珍爱着苏联的文学。"[21]

18　周颂棣：《我和天翼相处的日子》，《张天翼研究资料》，中国社会科学出版社 1982 年，第 66 页。

19　丁玲：《在旅大小平岛军疗养院的一次讲话》，张炯主编：《丁玲全集》第 7 卷，河北人民出版社 2001 年，第 352 页。

20　丁玲：《谈文学修养》，张炯主编：《丁玲全集》第 7 卷，河北人民出版社 2001 年，第 150 页。

21　周立波：《我们珍爱苏联的文学》，《周立波文集》第 5 卷，上海文艺出版社 1985 年，第 711 页。

丁玲和周立波的话是对左联湖南作家与俄苏文学之间的情感的最终定位。可以说，他们在三十年代左右所构筑的接受视野，即从社会政治功用角度来选择外来文学，在他们以后的接受历程中基本没有改变。而随着对俄苏文学借鉴和吸纳的增多，在他们的心目中，也渐渐形成了一颗解不开的"俄苏情结"或"亚俄苏情结"。

实际上，文学作为一种子文化或小文化（这里的文化是指包含了政治、制度、经济在内的广义的文化），它的基本性质和运行特征无疑要受到整个文化系统以及文化系统中的其他要素的制约。由于中国新文学所依托的文化背景更为复杂和浓厚，尤其是强悍的政治要素对它的入侵，致使它对外来文学的借鉴已远远超出文学本身的内涵，而与特定的文化心理机制相连接。换句话说，相比与个体对个体的接受，一国文学对另一过文学的借鉴有着更严格意义上的选择性和更功利化的认同感，中国新文学（自然包括左联湖南作家）在摄取外来文学的过程中，将爱的天平倾向了俄苏文学，与其说是一种文学上的认同，毋宁说是一种文化上的认同。这种由文化认同出发的文学认同最终又回归，准确地说是升华到对整个俄罗斯民族的全面的景仰和热爱。这从周立波 50 年代写的《苏联札记》和田汉写的一系列有关俄苏的文章中可以鲜明地感受到。

由于文学具有浓厚的文化属性，那么"一方文化养一方文学"，涵括了先楚文化、民间文化和近世湖湘文化三个层面的湖湘文化致力于对和谐的追求。如果说前两个层面注重于人与自然的和谐，那么后一个层面看重的是人与社会的和谐。由于近世湖湘文化过于推崇一切事物的现实功利效用，使得湖湘文化终缺乏大进取、大拓展和大气派。这种文化上的缺失则导致了文学上的不足。以左联湖南作家为例，从理论上看，固然有周扬这样的急先锋，但不过是生产了一些以权力话语方式存在的"见解"和"规则"，而缺乏具备独立自由品格的思想和理论；从创作上看，固然有丁玲、周立波、张天翼、叶紫这样的"名家"和他们的精品之作，但少了"大师"和"史诗性"巨著；与此密切相关的是，在借鉴和吸纳外来文学时，服务于现实社会的急切心态集中和缩小了他们的期待视野，使得他们对外来文学最终缺乏一种兼收并蓄的胸怀，而是眼中只有你——俄苏文学。

原载《湘潭大学学报》，2002 年第 1 期

期待视野的重构与变迁
——田汉偏向俄苏文学的接受学考察

  二十世纪二十年代初步入文坛的田汉，依然沐浴在"五四"运动的余波中，那是一个张扬个性、推崇自由的时期，也是一个中西文化碰撞融合而催迫旧文化向新文化转型的时期。这期间，西方各种文化思潮纷纷抢滩登陆，粉碎了中国的单元文化背景。就文学而言，西方的浪漫主义、现实主义、自然主义、现代主义等历时发展的文学思潮共时地涌入中国并找到了各自的知音。

  这样一个自由多元的文化氛围也玉成了田汉宽阔的艺术视野和多元化的艺术理念。他坚信："我如是以为我们做艺术家的，一面应把人生的黑暗面暴露出来，排斥世间一切虚伪，立定人生的基本。一方面更当引人入于一种艺术的境界，使生活艺术化（Artificaition），即把人生美化（Beautify），使人家忘掉现实生活的苦痛而入于一种陶醉法悦浑然一致之境，才算能尽其能事。"[1]显然，在立足现实和超越美化现实之间；求真和求美之间；社会价值和艺术价值之间，他创作的钟摆有时向前，有时向后，有时又试图在二者之间求得统一与和谐。这就造成他艺术品质的混融性和创作理念的多元性。他多元性的创作理念和倡扬个性追求的时代精神构建起他深广的期待视野。以此为基点，易卜生、莎士比亚、托尔斯泰、赫尔岑等现实主义作家；歌德、拜伦、海涅等浪漫主义作家；王尔德、波得莱尔、爱伦·坡、谷崎润一郎等唯美主义和现代主义作家均纷纷走入他的视野，成为他借鉴和汲取的对象。反过来，浪漫主义的抒情、唯美主义的美、现代主义的象征意味、现象主义的关怀精神又增强了他艺

---

1 田汉：《致郭沫若的信》，《田汉文集》第 14 卷，中国戏剧出版社 1987 年，第 51 页。

术品质的混融性。

田汉二十年代的作品《环峨嶙与蔷薇》《湖上的悲剧》《南归》《古潭的声音》《颤栗》是他艺术的钟摆摆向求美和艺术价值的产物，而《获虎之夜》《午饭之前》《孙中山之死》《名优之死》等表明他艺术的眼光又落回现实人生。至于《咖啡店一夜》《苏州夜话》等则充分显露出他那理想主义与写实主义相混融的艺术品质。

一、走近俄苏文学

从田汉前期的艺术理念和艺术实践看，现实主义文学不是他最早接触的对象，更没有主导他的心灵。直到 1920 年左右，他明确了做一个像易卜生那样的戏剧家的人生理想，他的现实主义意向才初现端倪。在当时的文坛，易卜生是被当成一个关注社会人生问题的批判现实主义大师而被推崇和仿效的。田汉对他"比时代先进了一步"的现实敏感力和捕捉力十分钦佩。也正在当时，以易卜生为代表的东欧弱小民族的文学和俄国古典文学几乎被看成同质文学而被大量引进和鼓吹。这也暗示了俄国文学已靠近他的心灵。事实也印证了这一点，在 1919 年发表的《平民诗人惠特曼的百年祭》一文中，他即指出了"因为有俄罗斯那么阴沉的地方，所以有脱尔思泰（托尔斯泰）等那么深刻的文学。"[2]加上他 1920 年连载于《民铎》杂志第 6、7、8、9 期上的《俄罗斯文学思潮之一瞥》，不仅证实了俄国文学已引起他的兴趣，也表明他对俄国文学深重的思想内涵和忧郁的美学品格一开始就有了较精准的把握和概括。而俄国文学对生命困苦、现实无奈的忧虑也正契合了二十年代中国感伤的社会氛围，投合了田汉抒情化的创作旨趣。

有论者认为，田汉在 1920 年写就的《咖啡店一夜》即以"契诃夫式的低沉调子，捕捉住二十年代的情绪，展现出一幅中国青年知识分子的波希米亚式生活的缩影。"[3]这部剧作的"落幕的情景无疑是契诃夫的调子，而且在其他许多地方，这个剧本都让人想起《万尼亚舅舅》的影响。"[4]随着田汉艺术探

2　田汉:《平民诗人惠特曼的百年祭》,《田汉文集》第 14 卷, 中国戏剧出版社 1987 年, 第 16 页。

3　康斯坦丁·东:《孤独地探索未知: 田汉 1920-1930 年的早期剧作》,《中国当代文学资料丛书·田汉专集》, 江苏人民出版社 1984 年, 第 641 页。

4　康斯坦丁·东:《孤独地探索未知: 田汉 1920-1930 年的早期剧作》, 丁罗男译,《中国当代文学资料丛书·田汉专集》, 江苏人民出版社 1984 年, 第 642 页。

索的深入和对现实认识的加深，俄国文学对他也越具亲和力。田汉说："在封建主义和帝国主义双重压迫下的祖国人民的深重苦难和民族危机前面，我不可能不有所觉醒，有所振奋；就在我搞王尔德、爱伦·坡、波得莱尔的同时，我爱上了赫尔岑、托尔斯泰等俄罗斯文学巨匠，因而在迷途未远的时候我就折回来了。"[5]这也预示了田汉期待视野的重构和变迁，在他的心目中，现实主义的地位逐渐凸现了出来。

二、走进俄苏文学

1929年田汉创作了《一致》和《火之跳舞》，标明田汉转向革命戏剧创作。而在1930年的《我们的自己批判——〈我们的艺术运动之理念与实际〉上篇》一文，田汉更是用社会政治价值标准审视了自己所走过的路，认为"但过去的南国，热情多于卓识，浪漫的倾向强于理性，想从地底下放出新兴阶级的光明而被小资产阶级的感伤的颓废的雾笼罩的太深了。"[6]此后，田汉舍弃了自己长期以来所持的政治与艺术分离的二元见解，公开地融入左翼文学。早期求美的希冀淡化了，而求真则让位于求善；社会价值、艺术价值的二元追求则让位于社会价值的一元追求。这时，文学史也翻到了三十年代。这时期，二十年代的自由精神因缺乏现代化的物质基础和政治制度而被日益激化的政治斗争、民族矛盾所排挤，救亡图存上升为时代主题，文学的政治化、战斗性提上日程。左翼文学即诞生在这样的背景之下，它是国际无产阶级文学运动的一个重要支流，党从组织上领导文艺的开始。

1930年左联的成立，更是党对文艺领导的加强。左联不是一个纯文艺团体，而是一个泛政治化的组织，它明确规定文艺为无产阶级运动服务，这也成为搭建左翼文坛期待视野的一个重要构件。与此相呼应的是中国传统文化中的群体意识、伦理政治目标等潜在的因素显露了出来，它制导了文学要教育鼓动大众，服务现实政治的价值趋向。而自1930年起，田汉相继成为"左联""剧联"的领导人并加入中国共产党，这不仅表明田汉受制于左翼文坛的期待视野，还证实了他同他的湘籍左联盟友们一样，其人生价值追求受到了近世湖湘文化经世致用特质的规约，即把政治放在人生的第一位置，在文

5　田汉：《我怎样走上党的文学道路——〈田汉选集〉前记》，《中国当代文学资料丛书·田汉专集》，江苏人民出版社1984年，第191页。

6　田汉：《我们的自己批判——〈我们的艺术运动之理念与实际〉上篇》，《田汉文集》第14卷，中国戏剧出版社1987年，第352页。

学与政治谁先谁后的问题前面，他们把自己定位为首先是个党员，然后才是作家或诗人。

就田汉而言，三十年代之后，他舍弃了早年的"凭一股青年的热情和正义感写作"，选择了"在党的领导下，通过戏剧活动为反帝反封建而斗争"。[7]可以说，三十年代的中国社会现实、深层积淀的文学传统和近世湖湘精神的内核共同重构了田汉隐秘而功利的期待视野。从这个视野放眼望去，坚持表现自我、过于游离现实的非现实主义文学显然不合时宜，尽管它们曾是自己的至爱。只有那与俄国革命民主主义运动、无产阶级革命运动同呼吸共命运过的，并由此而导致的充满民主意识、为人生为社会的功利目的、集体主义情操、泛政治化倾向、清醒的现实主义精神的俄苏文学才最契合自己的现实需求和创作转向。

在对文学的现实战斗性的期待中，田汉把高尔基的《母亲》、托尔斯泰的《复活》改编为话剧。他改编《母亲》，是希望借这位伟大的无产阶级英雄母亲形象来唤起人民的觉醒。而在话剧《复活》里面，田汉有意突出三名波兰青年的戏，让他们中间的一位说出这样的话："这次到远东去若是会见了中国人，我一定告诉他们，我们波兰给普、奥、俄三个帝国主义瓜分了快一百年了，为着反抗帝国主义统治，波兰人民不知流过多少宝贵的血；但这样并没有使波兰的革命者们消沉和害怕，直到复国为止，我们会前仆后继地干下去的。我一定用自己的例子喊醒中国人民觉悟吧！斗争吧！"[8]田汉突出原作中被虚笔带过的人物并配上这样的台词，意在"以示殖民地被压迫人民在帝国主义铁鞭下的惨状及其英勇反抗"，在日本帝国主义侵略中国，国难日深之时，"需要每个人拿出良心来救国"。[9]其实，田汉创作的现实针对性和功利性在1931年为纪念五卅运动而写作《顾正红之死》时就可窥一斑。在五卅运动发生之年，邓中夏建议他以此作为创作题材时，他以"每一个作家只应作诗而不应作宣传"[10]为由加以谢绝。事隔五年之后，促使田汉回顾这个历史事件的动因之一

7　田汉：《我怎样走上党的文学道路——〈田汉选集〉前记》，《中国当代文学资料丛书·田汉专集〉》，江苏人民出版社1984年，第191页。

8　田汉：《复活》，《田汉文集》第4卷，中国戏剧出版社1983年，第356页。

9　田汉：《〈复活〉后记》，《中国当代文学资料丛书·田汉专集》，江苏人民出版社1984年，第173页。

10　田汉：《〈田汉戏剧集〉第二集自序》，《中国当代文学资料丛书·田汉专集》，江苏人民出版社1984年，第134页。

就是"万县惨案这一帝国主义者压迫殖民地民众的暴行也不曾反映在中国作家的任何作品里面，却有苏联作家特莱察可夫替我们写的'怒吼吧，中国！'"[11]苏联作家对现实革命的敏感力、捕捉力和突击力无疑深深地刺激着他的创作。

田汉作为左联的发起人和领导者之一，同整个左翼文坛一样，一方面出于新的现实需要，从新的角度继续借鉴和吸收俄国文学，另一方面又把接纳的重点倾斜到苏联无产阶级文学上。在 20 世纪初期，当俄国的无产阶级文学刚刚兴起之时，俄国文坛居于主流地位的是象征主义、阿克梅主义、未来主义等现代派文学，到了 20 世纪 20 年代，无产阶级文学后来居上，被定于一尊。它的崇高的审美理想、集体主义的道德情操、为现实政治服务的倾向以及党领导和规范文艺的发展模式比旧俄文学更契合中国的社会现实。因而，从 20 世纪 20 年代中期开始，文坛对苏联文学的译介日见活跃，许多作家在苏联文学的影响下，产生了"清理一番过去的文学艺术观点的意思，以使用'为无产阶级的艺术'来充实和修正'为人生的艺术'"[12]。

到了左联时期，文艺为无产阶级运动服务则成了一项制度化的文艺政策，对苏联的主张也达到了亦步亦趋的程度，苏联的文艺思想基本上被同步引进。1929-1932 年，基于对浪漫主义的反映，苏联"拉普"倡导"唯物辩证法的创作方法"，它主张文学不是抒发个体的情感，而是体现团体和阶级的意志。至于这种创作方法何时引进中国并不能确定，但在 1931-1933 年，它是被左翼文坛当作克服"革命浪漫谛克"的法宝的。在 1931 年的左联决议中，就明确提出："在方法上，作家必须从无产阶级的观点，从无产阶级的世界观，来观察，来描写。作家必须成为一个唯物的辩证法论者。"[13]

田汉作为左联的领导者之一，自然需从理论上认可、从实践上贯彻这种创作方法。1932 年，田汉就公开宣称："我们是应该为获得唯物辩证法的创作方法而斗争。"[14]田汉 1932 年左右的作品《梅雨》《午夜饭》《洪水》《战友》

---

11 田汉：《〈田汉戏剧集〉第二集自序》，《中国当代文学资料丛书·田汉专集》，江苏人民出版社 1984 年，第 135 页。

12 茅盾：《五卅运动与商务印书馆罢工》，《茅盾研究资料》（上），中国社会科学出版社 1981 年。

13 《中国无产阶级革命文学的新任务》，马良春、张大明编：《三十年左翼文艺资料选编》，四川人民出版社 1980 年，第 182 页。

14 田汉：《戏剧大众化和大众化戏剧》，《田汉全集》第 15 卷，花山文艺出版社 2000 年，第 236 页。

《乱钟》《一九三二年的月光曲》等或多或少带有这种创作方法的特征：以当前重大的社会问题为题材，用阶级分析的眼光考察、分析和展现工农的觉醒和革命的热情，在艺术上则呈现出如《乱钟》中的大段的政治演说这类口号化、概念化、政治化迹象。但总体而言，田汉同当时其他作家一样，对究竟什么是"唯物辩证法的创作方法"并不十分清楚，因而在实际操作中，他也只是取其所主张观察、分析社会问题的新的立场和角度，从而把笔触伸到以往很少涉及的题材如工农革命性的增长、人们的抗日激情等。这样，尽管这时期田汉作品在艺术性上有所缺失，但也基本上达到了写实主义的要求，具有另一种有别于早期的浪漫情怀和诗意特质的感染力。

三、时代和传统铸就的俄苏文学情结

从追求个性解放到信仰集体主义；从抒发个体经验到体现群体意志；从为个人创作到为无产阶级革命斗争和社会主义事业而奋笔疾书，这种转变很典型地体现在田汉身上。伴随着这种转变，在对外来文学的态度上，他也由早期的各有所爱转向对现实主义文学尤其是俄苏文学的情有独钟。在三十年代，他曾为现实斗争而改编《母亲》《复活》；为无产阶级文学事业而响应"唯物辩证法的创作方法"；为表达对俄苏文学的敬仰而撰写《纪念俄国文坛的大彼得——普希金百年祭》《高尔基的飞跃——高尔基逝世周年纪念》等文。俄苏文学在他心目中的份量越来越重。建国初的头十年，是中苏政治关系的蜜月期，也是中苏文化文学关系的蜜月期。田汉对俄苏的感情日益升温并超过文学的范围。田汉深情地写作了《向坚信光明、自由的伟大现实主义作家契诃夫学习》《向苏联戏剧学习》等文，也创作了《十月颂歌》《我所认识的十月革命》《歌十月革命四十周年》《歌苏联宇宙火箭》《拥护苏联严正立场，支持各国人民斗争》等作品来表达他对俄苏的热爱和景仰。在他的心目中，已形成一颗解不开的俄苏情结。

从各有所爱到情有独钟，田汉的接受经验也折射出了中国新文学择取外来文学的独特历程。相对于个体对个体的接受，一国文学对另一国文学的借鉴往往有着更严格意义上的选择性和更功利化的认同感。中国新文学在摄取外国文学过程中，将爱的天平倾向于俄苏文学并非偶然现象。

俄罗斯作为半个东方国家，不仅是地理意义上的，也是精神意义上的。俄国与东方，在马克思那里，都是资本主义不发达的"卡夫丁峡谷"，都是亚细

亚生产方式以及建立在这种生产方式上的专制主义政治制度。具体到中俄两国，二者在经济上都是长期的农业国，在政治上有着反封建争民主的共同历史任务。与此相关的是两个民族的文化心理结构有着相似之处，如个体意识不强、思辨哲学不发达、文学要承载过多的社会功能等。中俄的文化同质成为"以俄为友"的心理基础。同时，俄国作为半个西方国家，它经济上落后于西方却又先进于中国，它政治上的觉醒更是先中国一步，特别是"十月革命"后，列宁在东西方之间竖起一道墙，把俄国革命成功的影响更多地辐射到中国。中国人民不仅想从俄国的过去观照到自己现实的影子，更想从俄国的现实观照到自己未来的影子。这样，中俄历史、现实的错位又为"以俄为师"奠定了基础。"以俄为师""走俄国人的路"，这是中国新民主主义运动得出的结论："俄国文学是我们的导师和朋友"，这是新文艺运动得出的结论。诚如张铁夫所言，"新文艺运动和革命运动找到的是同一个导师，这是因为新文艺运动本身就是革命运动的一部分。从文艺本身来说，俄国文学的那种理想主义情怀，人道主义精神，道德伦理倾向和现实主义风格，与中国的文艺家特别是左翼文艺家一拍即合。"[15]

由于文学接受受到一国民族文化传统、现实需求以及作家个体创作旨趣的过滤，因而中国新文学在摄取俄苏文学时，有意无意的忽略了它的宗教情结、忏悔意识和心理分析等传统。这些方面虽是俄国文学的重要特质，却没有受到田汉等中国现代作家的青睐，也没有影响到中国新文学的总体格局与特征。

原载《湖南社会科学》，2002 年第 1 期

---

15 张铁夫：《普希金与中国》，岳麓书社 2000 年，第 38 页。

萧三与俄苏文学

"历史常遗忘不该被遗忘的人，萧三便是一个。"[1]萧三（1896-1983），原名萧子璋，湖南湘乡人，诗人，翻译家、政治活动家、伟大的国际主义战士和国际文化交流使者。作为一名"翻译家"和"国际文化交流使者"，萧三长期致力于中外文化，尤其是中苏文化的交流活动，因此他的一生与外国文学，特别是俄苏文学有着紧密的联系。

一、萧三译介俄苏文学的主要功绩

萧三译介俄苏文学的主要功绩体现以下为三个方面。

一是翻译了一定数量的俄苏文学作品。萧三是一名翻译家，精通俄语、英语、法语和德语，他同时又是一名革命家，为了密切配合国内的革命斗争，翻译了不少革命性、宣传性和鼓动性很强的外国文学作品，如德国作家沃尔夫的话剧《马门教授》和《新木马计》。作为翻译家，萧三的翻译重心显然还是俄苏文学。他翻译了苏联作家古舍夫的话剧《前线》和亚·柯涅楚克的话剧《光荣》。他还翻译了普希金、高尔基和马雅可夫斯基的作品，其中代表性的是马雅可夫斯基歌颂十月革命的诗篇《左的进行曲》《与列宁同志谈话》，以及马雅可夫斯基的文艺论著《怎样写诗》。《怎样写诗》刊于《世界文学》1959 年第10、11、12 月号，译笔忠实流畅。诗人译诗论，可说是名著名译。

二是评介了众多的俄苏作家。萧三撰写不少文章向国内的读者介绍俄苏作家，包括高尔基、马雅可夫斯基、爱伦堡和普希金。萧三最崇敬的作家是高尔基。萧三认识高尔基是在 20 世纪 20 年代，在他第一次到莫斯科东方大学学

---

1 王政明：《萧三传》，四川文艺出版社 1992 年，第 1 页（内容简介）。

习之时。两人的友谊（直接交往）是从 20 世纪 30 年代初开始的。1932 年，为了表达对高尔基的景仰之情，萧三写了《献给高尔基——为高尔基文学活动四十周年纪念盛典而作》一诗。诗中写道："四十年了，尊敬的高尔基！／你拿艺术作斗争的武器。／你在赤都受狂热的庆祝时，／应听见他们在向你敬礼！"[2] 萧三后来回忆说："我曾很幸福，在高尔基亲自领导下，参加了全世界最先进最革命的苏联的文学生活。""许多次亲聆过高尔基的教诲，看见过他那和蔼、仁慈的笑貌……"[3]1936 年高尔基逝世后，萧三更致力于宣传高尔基的创作事迹和伟大精神品质，相继撰写了《高尔基与中国》《我怎能忘记》《十月革命后高尔基的二三事》《伟大的爱，神圣的恨》《高尔基的社会主义的美学观》《高尔基——无产阶级社会主义的美学家》《高尔基与西方文明》《关于高尔基》等文章。萧三在延安鲁迅艺术学院任编译部部长兼文学系主任时，曾根据革命斗争的需要，应读者和出版部门约请，编著了七万多字的《高尔基的美学观》一书（新文艺出版社 1952 年版）。

俄苏作家中，萧三最为欣赏的是马雅可夫斯基，因为他们同是"喇叭诗人"和"革命的呐喊者"，精神气质最为相近。1930 年 1 月 21 日晚上，萧三应邀出席在莫斯科国立大戏院举行的列宁逝世六周年纪念大会，在会上他认识了马雅可夫斯基。马雅可夫斯基逝世后，萧三怀着对这位杰出的政治诗人的崇敬之情，致力于宣传他那与革命和政治紧密相连的人生经历和诗歌创作，他也因此成为我国最早全面介绍马雅可夫斯基的人之一。1940 年 10 月 14 日，马雅可夫斯基逝世十周年时，萧三写了《正确地认识马雅可夫斯基》的长篇纪念文章。1942 年，马雅可夫斯基逝世十二周年之际，萧三写了《关于马雅可夫斯基二三事》。1943 年，为纪念马雅可夫斯基逝世十三周年，萧三写了《马雅可夫斯基在"中国之命运"》。萧三认为，马雅可夫斯基比任何诗人都富有对政治和革命的敏感性，因而也只有他才能密切地注意到每一个政治现象并及时地在自己的诗歌中反映这些政治现象，因此说"歌颂革命是马雅可夫斯基创作之主要的任务。"[4]从艺术角度看，马雅可夫斯基的诗是"大庭广众的诗，露天大会的诗，俱乐部、演奏台、讲堂的诗，大街上的诗，火线上、战壕

---

2 萧三：《献给高尔基——为高尔基文学活动四十周年纪念盛典而作》，《萧三诗选》，人民文学出版社 1985 年，第 41 页。

3 王政明：《萧三传》，四川文艺出版社 1992 年，第 315 页。

4 萧三：《关于马雅可夫斯基二三事——纪念诗人逝世二十周年》，《萧三文集》，新华出版社 1983 年，第 188 页。

里的诗"[5]，带有很强的时效性、口号性和鼓动性。在以后的几十年里，每逢马雅可夫斯基的忌日，萧三除撰文纪念外，还在组织纪念活动时举行马雅可夫斯基诗歌朗诵会。"直到晚年，他都念念不忘宣传马雅可夫斯基，表达了他对这位伟大诗人的真挚友情。"[6]

萧三还撰写了《老而益壮的爱伦堡——记爱伦堡六十岁庆祝会》《普希金与中国——在苏联大戏院（莫斯科）普希金一百五十岁诞辰纪念大会上的发言》等文，高度评价了苏联作家爱伦堡和俄罗斯古典作家普希金。他称赞"爱伦堡是中国读者最爱好的苏联作家之一。"[7]他称赞"普希金——道地的俄罗斯民族的与人民的诗人，正因为这样，所以他是世界伟大的诗人。"[8]此外，萧三和苏联作家绥拉菲莫维奇、阿·托尔斯泰、法捷耶夫结有深厚的友谊，但对他们的作品没有作有意识的介绍。

第三，及时传递诸多苏联文坛的新信息。1930 年，因一次偶然的机遇，萧三成了左联常驻莫斯科的代表。此后，他成了中苏文学交流的双重媒介者：一方面，他不遗余力地向苏联文坛介绍左联和其他革命文艺团体及鲁迅、茅盾等中国革命作家的情况；另一方面，他及时向国内传递苏联的文坛动态。1929 年左右，苏联"拉普"基于对浪漫主义的反拨，倡导"唯物辩证法的创作方法"，萧三立刻写信向国内传达了这种精神。对苏联的文艺主张几乎亦步亦趋的左联也因此迅速地在 1931 年做出决议："在方法上，作家必须从无产阶级的观点，从无产阶级的世界观，来观察，来描写。作家必须成为一个唯物的辩证法论者"[9]。此后的相当长时间中，"唯物辩证法的创作方法"一度成为左翼文坛的理论导引和创作标准，深深地影响了田汉、丁玲等左翼作家的创作和批评。

二、萧三选择外国文学的期待视野

萧三与俄苏文学的紧密关系，充分体现了他选择外国文学的期待视野具

5 萧三：《关于马雅可夫斯基二三事——纪念诗人逝世二十周年》,《萧三文集》, 新华出版社 1983 年，第 189 页。

6 王政明：《萧三传》, 四川文艺出版社 1992 年，第 314 页。

7 萧三：《老而益壮的爱伦堡——记爱伦堡六十岁庆祝会》,《萧三文集》, 新华出版社 1983 年，第 197 页。

8 萧三：《普希金与中国——在苏联大戏院（莫斯科）普希金一百五十岁诞辰纪念大会上的发言》,《萧三文集》, 新华出版社 1983 年，第 185-186 页。

9 《中国无产阶级革命文学的新任务》, 马良春、张大明编：《三十年代左翼文艺资料选编》, 四川人民出版社 1980 年，第 182 页。

有高度的集中性，这体现在以下三个方面。

其一，择取对象的单一性。萧三一生所致力于宣传鼓吹的外国文学集中在欧美进步文学；在欧美进步文学中，又集中在俄苏文学；在俄苏文学中，又集中在苏联文学；在苏联文学中，又集中在同情、表现和支持无产阶级革命和社会主义的作品和作家上。萧三坦言："中国人民也尊敬和爱好外国进步的、先进的作家，首先是俄国的古典作家和苏联作家。"[10]"我们，中国的作家们，很幸福地向俄国的古典作家们学习，继续学习他们，向苏联文学学习。俄国古典文学及苏联文学的人道主义和现实主义，富有生命和'有的放矢'，吸引着中国作家们的注意……"[11]对政治上进步（同情无产阶级革命和社会主义）的欧美文学和俄苏文学的情有独钟，在左翼湖南作家中具有时代的普遍性，但相对而言，却是萧三做得最彻底和坚决。其他左翼湖南作家对外国文学的择取都经历了从早期的多元到后期的一元的转变，惟有萧三对其他特质的文学几乎视而不见，他的选择对象从群体意义上而言，自始至终都是一元的。这是因为，萧三有着自己的选择标准。

其二，选择标准的功利性。萧三选择外国文学的基本标准是：作品在思想上要体现时代的主旋律（如反法西斯，保卫世界和平、支持无产阶级革命和社会主义、同情甚至热爱共产党、具有国际主义精神等），在艺术上要具有时效性、鼓动性和战斗性；作家在政治上要进步，尤其是要同情和支持中国革命和人民，是中国人民的朋友。在萧三的意识中，惟有符合这些标准的文学才有助于中国的革命事业。萧三所翻译和评介的作品和他所结识的作家，如德国的费雷德里希·沃尔夫，法国的罗曼·罗兰，美国的史沫特莱，俄国的高尔基、马雅可夫斯基、爱伦堡、法捷耶夫、绥拉菲莫维奇、阿·托尔斯泰等都具有上述的一个或几个特征。他推崇高尔基是因为"高尔基是中国的好朋友"；他鼓吹爱伦堡，是因为在苏联的卫国战争时期，爱伦堡用自己的笔和法西斯作坚决的斗争，为保卫世界和平反对侵略战争而热情奋斗；他主动与其他国家的作家结下深厚的友谊，是因为他们都是中国无产阶级革命的同情者。

由此可见，萧三选择外国文学的标准可归结为一点，即政治的、革命的功

---

10 萧三：《老而益壮的爱伦堡——记爱伦堡六十岁庆祝会》，《萧三文集》，新华出版社 1983 年，第 197 页。

11 萧三：《普希金与中国——在苏联大戏院（莫斯科）普希金一百五十岁诞辰纪念大会上的发言》，《萧三文集》，新华出版社 1983 年，第 185 页。

利主义标准。于是，欧美的浪漫主义文学、现代主义文学和特质较为单一（批判性强而鼓动性弱）的批判现实主义文学基本上被萧三排除在期待视野之外，在余下的俄苏文学中，俄罗斯古典文学由于缺乏苏联文学的更强的时效性和鼓动性，因而没有被萧三凸现到主流的位置，真正被萧三所认同的还是政治上符合无产阶级革命要求的苏联文学。

其三，评判话语的非文学性。首先，萧三很少正面评价作家的作品，而多强调作家本身的经历和思想状态，从政治身份上去定位一个作家。比如他这样评价马雅可夫斯基："为了革命，他揭露了敌人的面目，为了革命，他批评了自己家里的缺点。这就决定了他和当时一些颓废的顽固反动的诗人作家不同处"[12]，"他曾说过，他虽不是党员，但对于党与苏维埃的决定，他是绝对服从的。"[13]再如他这样评价高尔基："高尔基是中国民众的最好的朋友！"[14]其次，萧三对作品的评价也主要从思想内容而不是从艺术性出发，即使是评价作品的思想内容，其话语也是政治革命层面的，显得浅露、直白和空洞。如他这样评价马雅可夫斯基的诗歌"他的诗号召人们上前线，鼓动战士杀敌，号召人民保卫革命，反对离开革命开小差，号召国人巩固后方，扩大红军，替红军作寒衣，缴纳军粮，加紧生产，为火车头掘煤炭，鼓吹苏维埃爱国主义……发生了直接的战斗的作用。"[15]这样的话语显然比马雅可夫斯基诗本身更具有口号性和革命功利主义色彩，虽然部分地揭示了马雅可夫斯基创作的实质，但又无疑夸大了马氏创作的革命、政治和社会功效。

三、为何萧三对俄苏文学情有独钟?

在湖南左翼作家中，为何只有萧三对外国文学的选择自始至终是一元的——对俄苏文学情有独钟？为何他选择外国文学的革命功利性是最强的——选择标准和评判话语带有浓厚的政治色彩？

时代氛围的共性导致了他选择外国文学所具有的普遍性。换句话说，萧三对俄苏文学的偏爱也是时代洪流从个体身上滚滚而过的必然结果。作为左翼

---

12 萧三：《关于马雅可夫斯基二三事——纪念诗人逝世二十周年》，《萧三文集》，新华出版社 1983 年，第 188-189 页。

13 萧三：《关于马雅可夫斯基二三事——纪念诗人逝世二十周年》，《萧三文集》，新华出版社 1983 年，第 190 页。

14 萧三：《高尔基与中国》，《萧三文集》，新华出版社 1983 年，第 184 页。

15 萧三：《关于马雅可夫斯基二三事——纪念诗人逝世二十周年》，《萧三文集》，新华出版社 1983 年，第 189 页。

文学的一分子，萧三选择外国文学的眼光自然受制于整个左翼文学的期待视野。搭建左翼文学的期待视野的基本构件是日益显露的"文以载道"的传统文学内核和日益强烈的救亡图存的时代呼求。尤其是到了三十年代，二十年代前期的自由精神因缺乏现代化的物质基础和政治制度而被日益激化的民族、阶级矛盾和日趋深重的政治焦虑所排挤。面对着新的历史契机，流淌着传统文人血液的田汉、丁玲、周扬、周立波、萧三等人做出了不约而同的选择：加入党以及党领导的左翼作家联盟，多数人还承担起左翼文学的领导者和组织者重任。他们的选择体现了深层积淀的地域性湖湘文化精神制导和规约了他们人生和创作的价值趋向。

可以说，深层积淀的文化传统，近世湖湘文化的精神内核与三十年代的社会现实构筑起左翼湖南作家的期待视野。这个视野如同一个大熔炉，把不同时期步入文坛的湖南作家的接受目光加以融合，模糊其个性，凸现其共性。概而言之，在三十年代及以后的泛政治化的历史语境中，他们不仅渴望充满民主主义、人道情怀和批判意识的文学，更急需激励的战斗的文学、具有集体主义道德情操的文学、为社会为政治的功利主义的文学，以及涵括了上述特质的现实主义的文学。当把这些条件联合起来加以考虑，他们首先拒绝了现代主义和浪漫主义文学，而欧美的批判现实主义文学，左翼湖南作家虽然基本上都倾心过，但由于它的生成背景与中国现时文学的背景有较大的差异，而且它只注重揭露和批判，特质较为单一，因而也不能获得普遍彻底的认同。惟有对具备多层次特质的俄苏文学，他们的意见才比较一致。

从个体特征看，造就萧三对俄苏文学的情有独钟，首先是身份上的便利。萧三是左联长驻莫斯科的代表、《世界革命文学》的中文编辑、驰名苏联文坛的国际诗人、党的文艺领导人之一、法国共产党和苏联共产党的党员、苏联两届作家协会党委委员、国际革命作家联盟成员等等，这些身份为他提供了充分的机会去接触苏联和其他国家的政治上进步的作家和作品。其次是语言上的优势。萧三精通俄语，这为他接触和翻译俄苏文学扫清了障碍。但同时，我们不能不注意到这样一个奇特的现象：萧三早年学习并精通法语，后来才学习俄语，同时还能熟练运用英语和德语，但他一生所翻译介绍的外国文学中，基本上是俄苏作家和作品，而对其他语言的文学却几乎没有涉及。造成这一奇特现象的深层原因在于：

萧三的主要身份并不是一位诗人，而是一位革命家和政治家。实际上，萧三成为诗人多少有点"迫不得已"。1930 年秋天，国际革命作家代表大会在苏联召开。会议结束后，为了更好地介绍中国的革命文学团体，萧三向国内写信约稿，以便在《国际文学》上发表，但一直没有等到任何音讯。为了应急，已经 34 岁"高龄"的萧三决定自己动手写诗，也就是说，"这时他并没想过自己要成为文学家、诗人，只是为了革命的需要，才想到搞创作。"[16]这样的创作动机也决定了"他抱着文艺上的革命功利主义，为革命写诗，为阶级呐喊，为大众歌唱！"[17]总之，萧三的一生虽然与文学有这样那样的联系，但他主要从事的是政治和革命活动；即使是从事文学活动，也是以文艺组织为主，诗歌创作为辅；即使是诗歌创作，也是以口号诗和喇叭诗为主，真正文学意义上的诗歌几乎没有。

毋庸讳言，从少年时代起，作为一代伟人毛泽东的同学和战友，萧三所热衷于的只是参加各种政治和革命活动，而从没有成为文学家和诗人的想法，也没有这方面的基质。后来，只是为了革命的需要，想到搞创作：

> 我的真正诗歌生涯是在一九三〇年开始的。那时候我正在莫斯科看病，由于革命需要我开始写诗。读了列宁的《党的组织和党的文学》一文后，我认识到文艺并非雕虫小技，是革命斗争的武器，我把诗当作"子弹和刺刀"，当作一项严肃的革命事业。我抱着"文学上的功利主义"的想法进入诗坛，决定用诗的形式来宣传中国的土地革命、工农红军，宣传左翼文学，揭露反动派屠杀革命人民的罪行。[18]

于是，文艺和诗歌成了他为中国革命的胜利和共产主义理想而奋斗的武器："我首先是战士，然后才是诗人"[19]，"我首先是党员，然后才是诗人"[20]这是萧三创作的全部和唯一的动因，如他自己所言，"从此，我决定用文艺、用诗歌当武器，为中国革命的胜利，为共产主义理想而战斗到底！"[21]或者像

---

16 王政明：《萧三传》，四川文艺出版社 1992 年，第 247 页。

17 王政明：《萧三传》，四川文艺出版社 1992 年，第 250 页。

18 萧三：《我与诗（代序）》，《萧三诗选》人民文学出版社 1985 年，第 3 页。

19 公木：《萧三评传》（上），《公木文集》第六卷，吉林大学出版社 2001 年，第 802 页。

20 公木：《萧三评传》（上），《公木文集》第六卷，吉林大学出版社 2001 年，第 812-813 页。

21 朱子奇：《您种下了希望——向萧三同志告别（代序）》，《萧三文集》，新华出版社 1983 年，第 9 页。

胡乔木所评价的那样，"他坚持文艺的革命性、战斗性和群众性，力求使文艺和革命血肉一体。"[22]

在左翼湖南作家中，只有萧三走上文坛带有极大的偶然性，而丁玲、周立波、叶紫、田汉、张天翼、成仿吾、周扬等人，他们初登文坛之时，都是怀着文学梦而不是政治梦和革命梦的，只是后来随着时代形势的变化——阶级矛盾激化、民族危机加深，和他们个体身份的变化——从纯粹的文学人变成了左翼文学的实践者和鼓吹者，他们才或多（如周扬）或少（如张天翼）地调整了自己的写作动机，从文学性的写作转变为政治性的写作。与此相关联的是，他们对外国文学的择取也由早期的多元转向后期的一元（俄苏文学）。如果说他们后来所创作的是政治诗和请命文学，那么，萧三后期所从事的则是诗政治和文学请命。换句话说，其他湖南左翼作家是带政治性的文学家，而萧三则是带文学性的政治家。政治性的强和弱，文学性的淡和浓，这正是萧三和其他湖南左翼作家的本质区别。这种本质区别决定了他和其他湖南左翼作家择取外国文学的不同经历：前者自始至终是一元的，后者经历了从多元到一元的转变；和不同层次：前者主要是政治层面上的评判和接受，后者却是政治和文学双重层面上的吸纳和借鉴（前期文学层面为主，后期政治层面为主）。

萧三由于他职业革命家、政治家的身份，决定了他用有利于政治和革命而不是文学的功利主义标准去选择文学，这样，他虽然精通多种语言，但真正用于文学翻译和文学外交的却是俄语；他虽然评判作家，但极少从正面评价作家及其作品，而只关注这个作家本身的政治身份是否对中国革命有利；他虽然对俄苏文学情有独钟，但苏联无产阶级文学显然比俄罗斯古典文学更能占据他急切的关注时事的内心。如果说，左翼湖南作家对俄苏文学与其说是文学上的认同毋宁说是文化上的认同，那么，萧三对俄苏文学，与其说是文学上的认同毋宁说是政治上的认同。

原载《衡阳师范学院学报》，2022 年第 5 期

---

22 胡乔木：《悼萧三同志（代序）》，《萧三文集》，新华出版社 1983 年，第 3 页。

新中国 60 年
普希金诗歌研究之考察与分析

    1897 年，普希金以"伯是斤"之名传入中国。1903 年，他的第一部汉译作品《俄国情史》(《上尉的女儿》) 问世。耐人寻味的是，在 1927 年之前，汉译普希金作品几乎均为小说，没有诗歌 (这里所言的"诗歌"主要指狭义上的叙事诗和抒情诗，并不包括其它诗体作品，如童话、戏剧、诗体小说《叶甫盖尼·奥涅金》等)。也就是说，普希金是以小说家的面目进入中国的。翻译的缺席导致评论的乏力，故在 1927 年之前，只有鲁迅的《摩罗诗力说》(1907)、李大钊的《俄罗斯文学与革命》(1918) 等文章简略论及普希金的诗歌。

    1927 年，孙衣我翻译的《致诗人》一诗在《文学周报》第四卷第 18 期发表。此后，普希金的许多诗作陆续得到翻译，普希金"诗人"的本来面目得以恢复。与此相应，普评开始关注普氏的诗歌，并对那些反抗专制和压迫、讴歌和呼唤自由的诗篇给予热烈的赞颂。普希金的声誉日隆，以至在三四十年代，他不只是一位诗人，还成为国人信奉的文艺偶像。也正因为掺杂着过多欣赏和崇拜的因素，导致这一阶段的普评虽然数量较为可观，且不乏激情和亮点，但不免局限于表层的介绍、鼓吹和推广，很难深入到学理的深处。

    新中国成立后，外国文学研究一如既往地"与时俱进"。诚如吴元迈在 1999 年的一次大会报告中所言："50 年的外国文学研究工作经过了五代人的艰苦跋涉与辛勤耕耘，走过一条复杂的不平坦之路，与我们的政治风雨同步。"[1]往后推延十年，就会发现，新中国 60 年的普希金诗歌研究也是如此。

---

1   会文：《中国外国文学学会第六届年会在上海召开》，《外国文学动态》1999 年，第 6 期。

令人欣慰的是，像其它学术事业一样，普希金诗歌研究在经历了风雨之后，最终还是迎来了绚丽的彩虹。如果分阶段进行考察，它可以划分为三个时期：建国至 1957 年——发展期；1958 年至"文革"期间——缓滞期；1976 年至 2010 年：复兴和繁荣期。

一、建国至 1957 年：发展期

新中国虽然在很多方面和"旧中国"彻底分道扬镳，但是与苏联的关系和感情不仅没有破裂，反而更加深了一层。其实早在建国之前（1949 年 6 月 30 日），毛泽东就宣布了"一边倒"的政策："一边倒，是孙中山的四十年经验和共产党的二十八年经验教给我们的，深知欲达到胜利和巩固胜利，必须一边倒。积四十年和二十八年的经验，中国人不是倒向帝国主义一边，就是倒向社会主义一边，绝无例外。"[2]文章明确表示："我们在国际上是属于以苏联为首的反帝国主义战线一方面的，真正的友谊的援助只能向这一方面去找，而不能向帝国主义战线一方面去找。"[3]政治上的"一边倒"和意识形态的一律性让俄苏文学在中国比建国前更受欢迎。据统计，从 1949 年 10 月至 1958 年 12 月，我国共出版俄苏文学作品 3526 种，印数达 8200 万册以上。作为俄罗斯新文学奠基者的普希金，自然更是中国文坛的宠儿。也就是说，在建国初期，我国的普希金研究较建国前有所发展。

据不完全统计，从 1950 年至 1957 年的 8 年间，普希金的作品出版了 30 余种（含旧书再版），其中诗歌的主要译者是查良铮和戈宝权。这些诗歌译自俄文，翻译质量大有提高，而且印数较多，加之许多高校先后开设了俄苏文学课，从而使得普希金诗歌的接受群体空前扩大。与此同时，对普氏诗歌的评论也取得了较大的进展。不过，需要说明的是，在这期间，普氏诗歌尚未成为一个相对独立的研究对象，而只是作为普希金创作的一部分受到注意。据现有资料可知，这期间公开发表的论及普希金诗歌的文章有数十篇，大体可以分为两类：第一类是各种译本的序、跋，第二类是对普氏单篇作品的赏析或者评介。这两类成果中的大多数属于纪念性或介绍性文章，学术性并不强，但对于增强人们对普希金的认识，推动普氏作品在中国的传播，却起到了积极的作用。

2　毛泽东：《论人民民主专政》，《毛泽东选集》第 4 卷，人民出版社 1990 年，第 1410 页。

3　毛泽东：《论人民民主专政》，《毛泽东选集》第 4 卷，人民出版社 1990 年，第 1412 页。

建国之初对普希金诗歌的研究虽然较建国前有所发展，但发展的程度是比较有限的，这主要有内外两个原因。外部原因在于当时整个中国的学术事业还处于起步阶段，学术意识、学术思维还比较模糊。借用王向远的话说："新中国成立后头一个五年计划中，政治经济文化迅速恢复和起步，但人民的精力贯注于医治战争创伤、恢复国民经济，学术研究一时难以彰显。……而作为学术研究基地的各大学和研究机构，在新中国成立初期也处在大学国有化的改造与调整中，缺乏学术研究的稳定环境，到 1954 年，各大学的合并和院系调整才算基本完成。"[4]内部原因则在于人们将普希金神化，很难用一颗平常心去审视他。人们注意到，在这一时期，普希金在中国的声誉达到一个顶峰，换句话说，他不仅超越了诗人的范畴，也超越了文艺偶像的范畴，而上升为一个文化英雄。诗人田间就说："普希金，这是天才，这是英雄，这是诗人。英雄和诗人，虽说是两个不同的名词，但在实质上，它们的含义是一致的。伟大的人民诗人都是英雄和战士。"[5]将普希金看成文化英雄，其实就是将普希金符号化，因此这期间在评论普希金诗歌的时候，不可避免地侧重政治诗而忽略了其它题材的诗歌；侧重诗歌的思想内涵而忽略了艺术特性；侧重思想内涵中的人民性和革命性而忽略了其它层面的意蕴。

总之，这期间的普评为了服务主流意识形态的目标，显得热闹有余，而理性不足，以至于最能反映研究水平的学术论文基本空缺，学术专著更是难觅踪迹。

二、1958 年至"文革"期间：缓滞期

新中国成立后的头几年，绝大部分学术事业百废待兴，但普希金研究却不是建立在一穷二白的基础上：在建国前的几十年间，很多前辈学者已经打下了较好的基础。按照建国之初的态势发展下去，普希金研究很快就会迎来一个繁荣期。可惜好景不长，接踵而来的政治运动中断了这种态势："从 50 年代前期开始的知识分子思想改造运动，终于演变为 1957 年的'反右'运动，许多知识分子在那场运动中被审查批判，噤若寒蝉，或被打成'右派'，失去了学术研究的起码条件乃至人身自由。"[6]

1957 年以后，情况越来越严重。随着极左路线的逐步升级和中苏关系的

4　王向远：《比较文学研究》，福建人民出版社 2006 年，第 156-157 页。

5　田间：《普希金颂：纪念俄罗斯文学之父普希金诞生一百五十四周年》，《光明日报》1953 年 6 月 7 日。

6　王向远：《比较文学研究》，福建人民出版社 2006 年，第 156 页。

恶化，我国对俄罗斯古典文学的态度来了个一百八十度的大转弯。曾经被尊为"导师"的俄罗斯古典文学，被某些人视为"无用"的，甚至是"有害"的，而那些古典作家则被视为"死人洋人"。随着这种观念的普及，普希金研究的发展势头立刻"缓"了下来，首要表现便是作品出版数量的锐减：1958 年至1966 年间，仅仅出版了《普希金抒情诗一集》（查良铮译，上海新文艺出版社1958 年重印）、《普希金作品选读》（毕家禄注释，商务印书馆 1964 年）等极少数作品。其次，在课堂上讲授普氏的作品被当作宣扬剥削阶级的生活方式和资产阶级人性论受到批判，这也直接导致普希金读者群的急剧下降；紧接着，对普希金的评论也开始裹足不前，除了《普希金》（南海、碧波编写，商务印书馆 1962 年）等极少数普及性的小册子外，很难见到其它普评专著。有关普希金的介绍性和宣传性文章 30 篇左右（其中涉及诗歌的有 2 篇），都极为短小，在深度和广度上几乎没有任何突破。

　　雪上加霜的是，"文革"很快到来。"文革"期间，几乎整个外国文学都被否定。文艺复兴时期的文学被认为是反映了"资产阶级独霸世界的野心"；启蒙学派被打成"蒙蔽学派"；批判现实主义文学成了"维护剥削阶级制度"的文学；西方现代文学则是"反动""颓废"的文学。总之，对这些"古的和洋的艺术"，应该"彻底决裂""彻底批判""彻底扫荡"。这样，普希金就成了反映"剥削阶级的政治愿望和思想感情"的"死人"、"洋人"，自然也在被扫荡之列。换言之，似乎在一夜之间，普希金从"文化英雄"跌落成资产阶级的"代言人"，人人避之唯恐不及，上海的普希金纪念铜像在 1966年被彻底砸毁就是一个明证。该铜像建于 1937 年。日军占领上海后，在 1944年 11 月将之拆除。抗战胜利后，俄国侨民和上海文化界进步人士于 1947 年在原址上进行了重建，但在"文革"期间，铜像再一次被毁。可以说，普希金的铜像如同一个隐喻，象征着普希金及其作品在中国的坎坷遭际。在文革期间，普希金研究彻底"停滞"了下来。尽管如此，在民间，在知识分子的心中，普希金的声音并未沉寂，普希金的身影并未消失。正如叶甫图申科在《中国翻译家》一诗中所写："当红卫兵把石子 / 向娜塔莎掷去，/ 当大学的校园 / 成了可怕的荒漠，/ 像一个幽灵 / 伴着低沉的蹄声 / 普希金的青铜骑士 / 突然出现在天安门。"[7]

7　〔苏〕叶甫图申科：《中国翻译家》，《八十年代外国诗选》，刘文飞译，刘湛秋等主编，安徽文艺出版社 1987 年，第 181 页。

是的，普希金依然活在人们的心中。"在西伯利亚矿井的深处，／你们要保持高傲的耐心，／你们悲惨的劳动和崇高的思想追求，／绝不会消失得无影无踪。"[8]"假如生活欺骗了你，／不要忧郁，也不要愤慨！／不顺心的时候暂且容忍：／相信吧，快乐的日子就会到来。"[9]在"文革"最艰难的岁月里，普希金的这些诗句不知给多少人带来了心灵的慰藉和生活的勇气，使他们对未来充满信心。正是有这样一种在事实上从未被割断的普希金情结存在，才会有"文革"结束后普希金研究的迅速复兴。

三、"文革"后至 2010 年：复兴与繁荣期

粉碎"四人帮"后的头两年，学术界步入了痛定思痛和休养生息的阶段。不久后，各个领域的学者开始"试探性"地发表论著。在此氛围下，马家骏在《陕西教育》1978 年第 1 期发表了《普希金和他的〈寄西伯利亚〉》一文，开启了普希金研究复兴的大门。1979 年，普希金研究的各种成果呈"井喷"状问世，预示着普希金研究春天的到来。回顾和梳理新时期二十年的普希金诗歌研究历程，可以发现，它的成就和特点主要体现在以下四个方面：

第一是翻译工作趋向完备性，这也成为我国普希金研究的一大亮点。从上世纪 80 年代开始，为了读者阅读和学者研究的需要，同时也为了响应心中那颗"普希金情结"的热烈呼唤，翻译界和出版界加大了翻译普希金诗歌的力度，不仅出版了多种多样的普诗单行本，而且推出了多种大型的普希金文集或全集，如卢永选编的《普希金文集》（7 卷，人民文学出版社 1995 年）、肖马和吴笛主编的《普希金全集》（8 卷，浙江文艺出版社 1997 年）、冯春以一己之力翻译的《普希金文集》（10 卷，上海译文出版社 1999 年）和刘文飞主编的《普希金全集》（10 卷，河北教育出版社 1999 年），至此可以说，普希金的全部作品几乎均被翻译成中文，普希金的诗歌也得以整体性地呈现在大众面前，从而为更广泛的评论工作打下了坚实的基础。

第二是评论的对象趋向整体性。新时期的普评既有重点诗作的重点解读——如有 8 篇论文研究《致大海》，7 篇论文研究《铜骑士》，5 篇论文研究《致凯恩》《致恰阿达耶夫》《茨冈人》等；也有分门别类的局部性考察——如抒情

8　〔俄〕普希金：《在西伯利亚矿井的深处》，张铁夫译，载《世界名诗鉴赏》，南开大学出版社 2019 年，第 171 页。

9　〔俄〕普希金：《"假如生活欺骗了你"》，查良铮译，载《普希金抒情诗一集》，新文艺出版社 1958 年，第 155 页。

诗研究，叙事诗研究，抒情诗中的政治诗歌、爱情诗歌、爱国主义诗歌、自然诗歌研究，叙事诗中的南方叙事诗研究等；还有对普希金诗歌的宏观探讨。"点""面""全局"三个层次的有机结合，基本涵括了普希金的全部重要诗作，大大拓展了普评的广度。

第三是评论的视角趋向多元化。"自由""革命""爱情"等传统视角在新时期的普评中依然拥有一席之地，并且得到了深化和拓展。同时，受多元文化的激励，一些半新或者全新的视角，诸如"美""生命美学""时空结构""古典美"等，开始进入普评领域。张铁夫等著的《普希金新论：文化视域中的俄罗斯诗圣》（中国社会科学出版社 2004 年）更是集中选择了七个视角来探寻普希金，其中"人民性思想"和"自由理念"属于传统视角，而"死亡意识""伦理指向""女性观念""圣经情结""叙事艺术"属于全新的视角。通过这些视角，该著对普希金诗歌的艺术精神作了极具学理性的阐释。而他主撰的《普希金：经典的传播与阐释》（湘潭大学出版社 2009 年）又增加了"性表现""酒神精神""帝王形象"等视角，对普希金诗歌的意义做出了令人耳目一新的揭示。在众多研究视角中，有两个尤其值得一提：

（1）反思批判的视角。过去，由于受苏联的影响，人们往往强调诗人积极、光明的一面，而对他消极、阴暗的一面却讳莫如深，甚至有时候把错误说成正确。新时期以来，我国的学者力图打破这种禁区，对普希金作品（包括诗歌）做出更加辩证的评价。沙安之的《普希金创作道路上的光明与黑暗》（《湖南师范大学学报》1980 年第 4 期）一文认为，普希金的创作中不仅有"光明"，还有两条"阴影线"：一条是政治上的，这主要表现为以下几个方面：①他在一些诗歌中歌颂了彼得大帝和俄国将领夺取疆土的武功，并为俄国镇压波兰起义进行辩护。②他在反对暴政的斗争中摇摆不定，曾在作品中颂扬尼古拉一世和美化叶卡捷琳娜二世。③他在一些作品中选错了自己的主人公，如杀害法国革命领袖马拉的沙格特·科尔兑、背叛法国革命的谢尼耶。另一条"阴影线"是爱情上的：普希金闹过许多"恋爱"，并且把它当作诗作的一个重要主题，所以"只能学它们的诗意，而不能学它们的道德观念。"徐允明的《鲁迅、普希金与 1830 年波兰起义》（《文学评论丛刊》1979 年第 2 辑）、鲁效阳的《评普希金后期抒情诗中的沙文主义》（《普希金创作评论集》，漓江出版社 1983 年）、方汉文的《从普希金〈纪念碑〉中的一个问题谈起》（《外国文学学刊》1983 年第 2 辑）等文也分别对普希金的沙文主义、贵族习气作了比较实事求是的分析。张铁夫等著的《普希金的生活与创作》（北京燕山出版社 1997 年）一书不仅将普希金的生活道路和创作道路紧密结合在一起，详实梳理和评析了诗人个性和诗歌艺术的成长过程，而且用较长的篇幅辩证性探寻了普希金的爱国主义与沙文主义、自由主义与保守主义、真挚的爱情与泛爱主义的矛盾，让诗人走下了神坛，使读者走近了诗人。

（2）比较文学的视角。粉碎"四人帮"以后，随着比较文学在我国的复兴和发展，许多论者开始把普希金与外国文化和文学关系作为评论的一项重要内容。一些论者从渊源学的角度，把普希金的诗歌作为接受者即影响的终点来进行考察，如张铁夫的《普希金与莎士比亚》（《湘潭大学学报·外国文学专辑》1987 年）、曾庆林的《论莎士比亚对普希金浪漫主义和现实主义的双重影响》（《国外文学》1989 年第 1 期）、杨莉的《论拜伦的文学影响：以普希金、库切和巴赫金为例》（《英美文学研究论丛》2010 年第 2 期）等文章，用事实说话，比较客观地揭示了普希金对莎士比亚、拜伦等文学大师的崇拜、模仿和超越。另一些论者则从平行研究的角度对普希金的诗歌进行分析，如徐志啸的《屈原与普希金》（《国外文学》1987 年第 3 期）、高金萍的《意象的魅力：普希金与郭沫若诗歌意象之比较》（《中国文学研究》1999 年第 3 期）等文章，通过"平行贯通"法，对普希金的诗歌作出了不一样的解读。而更多的论者是从流传学的角度，把普希金作为传送者即影响的起点来进行考察，具体来说，就是研究普希金的诗歌与中国的关系。像张铁夫主编的《普希金与中国》（岳麓书社 2000 年）就比较系统地探寻了普希金的诗歌在中国的传播与影响情况，堪称此类研究的一部力作。

第四是评论的成果趋向体系性。专著的剧增是新时期普评的一大特色。专著和论文相比，信息含量更丰富，所选择的视角更多，也更具有自足的体系性。尤为值得一提的至少有五部：吴晓都著的《俄罗斯诗神：普希金》（海南出版社 1993 年）评介了普希金的诗人特性及其抒情诗和叙事长诗，具有很强的总括性；陈训明著的《普希金抒情诗中的女性》（贵州人民出版社 1993 年）用 28 万字的篇幅集中探讨女性与普希金爱情诗歌的关系，资料翔实，论证充分，创见迭出；张铁夫等著的《普希金的生活与创作》（北京燕山出版社 1997 年）共 12 章，38 万字，其中有近 10 万字是对普希金抒情诗和叙事诗的多方位考察；查晓燕著的《普希金：俄罗斯精神文化的象征》（北京大学出版社 2001 年）系统地探寻了普希金诗歌中蕴含的历史主义观、启蒙主义思想和宗教文化观；刘文飞著的《阅读普希金》（人民文学出版社 2002 年）在第一部分对普希金的诗歌作了综合性的评论，在第三部分对普希金数十首代表性抒情诗作了赏析性解读。

新时期普评的复兴和繁荣归根结底是思想解放的结果。也就是说，新时期普评最大的变化是心态的变化。在人们心目中，普希金既不是一个"文化之神"，也不是一个"文化之魔"，而只是一位复杂和丰富的诗人。因此，人们审视普希金的目光既不是仰视，也不是俯视，而是平视。这样，在新时期的普评中，情感的成分在退位，理性的成分在登台；非学术的成分在减少，学术的成分在增加。换句话说，普希金学者们在"百花齐放、百家争鸣"的氛围中，怀着敬重学术、追寻真理的信念，对普希金进行了各种可能性的探寻，力图描绘出一个真实、丰富、多元化的诗人普希金形象。

四、与俄国和西方研究的比较

应该说，中国人民对普希金及其作品的深情感人至深，中国学者用自己的努力和实绩证明了我国是世界普希金学的一个重镇。但也无须讳言，单从学术研究的深度和广度来说，我们和俄国乃至西方还有一定的差距。

俄国是普希金的祖国，普希金是俄国文学之父和民族精神的一种象征，因此，俄国的普希金研究做得最好是情理之中的事情。概而言之，他们至少在五个方面值得我们学习：（1）重视基础工程的建设：《普希金语言词典》《普希金生平与创作年谱》《普希金百科全书》以及新版 19 卷本的《普希金全集》等大型研究文献的出版，为俄国普希金学的繁荣和发展奠定了基础。（2）重视研究队伍的培养：以前莫斯科、彼得堡多次举办"普希金专题讲座"，培养了大批普希金学者；现在有不少年轻人以普希金为研究对象撰写副博士论文或博士论文。（3）研究方法的多样性：一百多年来，革命民主主义者的现实主义批评、唯美主义批评、历史比较文艺学批评、心理学批评、象征主义批评、马克思主义批评、形式主义批评、结构主义批评等，构成"百花齐放、百家争鸣"的态势，极大地推动了普希金学走向多元化和立体化。（4）由于在语言上拥有天然的优势，并且占有大量第一手资料，因此特别重视校勘和文本研究。（5）重视普希金与世界文化关系的研究，不仅出版了许多这方面的专著，而且俄罗斯科学院俄罗斯文学研究所还每两年举办一次"普希金与世界文化"国际会议。

西方的普希金研究在有些方面不如中国，但在有些方面也有胜出。用陈训

明先生的话说："尽管中国对普希金的欢迎远比西方热烈，中国翻译出版普希
金作品的总量远远超过西方，但这绝不意味着西方就没有胜过我们地方。就翻
译而言，像纳博科夫详尽注释的四卷本的《叶甫盖尼·奥涅金》译作我国就没
有。而在研究方面，我们不仅没有走在西方前面，反而大大落后了。"[10]相比
较而言，西方的普希金研究具有几个优点：（1）重视研究文献的整理工作，如
出版了《亚历山大·普希金研究的英文文献目录：研究与翻译》（1999）、《普
希金之后：现代诗人所编的亚历山大·谢尔盖耶维奇·普希金诗的不同版本》
（1999 年）等著作。（2）视野更开阔，更具有历史性，换言之，更善于将普希
金的特点和价值置于俄罗斯文学传统中加以考察，如出版了《俄国戏剧：从发
端到普希金时代》（1985 年）、《俄国小说：从普希金到帕斯捷尔纳克》（1976
年）、《俄国的文学观：从普希金到索尔仁尼琴》（1976 年）、《从普希金到马雅
可夫斯基：论文学的演变》（1948 年）、《普希金和俄罗斯文学》（1948 年）等
比较宏观性的论著。（3）对一些比较"冷僻"的领域作了比较充分的研究，如
出版了《亚历山大·普希金的小悲剧：论诗歌的简洁性》（2004 年）、《普希金
的〈埃及之夜〉：一部作品的传记》（1984 年）、《论普希金和旅游文学》（1975
年）、《普希金信件的风格》（1974 年）、《怪人的梦想和普希金的演讲》（1960
年）等专著。（4）对普希金作品的艺术性更加重视，如出版了《普希金和浪漫
风格：碎片，挽歌，东方，反讽》（1994 年）、《普希金抒情诗的研究途径》（1972
年）等专著。（5）更重视后备人才的培养，单就美国而言，"从 1954 年到 1996
年，这个国家就有 56 篇关于普希金的博士学位论文通过答辩"[11]。近年来，
西方的普希金研究出现了两个引人注目的新领域，即"普希金与白银时代"
和"普希金与苏联文化"。这两个新领域都是跨越时间和空间的：在时间上，
是从下个世纪之交看上个世纪之交；在空间上，是从西方看俄国。这两个新领
域的出现也反映了当代最新的文化思潮——文化批评对普希金研究的介入。

　　相比较西方来说，我们普希金作品的翻译、传播、宣传和欣赏方面作得更
好一些，而在学理层面的研究方面作得稍有欠缺。在 20 世纪 90 年代以前，我
国普希金研究存在的问题有：（1）重内容，轻艺术，而这几乎是我国外国文学
研究的通病。（2）重赏析，轻研究，这是因为真正意义上的普希金研究专家比

10　陈训明：《中国与西方对普希金态度的差异问题》，《中国比较文学》1999 年，第 4
　　期。

11　陈训明：《西方的普希金研究：事实与启示》，《贵阳师范专科学校学报》2002 年，
　　第 2 期。

较缺乏的缘故。（3）重微观（单篇作品介绍），轻宏观（缺乏整体把握和综合研究），这同样是因为缺乏足够多的普希金研究专家。（4）重抒情诗，轻叙事诗，这大概是因为在观念上忽略了普希金叙事诗的重要性。

自上世纪 90 年代以来，通过众多学者的努力，这些情况有些改善，但仍然存在一些问题：（1）忽视普希金诗歌艺术风格的研究。（2）缺乏对普希金诗歌本体全面、深入的研究。（3）研究方法不够多样化。（4）缺乏国际对话和交流，在过去，只有高莽、张铁夫、查晓燕、陈训明、刘文飞、郑体武等少数学者参加过有关普希金的国际学术会议或纪念活动，更多的普希金研究者缺乏这种走出去的意识和条件，因此，既无法了解别人的研究成果，也无法让别人了解自己的研究成果。（5）由于视野受限和语言能力不足等原因，缺乏对俄国普希金学和世界普希金学的系统研究。

更让我们担忧的是，纯文学，尤其是诗歌在现实生活中的地位不如往昔，加上中国人心目中的"俄罗斯情结"和"普希金情结"正在逐渐消散，导致我国的普希金研究面临着后继乏人的尴尬——懂俄语的学者越来越少，对普希金感兴趣的学者越来越少。在俄国，情况则有所不同。随着苏联的解体和冷战的结束，大国的军事对抗似乎有所缓和，而文化冲突则仍然十分尖锐。为了抵制西方文化的入侵，俄国不再像过去那样采取"攘外必先安内"的做法，即以批判本国作家达到与西方文化抗衡的目的，而是重新树立和推出像普希金这样的本民族的文化英雄。尽管俄国的纯文学同样遭遇边缘化，但对普希金的研究却方兴未艾。

原载《湘潭大学学报》，2014 年第 2 期

中国普希金研究的回顾与展望
——张铁夫教授访谈录

  自 1897 年普希金以"伯是斤"之名悄悄来到中国，已经过去了整整 110 年。在这一个多世纪中，普希金的中国之旅历经坎坷，他的名字、故事、作品和精神也随之传遍了大江南北，在中国读者心中凝结成难以割舍的"普希金情结"。也因为如此，中国成为了俄罗斯之外的普希金研究大国，造就了一代代、一批批成就斐然的普希金研究专家，湘潭大学文学与新闻学院张铁夫教授便是其中的杰出代表。作为我国著名的普希金学者，他对于我国"普希金情结"的形成原因、当前普希金研究的特点、焦点和危机，以及普希金研究的趋势等问题无疑具有发言权。为此，我们对张铁夫先生进行了专访。

  宋德发：我知道您有浓厚的"普希金情结"，在您这一代人身上，"普希金情结"实际上是一个普遍性的文学和文化现象，也就是说，您的学术历程和人生选择具有很强的代表性和典型性。所以，我很想知道您是怎样走上俄罗斯文学研究之路的？在俄罗斯文学中，您为什么对普希金情有独钟？我相信，您对这个疑问的解答，对于渐渐疏远俄罗斯和普希金的年轻一代更好地理解中国"普希金情结"的形成原因，将会具有重要的启发和参考价值。

  张铁夫：人生的选择总是必然和偶然、时代和个性共同作用的结果。我1956 年参加高考，当时的第一志愿是汉语言文学专业，可最后我却被华中师范学院俄语系录取。因为那个时期正处于中苏关系的蜜月期，我国在各个领域均以俄罗斯为导师，俄语也由此成为当时的第一外语，远比英语要热门和普及。虽然没有被中文系录取，我却并未感到沮丧。原因很简单，我在中学时读的外国文学作品大部分是俄苏作家的作品，普希金的诗歌更是让我如痴如醉。

我想，如果能够把俄语学好，直接阅读普希金和其他俄苏作家的原著，那不是也很好吗？就这样，对文学的热爱，对俄国的好感，以及招生人员对我的"错爱"等因素促使我步入俄罗斯文学研究之路。

谈起我的"普希金情结"，就要追溯到我的中学时代。当时我在新化一中读书。一天，得到戈宝权和罗果夫合编的那本《普希金文集》，读了前面几首诗，我就被普希金的作品深深地吸引住了。不过，那时我只会阅读，不会欣赏，因此无法用语言表达我对普希金的喜爱和崇敬。在那个只有革命，没有爱情的年代，普希金的诗歌，特别是他的自由诗和爱情诗得到中国读者的普遍喜爱，那是很自然的。我的普希金情结就是在这一大背景下逐渐形成的。

大学时代和随后的十多年时间是研究工作的准备时期。在那些年里，我阅读了能够找到的大部分普希金作品，但真正的研究工作是从翻译《普希金论文学》一书开始的。在 1981 年 5 月召开的"普希金、雨果学术讨论会"期间，我决定把普希金研究作为自己今后学术研究的主攻方向，而《普希金论文学》一书的翻译使我得以在学术研究中迅速定位，因此可以说，我是以普希金研究开始我的学术生涯的。译稿完成后，我和我的老师黄弗同先生写了一篇一万四千字的前言，并以《普希金的文艺思想简论》为题，发表在《华中师范学院学报》1982 年第 6 期。这是我的第一篇普希金研究论文。到上世纪 80 年代末期，我又陆续发表了《普密之争的由来及其实质》等文章，为普希金研究系列论文的形成打下了基础。

1991 年 10 月，经国家教委批准，我获得了去普希金的祖国访学的机会。在弗拉基米尔师范学院，我的进修课题是"俄苏普希金学史"。回国后，在国家社科基金等课题的支持下，我的普希金研究逐步走向系统和深入，我所发表的各类学术成果也获得了学界的认同。在研究之余，我还在课堂上讲授普希金，在研究生里培养年轻的普希金学者。对于普希金，我从最初的一见钟情到后来的日久生情；从一个普通的读者成为一个专业的学者；从一个热情的崇拜者成为一个理性的研究者。经过数十年的岁月沉淀，我一步步地走进普希金、理解普希金、探寻着他的文学和心灵世界，而普希金也渐渐融入我的事业和生活，成为我生命中无法割舍的一部分。

宋德发：在中国普希金研究百年史上，大概有五代学者和学人默默耕耘和奉献过：上世纪初译介普希金的戢翼翚和鲁迅为第一代；活跃于 30-40 年代的为第二代；笔耕于 50 年代的为第三代；70-80 年代崛起的为第四代；90 年代涌现的为第五代。您出生于 1938 年，原本应该在 60 年代步入学界，可由于文革所造成的学术断层，直到改革开放后才真正从事学术研究，因此，您应该属于第四代普希金学者。您是否可以以自己为例，谈谈您这一代普希金学人的独特性？

张铁夫：我们这一代虽然从 70 年代末才开始研究普希金，但是我们阅读普希金却是从 50 年代开始的，而阅读的作品主要是由前三代普希金学者翻译的。因此，前三代学者虽然在研究的深度和广度上有所欠缺，但没有他们的开创性工作，中国后来的普希金研究也无从谈起。和他们相比，我们这一代不仅重视普希金翻译，更重视普希金研究，并"站在"他们的肩膀上，将研究工作推向了深入，取得了一系列的突破。至于第五代学者，他们则将更多的精力放在研究上，视野更开阔，理论性更强，研究方法更多样。

应该说，我个人的普希金研究也有自己的一些特点。首先是成果形式上的特点：我将作品翻译、系列论文和学术专著有机结合在一起，形成了一个"普希金研究"的系统工程。我翻译了《普希金论文学》《普希金文集》，《普希金书信选》《普希金情人的回忆》等作品；发表了《普希金与莎士比亚》等系列论文 10 余篇；出版了"普希金研究三部曲"。其次是在"普希金的生活与创作""普希金与中国关系""普希金的现代阐释"这三个领域做了一些工作。第一部《普希金的生活与创作》（北京燕山出版社 1997 年初版，中国社会科学出版社 2004 年修订版）共十二章，38 万字。它以普氏的生平和思想发展为经线，全方位地对普氏作了评价，侧重对各种体裁的作品进行分析，阐明普氏在俄罗斯文学和世界文学中的地位。该著被中国社会科学院外国文学研究所所长吴元迈先生誉为"迄今为止我国在普希金研究方面最全面、最翔实、最具特色和最有分量的一本书，标志着我国普希金研究一个新阶段的来临"。第二部《普希金与中国》（岳麓书社 2000 年）共六章，34 万字。它以文化研究为视角，以接受理论、形象学、译介学、媒介学为理论框架，以影响与接受为研究基点，全面透视了普希金学在中国的萌芽、形成、发展、滞缓、复兴的历史过程，总结了近百年普希金作品在中国的接受史，从而将"普希金与中国关系"的研究系统化。第三部《普希金新论——文化视域中的俄罗斯诗圣》（中国社会科学出版社 2004 年）共七章，28.6 万字。前两章侧重论述普希金的文艺思想和政治思想，后五章则从死亡意识、伦理指向、女性观念、圣经情结、叙事艺术等方面对普氏的创作重新进行解读。上述问题都是普希金研究中的根本性问题。这些问题的有效解决，对普希金研究乃至俄罗斯文学研究的深化和拓展具有一定的意义。需要说明的是，这些成果并非完全属于我个人，它们应该属于集体的智慧。

宋德发：1897 年，普希金以"伯是斤"的名字传到中国，经过短暂的相识和了解后，我国在 20 世纪 30、40 年代形成了接受普希金的第一个高潮。随着新中国的建立，以及中苏关系步入蜜月期，这股高潮又迅速向前推进，形成了第二个高潮。但在文革前夕，由于中苏关系的恶化，普希金在中国受到全面的封杀，这第二个高潮又迅速跌落。直到改革开放后，我国又形成了接受普希金的第三个高潮。那么，在您看来，这第三个高潮和前两个高潮有何不同？

张铁夫：一是性质的差异：第三个高潮是翻译和研究的高潮，而前两个高潮主要是翻译的高潮和阅读的高潮。二是动因的差异：第三个高潮更具学理性，前两个高潮更具意识形态性。在前两个高潮的形成中，意识形态的因素占据了重要的位置，也就是说，我们出于现实革命斗争的需要，不仅把普希金当作一个作家，更把他当作一个文化英雄和勇敢的斗士。同时，中俄密切的政治关系也是中国人对普希金情有独钟的重要原因。正由于意识形态所起的作用过大，所以，当中苏关系破裂以及我们的现实革命斗争不再需要的时候，又把普希金打入了冷宫。改革开放后，中俄的关系已经趋于平淡，激烈的意识形态斗争也渐渐让位于平和的精神文明建设，因此，在第三个高潮中，我们对普希金的认识会更加理性和全面。三是影响力的差异：第三个高潮没有前两个高潮那么影响深远和全面。改革开放后，随着思想的解放，我国又恢复了对普希金的研究，而研究的主体恰恰就是那些在第一、第二个高潮中阅读和认识普希金并产生"普希金情结"的人。他们对普希金的热爱促使他们将研究普希金、解说普希金当作了毕生的责任和事业。在他们的推动下，我国的普希金研究在改革开放以来突飞猛进，取得了骄人的成就。以湘潭大学为例，在我带的研究生中，已经有 9 位研究生通过研究普希金获得了硕士学位，还有两位研究生正以普希金作为硕士论文的研究对象。但同时我们应该认识到，我国未来的普希金研究面临着后继无人的尴尬，造成这种局面的原因是多方面的：首先是具有"俄罗斯情结"的人越来越少，因此俄罗斯文学研究的潜在基础——懂俄语、喜欢俄国文学的人越来越少；其次是具有"普希金情结"的人已经屈指可数；再次是普希金已经从圣坛走下，恢复了一个作家的单纯身份，也就是说，普希金的欣赏者越来越少，普希金的接受群体在萎缩；最后，人们的选择更趋向多元化，纯文学地位的集体失落，在纯文学中，普希金也只是众多的选择之一而不再是唯一的选择。

宋德发：如您所言，在中国接受普希金的第三个高潮中，我们对普希金的研究越来越理性化，而理性化也将带来认识的多元化。所以，近几年学术界从很多角度对普希金进行"价值重估"，如普希金的文学人民性思想问题和普希金的文化归属问题，对于这两个问题的争议，您已经在论文《再论普希金的文学人民性思想》（载《外国文学评论》2003 年第 1 期）和《论普希金的文化归属》（载《外国文学研究》2006 年第 2 期）中分别加以梳理和辨析。此外，普希金的性格是否存在缺陷也成为争论的焦点之一。据我所知，普希金性格急躁，经常与人决斗，并最终丧命在决斗场上。他的私生活也非常复杂，绯闻不断，与 100 多位女性有着精神或者肉体上的瓜葛。前些年珠海出版社和海南出版社分别出版了《普希金的秘密日记》，对普希金的私生活大加暴露，也暗含着对普希金人格的怀疑？请问您怎样看待这些争论或问题？

张铁夫：从积极意义上看，对普希金的质疑说明在多元文化语境下，普希金已经从圣坛来到人间，从神灵恢复为作家，人们能够以一种客观、多维而非仰视、单一的态度来重新认识他。这是文学研究的一种进步。当我们以这种平和的心态来看待普希金时，就会发现以往的意识形态因素确实遮蔽了普希金的诸多缺点。但是对普希金认识的全面性并不代表要走向另一种极端：或者全盘否定普希金的价值，或者对普希金进行人身攻击；或者炒作一些和文学无关的事件。在日常生活中，性格暴躁确实是普希金的缺点，但也正是他的个性所在，没有这种刚烈的个性，普希金不可能以一个人的力量来对抗整个沙皇专制制度。在个人情感生活中，普希金确实专一于爱情而不是专一于爱情的具体对象，因此《普希金的秘密日记》虽然是一部伪作，但也说明其作者对普希金是非常了解的。不过，造成普希金的多情、滥情，除了他自身的性格缺陷外，还有当时俄罗斯整个上流社会"偷情成风"的社会氛围。普希金像很多西方诗人一样，将爱情等同于美，用充满争议的私生活换取了纯净、美好的爱情诗，所以，我们应该将更多的注意力集中在他的文学作品上，而非他的"绯闻"上，要知道，文格和人格的不统一也并非普希金一人所有，打个比方，如果说爱情是一座山，艺术中的爱情是山的顶峰，那么，顶峰在整座山所占的地盘毕竟是有限的。

宋德发：对中国人民来说，普希金无疑是个伟大的作家，同时我们也相信，普希金不仅属于俄罗斯和中国等少数国家，他还像莎士比亚、歌德一样，是一位具有世界性的伟大作家。不过，英国学者兼作家比尼恩和我们的观点有些相左，他在 2002 年出版的《为荣誉而生：普希金传》一书中，对普希金的世界性表示了怀疑和否定态度，他的观点在今天的西方还具有一定的代表性，对此，您有何看法？

张铁夫：在俄国本土，普希金的世界性问题是一个不成问题的问题。早在 1838 年，别林斯基就在《文学纪事》一文中说："作为诗人，普希金无疑是一位世界性的（虽然不是首屈一指的）天才。"[1]在别林斯基之后，俄罗斯的学者对普希金的世界性都深信不疑。在西方国家，人们对他的世界性则持不同的态度。德国的恩塞、法国的亨利·特洛亚，以及勃兰兑斯、卢卡契等人都肯定普希金的世界性，但也有一部分学者则认为普希金虽然是俄国最伟大的诗人，但不具有世界性。在法国，由于 19 世纪初期法俄关系的极度紧张和普希金在波兰问题上的沙文主义立场，以及读者对散文的兴趣超过诗歌，因此，他作品的传播不能不受到影响；在英国，普希金一直被拜伦的光环所笼罩，被认为是"拜伦的模仿者"或"俄国的拜伦"。

我个人认为普希金具有世界性是毫无疑问的，这可以从以下几个方面得到印证：

第一，普希金的阅读视野具有普世性。普希金学过英语、德语、法语和拉丁语，其中法语学得最好，此外他还通晓意大利语、西班牙语、希腊语和一些斯拉夫语。由于懂得多种外语，使得他从小就能从原文阅读欧洲许多国家的文学作品。我在俄罗斯访学期间，在圣彼得堡参观过"普希金之家"的普希金藏书室和莫伊卡河畔普希金故居博物馆的诗人书房。这两处的藏书，前者为原件，后者为复本，均为三千册，均用十五种文字印刷。有学者统计，普希金翻译和模仿的作品涉及六十多位外国作家和翻译家，普希金的阅读范围肯定大于这个数字，我也做过一个统计，仅《叶甫盖尼·奥涅金》一部作品就提到了五十余位外国作家和学者。因此，嗜爱阅读的普希金除了对俄罗斯文学作品烂熟于胸外，对世界各国文学作品也耳熟能详。

第二，普希金写了不少世界题材作品，他对世界的关照是多元的。普希金的早期作品洋溢着古希腊罗马精神，很多作品直接以古希腊罗马文学和神话

---

1 〔俄〕别林斯基：《文学纪事》，满涛译，《别林斯基选集》第 1 卷，上海译文出版社 1979 年，第 587 页。

为题材。19 世纪 20 年代，普希金的视野从古希腊罗马文化转向世界政治斗争，如西班牙、意大利和希腊相继爆发的反对本国统治者或土耳其奴役者的革命。在这个时期，普希金还写了一组关于拿破仑的诗歌。在创作的中后期，普希金还把他的视野从西方转向了东方，写了不少东方文化主题诗歌。特别值得注意的是，普希金还对一些外国文学作品进行移植和改写。总之，普希金是一个具有多元文化倾向的作家，他的视野非常宽广，创作题材非常丰富。

第三，普希金歌颂了普遍价值观和普遍人性，如自由、善良、宽容、美、真。最后，普希金已经从俄罗斯的"初恋"成为了世界的爱恋。普希金逝世后，他的作品被翻译到德国、法国、英国等西欧国家和波兰等东欧国家。19 世纪末叶和 20 世纪初，普希金的作品开始走出欧洲，在亚洲和美洲得到传播。二战后，普希金的声名传到了非洲和拉丁美洲。现在普希金的作品已经译成了 150 多种文字，有约 200 个国家的读者在阅读它们。此外，很多国家还建造了普希金纪念碑，到上世纪 80 年代末期为止，共有十二处；在 1999 年普希金诞辰二百周年之际，他的纪念碑又耸立在巴黎、维也纳和华盛顿的上空。中国、美国、以色列、法国、意大利、希腊、日本等国家举行了纪念普希金诞辰二百周年学术讨论会。

宋德发：对我们年轻一代人来说，普希金就像一位退居二线的中年艺人，或者像一位唱红色歌曲的老艺术家，他的作品和声名只是留在祖父辈的记忆中，对我们显然缺乏足够的吸引力。因此，我们阅读普希金和研究普希金的热情和您这一代不可同日而语，中国普希金研究也将面临着人才危机。不过，我个人却是一位普希金的喜爱者和研究者，据我所知，在我的同龄人中，也有不少人在阅读和研究普希金，或许我们会成为中国的第六代普希金学者吧。所以，我想请您预测一下中国普希金研究的趋势？

张铁夫：应该承认，因为纯文学在现实生活中的地位不如往昔，普希金在中国人心目中的地位有所失落，所以中国的纯文学研究和普希金研究都面临着后继乏人的尴尬。在俄国，情况则稍有不同。随着苏联的解体和冷战的结束，大国的军事对抗似乎有所缓和，而文化冲突则仍然非常尖锐。为了抵制西方文化的入侵，他们不再像过去那样采取"攘外必先安内"的做法，即以批判本国作家来达到与西方文化抗衡的目的，而是树立和推出像普希金这样的本民族的文化英雄。尽管俄国的纯文学也已边缘化，但对普希金的研究却方兴未艾。在我们中国，我相信只要人们对生命终极意义的追寻不会停止，纯文学的地位尽管相对衰落，但依然会在人们的精神生活中扮演着无可替代的角色，因为纯文学是生命终极意义最好的载体之一；同时，普希金作为经过时间和空间检验的经典作家，他虽然不会再集"万千宠爱于一身"（爱之深，恨之切，文革期间对普希金的封杀是中国人爱普希金的极端体现），但依然会成为人们重点关注的对象之一。新世纪以来的短短几年，我国发表的普希金研究论文就有一百余篇，著作也有十五种，相当于1903-1999年近百年间著作数量的总和，因此，中国未来普希金研究的步伐或许会相对减缓，但还是会朝着诸多新的目标前进。在我看来，这些新的目标可以包括六个方面：普希金创作本体的全面和深入研究；普希金艺术风格研究；西方普希金学研究；俄国普希金学研究；世界普希金学研究；研究方法的多元化运用研究。也许若干年后，随着我国普希金研究的深入开展，一个新的高潮就将到来。

原载《湘潭大学学报》，2007年第5期

我国新世纪普希金研究的成绩与危机

据现有的资料可知，普希金最早以"伯是斤"为名于 1897 年传入中国。[1]不过，直到 1903 年，我国才翻译了他的《俄国情史》（即《上尉的女儿》），因此，我国普希金研究始于 1903 年。从 1903 到 1999 年，我国普希金研究经过了五个阶段的起伏：（1）1903 至 20 年代中期，初步的译介。（2）20 年代中期至 1948 年，第一个高峰。（3）1949 年至文革前，第二个高峰。（4）文革到 1977 年，停滞期。（5）1978 年至 1999 年，第三个高峰。[2]在第三个高峰中，1999 年无疑具有标志性意义，因为这一年是普希金的二百岁生日，中国人以迎接新世纪和普希金诞辰为双重契机，在世纪末把普希金研究推向高峰的顶端。当人类告别 20 世纪的时候，我国普希金研究也随之步入了 21 世纪。

一股热潮

新世纪以来，我国普希金研究已走过了六年，时间虽然很短，但却取得了可观的成绩。可以说，20 世纪最后一个研究高峰在新世纪得到延伸，催生了新世纪第一股研究热潮。如以成果数量为尺度，这股热潮有两个具体表现：

第一个表现：研究论文多。1903 至 1999 年间，我国发表的各类普希金研究文章七百余篇[3]，平均每年七篇左右；但 2000 至 2005 年间，发表的文章就有一百余篇，平均每年近二十篇。此外，在 20 世纪，我国以"普希金研究"申请学位者屈指可数：据笔者掌握的资料，查晓燕女士是第一位以"普希金研

1　参见陈建华：《20 世纪中俄文学关系》，学林出版社 1998 年，第 20 页。

2　参见张铁夫：《普希金与中国》，岳麓书社 2000 年，第 27-38、101-117 页。

3　参见查晓燕、戴天恩编：《中国普希金研究资料目录及索引》，载《普希金与中国》，岳麓书社 2000 年，第 360-407 页。

究"获得博士学位的中国人（论文题目为《普希金：俄罗斯精神文化的象征》，北京大学 1996 年）。新世纪伊始，据笔者所知，就有两篇博士论文和九篇硕士论文以普希金为研究对象。这两篇博士论文是白文昌的《普希金与俄国小说的发展》（上海外国语大学 2003 年）和赵红的《〈叶甫盖尼·奥涅金〉汉译本的结构分析法研究》（北京外国语大学 2003 年）。九篇硕士论文除赵世峰的《外来词及其在〈叶甫盖尼·奥涅金〉中的功能研究》（河南大学 2003 年）外，其余八篇均来自湘潭大学。[4]也许笔者掌握的资料还不够完备，但可以肯定的是，新世纪以"普希金研究"作为研究生学位论文的数量和密度超过了上个世纪。

第二个表现：研究著作多。1903 年至 1999 年间，中国人撰写的普希金研究著作大约有十五部。但 2000 至 2005 年间，我国出版的此类著作就达到这个数目，其中代表性的有查晓燕著的《普希金：俄罗斯精神文化的象征》（北京大学出版社 2001 年）、戴天恩著的《百年书影：普希金作品中译本（1903-2000年）》（成都天地出版社 2005 年）、张铁夫著的"普希金研究三部曲"：《普希金新论：文化视域中的俄罗斯诗圣》（中国社会科学出版社 2004 年）、《普希金与中国》（岳麓书社 2000 年）和《普希金的生活与创作》（修订版，中国社会学出版社 2004 年）、高莽著的《圣山行：寻找诗人普希金的足迹》（中国社会科学出版社 2004 年）、吴晓都著的《俄罗斯诗神：普希金诗歌》（时代文艺出版社 2001 年）、刘文飞著的《阅读普希金》（人民文学出版社 2002 年）等。

除了评论性研究，在新世纪，我国普希金作品翻译出版工作继续开展，不过没有取得更大的进展，因为所出作品多为单行本，且多为旧译新出。原因在于 20 世纪我国此项工作已做得相当完备，尤其是完成了普希金作品翻译的四大系统工程：(1)《普希金文集》（七卷集，卢永选编，人民文学出版社 1995年）。(2)《普希金全集》（八卷集，肖马、吴笛主编，浙江文艺出版社 1997 年）。(3)《普希金文集》（十二卷集，冯春译，上海译文出版社 1999 年，已出十卷）。(4)《普希金全集》（十卷集，刘文飞主编，河北教育出版社 1999 年）。

---

4 这八篇论文是《普希金的叙事伦理》（2002 年，宋德发）、《普希金自由思想论》（2002 年，沈云霞）、《普希金诗歌的死亡意识》（2002 年，邓建中）、《普希金的女性意识》（2003 年，周颖）、《普希金的圣经情结》（2003 年，王妍慧）、《普希金叙事文学的叙述学研究》（2004 年，朱洪文）、《普希金笔下的帝王形象》（2005 年，巢进文）和《普希金诗歌中的酒神精神》（2007 年，汤林峰）。自汤林峰毕业后，张铁夫先生指导的研究生再无以普希金为研究对象撰写学位论文的。

至此，普希金的全部作品均被翻译成中文，有的作品甚至有十几个译本，在这种情况下，作品翻译在短时间内取得突破不太现实。因此，我国新世纪普希金研究成绩主要体现为评论而不是翻译。而评论不仅数量上呈现出繁荣景象，而且其质量和 20 世纪成果相比，至少在两个方面取得较大突破。

两大突破

第一大突破：普希金本体研究体系化。从 1903 到 1999 年，我国普希金作品翻译逐步体系化。但由于很多学者更习惯于把普希金当成一个精神符号来寄托情感，而不是当成一个学术对象来加以研究，所以，20 世纪有关普希金的评论虽然数量众多，体系化却明显不足。这主要表现为四点：（1）赏析性文章多，学术论文少。（2）普及性著作多，学术论著少。（3）研究范围以诗歌为主，缺乏整体性。（4）研究视角较为单一，缺乏全面性。在 20 世纪出版的著作中，颇具学术深度的有四部，不过易漱权、工远泽主编的《普希金创作评论集》（漓江出版社 1983 年）收录了不同作者的单篇论文，明显缺乏整体感和体系设计；吴晓都著的《俄罗斯诗神：普希金的诗歌》（海南出版社 1993 年）和陈训明著的《普希金抒情诗中的女性》（贵州人民出版社 1993 年）具有一定的体系性，但都只涉及普希金的诗歌。鉴于这种现状，张铁夫所著的《普希金的生活与创作》（北京燕山出版社 1997 年）力图在前人的研究基础上，对普希金作品做宏观和整体的把握。该书也被学界认为是 20 世纪"我国在普希金研究方面最全面、最翔实、最具特色和最具分量的一本书。"[5]

应该说，《普希金的生活与创作》在体系化上有了很大突破，而在 21 世纪，又有多部著作继续着这种突破，特别值得一提的是三部：查晓燕的《普希金：俄罗斯精神文化的象征》把普希金的创作放置在俄罗斯文学／文化的传统中来加以定位，从而更深入、系统地探索了普希金创作的精神源头，以及更鲜明、全面地呈现出普希金作品的独特性。张铁夫的《普希金的生活与创作》（修订版）在原书的基础上，增加了"普希金的童话诗创作"，在评论的范围上更加完整。而他的《普希金新论：文化视域中的俄罗斯诗圣》则是对《普希金的生活与创作》的又一次突破：虽然都追求整体感和体系化，但《普希金的生活与创作》主要运用社会历史批评方法，对普希金的作品作"历史性"探讨，而

5 丘桑：《普希金：在历史积淀与时代话语的激活中——评张铁夫等著〈普希金的生活与创作〉》，《俄罗斯文艺》1998 年，第 1 期。

《普希金新论》则综合运用多种批评方法，对普希金的作品作"共时性"探讨，它的意义不仅在于解答了很多老问题，如普希金的宗教情结等，也在于提出了很多新视角，如普希金的死亡意识和伦理指向等。有论者认为，该著的问世不仅把我国普希金研究推向更高的水平，也"表明我国学界对于单一作家和诗人的综合研究水平进入到更深更高的层次"。[6]

第二大突破："普希金在中国"研究体系化。一百多年来，普希金影响了中国几代学者、作家乃至普通民众，其艺术精神已经渗透进中国文学、文化乃至普通人的灵魂深处。普希金在何种范围、何种程度上影响中国？为什么影响中国？这些疑问都亟需获得解答。

上个世纪，戈宝权等前辈学者已做过一些开创性工作，尤其是1998年6月22-24日，在北京大学召开的"普希金在中国"学术研讨会上，就明确把"普希金在中国的传播历程"和"普希金与中国作家"作为会议的中心内容。不过，把这一课题真正付诸实践的却是在21世纪。戴天恩著的《百年书影：普希金作品中译本（1903-2000年）》对普希金作品在中国的翻译版本做了比较翔实的考证。更具理论深度的是张铁夫主撰的《普希金与中国》。在该著出版之前，我国对"普希金与中国"的研究存在明显不足：（1）单兵作战，人员分散，文章比较短小，彼此缺乏联系。（2）注重普希金与中国的事实联系，忽视总体的、潜在的影响。（3）对传播者（翻译家、出版家和研究家）宣传不够。所以，学界有必要对"普希金在中国"做一次全面、系统、深入和综合的研究，撰写一部总结性的著作。《普希金与中国》正是应时而生，它是在世纪之交对这一问题所作的总结，是对已有成果的重大突破与创新，其"首要特点就是系统性和全面性"[7]，该著不仅是我国新世纪普希金学的重要成果，也是"对世界普希金学的一个重要贡献"。[8]

应该说，在我国新世纪普希金研究体系化的过程中，张铁夫先生的作用不能不提。自1982年开始普希金研究以来，他一直致力于推动我国普希金研究的体系性。除翻译《普希金论文学》（漓江出版 1983 年）、《普希金情人的回忆》（漓江出版社1992年）、《普希金文集》第7卷（人民文学出版社1995年）、

6　酉平平、家木：《文化精神的透视：评张铁夫教授的〈普希金新论〉》，《湖湘文化与世界文学丛刊》第3辑，湖南文艺出版社2004年，第151页。

7　胡强：《对世界普希金学的重要贡献——评张铁夫教授的〈普希金与中国〉》，《湘潭大学学报》2001年，第3期。

8　〔俄〕纳·米哈伊洛娃：《普希金与中国·序二》，岳麓书社2000年，第5页。

《普希金书信选》（经济日报出版社 2001 年）外，还撰写了 10 余篇系列论文。而他本世纪集中推出的系统工程"普希金研究三部曲"《普希金的生活和创作》《普希金与中国》《普希金新论》更是在"普希金本体研究"和"普希金在中国"两个领域把中国普希金研究推向一个全新的高度。

三个空间

历经一百余年，几代学者的辛勤工作，我国普希金研究无论是翻译还是评论都取得了骄人的成绩。随着 21 世纪的到来，后辈学人在批判继承前人学术成果的基础上，还应该开拓新的学术空间，这包括提出新问题和解决此前尚未解决的老问题。笔者认为中国新世纪普希金研究至少还有三个空间需要拓展。

第一个空间：国外普希金学研究。上个世纪，我国普希金作品的翻译已经相当完备，但对国外普希金研究学研究却远远不够。除翻译了几部普希金传记外，其他学术论著很少涉及。20 世纪末期，有些学者注意到这个薄弱环节，做了一些开拓性工作，如张铁夫撰有长文《俄苏普希金学述评》（发表于《湘潭大学学报》1997 年第 3、4 期），赵桂莲撰有《论白银时代的普希金印象》发表于《外国文学》1998 年第 4 期、黄山撰有《八九十年代西方学者视野中的普希金》发表于《外国文学》1998 年第 4 期、林精华撰有《走向比较文学：80、90 年代美国普希金研究》发表于《国外文学》1999 年第 1 期。新世纪伊始，赵桂莲在《国外文学》2000 年第 2 期发表了《俄罗斯白银时代普希金研究概观》一文，刘文飞则在专著《阅读普希金》中评述了俄国九部重要的"普希金研究"著作[9]，给我国普希金研究颇多启示。不过，从总体上看，我国对国外普希金学关注太少。

第二个空间："普希金与宗教"研究。我国学者已经从多重视角来探讨普希金的艺术精神，很多视角已经达到相当的深度，但"普希金与宗教"却是个薄弱点。学界在 20 世纪后期开始关注"普希金与宗教"，如张铁夫在 1994 年发表论文探讨普希金的诗歌与《圣经》的关系[10]，任光宣则撰有《普希金与〈圣经〉关系初探》（《俄罗斯文艺》1999 年第 2 期）和《普希金与宗教》（《国外文学》1999 年第 1 期），把考察的文本扩展到普希金的全部作品。在众多学者的努力下，"普希金与宗教"在本世纪得到进一步重视，查晓燕的《普希金：

9　刘文飞：《阅读普希金》，人民文学出版社 2002 年，第 91-179 页。

10　张铁夫：《普希金诗歌中的〈圣经〉题材》，《湘潭大学学报》1994 年，第 2 期。

俄罗斯精神文化的象征》和张铁夫的《普希金新论》等著作都设专章来加以探讨。另外,邓建中撰有论文《普希金与东正教精神浅论》(《零陵学院学报》2002年第 4 期)、赵宁撰有论文《普希金的抒情诗与〈圣经〉》(《外国文学研究》2000 年第 2 期)。这些文章都从一定层次上回答了"普希金与宗教"的关系。不过,"普希金与宗教"就像"俄罗斯文学与宗教"一样重要和复杂,我国目前的研究水平还远不尽人意。

第三个空间:普希金生平研究。我国已经翻译了几部外国学者撰写的普希金传记,如格罗斯曼的《普希金传》(王士燮译,黑龙江人民出版社 1983年)、切尼科夫的《欣悦的灵魂》(曹世文等译,湖南文艺出版社 1993 年)、法国学者亨利·特罗亚的《普希金传》(张继双等译,世界知识出版社 1992年)、英国学者 T.J.比尼恩的《为荣誉而生:普希金传》(刘汉生等译,国际文化出版公司 2005 年)。中国学者也撰写了多种普希金传记,如郑体武编著的《普希金传》(台湾业墙出版社 1995 年)、朱宪生编著的《普希金》(辽海出版社 1998 年)、张平光编著的《普希金传》(花山文艺出版社 1998 年)、童一秋编著的《世界十大文豪·普希金》(吉林文史出版社 2003 年)等。不过,中国学者撰写的传记多为普及性读物,其语言水平、学术水准不仅与俄国的普希金传记有一定差距,和英国、法国学者的普希金传记也有距离。张铁夫所著的《普希金的生活与创作》在吸收国内外最新研究成果的基础上,对普希金生平做了较为深入的研究,不过它是一部"评传",而不是严格意义上的"传记"。有论者认为中国是"仅次于俄罗斯的普希金研究的第二大国"[11],但是,除俄罗斯之外,世界上最好的普希金传记却不是由中国人撰写的,这不能说不是一个遗憾。

四处危机

新世纪伊始,我国普希金研究就呈现出良好势头,这似乎表明我国新世纪普希金研究将会热潮不断。但透过现象看本质,我们不难发现,除学位论文外,本世纪最具分量的论著实际完成于上个世纪末期,因为学术成果的问世具有一定的滞后性,所以,他们的集中发表才催生了新世纪的第一股研究热潮。透过这股热潮的表面,笔者认为中国 21 世纪的普希金研究至少面临着

---

11 刘震霞:《走进普希金:读〈普希金——俄罗斯精神文化的象征〉》,《俄罗斯文艺》2001 年,第 4 期。

四处危机。如果这四处危机得不到有效缓解，那么，中国新世纪普希金研究的第一股热潮有可能也是最后一股热潮。

危机一：学术空间。我国普希金作品翻译已相当完备，有的作品已经有十几种译本，如果再重译作品，无疑造成智慧资源的浪费。研究论著也有八百余篇论文和三十余种著作发表。正因为前人把普希金研究推向一个又一个高度，从而增加了后辈学人创新的难度。在新世纪，我国俄罗斯文学研究者出于学术策略的考虑，将不得不回避普希金，把精力转向其他研究领域，如俄罗斯白银时代文学。

危机二：外语。中国人研究普希金要达到一个更高的境界，除需要出色的中文水平，还需精通俄语。我国普希金学的顶尖学者都是如此。由于政治、经济等原因，文革之前，我国高校外语专业和其他专业的第一外语都是以俄语为主，从而培养了大量俄语人才，也为普希金研究打下了扎实的外语基础。同样因为政治、经济等原因，文革后，在我国高校，英语逐步取代了俄语的主流地位，目前我国几乎每所高校都开设了英语专业，但开设俄语专业的只有二十五所左右，并且俄语作为第一外语也退出了历史舞台。因此，我国新世纪不仅普希金研究面临语言危机，整个俄罗斯文学研究都将面临语言危机。近些年，我国对俄罗斯当代文学研究严重不足预示着这种趋势的到来。随着目前这批精通俄语的学者的退役，我国关于"普希金学"的很多设想，如"国外普希金学研究"将无从谈起。

危机三：人才。21世纪最可贵的是人才，而我国新世纪普希金研究最匮乏的也是人才。目前，活跃在我国普希金学舞台的学者从语言背景上看，大致有三类：（1）俄语专业毕业生。（2）中文专业毕业生，第一外语为俄语。（3）中文专业毕业生，第一外语不是俄语。前两类学者翻译和评论并重，他们在上个世纪50至80年代期间接受了俄语训练，并在整个社会环境的影响下，对俄罗斯文学和普希金产生了浓厚的兴趣。第三类学者则根据译作从事个性化的评论。随着时间的推移，前两类学者的数量将大大减少，第三类学者的比重将会增加。因此，在我国普希金研究的方式中，立足本土语境的评论将显得尤为重要。对于普希金研究来说，俄语人才的匮乏当然是很大的遗憾，但如果有足够中文专业的学者能够投身于普希金研究，那么也可以推动更具中国特色的"普希金学"的发展。但是，种种迹象表明，对中国当今学界来说，英美、日本文学比俄罗斯文学更受关注，艾略特、卡夫卡、索尔·贝娄、村上春树比普希金更具吸引力。所以，中国新世纪的普希金研究可能连中文背景的学者数量也很难保证。这样，我国俄罗斯文学和普希金研究都将面临后继无人的尴尬。

危机四：群众基础。上个世纪，我国普希金研究之所以能够蓬勃发展，同广泛的群众基础密切相关。我国普希金读者群非常庞大，不仅中文系学生和其他文科学生阅读普希金，就连很多理工科学生都能够背诵普希金的诗歌，中国作家也对普希金情有独钟。正是有这样宽广的群众基础，才能产生一批批高水平的普希金研究者。由于研究成果能受到广泛和及时的关注，他们的进一步研究才充满动力，也更具现实意义。我国目前的普希金研究者都是上个世纪的读者：老辈学者在五六十年代开始阅读普希金；中年学者在七八十年代开始接触普希金。那个时代中国人都有"俄罗斯情结"，因为俄罗斯人有"普希金情结"，所以中国人自然也有"普希金情结"。但是今天的大学生，作为明天潜在的外国文学学者，因为没有"俄罗斯情结"，自然也没有"普希金情结"。所以，当他们步入外国文学界的时候，会把更多的目光投向更富朝气的西欧、日本、韩国文学。这不仅是因为他们精通英语而不是俄语，也因为他们的研究会赢得更广泛的接受和理解。

在 21 世纪，普希金作为中国人集体无意识的一部分，还会对中国的普通民众和精英学者产生影响，但这种影响无论是范围还是深度，都无法和 20 世纪同日而语。作为普希金的热爱者和研究者，我们无疑感到遗憾，但这也意味着中国人在精神层面有着更多元化的选择。

原载《俄罗斯文艺》，2007 年第 1 期

从湖湘走向世界
——论胡良桂的比较文学研究

从中国现当代文学研究专家"晋升"为"比较文学学者"的，可谓屈指可数，其中代表性的有北京大学的乐黛云教授、复旦大学的陈思和教授、湖南师范大学的谭桂林教授，还有就是湖南省社科院的胡良桂研究员。在上世纪 90 年代初期，胡良桂先生已经是享誉全国的中国现当代文学研究专家，尤以长篇小说研究而著称，更善于及时追踪湖南文学的新动向，被誉为"楚文学的现代歌者"。90 年代中期后，他开始"兵分两路"，一部分"兵力"坚守"长篇小说"和"楚文学"研究的阵地，另一部分"兵力"挺进比较文学领域。十余年来，在完成自我视野从湖湘走向世界的转变过程中，他也用自己的辛勤耕耘，为中国比较文学的发展做出了显著和独特的贡献：一是在比较文学原理研究上，他建构了自成一家的"世界文学"体系；二是在具体实践中，他自觉地运用"平行—贯通"法，超越了"X 比 Y"模式的局限，发现了诸多世界文学的规律；三是他揭示出比较文学精神的内核："世界眼光"。

一、基本原理研究：构建"世界文学"体系

作为一门历史并不悠久，尚在成长中的学科，比较文学尚有许多原理性的"疑难杂症"，如定义、根本属性、可比性和中国学派等未获有效解释。比较文学家们往往会根据自己的志趣和专长，择其中一二加以考辨。

自踏入比较文学界以来，胡良桂对比较文学基本理论进行了持续性和系统性的关注，只不过他侧重于另一个原理性问题的探索："世界文学"。1996年，他在《云梦学刊》第 1 期上发表了第一篇比较文学论文《"世界文学"的

成因与现代意义》，拉开了追问"世界文学"奥秘的序幕。该文被人大复印资料《外国文学研究》同年第 6 期、《文艺理论》同年第 12 期全文转载，还被《高等学校文科学报文摘》同年第 6 期转摘。这些热烈的反响从一个侧面证明了廓清"世界文学"概念对于比较文学学科理论建设的重要性。胡良桂继续用系列论文和四十二万字的专著《世界文学与国别文学》，从"何谓世界文学""世界文学提出的背景""世界文学与比较文学的关系""民族文学与世界文学的关系""世界文学的共同规律和特殊规律"等角度，构建起一个自成一家的"世界文学"体系。

胡良桂以"世界文学"为中心和起点，通过建构"世界文学"体系来建设他的比较文学理论，较为符合比较文学发展的内在轨迹，因为，比较文学本身就起源于歌德在 1827 年所"发现"的"世界文学"："民族文学在现代算不了很大的一回事，世界文学的时代已经来临了。现在每个人都应该出力促使它早日来临。"[1]

世界文学通常有三种含义：（1）世界各国文学的总和。（2）超越族界、时代，广为流传的世界名著、经典。（3）世界各国文学融为一体。胡良桂先生认为，歌德所倡导的"世界文学"显然指第三种理解，即静态、孤立、封闭的世界各国文学，以世界名著、经典为代表和载体，通过相互的交流、互识、互补，构建起一个动态、联系和开放的"共同体"。

歌德提出"世界文学"的背景是什么呢？在胡良桂看来，这一观念的提出是资本主义发展的历史产物。资本主义以世界市场为市场，以世界资源为资源，它的侵略性和开拓性客观上推动了文化、文学的交流，也正是在这一前提下，身居德国的歌德才有机会阅读到来自遥远中国的《玉娇梨》《花笺记》《风月好逑传》等小说，从而领略了另一种独具魅力的文学和文化，这也引发了歌德的"世界文学"畅想。

歌德发现了"世界文学"，实际上也为后人设置了一个文学上的"哥德巴赫猜想"。因为"世界文学"固然呈现出一种趋势，但是趋势不等于现实。首先世界文学的基本构件，即"国别（民族）文学"是丰富而庞杂的，如何认识把握它们非常困难；其次，国别文学之间的交流非常有限，就像歌德那时还只能读到三部三流的中国小说，对于李白、杜甫等主流文学还一无所知；再次，

---

1 〔德〕爱克曼辑录：《歌德谈话录》，朱光潜译，人民文学出版社 1978 年，第 113页。

不是每一个人都像歌德那样形成了"世界文学意识"，大部分人恐怕还只是局限于自己的民族视野。所以说，"世界文学"不仅对歌德来说是一个远大理想，就是对今天和未来的人来说，也将是一个美好的祝愿。

这并不意味着"世界文学"的提出毫无意义。对于人类而言，理想的价值在于它提供了一种全新的希望，而人类在追求理想的过程中，实际上已经完成了理念的升华和自我的超越。何况，明知不可为而为之，也是倔强的人类喜欢做的事情。所以歌德也向世人发出邀请："现在每个人都应该出力促使它早日来临"。就算"世界文学"在事实上不可能来临，那么，我们至少要用自己的努力来逼近这个境界，就像人类无法成为上帝，但至少应该朝着至善的方向跋涉一样。这样，歌德在提出"世界文学"的同时，也就提出了另一个重要问题："国别文学"如何通向"世界文学"？

"比较文学"的提出正是后人响应歌德的号召，出力促使"世界文学"早日来临的结果。"世界文学"的基本构件是国别（民族）文学，因此，要实现"世界文学"的理想，必须从"自觉"推动国别文学之间的交流起步。如何"自觉"推动国别文学之间的交流呢？"比较文学"便"与时俱进"地诞生了。为此，胡良桂撰文《比较文学是横向沟通的形式》（《中国文学研究》1996 年第 3 期），清晰阐明了"国别文学""世界文学""比较文学"的相互关系："比较文学"是"国别文学"通向"世界文学"的一个必然和重要的桥梁。这样，比较文学的基本任务和根本性质也随之浮出水面。

胡良桂认为比较文学的基本任务在于沟通。由于异质性的存在，"国别文学"之间很容易产生冲撞和摩擦。比较文学张扬用世界的眼光看本土文学，乃至用世界的眼光看世界文学，可以引导国别文学在相处的过程中求同存异、相互敬重、取长补短。比较文学需要并且能够承担这样的重任，这是由它的根本性质所决定的。

胡良桂认为，"比较文学"的根本性质在于它"是一种自觉的跨文化的文学关系研究与对话"[2]，简洁而又切中要害。通常认为，比较文学的性质在于"四跨"：跨民族、跨语言、跨文化、跨学科。[3]这样的表述很容易造成语义上的重叠和含混。首先，"跨民族"的未必"跨文化"，如美国是一个多种族文化国家，但不同种族的文化都属于"美国文化"。其次，"跨语言"的未

2　胡良桂：《世界文学与国别文学》，湖南人民出版社 2004 年，第 150 页。

3　陈惇、刘象愚：《比较文学概论》，北京师范大学出版社 2000 年，第 21 页。

必"跨文化"，如印度有上千种不同的语言，光法定语言就有十六种，但印度的十六种语言不等于十六种独立的文化。再次，"跨国界"的未必"跨文化"，如韩国和朝鲜是两个国家，但他们属于同一种文化。最后，"跨学科"则使得比较文学的学科边界变得模糊不清，容易让比较文学研究走向非文学的研究。因此，把"跨文化"视为比较文学的必要条件，较好地解决了比较文学的学科定位问题。

作为个体的比较文学学者，由于语言、身份、学识等方面的局限，无法跨越所有的异质文化，但如果每个学者都可以立足自己的文化语境，跨越两种或以上的文化，那么，无数个体的跨文化交融在一起之后，"国别（民族）文学"也就面向"世界文学"的方向，遥望、爬行、最后有节奏地大踏步了。

在追寻"世界文学"的路途中，如何处理好"民族（国别）文学"与"世界文学"的关系？胡良桂为我们提供了几种思路：第一，"民族文学"应该保持自己的民族性。"世界文学"是"民族文学"的终极目标，但这并不意味着民族文学完全丢弃自己的民族性，臣服于某些抽象的世界性。民族文学走向世界文学，不单纯指民族文学认识、学习他人，也指民族文学走向世界舞台，被他人所认识和学习。第二，世界文学既是民族文学的目标，也是民族文学自我完善的动力。"民族文学"的演进有纵向的动力源，它来自民族文学自身的传统，还有横向的动力源，它源于异质文学之间的相互碰撞和交融。只有两种动力的"合力"才能造就更具有生命力的民族文学。第三，要努力揭示民族文学的世界性，即通过民族文学的相互参照，揭示民族文学的共通因素，这些共通因素也就构成了世界文学的共同规律，而民族文学的民族性则构成了世界文学的特殊规律。

二、"平行—贯通"法：超越"X 比 Y"模式

世界文学的共同规律和特殊规律是胡良桂致力于探索的一个领域。为此，他发表了《世界文学中的 20 世纪意识》（《中国文学研究》2000 年第 4 期）、《文学的人类性、世界性及其与民族性、时代性的关系》（《求索》2001 年第 6 期）、《异化：一股世界性的文学思潮》（《中国文学研究》2001 年第 4 期）等论文，并在专著《世界文学与国别文学》中设置了"诺贝尔文学奖的总体人类关怀""全球化：世界文学的总体形成""世界总体文学的发展脉络与阶段性特征""世界文学共同体的形式选择模式"等章节。这些总体性的探索显

然不是"X 比 Y"式的两项或两极对比可以完成的，它需要多项、多极的旁征博引的比较研究才能承担。

在比较文学提供的研究方法中，平行研究运用最广，由于它常常只涉及两种异质文学之间的比较，因此被称为"X 比 Y"模式。不少比较文学专家对这种模式批评多于认同。比如季羡林就认为："试问中国的屈原、杜甫、李白等同欧洲的荷马、但丁、莎士比亚、歌德等有什么共同的基础呢？有是有的：他们同样是人，同样有人的思想感情。但是，根据这样的基础能比出什么东西来呢？勉强去比，只能是海阔天空，不着边际，说一些类似白糖在冰淇淋中的作用的话。这样能不产生'危机'吗？"[4]钱钟书先生对平行比较也充满担忧："看到人家大讲'比较文学'，就记起小学里造句：'狗比猫大，牛比羊大'；有个同学比来比去，只是'狗比狗大，狗比狗小'，挨了老师一顿骂。"[5]

平行研究之所以饱受诟病，并不是比较文学不需要这种研究方法，而是因为人们由于视野和能力的局限，常常将平行研究机械化、简单化成为两国文学（包括作家、作品、文学思潮等）的简单比附，缺乏问题意识和深度挖掘。至于多国、多民族文学现象之间的关联，自然让这种"X 比 Y"模式无能为力，而世界文学的共通规律和特殊规律则更让它束手无策了。钱钟书不仅在语言上揶揄这种平行比较，他更是用实际行动为超越这种"X 比 Y"模式做出了表率。著名的比较文学学者王向远先生正是以他的《管锥编》为范本，提炼出一种完善版的平行研究："平行—贯通"法。[6]

王向远先生发现，《管锥编》在论及古今中外的文学时，很少使用直接的、表面的比较，它们更多是把多种文学现象连缀在一起，不做过多的展开和发挥，给人留下了许多思考和想象的空间。这种"比较"类似于修辞学上的"排比"，即用一连串相关和类似的材料来反复强化和凸显同一主题、同一观点或同一结论。这些材料本身来自不同时代、不同民族、不同文化体系，一般没有事实联系，但一旦在特定的议题下把它们摆在一起，它们就成为一个活的有机体，各条例证材料之间就能相互显发，有了密切关联。

通常的"平行比较"常常流于"X 比 Y"式的两相比较，而《管锥编》运

4　季羡林：《对于 X 与 Y 这种比较文学模式的几点意见》，见《比较文学与民间文学》，北京大学出版社 1991 年，第 372 页。

5　杨绛：《记钱钟书与〈围城〉》，见《杨绛散文选集》，百花文艺出版社 1995 年，第170 页。

6　王向远：《比较文学学科新论》，江西教育出版社 2002 年，第 77-88 页。

用的则是"X1：X2：X3：X4：X5⋯⋯"这样的多项式"排比"；一般的"X
比 Y"式"平行比较"只是说明被比较双方的"异"和"同"，而钱钟书先
生的多项式"排比"却不是简单地求同存异，而是发现和呈现隐含于这些材
料中的某些规律性现象，在材料例证的连缀和排比中，古今中外就被"打通"
了。一般的"比较"常常缺乏可比性，未必能有"打通"之效，不免穿凿附会，
流于皮相之见，而钱钟书的将古今中外汇而通之的方法，是水到渠成的自然而
然的"打通"，也是一种更深层次的上下贯穿、左右相连的"平行贯通"。来
自不同民族、不同语种的材料，在表达内容与表达方式上竟如此相似和相通，
就不由地使读者产生"人同此心，心同此理"的文化认同感，而作者的观点也
就自然呈现，有时无需多费一词，便有很强的说服力。[7]

在《世界文学与国别文学》的后记中，胡良桂表达了对《管锥编》的敬意，
"原计划这是一部百多万字的多卷本，很想写成像钱钟书《管锥编》那样——
古今中外囊括于中——探索人类文学共同规律与特殊规律的皇皇巨册。"[8]虽
然该著作的规模离《管锥编》还有一些差距，但在某些方面确实深得《管锥编》
的神髓，比如在寻找世界文学的规律时，它同样将"平行—贯通"法运用得自
然和充分。不过，钱钟书偏爱于静态的案例类比，不喜做理论和价值判断，这
一点，胡良桂表达了不同的意见。在谈到《管锥编》《谈艺录》中的比较方法
时，他认为"类比与对比虽有简洁、明确和方便的优点，但也有其局限性。它
的思维方法基本上是线性的，是在一个层面上直线式地分辨一物与它物的同
与异；而且，随着参照系的变换，比较所得的结果也往往大相径庭。"[9]

为了避免静态类比的不足，胡良桂不仅继承了《管锥编》的"平行—贯
通"法，而且通过大量的案例，从学理上对多种世界性文学现象做出了明确的
价值判断。不妨以他对"20 世纪世界文学的演变轨迹与基本特点"的探索为
例[10]，从中可以看出胡良桂确实拥有宏阔的视野、丰富的学识和出众的理论建
构能力。首先，胡良桂提出了"20 世纪世界文学观"，即从宏观上来观照世
界文学发展的共同规律和特殊规律。其次，他从这种"世界文学观"出发，通
过审视拉丁美洲文学、日本文学、法国文学、苏联文学、美国文学、德国文学、
中国文学等多国文学的发展状况，寻求 20 世纪世界文学的演化轨迹。第三，

7　乐黛云、王向远：《比较文学研究》，福建人民出版社 2006 年，第 208-209 页。
8　胡良桂：《世界文学与国别文学》，湖南人民出版社 2004 年，第 535 页。
9　胡良桂：《世界文学与国别文学》，湖南人民出版社 2004 年，第 143-144 页。
10　胡良桂：《世界文学与国别文学》，湖南人民出版社 2004 年，第 428-470 页。

从多国文学的发展状况中，他再次提炼出 20 世纪文学的基本特征：主观内倾化、非人化、理性化、没落化、分析综合化、方法的变革与艺术上的发明。最后，他理性思索了 20 世纪世界文学的局限和问题。

尽管钱钟书惯用的浑然天成的"平行—贯通"法远比一般的"X 比 Y"模式优良很多，但长时间以来，鲜有比较文学理论家发现它。王向远先生虽然发现并且推介了这种方法，却很少有人注意到它。因此"X 比 Y"模式的论著依然层出不穷，成为平行研究的主流。其深层原因恐怕还在于很多"比较文学学者"缺乏足够的"世界眼光"，也缺乏横跨和驾驭多国文学的能力。所以说，胡良桂对 20 世纪世界文学的整体把握，尽管还有进一步完善的可能，但显然是比较成功的，其"比较方法"不露痕迹的运用，更是一种境界。

三、世界眼光：张扬比较文学精神

比较文学有两个层次：方法论和本体论。作为方法论，它提供了影响研究、平行研究等诸多切实可行的方法，用以探寻异质文学之间的关联。作为本体论，它在潜移默化中培育着人们的比较文学精神：全球视野、多元意识、广阔心胸等。乐黛云先生将"比较精神"命名为"和而不同"，胡良桂则将"比较文学精神"称之为"世界眼光"。可以说，张扬"世界眼光"是胡良桂所有论著的一个共通目标。

人的眼界不外乎有四重：第一重，用本土眼光看本土问题；第二重，用本土眼光看世界问题；第三重，用世界眼光看本土问题；第四重，用世界眼光看世界问题。比较文学是没有国界的，所以它的终极追求是第四重境界。可是比较文学学者是有国界的，所以，在他们身上，往往是世界眼光和本土立场交融在一起。

其实，"比较文学的发展始终贯穿着世界主义胸怀和民族主义情绪的二律背反。"[11]法国学派之所以力挺影响研究，因为当时法国是欧洲文学的中心，影响研究的结果便是用大量的实例论证了法国对他国文学的影响，极大地提升了民族自信心，因此，法国学派的法国中心主义倾向非常明显。美国学派之所以对影响研究冷嘲热讽，因为这种研究方法恰好触到了它的痛处：美国历史短暂，其文学基本在别人的影响下产生和发展，如果运用影响研究，也只能证

---

11 曹顺庆、王庆：《从比较文学学科发展史看文化软实力》，《江汉论坛》2009 年，第 1 期。

明美国文学是如何模仿借鉴他国文学的，不免伤害了民族自尊心。因此，美国学派之所以推崇平行研究，是为了证明美国文学和他国文学不仅是平等的，而且还是可以相互对话的。平行研究的提出暗含着一种自我保护、自我确认的文化相对主义策略。当然，在美国学派的视野中，能和美国文学"平行"的主要是欧洲文学，东方文学还没有进入他们的视野，因此，美国学派在冲破法国中心主义的同时，又陷入了西方中心主义的牢笼。

中国学者试图避免比较文学的法国中心主义和西方中心主义局限，提出了中国比较文学的特色便是"立足于中国文学的中外比较文学研究"[12]。中国的比较文学过于强调自己的"中国特色"，似乎有"中国中心主义"的嫌疑。曹顺庆先生则认为中国比较文学要坚持走"跨文明"比较的道路，寻求东西方文化的对话。[13]不过，将东西方对立起来，且以东方人的视角来跨越东方，很容易走向"东方中心主义"。

回顾了比较文学发展过程中的民族文学之间的博弈后，我们对胡良桂一方面提倡用世界眼光看世界问题，另一方面张扬用世界眼光看中国问题不仅要表示理解，还要表示敬意，因为在比较文学学者的身份还无法全球化的时候，在意识形态还无法消除的时代，比较文学学者运用世界眼光看待本土问题，不仅是无法避免的，也是现实所必需的。

2001年，胡良桂发表了《世界文学背景中的中国文学选择》（《云梦学刊》2001年第2期），用一个比较文学学者的世界眼光，回顾了中国文学在走向世界文学的过程中所经历的阵痛和涅槃，对中国文学如何保持民族特性，并继续融入世界文学大家庭提出了诸多建设性意见，体现出了一个中国比较文学学者应有的民族忧患意识。

2002年，胡良桂又推出了另一篇代表性论文:《先进文化与世界眼光》（《新华文摘》2002年第12期）。这篇论文体现了一个知识分子强烈的现实关怀精神和应有的使命感、责任感，它的核心便是在现实文化建设中提倡比较文学精神:第一，我们要把中国的发展同世界的发展紧密相连，从世界格局的高度和人类历史发展的深度来思考中国的现代化进程。第二，既立足中国大地又面向世界，既正视国情现实又放眼未来，把中国的改革开放和社会主义现代化同世

---

12 王向远:《"阐发研究"及"中国学派":文字虚构与理论泡沫》，《中国比较文学》2002年，第1期。

13 曹顺庆:《跨文明比较文学研究:比较文学学科理论的转折与建构》，《中国比较文学》2003年，第1期。

界大和时代主题结合起来。也就是说，在胡良桂看来，比较文学不仅是个体人格修养的武器，更应走出狭窄的象牙塔，为社会提供先进的观念。

原载《云梦学刊》，2010 年第 3 期

巴赫金的列夫·托尔斯泰

    每个批评家心目中都有自己的列夫·托尔斯泰。比如俄国思想家列夫·舍斯托夫认为，1869 年的"阿尔扎马斯之夜"之前，托尔斯泰一直致力于构筑一个"共同世界"（类似于巴赫金的独白世界），但此后，托尔斯泰冲出了完整、清晰、和谐、一元的"共同世界"，走向了真实的自我：恐怖、多疑、带点神经质、摇摆不定并时刻准备打碎一切。英国哲学家柏林则打了个精妙的比方，托尔斯泰表面上是刺猬，骨子里是狐狸。在西方文化中，木讷怠惰的刺猬象征着统一、完整、清晰、理智；多变机巧的狐狸象征着无体系、无中心、无原则。换句话说，柏林的眼中，托尔斯泰"表面上是'共同世界'里十分清晰，十分坚定的正常人，骨子里却是'个人世界'里的狂人。"[1]按着这种说法，柏林的托尔斯泰，形式上是刺猬，精神实质上却自始至终是只狐狸；而舍斯托夫的托尔斯泰，1869 年前是刺猬，1869 年后是狐狸；那么，俄罗斯思想家和美学家巴赫金又有一个怎样的托尔斯泰？

一、拉伯雷与列夫·托尔斯泰

    巴赫金评论托尔斯泰的文字并不多，主要体现为《〈列夫·托尔斯泰戏剧作品〉序言》《列夫·托尔斯泰〈复活〉序言》《俄国文学讲座》三篇文章。在巴赫金对托尔斯泰的评论中，我们基本看不到让他"扬名立万"的各种新潮理论。其实原由并不复杂。巴赫金的评论对象基本上是欧洲的传统作家。从拉伯雷身上他发现了狂欢；从陀思妥耶夫斯基身上他发现了复调和对话；从托尔

---

1 参见李正荣：《狐狸、刺猬与对话、独白："阿尔扎马斯之夜"与托尔斯泰小说文体问题》，《俄罗斯文艺》1997 年，第 4 期。

斯泰身上，他发现了社会历史批评和道德批评的价值。这说明，巴赫金能够
"实事求是"地看到批评对象的差异性。

拉伯雷的思想源头是文艺复兴文化和民间世俗文化，因而，他是"纯粹肉
体性的史诗诗人，他的名字就意味着肉山酒海。他歌唱着无尽的美食之乐和不
倦的性的快乐。"[2]因此，在拉伯雷的世界中，充满了享乐、游戏、诙谐、粗
俗和狂欢，世俗生活中的物质和肉体的因素，如饮食、排泄、性生活的形象在
这个世界中占据了压倒的地位。而且，这些形象还以极度夸大和夸张的方式出
现。正因为如此，"有人称拉伯雷为描绘'肉体'和'肚子'的最伟大的诗人
（例如，维克多·雨果），另一些人则指责拉伯雷是'粗野的生理主义'、'生
物主义'、'自然主义'"等等。[3]类似的情况也可以在同时代的薄伽丘、莎
士比亚、塞万提斯等人的作品中找到，但其他作家的表现方式远没有如此强
烈。对这一现象合理而积极的解释是：拉伯雷是在为"肉体"恢复名誉，并通
过这种方式来颠覆中世纪的禁欲主义。巴赫金对拉伯雷的上述特征有着全面
的认识，因而他认为"任何教条主义、任何专横性、任何片面的严肃性都不可
能与拉伯雷的形象共融，这些形象与一切完成性和稳定性、一切狭隘的严肃
性、与思想和世界观领域里的一切现成性和确定性都是相敌对的。"[4]

但托尔斯泰呢？巴赫金认为则完全相反。在《〈列夫·托尔斯泰戏剧作品〉
序言》中，巴赫金把托尔斯泰的戏剧分为两组，第一组包括《一个受传染的家
庭》《虚无主义》。第二组包括《黑暗的势力》《万恶之缘》《一个沦为乞丐的贵
族老爷》等。巴赫金之所以这样划分，真正的尺度只有一个：思想。第一组戏
剧写于托尔斯泰思想危机之前，而第二组戏剧写于托尔斯泰思想危机之后。七
十年代以前的托尔斯泰，思想上还没有出现明显的危机，他正新婚燕尔，享受
着家庭幸福："这时他是一个热衷经营而又屡屡取得成功的地主，是一个幸福
欢乐的成家人，是一个朝气蓬勃的艺术家。"[5]但七十年代以后，托尔斯泰思
想出现裂变，他几乎放弃了自己一切物质上的因素，成为一个痛苦的、高尚的
忏悔者。

---

2 〔美〕卡特琳娜·克拉克等：《米哈伊尔·巴赫金》，雨冰译，中国人民大学出版社
   2000 年，第 383 页。
3 〔苏〕巴赫金：《拉伯雷研究》，李兆林等译，河北教育出版社 1998 年，第 22 页。
4 〔苏〕巴赫金：《拉伯雷研究》，李兆林等译，河北教育出版社，1998 年，第 2-3
   页。
5 〔苏〕巴赫金：《小说理论》，白春仁等译，河北教育出版社 1998 年，第 1 页。

在相同的文章中，巴赫金探讨了托尔斯泰的道德宗教观念。他认为托尔斯泰的民间戏剧旨在展示一种超越时空的、普遍的人性斗争：善与恶、光明与黑暗之间的斗争。戏剧的基本情节和内容是展示罪恶、黑暗如何在个人心灵中萌生，又如何在个人心灵中消解。托尔斯泰回避当时的社会热点问题，是有意以自己个人伦理的主旨来抗衡民粹派社会伦理的主旨；以上帝和个人良心的思想来抗衡土地和村社的思想。[6]巴赫金显然看出了托尔斯泰不是政治家、改革家和社会学家，而是思想家和道德家。所以，托尔斯泰戏剧中的"恶"不是体现为经济、政治、社会等因素所构成的愚昧、反动的势力，而是存在于人心灵深处的永恒因素，是人心灵深处的黑暗面。要战胜人心灵深处的恶，方式只有一个：靠个人的良心之光。巴赫金其实已揭示出"托尔斯泰主义"的核心：道德的自我完善和毋以暴力抗恶。

正因如此，托尔斯泰民间戏剧的主人公表面上是农民，实质上是承载托尔斯泰思想的一个符号，代表了托尔斯泰内心世界的一种静止而保守的宗教。在托尔斯泰的宗教世界观中，有两种斗争着的因素："人世"的思想和"出世"的思想。这两种因素在托尔斯泰的世界观中进行着激烈的斗争，而最后取胜的是第二个因素，即云游四方、超然物外的"出世"的因素。

巴赫金的论述告知我们，如果说托尔斯泰童年、少年时代还多少带有贵族公子的纨绔习性，但逐渐年长的他开始叛离自己的生活方式，并最终升华为一位清心寡欲的圣人。后期的托尔斯泰几乎摒弃了一切世俗的、物质的欲望，试图通过以身作则的禁欲和"出世"来唤起世人的良心和追随，从而达到以"善"除"恶"的终极目的。巴赫金的分析足以表明，托尔斯泰缺乏拉伯雷的游戏性和享乐性，如果说拉伯雷是在为人的"肉体"摇旗呐喊，以放荡的场景来嘲讽神圣的宗教，那么，托尔斯泰则在为人的"灵魂"振臂高呼，以严酷的天国来颂扬一种复古式的宗教：托尔斯泰主义。因而，托尔斯泰是个板着面孔的道德家和思想家，在他的世界中寻找轻松和粗俗的场景、平等和狂欢的精神确实是件不太容易的事情。

二、陀思妥耶夫斯基与列夫·托尔斯泰

巴赫金还特别注意到托尔斯泰和陀思妥耶夫斯基的区别：托尔斯泰缺乏陀思妥耶夫斯基的多元观念。陀氏在自己的小说中塑造的"不是沉默的奴隶，

6　〔苏〕巴赫金：《小说理论》，白春仁等译，河北教育出版社1998年，第6页。

而是自由的人，他们能够与其创造者并肩而立，能够不同意创造者的见解，甚至能够反抗他"。[7]因此，陀氏"笔下的主要人物，在艺术家的创作构思之中，便的确不仅仅是作者议论所表现的客体，而且也是直抒己见的主体"。[8]但托尔斯泰呢？

巴赫金曾分析了托尔斯泰戏剧的艺术特色。他认为托尔斯泰的戏剧"艺术价值微乎其微"。"它们构思粗率，又没有加工，带有应时而作，偶然为之的性质。"[9]巴赫金探讨了托氏戏剧败笔的原因所在：第一是托尔斯泰对戏剧持有偏见，认为戏剧是虚假的艺术。因而，戏剧写作并不是他的中心，他也就不会在自己所鄙视的戏剧上花费太多的艺术天才。第二，也是最深刻的原因在于，托尔斯泰追求作者在作品中完全的话语权，因而喜欢在自己的作品中设置一个叙述者来实现自己的观点、评价、分析、裁判和自由。托尔斯泰需要在主人公的世界之外构建一个作者自己的世界，而这个世界还必须是完全自由、独立并占主导地位的。可是戏剧中的旁白等因素固然在一定程度上体现了作者的观念，但只不过是为主人公的世界提供一个舞台和背景，并不能构成作者自己独立、自由、占据主导的世界。

托尔斯泰的"艺术专制"自然影响到他的小说创作。巴赫金重点分析了托氏晚年的代表作《复活》，他根据社会思想小说的体裁特征，认为《复活》由三个相互独立而又连成整体的因素构成：对所有现存社会关系的原则性批判；对主人公"精神事件"的描写；作者的世界观和宗教观的宣传。[10]小说对现存社会的批判，对心灵危机的刻画和对生活意义的描绘决定了这部小说的布局结构与托尔斯泰前期的小说相比，显得异常简单。前期的几部作品存在着几个独立的叙述中心，用彼此间牢固而重要的情节事实关系联接在一起。而《复活》中的叙述，仅仅集中在聂赫留朵夫周围，部分地集中在卡秋莎·玛丝洛娃周围；至于其他人物和世界，则都放在聂赫留朵夫的视野中予以描绘。小说的全部人物，除了男女主人公以外，彼此间没有任何联系，或者通过聂赫留

7　〔美〕卡特琳娜·克拉克：《米哈伊尔·巴赫金》，雨冰译，中国人民大学出版社2000年，第316页。

8　〔苏〕巴赫金：《陀思妥耶夫斯基诗学问题》，白春仁等译，河北教育出版社1998年，第5页。

9　〔苏〕巴赫金：《陀思妥耶夫斯基诗学问题》，白春仁等译，河北教育出版社1998年，第1页。

10　〔苏〕巴赫金：《小说理论》，白春仁等译，河北教育出版社1998年，第19页。

朵夫的奔走这一外部因素而连接在一起。

巴赫金的意思很明显，如果说托尔斯泰的早期小说，如《战争与和平》等，还多多少少带些复调的成分，那么在《复活》里，我们只能听到托尔斯泰伯爵枯燥乏味、不厌其烦、自以为是的道德说教了。因此，在《复活》中，作者和主人公、主人公和非主人公是不平等的——主人公控制了非主人公；作者控制了主人公，因此，《复活》是传达作者意图的小说；是缺乏对话的小说；是独白的小说。

为了加深对"独白"小说特点的理解，巴赫金对比了托尔斯泰和陀思妥耶夫斯基描写死亡的差异。以托尔斯泰的小说《三个生命之死》为例，巴赫金认为在这篇小说中，三个角色的死亡只有一种外部的联系，作者处于他们以外，并利用自己超脱的地位和视角来彻底地理解和完成他们。因此，每一个角色生与死的最终的意义，只能在作者的视野中被揭示出来。巴赫金提出一个假设：如果《三个生命之死》由陀思妥耶夫斯基来写，那会是怎样呢？巴赫金认为，陀氏会让三条线索相互作用，用对话把它们联系起来。他会把马车夫和树木的生死引入地主太太的视野，又将地主太太的生死引入马车夫的视野。他会让主人公的意识和作者的意识置于平等的地位，还让人物和人物的真理面对面地相遇，用对话的方式交锋。而作者只是对话的组织者和参加者，并不具备最后做出结论的权利。这样一来，我们在小说中不仅可以听到作者的声音，还可以听到地主太太和马车夫的声音。[11]

巴赫金认为，"在托尔斯泰的人物那里，死亡多半是强加于人的，人们极少想死，极少意愿死亡。"而在陀思妥耶夫斯基的世界中，是"一个人从内部终结他的自我"[12]。换句话说，在托尔斯泰的小说中，作者决定人物死还是不死以及死的意义，而在陀思妥耶夫斯基的小说中，是人物自己决定自己死还是不死以及死的意义。而这也恰恰是独白小说和复调小说的根本区别之一。

三、果戈理与列夫·托尔斯泰

巴赫金"实事求是"的批评精神如果以他对果戈理的评论为参照的话，我们会更加清楚一些。巴赫金对果戈理的态度主要体现在《拉伯雷和果戈理：

---

11 〔苏〕巴赫金：《陀思妥耶夫斯基诗学问题》，白春仁等译，河北教育出版社1998年，第92-97页。
12 〔美〕卡特琳娜·克拉克等：《米哈伊尔·巴赫金》，雨冰译，中国人民大学出版社2000年，第323-324页。

论语言艺术与民间的笑文化》以及《果戈理之笑的历史传统和民间渊源问题》两篇论文中。巴赫金曾在《论人文科学的哲学基础》中提出"笑"和"严肃"两个概念。[13]根据这两个概念，作家可以分为两种，一种是"笑"的作家，一种是"严肃"的作家。因而文学也就有"笑"文学和"严肃"文学两种。"笑"文学和"严肃"文学的区别并不在内容，而是在形式，换句话讲，"笑"文学用笑的方式表现严肃的内容，如《巨人传》用狂欢和笑谑的方式表现反禁欲主义的人文精神；"严肃"文学用严肃的方式表现严肃的内容，如托尔斯泰紧皱起眉头，用悲天悯人、深沉幽愤的目光注视着俄罗斯的苦难，讲述着自己的道德故事。

从总体上看，托尔斯泰属于"严肃"作家，他的作品属于"严肃"文学。与托尔斯泰相比，果戈理则与拉伯雷气质相合，属于"笑"作家，他的作品属于"笑"文学。果戈理的《狄康卡近乡夜话》《鼻子》《死魂灵》等源于乌克兰民间节庆日或其他笑文化传统，有明显的狂欢精神、笑谑风格、粗俗成分和民间气质。因此，果戈理和拉伯雷、陀思妥耶夫斯基一样，其作品是一种怪诞现实主义，即精神上是现实主义的，但形式上是怪诞荒谬的。与果戈理相反，托尔斯泰是最原汁原味的批判现实主义，即不仅精神上是现实主义的，形式上也是常规的，严肃的。巴赫金看到了托尔斯泰与果戈理等人的差异性，因此，分析果戈理等人的艺术，它采用了"狂欢化""对话理论"概念等，面对严肃的托尔斯泰，他发现没有什么比社会历史批评和道德批评更有效的了。

其实巴赫金也注意到了托尔斯泰的作品中有"笑"的成分，比如《战争与和平》《安娜·卡列尼娜》中有假面的狂欢场面以及多重的、独立的话语现象。但这些场面和现象只是点缀在作品之中，并不能体现托尔斯泰的整体风格。不像果戈理那样，"笑"的场景和多重话语贯穿于整个创作的过程。巴赫金对托尔斯泰的评论又集中在《复活》等后期作品，这些创作于思想危机后的作品，变得更加忧心忡忡和独断专行，早期的本来就不多的狂欢场景和多重话语在这时几乎消失了。独白式的思想说教渐渐取代了艺术的自觉追求，作品的主题和作者的思想更加趋向同一，因而，托尔斯泰的晚期创作越来越成为社会思想型文本的典范。正因为巴赫金注视到的更多是后期的托尔斯泰，因而他的眼中，托尔斯泰是典型的"刺猬型"作家：严谨、清晰、理智、一元，试图构筑

13　〔苏〕巴赫金：《文本 对话和人文》，白春仁等译，河北教育出版社 1998 年，第4-5 页。

一个完全"独白的世界"。巴赫金的这一认识和列夫·舍斯托夫恰恰对调过来。在巴赫金的眼中，早期的托尔斯泰是带有狐狸气质的刺猬型作家，后期的托尔斯泰则变成了完全的刺猬型作家；在舍斯托夫的眼中，早期的托尔斯泰致力于构筑一个"共同世界"，是一个带有刺猬气质的狐狸型作家，后期的托尔斯泰冲破了"共同世界"，试图另建一个"个人的世界"，变成了一个完全的狐狸型作家。在我们看来，柏林的说法无疑是独具一格的，但巴赫金的观点似乎更贴近托尔斯泰的实际。

四、列夫·托尔斯泰与陀思妥耶夫斯基

毋庸讳言，巴赫金对托尔斯泰的分析并不是他的终极目标。从某种程度上讲，巴赫金并不是通过陀思妥耶夫斯基等人来观照托尔斯泰，而是通过托尔斯泰来观照陀思妥耶夫斯基等人的艺术品格。在他的观念中，陀思妥耶夫斯基无疑是典型的狐狸型、复调型作家，而托尔斯泰无疑是典型的刺猬型、独白型作家。巴赫金对两类天才的区分，目的并不单单是对小说的建构方式作形态学上的划分：小说建构有"复调"和"独白"两种方式。还暗含着他对两种不同的小说建构方式的价值判断。虽然它从来没有公开地贬低过托尔斯泰的独白，但他也从来没有明显地颂扬过托尔斯泰的独白。相反的是，他旗帜鲜明地推崇陀思妥耶夫斯基："小说结构的所有要素，在陀思妥耶夫斯基的作品中，均有其深刻的独特之处。所有这些要素都取决于一个新的艺术任务，而这个艺术任务只有他陀思妥耶夫斯基能够提出来，并在极大的广度和深度上加以解决。这就是：创造一个复调世界，突破基本上属于独白型（单旋律）的已经定型的欧洲小说模式"。[14]无疑，托尔斯泰也是被陀思妥耶夫斯基突破的众多对象之一，这样看来，巴赫金真正欣赏的还是狐狸型作家，尽管他从来没有贬低过刺猬型作家。

巴赫金对托尔斯泰的评论加深了我们对托尔斯泰特点的认识和理解，尤其是以果戈理、拉伯雷、陀思妥耶夫斯基等人作为参照，让我们更清楚托尔斯泰是一个外表和灵魂都严肃的作家。除此之外，巴赫金对托尔斯泰的论述还可以给我们如下学理上的启示：

其一，批评的方法并不是最时髦的就是最好的，而是最合适的才是最有效

14　〔苏〕巴赫金：《陀思妥耶夫斯基诗学问题》，白春仁等译，河北教育出版社1998年，第6页。

的。巴赫金评论托尔斯泰用的是最传统的社会历史批评和道德批评，这传达了他对当时人气最旺的形式主义批评持一种冷静和批判的态度。在巴赫金看来，"形式主义作为特定时期诸种倾向的产物，作为受历史制约的现象，只是'历史中的一种情绪'，只是手法而已"。[15]任何艺术理论都必须考虑三个因素：创作者、艺术作品和观赏者。形式主义批评把文学作品视为"纯粹的形式"，宣称"总的说，艺术里没有内容"[16]等等，这是走向另一个极端：把创作者和阅读者完全排除在批评之外。这种做法显然忽略了一个基本的事实：文学与意识形态有着天然的瓜葛，离开对文学作品意识形态内涵的分析，很难真正把握文学作品。换句话讲，并不存在真正意义上的纯文学研究，尤其是对待托尔斯泰这种道德意蕴深重的作家，单纯进行形式分析是很难奏效的。

其二，对传统的态度可以有两种，一是变革，巴赫金对拉伯雷、陀思妥耶夫斯基的评论集中体现了这一点。在二十世纪各种文学理论风起云涌之时，巴赫金"与时俱进"地贡献出"对话理论""狂欢化理论""复调小说理论"等前卫的文学观念。二是坚守，巴赫金对托尔斯泰的评论集中体现了这一点。貌似先锋的巴赫金其实也是一位很恋旧的批评家。他坚持用传统的社会历史和道德批评分析托尔斯泰，并取得了令人满意的效果。

其三，任何一种理论的出现，其意义并不一定是要建立"反传统的"的因素，也可以是建立一种"非传统"的因素。巴赫金在变革传统基础上创立了"非传统"的方法论，但这并不意味着他会完全舍弃和颠覆传统，让他自己创立的新话语独自自白，相反，现代和传统；前卫和守旧；变革和坚守在他的身上和谐地并存和交融，而这也体现出真正意义上的多重话语和对话精神。

原载《广东社会科学》，2004 年第 1 期

---

15 〔苏〕巴赫金：《周边集》，李辉凡等译，河北教育出版社 1998 年，第 17 页。
16 〔苏〕巴赫金：《周边集》，李辉凡等译，河北教育出版社 1998 年，第 3 页。

古老故事的重新讲述——《葛特露和克劳狄斯》的叙事策略与伦理意涵

记者吉恩—皮埃尔·萨哥拉斯（Jean-Pierre Salgas）问厄普代克："你总是在另一部作品的影响下开始新作的创作吗？"厄普代克承认的确如此："在创作新作之前，我的脑海中总浮现出他人的作品。我认为作家们会相互之间提供创作的灵感。而我作品的源头常常会让你感到惊讶"。[1]

厄普代克的坦诚告诉我们，重构经典是他小说的一个显著特征。他的处女作《贫民院集市》（*The Poorhouse Fair*, 1959）既是对圣·斯蒂芬（St.Stephen）故事的未来主义讲述，也是对亨利·格林（Henry Green）《结局》（*Concluding*）的重新建构。《兔子，跑吧》（*Rabbit, Run*, 1961）源自凯鲁亚克（Jack Kerouac）的《在路上》（*On the Road*）、亚瑟王（Arthurian）的圣杯传奇、乔伊斯·卡里（Joyce Cary）的《约翰逊先生》（*Mister Johnson*）和彼阿特丽克斯·波特（Beatrix Potter）的《兔子皮特的故事》（*The Tale of Peter Rabbit*）。《马人》（*The Centaur*, 1963）将不同的希腊神话交织在一起，其故事框架来自基戎（Chiron）受难的传奇。《政变》（*The Coup*, 1978）倒置了康拉德《黑暗的心脏》（*Heart of Darkness*）的故事结构。"红字三部曲"，即《伊斯特维克的女巫》（*The Witches of Eastwick*, 1984）、《罗杰的视角》（*Roger's Version*, 1986）和《S.》（*S.*, 1988）是对霍桑《红字》（*Scarlet Letter*）的全新演绎。《巴西》（*The Brazil*, 1994）则是中世纪"特里斯坦（Tristan）和绮瑟（Iseult）"传奇的现代版本。[2]

1　James Plath, *Conversation with John Updike*, University Press of Mississippi Jackson, 1994, p.179.

2　参看詹姆斯 A.斯蒂夫（James A.Schiff）的两部论著：*John Updike Revisited*, Twayne Publishers, 1998; *Updike's Version*, University of Missouri Press, 1992.

厄普代克的新千年之作《葛特露和克劳狄斯》（*Gertrude and Claudius*, 2000）[3]延续着他此前"重构经典"的叙事策略。小说同样具有一个神话原型：哈姆莱特传说，尤其是莎士比亚的经典悲剧《哈姆莱特》（*Hamlet*）。莎士比亚的《哈姆莱特》为小说提供了一个基本结构和形式，通过对这个古老故事的重新讲述，小说呈现出诸多新的可能性。而在一个故事（哈姆莱特）的两种讲述（莎士比亚的戏剧和厄普代克的小说）中，厄普代克对女性命运、善恶尺度和历史观念等伦理问题的现代理解显得尤为突出。

《哈姆莱特》的源头是"哈姆莱特传说"。"哈姆莱特传说"源远流长，阿尼克斯特说"哈姆莱特的故事到莎士比亚的时候已经流传了四百年"[4]。根据 12 世纪萨克索·格拉马狄库斯(Saxo Grammatius)《丹麦史》（*Historia Danica*）记载，"哈姆莱特"就是历史上的阿姆莱特（Amlteth）。从历史上的阿姆莱特到莎士比亚悲剧中的"哈姆莱特"，其间"哈姆莱特传说"经历了漫长和复杂的演变。[5]不过，在众多的"哈姆莱特传说"中，莎士比亚的《哈姆莱特》无疑是久负盛名的版本。此外，由于《哈姆莱特》的道德指向最富时代色彩。因此，当厄普代克要重新讲述"哈姆莱特传说"时，《哈姆莱特》自然成了首选目标。

一、"说者"说

在英文版前言中，厄普代克交待了《葛特露和克劳狄斯》与众多版本的"哈姆莱特传说"之间的联系：小说第一部分中的人名拼写取自《丹麦史》中的"哈姆莱特传奇"（*Hamlet legend*）；第二部分中的人名拼写取自法国贝尔福雷（Belleforest）的 15 卷本《悲剧故事》（*Histoires tragiques*）；第三部分的人名拼写取自第一四开本（*First Quarto version*）和德国的《兄弟仇恨或来自丹麦的哈姆莱特王子》（*Der bestrafte Brudermord oder Prinz Hamlet aus*

3　《葛特露和克劳狄斯》是厄普代克的第 19 部长篇小说。从 1951 到 2006 年，厄普代克共创作了 24 部长篇小说。不过，《柳树》（*Willow*, 1951）未完成，《家》（*Home*, 1957）虽然完成了 600 页，但没有出版。在已经问世的 22 部长篇小说中，有 13 部被译成中文。关于厄普代克的创作和中译情况，可参看宋德发：《中国的厄普代克翻译》，载《外国文学动态》2006 年第 2 期。

4　〔苏〕阿尼克斯特：《论莎士比亚的悲剧〈哈姆莱特〉》，杨周翰译，《莎士比亚评论汇编》（下），中国社会科学出版社 1981 年，第 499 页。

5　可参看郑士生的文章《关于哈姆莱特故事的起源和演变》，《读书》1985 年，第 12 期。

Daennemark）。[6]很显然，在动笔之前，厄普代克已经很清楚"哈姆莱特传说"的来龙去脉。而在小说中，相同人物在三个部分中的名字却取自不同时代的"哈姆莱特传说"，暗示着"哈姆莱特传说"本身就是一个被不断重讲的过程，而莎翁的《哈姆莱特》只是众多版本中的一种，并且不是最后的版本，它还可以被后人不断地重讲。

问题是该怎样重讲《哈姆莱特》？在英文版后记中，厄普代克对这一疑问有着清晰的交待：

> 把被掩盖的谋杀放在一边，克劳狄斯似乎是一位能干的国王，葛特露是一位高贵的王后，奥菲利亚是可爱的珍宝，波洛涅格斯虽然迂腐，却是一个并不坏的老师，雷欧提斯是一个普通的年轻人。
> 哈姆莱特把他们都置于死地。[7]

这段后记表明，厄普代克重新讲述《哈姆莱特》的基本途径有两个：一是为葛特露和克劳狄斯等人翻案；二是质疑和思考哈姆莱特行为的合理性。两种途径的实施都意味着要颠覆经典悲剧中的人物身份和故事模式。在《哈姆莱特》中，人物的基本身份是"说者"与"被说者"。"说者"自然是哈姆莱特父子，"被说者"主要是克劳狄斯和葛特露。于是，故事的基本模式就成了"说者"说和"被说者"被说。

哈姆莱特具有高贵的品格，闪耀着正义的光芒，充满着男性的阳刚，这些都是作为"人文主义者"必须拥有的素质。另一方面，他还具有绝对"说"的权力，正是在哈姆莱特滔滔不绝的言说中，善良的读者轻易地陷入指向鲜明的男性场和善恶场中。另一个"哈姆莱特"是国王的鬼魂。虽然出场次数有限，时间也很短暂，但他同样具有绝对"说"的权力。所以他一出场就可以奠定整个故事的善恶基调和最终走向。从某种程度上说，王子哈姆莱特只不过是鬼魂哈姆莱特的传声筒和代言人。总之，两个哈姆莱特占据着舞台的中央，评说和

6　John Updike, *The Foreword of Gertrude and Claudius*, New York: Alfred A.Knopf, 2000. 正因为人物名字的拼写来自不同的哈姆莱特传说，所以小说中人物名字是不断变化的，在三个部分中，女主人公的名字分别是葛鲁莎（Gerutha）、葛鲁丝（Geruthe）和葛特露（Gertrude）；男主人公的名字分别是冯（Feng）、冯贡（Fengon）和克劳狄斯（Claudius）；哈姆莱特的名字分别是阿姆莱特（Amleth）、哈姆布莱特（Hamblet）和哈姆莱特（Hamlet）；波洛涅斯的名字分别是哥伦布（Corambus）、哥仑贝斯（Corambis）和波洛涅斯（Polonius）；老哈姆莱特在第一、二部分中叫做霍文迪尔（Horwendil）。

7　John Updike, *The Afterword of Gertrude and Claudius*, New York: Alfred A.Knopf, 2000.

论定着他们的对手葛特露和克劳狄斯：

> 嗯，那个乱伦的、奸淫的畜生，他有的是过人的诡诈，天赋的奸恶，凭着他阴险的手段，诱惑了我的外表上似乎非常贞淑的王后，满足他的无耻的兽欲。啊，哈姆莱特，那是一个多么卑鄙无耻的背叛！我的爱情是那样的纯洁真诚，始终信守着我在结婚的时候对她所作的盟誓；她却会对一个天赋和才德远不如我的恶人降心相从！[8]

鬼魂哈姆莱特一出场就设计好了两个头号"反角"的形象：克劳狄斯是篡位者、奸诈者和谋杀者；葛特露是背叛者、乱伦者和淫乐者。此后，王子乃至历代普通读者，对这两个人物的认识都很难超越鬼魂对他们的定位。作为老哈姆莱特最忠诚的崇拜者，王子看待世界的视角和自己的父亲几乎一样。因此在他心目中，父亲和叔父的区别就像天神和丑怪的不同，母亲的行为则那么让人不可理喻和深恶痛绝，以至于他发出那句著名的感叹："脆弱啊，你的名字就是女人！"[9]

毫无疑问，在《哈姆莱特》中，是男性和英雄把持了绝对的话语权和行动权。因此，他们既塑造着自己的形象，也控制着他人的形象。于是，老哈姆莱特一直未散的阴魂不时发出恶毒的诅咒；王子疯疯癫癫的身影在舞台上不断地晃来晃去。而缺乏"说"的机会，总被哈姆莱特父子评说的葛特露和克劳狄斯，在善良和充满"正义感"的读者心中，越发变得可恶，成了当然的淫妇和凶手。尤其是老哈姆莱特的高贵（他自诩的）和克劳狄斯的鄙俗（他们父子认定的）之间的对照；老哈姆莱特的痴情（他自认的）和葛特露的背叛行为（他们父子裁定的）之间的对照，更是赚取了读者无数同情的眼泪和道义的支持。

莎士比亚的讲述可以理解。在宣扬正义和英雄的悲剧中，善恶总要绝对分明，主角总要独霸舞台的中央，用眼花缭乱的动作和滔滔不绝的独白塑造着自己的形象。其他人物要么沦为看客，要么变成"缺席的在场者"。可就当我们对莎士比亚的讲述习以为常的时候，厄普代克却通过小说表达了自己的质疑：当一个人丧失了行动权和话语权，被他人，尤其是对手所评说时，那么他／她

8　〔英〕莎士比亚：《哈姆莱特》，朱生豪译，吴兴华校，人民文学出版社 2000 年，第 23 页。

9　〔英〕莎士比亚：《哈姆莱特》，朱生豪译，吴兴华校，人民文学出版社 2000 年，第 11 页。

的形象还能有几分真实和丰满？

文艺复兴时期，莎士比亚按着自己的需要，重新讲述了丹麦王子复仇的历史故事，塑造出了一个人文主义者的模范，一个男性英雄的楷模。在新的时代语境中，厄普代克则对莎士比亚的"重新讲述"进行了重新讲述。但他不是要恢复历史的真实性，因为"哈姆莱特传说"虽然有一定的历史依据，但毕竟已经无法复原。厄普代克只是想呈现出一个更丰富、更复杂的"历史"，这个"历史"自然不是事实的历史，而是被重新"理解"和"阐释"的历史。在《哈姆莱特》中，是"说者"（两个哈姆莱特）在"说"，葛特露和克劳狄斯在"被说"的过程中，丧失了自我定位的资格。在厄普代克重新建构的"历史"中，"被说者"要开始"说"，而首要的便是葛特露的"说"。

二、"被说者"说

有记者问厄普代克："你能谈谈为什么决定写《葛特露和克劳狄斯》吗？"厄普代克回答道：

> 我之所以创作《葛特露和克劳狄斯》，是因为有时候我觉得葛特露是《哈姆莱特》中最有吸引力的角色。她很少出场，但她所说的一切又都是那么的精彩和切中要害……在我的印象中，她是一位高贵、庄重和仁慈的女人，威严十足，王后气质与生俱来。现在，《哈姆莱特》给我们留下哈姆莱特的问题："我的母亲怎么能够在父亲尸骨未寒之时嫁给一个流氓无赖"？我试图设想此前发生的事情，而这些事情被莎士比亚一笔带过……当然，我要写出二十和二十一世纪的味道，把葛特露写成一个不快乐的妻子、一个得不到满足的妻子，尤其是一个母性得不到尊重，有些像包法利夫人的女性……[10]

厄普代克透露了小说创作的初衷：立足当下的语境，为葛特露翻案，颠覆莎士比亚的女性观，塑造一个更真实和丰满的女性形象。如果说，《哈姆莱特》把"哈姆莱特传说"完全变成一个男人的复仇记，那么，《葛特露和克劳狄斯》就把"哈姆莱特传说"变成了一个女人的心灵史。换句话说，这时的"哈姆莱特传说"其实已经不是哈姆莱特的传说，而是葛特露的传说。而那个无处不在的王子在这里退出了舞台的中央，成为塑造葛特露性格的陪衬。

在《哈姆莱特》中，莎士比亚讲述的是英雄的事迹，展现的是江山社稷的

---

10 James Schiff, *A conversation with John Updike*, The South Review, Spring 2002 Vol.38, i2, p.420.

轮回，侧重的是政治化男人的感受。在厄普代克的笔下，葛特露虽有王后的身份，却只是男人们权力争夺的筹码和繁衍政治继承人的工具。所以，厄普代克真正关心的是一个普通女人的情感史和情欲史。也就是说，他有意淡化了宏观和显性的政治意识形态，借宫廷的外壳来讲述一个家庭的故事；借历史的外壳来讲述一个女人的故事；借政治的外壳来讲述一个人性的故事。这样，厄普代克又回到他此前非常擅长的"家庭""婚姻""性爱"主题，以及并不很擅长的"女性寻求"主题。[11]

在厄普代克的笔下，葛特露不再是一个完全遭两个男人斥责的抽象代码。她向读者充分倾诉着自己的情感历程：从十六岁的少女到四十七岁的妇人，在三十一年的岁月里，她如何从一个被父亲交易的女儿变成一个被丈夫冷落的妻子；如何从一个被丈夫冷落的妻子变成一个被儿子厌恶的母亲；如何从一个被儿子厌恶的母亲变成一个被克劳狄斯宠爱的情人。

十六岁时，她的父亲代她择取了她十分厌恶的丈夫霍文迪尔（即老哈姆莱特）。虽然最终不得不屈服于父权和王权，但走向这个结果的过程却被她完全披露了出来。她公然质疑自己的国王父亲，为自己乃至整个女性的生命价值辩护："女人的命不如男人的命值钱吗？我想知道？我觉得无论男女，死亡都一样是同等大事……"[12]此后，葛特露从未停息对父亲的怨愤和指责。而她的不幸也在她的倾诉中一览无遗：她命中注定要成为政治交易的筹码，日后要同自己所嫁的男人一起，肩负起统治国家的使命。这样虽然可拥有部分的王国权力，但却要在低质量的婚姻中牺牲一生的幸福。

在《哈姆莱特》中，葛特露最初的婚姻生活被完全遮蔽了。从老哈姆莱特的自我评价中，我们得知老哈姆莱特是一个绝对优秀的丈夫，葛特露贵为王后理应幸福无比。因此她日后的"背叛"就自然毫无合法的依据。但在厄普代克的讲述中，能够自主"言说"的葛特露这样评价自己的丈夫和自己的婚姻：

---

11 在厄普代克的长篇小说中，以女性作为主人公的有四部:《伊斯特威克的女巫》(*The Witches of Eastwick*, 1984)、《S.》(*S.*, 1988)、《寻找我的脸》(*Seek My Face*, 2002)和《葛特露和克劳狄斯》(2000)。它们分别从"女性与权力""女性与宗教""女性与艺术""女性与爱情"的角度探寻了女性的寻求之路。厄普代克还有四部长篇小说以女性和男性作为共同的主人公，即《夫妇们》(*Couples*, 1968)、《嫁给我吧》(*Marry me: a romance*, 1976)、《巴西》(*Brazil*, 1994)和《圣洁百合》(*In the beauty of lilies*, 1996)。

12 John Updike, *Gertrude and Claudius*, New York: Alfred A.Knopf, 2000, p.5.

霍文迪尔对于我犯下的罪过有一大堆……起初他将我看作想要得到的财产，当我成为他的财产后，他便成了一个霸道的看管者。但是，不错，他逐步剥夺着我的生活，将陈腐的王家礼仪强加到我的头上，我真的恨他。[13]

葛特露以个人幸福的失落换取了父亲的欢欣和王国的安全。当哈姆莱特出生后，她准备同其他普通的女人一样，把全部的感情倾注在儿子身上，希望以此来弥补婚姻上的不幸。但是哈姆莱特从五岁时就显得忧郁、古怪，从他那儿，葛特露得到的不是感激之情，而是变本加厉的生疏。忧伤的葛特露说道："亲爱的朋友，作为母亲，我觉得自己是多么的失败呀。"[14]儿子沉醉在自己的内心世界中，丈夫沉醉在自己的王国之上。葛特露的一生就这样被两个男人死死地控制着：

她的生活是一条石头铺就的通道，通道的两边有许多窗户，但没有一扇通向外面的门。霍文迪尔（指老哈姆莱特——引者注）和阿姆莱特（指哈姆莱特——引者注）是看守在通道两边的两个蛮横的卫兵，在通道的尽头，等候她的则是无法逃脱的死神。[15]

在厄普代克的笔下，作为女人的葛特露不再沉默，也不再无知。她终于认识到自己以及所有的女性究竟处在一个怎样的社会环境中："我所信仰的，正是地位在我之上的男人们要求我去信仰的。背弃了他们的信条，社会就不会为女人提供安全保障。"[16]正是对丈夫、儿子和社会的不满，让葛特露踏上了"叛离"的道路。而克劳狄斯的出现，恰恰诱发了她沉睡已久的心灵，也激活了她沉睡已久的身体。她抒发着自己的快乐以及对克劳狄斯由衷的感激："我的父亲和未来的丈夫将我待价而沽。而你让我重新找回了自己的内在价值，那个时隔多年后才被你宠爱的小女孩的价值。"[17]

通过当事人葛特露的诉说，克劳狄斯的形象也获得了根本性的重塑。克劳狄斯决不是老哈姆莱特认定的那样，用小人行径骗取了葛特露的感情，而是用真正的爱情得到葛特露的心灵和身体，并且给她带来真正幸福的感觉。有论者由此认为："克劳狄斯是一个善于创造，热情洋溢的情人。他用日益显露的个

13　John Updike, *Gertrude and Claudius*, New York: Alfred A.Knopf, 2000, p.131.
14　John Updike, *Gertrude and Claudius*, New York: Alfred A.Knopf, 2000, p.41.
15　John Updike, *Gertrude and Claudius*, New York: Alfred A.Knopf, 2000, p.56.
16　John Updike, *Gertrude and Claudius*, New York: Alfred A.Knopf, 2000, p.60.
17　John Updike, *Gertrude and Claudius*, New York: Alfred A.Knopf, 2000, p.138.

人才能吸引着葛特露。他唤醒了葛特露的肉体和被压制的欲望：成为自己而不是被设计好的女儿、母亲或妻子角色。"[18]无怪乎连葛特露自己都承认老哈姆莱特是父亲替她选的男人，而克劳狄斯才是自己替自己选的男人。葛特露的"说"和老哈姆莱特的"说"构成了矛盾冲突，那么，谁的言说更接近真相？答案也许并不重要，重要的是，克劳狄斯在两种矛盾的言说中，形象得到了丰富和改变。

葛特露身上确实有包法利夫人的影子，她们为了寻求她们所渴望和理解的新生活，走上了背叛现存婚姻的道路。她们"叛离"的理由表面上是追求情欲，本质上是追求情感。但是，当代作家笔下的葛特露，显然比包法利夫人更具有女权主义者的气质。因为她不仅充分意识到自己"叛离"的原因，还懂得为自己所做的一切作精彩而有力的辩护，而这正是包法利夫人所缺乏的。对爱情的渴望让葛特露变成男权秩序的质疑者；而爱情的获得则让她变成男权秩序事实上的颠覆者。葛特露由隐忍的怨妇逐步转变为敢做敢为的烈女，她还对自己的行为做出了这样高度的评价："我必须拯救我自己了。"[19]葛特露用自主的言说和行动，展现出一个女人三十多年来丰富而真实的情感世界，让人们了解了她的悲苦，她的不幸，她的渴望和她的无辜。于是，"葛特露获得了读者的同情，读者不再视她为谋杀的同谋。小说追寻着她的生命历程，发现和保护着她的女性身份"。[20]

莎士比亚的笔下，我们只知道哈姆莱特父子视角中的葛特露：一个荡妇。但在厄普代克的讲述中，我们看到了葛特露自己视角中的葛特露：一个无辜、不幸和情感丰富的女人；也看到了叙述者视角中的葛特露：她不是英雄，但也决不是荡妇；她不是好人，但也决不是坏人；她是间接的害人者，因为，她和克劳狄斯的感情加速了老哈姆莱特的被杀，但她更是一个直接受害者，因为她被无缘无故地剥夺了爱的权利，变成了政治交易的筹码。在她身上，融合了灵魂与肉体，可爱与可怜，勇敢与懦弱，幸运与不幸，理智和激情等多种复杂的因素。

18　Jack De Ballistae, *John Updike Encyclopedia*, Westport, Connecticut · London: Greenwood Press, 2000, p.188.

19　John Updike, *Gertrude and Claudius*, New York: Alfred A.Knopf, 2000, p.96.

20　Laura Elena Savu, *In desire's grip: Gender, politics, and intersexual games in Updike's Gertrude and Claudius*, Papers on Language and Literature. Edwardsville: Winter, 2003, Vol.39, Iss, 1.

三、"说者"被说

当"哈姆莱特传说"转变成葛特露的心灵史后，与之相伴的便是哈姆莱特父子中心地位的丧失；当葛特露由"被说者"转变成"说者"后，哈姆莱特父子也就由"说者"变成了"被说者"。于是故事的基本模式发生了根本改变，即从"说者"说，"被说者"被说变成了"被说者"说和"说者"被说。

首先老哈姆莱特丧失了绝对的言说权。在《哈姆莱特》中，完全是老哈姆莱特自己评价自己，但是在《葛特露和克劳狄斯》中，他虽然还能够一如既往地自我吹嘘，但是他的形象也被他人所评说。葛特露这样讽刺骄横的老哈姆莱特："你是一个老练的掳掠者，领着手下的一群暴徒，兴高采烈地屠杀几乎手无寸铁的渔夫，还有除了祷告以外，完全衣不蔽体的僧侣……我感觉出你举止中的刚愎和冷酷。"[21]克劳狄斯这样嘲弄自己的哥哥："我没有你那么残忍……在智慧和勇气方面，我蔑视你不及我的一点皮毛。"[22]在葛特露和克劳狄斯的"言说"中，老哈姆莱特不为人知的一面充分暴露了出来。莎士比亚笔下那个完美如天神的老哈姆莱特被消解得体无完肤，在厄普代克笔下，他成为一个刚愎自用、诡计多端、残忍无情的军人；一个被权力和政治异化的国王；一个完全不合格的丈夫。

而哈姆莱特呢？在莎士比亚的建构中，哈姆莱特具有"朝臣的眼睛、学者的辨舌、军人的利剑"，是"国家所瞩望的一朵娇花；时流的明镜、人伦的雅范、举世瞩目的中心"[23]，可这些品质在《葛特露与克劳狄斯》中消失得无影无踪。透过他模糊的背影和葛特露伤心欲绝的诉说，可以判断出他是一个骄傲冷酷、不近人情和毫无作为的"非英雄"。葛特露这样评价自己的儿子："他看起来是不是……铁石心肠？是不是对长辈无礼，对下人无情？是不是情绪反复无常，善变得让人吃惊？"[24]"在他创造的宇宙里面，他是唯一的人。"[25]

总之，哈姆莱特父子在他人的言说中，形象受到彻底的颠覆，也许这种颠覆也是片面的，夹杂着新的道德偏见。但是这种颠覆和莎士比亚的讲述构成跨

21 John Updike, *Gertrude and Claudius*, New York: Alfred A.Knopf, 2000, p.15.
22 John Updike, *Gertrude and Claudius*, New York: Alfred A.Knopf, 2000, p.146.
23 〔英〕莎士比亚：《哈姆莱特》，朱生豪译，吴兴华校，人民文学出版社 2000 年，第 56 页。
24 John Updike, *Gertrude and Claudius*, New York: Alfred A.Knopf, 2000, p.41.
25 John Updike, *Gertrude and Claudius*, New York: Alfred A.Knopf, 2000, p.177.

越时空的"互文",从而塑造出一对形象更为丰富的"哈姆莱特父子"。而现代读者可以立足自己所处的伦理语境对此做出符合实际的道德评判。

在《哈姆莱特》中,只是老哈姆莱特单方面地咒骂和贬低克劳狄斯,从而让读者道德的天平倾向了前者,克劳狄斯也被扣上了篡位夺权的帽子,尤其是"无能者"取代"有能者",更是让读者无法容忍。但是在《葛特露和克劳狄斯》中,老哈姆莱特登上王位的合理性不仅受到克劳狄斯的质疑,也受到叙述者的质疑:

> 有一些声音推举冯(即克劳狄斯,引者注)出任国王,作为弟弟,虽然比哥哥小十八个月,但他在外交事务方面更有计谋,更有能力阻止日耳曼人、波兰人和斯威士兰人的阴谋,而不必诉诸战争。26

在《哈姆莱特》的接受史上,类似的质疑并不是孤立的。在厄普代克之前,就有批评家认为剧中的凶手克劳狄斯在某些方面远比主人公哈姆莱特可爱:他是一位出色的国王和外交家,将内政外交处理得井井有条;对于各种人际关系,他也处理得颇为得当,极近人情。相形之下,哈姆莱特则显得性情乖戾,不近人情,愤世嫉俗,冷酷无情。厄普代克显然认同这种理解,并且用重讲故事的方式传达了这种理解。因此在小说中读者不难发现,老哈姆莱特的王位是靠阴谋得到的,如果当初他不是早有预谋地搞政治联姻,最后有资格和有机会做国王的可能是克劳狄斯。所以,从整个故事来看,厄普代克为葛特露翻案的同时,也在为克劳狄斯翻案。厄普代克赋予克劳狄斯诸多超出老哈姆莱特的素质:克劳狄斯不仅比老哈姆莱特更具备一个好男人的品性,能让葛特露成为一个真正幸福的女人,而且他比老哈姆莱特更具有军事家的能力和政治家的气质。换句话说,在厄普代克的笔下,克劳狄斯也不再是一个抽象的符号、一个纯粹的恶棍和一个丑陋的癞蛤蟆,而是一个让人无法进行明确道德判断的复杂形象。

通过重构《哈姆莱特》,厄普代克解构了文艺复兴时代以来长期占据主流的女性观、善恶观和历史观。首先,那种女性完全被男性评说的场景消失了,葛特露得以抒发自己真实的情感,我们对她,乃至一切命运相似的女性,不再是单纯的谩骂,而是既同情又欣赏,既批判又惋惜。其次,那种绝对分明的善恶观被鄙弃了,厄普代克揭示出,道德尺度具有模糊性、历史性和相对性的特

---

26 John Updike, *Gertrude and Claudius*, New York: Alfred A.Knopf, 2000, p.32.

点，人性具有复杂性和矛盾性的本质。最后，一种新的历史意识得到张扬："历史并不是死的，它活生生地存在于我们中间，正是它才使我们走到了今天。"[27]这无疑和新历史主义的历史观有着异曲同工之妙。

在文艺复兴时期，莎士比亚出于时代需要，把具有一定历史依据的"哈姆莱特传说"由喜剧变成悲剧[28]，因为他要通过哈姆莱特的英雄身份和悲剧结局，来凸现出新旧文化交错碰撞中男性英雄的生命历程。而在后现代的时代语境中，厄普代克意识到《哈姆莱特》本身就是对历史的重新理解，而自己对《哈姆莱特》再度编码也是顺其自然的事情。这样，在厄普代克重新理解和建构的"历史语境"中，国家和宫廷，议政和战事等宏大景观退居二线，家庭和婚姻，以及一个女人的情感占据着故事的中心。通过重现被遮蔽的"幕后故事"，厄普代克把高贵的英雄故事转变为本真的人性展示，小说也因此成为后现代美学中一个独特的文本。

原载《国外文学》，2008 年第 2 期，
人大复印资料《外国文学研究》2008 年第 9 期全文复印

27　John Updike, *Gertrude and Claudius*, New York: Alfred A.Knopf, 2000, p.166.
28　在历史传说中，阿姆莱特当上了国王，其结局是喜剧性的。在莎士比亚笔下，哈姆莱特的结局是悲剧性的，参看郑士生的文章《关于哈姆莱特故事的起源和演变》，载《读书》1985 年，第 12 期。

曾艳兵与卡夫卡

曾艳兵，1957 年生于湖北省崇阳县，中国人民大学文学院教授，著名卡夫卡研究专家。由于在卡夫卡研究领域取得了突出成就，曾艳兵的名字已经与卡夫卡紧紧联系在一起。以至于在比较文学与世界文学界，一提到曾艳兵，人们就想到了卡夫卡；一提到卡夫卡，人们就想到了曾艳兵。可以说，卡夫卡成就了曾艳兵在学界的盛名，曾艳兵也增添了卡夫卡在文坛的光荣。曾艳兵与卡夫卡的关系，在当代学术史上，是一个颇值得思考和讨论的话题。

一、走近卡夫卡

1979 年，卡夫卡的《变形记》在《世界文学》杂志上发表，正在读本科的曾艳兵隐约听过了这个"人变甲虫"的故事。但此时他的主要兴趣在莎士比亚这一类传统经典作家身上，对现代主义文学还没有什么概念，对卡夫卡自然也无暇顾及。

1984-1987 年，曾艳兵就读于湘潭大学中文系，师从著名普希金学专家张铁夫教授。这是他人离老师最近的时候，也是学术志趣离老师最近的时候：他的硕士论文虽然写的不是普希金，但也是俄罗斯最伟大的作家之一——陀思妥耶夫斯基。

陀思妥耶夫斯基似乎和卡夫卡没有什么关系，但种种迹象表明，原本远离卡夫卡的曾艳兵离卡夫卡越来越近了：陀思妥耶夫斯基是西方现代主义文学的鼻祖之一，卡夫卡则是西方现代主义文学的灵魂人物之一；曾艳兵写的是"陀思妥耶夫斯基与变态心理"，卡夫卡正是最不常态的作家之一，他的笔下从未写过常态的人和事；卡夫卡亲口承认，陀思妥耶夫斯基在文学上与他有血亲关系，是他的精神先驱，在他的心目中有无可替代的地位和意义。

硕士毕业后，曾艳兵远离老师，前往青岛大学任教。他的学术志趣也离老师越来越远了：从俄罗斯文学转向了西方现代主义文学。由于开设"西方现代派文学"的选修课，他开始留意到卡夫卡，阅读了当时手头能够找到的，为数不多的一些卡夫卡的作品和研究资料，开始思考并构想出一些有关卡夫卡的问题。

1993 年，曾艳兵在天津人民出版社出版了学术处女作《西方现代派文学研究》。时任青岛大学中文系主任的冯光廉教授拿着这本书，有意或无意地问了一句："小曾，那么下一部书该写什么呢？"为了不让前辈失望，原本想休息一下的曾艳兵开始思考下一本书写什么。虽然对卡夫卡有所了解，还在《湘潭大学学报》1993 年第 2 期发表了第一篇研究卡夫卡的论文《卡住了吗——论卡夫卡》，但此时的曾艳兵对卡夫卡只能算无意注意，还谈不上有意走近。所以，他 1996 年在广西师范大学出版社出版的第二部专著《东方后现代》依然与卡夫卡没有太大的关系。

研究了现代主义文学，再研究后现代主义文学，这是顺理成章的事。但出乎意料的是，曾艳兵选择的是"东方后现代"而非"西方后现代"。从外国文学直接过渡到中国文学，这个转变似乎有点突兀，但又在情理之中。并且，后来的事实证明，这个转变为曾艳兵的卡夫卡研究再次夯实了基础。

为了研究"东方后现代"，曾艳兵必然要费大力气搞清楚"西方后现代"，而卡夫卡与西方后现代的关系也是剪不断理还乱的。当曾艳兵对西方现代主义文学、后现代主义文学都有了清晰、深入的把握后，再去考察"卡夫卡"这个"点"，视野自然要广阔不少，底蕴自然要深厚许多。而与学界比较流行的"点—面"的学术路径相比，曾艳兵这种"点—面—点"的选择显然有些不同寻常。

在探讨"东方后现代"的过程中，曾艳兵自然要认真探讨东方文学。由于他书中的"东方后现代"主要是"中国后现代"，所以，他这个外国文学学者对中国当代文学又刻苦钻研了一番，这直接帮助他明确了"比较文学"的意识："所有中国的外国文学学者首先应当是中国文学学者，或者说，作为一个比较文学学者必然先于一个外国文学学者，因为我们对外国文学的研究一定是中国的外国文学研究。"[1]这就不难理解，曾艳兵研究卡夫卡的第一部专著是《卡夫卡与中国文化》。

---

1 曾艳兵：《东方后现代》，广西师范大学出版社 1996 年，第 198 页。

2000 年，曾艳兵开始攻读博士学位，他又开始思考下一部书写什么的问题了。为了求稳，他选择了自己熟悉的西方现代主义文学作为研究范围。但从他研究陀思妥耶夫斯基与变态心理，以及东方后现代的学术经历看，他有"不按常理出牌"的学术基因，所以，他又稳中求变，选择了当时在学术界面目还有一些模糊的卡夫卡作为关注和思考的中心。

当曾艳兵成为一位卡夫卡研究专家而非普希金研究专家后，意味着他的学术志趣离老师越来越远了。但正是这种远离，让他在学术上成为了一个更独特、更创新、更优秀的自己，这恰恰是对老师学术精神最好的继承和发展。所以说，当他离老师最远的时候，才是真正回到老师那里。

二、走进卡夫卡

2000 年之后，曾艳兵离卡夫卡越来越近了：2003 年完成了博士学位论文《卡夫卡与中国文化》，并在 2006 年由首都师范大学出版社出版，在商务印书馆出版了《卡夫卡研究》（2009 年）和《卡夫卡的眼睛》（2011 年）；在《外国文学评论》《外国文学研究》《国外文学》《外国文学》《文艺研究》等期刊发表了 100 余篇研究卡夫卡的论文；主持了两项国家社科基金课题"跨文化视野中的卡夫卡研究"和"卡夫卡与中国文学、文化关系之研究"；在青岛大学、天津师范大学、中国人民大学开设"卡夫卡研究"课程。这些密集而含金量十足的工作，让读者有一个感觉："说不尽"的卡夫卡似乎被曾艳兵"说尽"了。

当然，卡夫卡博大精深、矛盾复杂，难以把握，不易论述，所以说，"说尽"他是困难的，甚至是不可能的，至少不是哪一位学者可以做到的。以至于爱因斯坦通过托马斯·曼读到卡夫卡的书后，说"我无法阅读它，因为人类的心灵还不够复杂。"曾艳兵自谦地说："爱因斯坦既然都承认自己无法理解卡夫卡，那么，谁又敢肯定自己理解了卡夫卡呢？看来，卡夫卡的问题没有答案，也不可能有答案。"[2]

但我们依然可以说，曾艳兵是对卡夫卡理解最多、最好、最充分、最透彻的学者之一。诚如著名学者孙郁所言："像曾艳兵这样的研究家，是少数的深解卡夫卡的人，也是进入卡夫卡世界的引导者。"[3]即是说，曾艳兵不仅走近了卡夫卡，而且走进了卡夫卡，走进了卡夫卡的心灵世界和作品世界，其中一

---

2 曾艳兵：《卡夫卡的眼睛》，商务印书馆 2011 年，第 15 页。
3 曾艳兵：《卡夫卡的眼睛》，商务印书馆 2011 年，第 3 页。

个重要标志就是，他对"卡夫卡问题"给出了让读者比较认可的解答。

"卡夫卡问题"首先是指"卡夫卡自身的问题"。卡夫卡一生问题不少：家庭问题、学习问题、专业问题、职业问题、恋爱问题、婚约问题、创作问题、信仰问题、疾病问题、遗嘱问题、退休问题、死亡问题等。所有常人遇到的问题他难得有一样可以幸免，而那些在常人那里根本不成问题的问题，却由于卡夫卡的过度敏感和焦虑几乎都成了问题。

在卡夫卡自身的问题中，最成问题的恐怕是他的身份问题。他一生大部分时间生活在奥匈帝国，但他显然不是奥地利人；他虽然用德语写作，但他不是德国作家；按说他应当属于资产阶级，但他对资产阶级的生活方式和生活准则却嗤之以鼻；他虽然出身犹太民族，但他与犹太人的宗教和文化却有着深刻的隔膜；通常人们将他看作是一位表现主义者，但他同表现主义其实是游离的，甚至是格格不入的；他似乎应当属于现代主义，但他的作品中已经透露出许多后现代主义的气息……

这个看起来"无解"的问题并没有难倒曾艳兵，他通过解剖卡夫卡的"归属问题"，卡夫卡与犹太文化的关系、卡夫卡小说的基本特征、卡夫卡创作中的后现代特征等，给出了一个卡夫卡式的答案："从严格的意义上说，卡夫卡不属于任何一个具体的文学流派，他属于整个文学；他不属于某一个民族，而属于超越了民族的片面性和狭隘性的世界作家；他不属于某一个国家，而属于摆脱了沙文主义的影响的全人类作家。"这意味着"卡夫卡终于从无处归属走向了无处不'归属'"。[4]

"卡夫卡问题"还包括呈现于作品中的"卡夫卡思考的问题"，诸如民族问题、宗教问题、身份问题、语言问题、现代性问题等等。曾艳兵通过对《美国》《诉讼》《城堡》《变形记》《判决》等作品条分缕析的解读，以及对卡夫卡与克尔恺郭尔、卡夫卡与弗洛伊德、卡夫卡与陀思妥耶夫斯基、卡夫卡与老庄哲学等关系追根溯源的辨析，对卡夫卡思考的问题的实质和来源也给予了广度和深度兼备的释疑，从而让他的读者和卡夫卡的读者有一个相同的感觉——我们都是被卡夫卡寓言之箭不幸射中的人。

三、体验卡夫卡

曾艳兵之所以能走进卡夫卡，然后理解卡夫卡，有一个很重要的原因，就

4　曾艳兵：《卡夫卡研究》，商务印书馆 2009 年，第 28 页。

是他真的痴迷卡夫卡。自从自觉和系统地研究卡夫卡之后，他对有关卡夫卡的一切都感兴趣，甚至入迷，以至于看到"卡"（K）字就激动，眼睛就放亮。他一看到"卡夫"两个字就疑惑"还有一个'卡'字去了哪里？"后来才知道，"卡夫"其实是一家食品公司的名字。他从网上查到有一家客栈叫卡夫卡，就忍不住打电话去问："你们为什么叫卡夫卡？你们和卡夫卡有什么关系？"他听说歌手李志出了一首新歌《卡夫卡》，自然在第一时间找来听一听，发现内容和卡夫卡并无关系，但他依然感到欣慰而不是失望，因为至少歌的名字和卡夫卡有关。他还常常在夜深人静时对着卡夫卡的照片入迷，他心中有好多话想对卡夫卡说，也希望卡夫卡对自己说些什么。

曾艳兵之所以如此痴迷卡夫卡，恐怕同他有着卡夫卡式的人生体验有关。曾艳兵认为，研究卡夫卡就是研究我们自己，换言之，"对于卡夫卡的世界完全陌生的人，是永远也无法理解卡夫卡的"。[5]而曾艳兵恰恰体验过卡夫卡曾经体验过的生活，所以他对卡夫卡的世界不仅不陌生，而且是非常熟悉的。

曾艳兵 1974 年高中毕业后，上山下乡，插队到咸宁县官埠公社鼓楼大队。1975 年当过一年的民小教师，随后又有过短暂的参军、当工人的经历。更为奇特的是，他的第一份工作是开卡车，这冥冥中注定他将来要研究卡夫卡。总之，青少年时代的曾艳兵，在漂泊和动荡中充分体验了人生处处"被卡住"了的滋味。

1978 年，曾艳兵考入华中师范大学，在中文系做着作家梦，还发表了短篇小说《牺牲》，却被怀疑有思想倾向问题，这导致他的作家梦被"卡住"了。他被迫做起了相对自由的专家梦。1982 年大学毕业后，曾艳兵被分配到湖南省望城一中当了两年的老师。由于文学专家的梦一直在燃烧，所以他于 1984 年考入湘潭大学，攻读世界文学专业的硕士研究生。后来的路似乎一路顺畅，但终于再次被"卡住"了。

在原单位工作十多年后，他调往天津师范大学，人走了，档案却被"卡"住了。后来他又从天津师范大学调往中国人民大学，但档案依然还在青岛。他找到领导，领导说："你可以走，找有关部门走程序吧！"于是他找到有关部门走程序，有关部门却告诉他："领导没有同意，我们怎么可以签字？"于是他又找到领导，领导又说："我同意了，你找有关部门走程序吧！"于是，他进入了一个圈套，一座人造的迷宫，一道走不出来又走不进去的门。

5　曾艳兵：《卡夫卡的眼睛》，商务印书馆 2011 年，第 279 页。

在漫长的波折和磨难中，曾艳兵刻骨铭心地体验着卡夫卡笔下的荒诞世界：我是自由的，却又是不自由的；我是有身份的，却又是没有身份的。而这种事却真真切切发生在 21 世纪中国的高等院校里！这难道不就是卡夫卡笔下的荒诞、悖论和绝望？正是这样"奇特"的经历，曾艳兵对生活中的痛苦和绝望有着丰富的体验和思考，对人的命运的乖戾和无常有着深切的洞察和警醒，对卡夫卡笔下的世界的悖谬和复杂有着更真切的体悟，乃至产生了卡夫卡式的疑惑："我是因为研究卡夫卡才陷入这种调动工作的困境呢？还是因为陷入困境才逐渐深入地理解了卡夫卡？是我选择了卡夫卡，还是卡夫卡选择了我？"[6]

曾艳兵一面在经历着延宕与斗争的痛苦，一面又在体验着延宕与斗争的痛苦，然后又将这延宕与痛苦融化到他的阅读和写作之中。他因为痛苦而阅读卡夫卡，因为阅读卡夫卡而体验痛苦。生活中的痛苦成就了他的阅读，而他的阅读终于使他对生活中的痛苦有所超越。也正因为有了比较丰富的卡夫卡式的体验，在解读卡夫卡的过程中，曾艳兵体验着卡夫卡的体验，还创造了一种"体验"式的文学研究法。

文学研究不外乎有三种方式：考证、论证和悟证。[7]比较完美的文学研究应该做到三位一体，诚如曾艳兵所言："作为比较文学学者，我们有时会注重历史的探究，有时会注重美学的沉思，但是，将两者截然分开是不可能的，将二者融为一体则是非常困难的。没有哲学的沉思，历史的考证便没有意义；没有历史的考证，哲学沉思便没有基础。"[8]

在曾艳兵看来，"对于卡夫卡，我们既可以远距离地遥望他、观察他、研究他，又可以近距离地感觉他、体验他、触摸他。如果说前一种卡夫卡更多是属于观念的、普遍的、世界的卡夫卡，后一种卡夫卡便必定属于具体的、个人的、自己的卡夫卡，这个卡夫卡一定与我们的生活有着更多密切的关联"。[9]曾艳兵从没有忽视"研究卡夫卡"，但他显然对"体验卡夫卡"更情有独钟，或者说，"体验卡夫卡"就是他"研究卡夫卡"的一种独特的方式。

曾艳兵认为，对于卡夫卡及其作品，纯粹理论的、技巧的、符号的分析，

6　曾艳兵：《卡夫卡的眼睛》，商务印书馆 2011 年，第 279 页。
7　宋德发：《〈卡夫卡研究〉的三重品格》，《东方论坛》2012 年，第 2 期。
8　曾艳兵：《走向比较诗学》，北京大学出版社 2017 年，第 252 页。
9　曾艳兵：《卡夫卡的眼睛》，商务印书馆 2011 年，第 277 页。

或许是有用的，但未必是有益的，当我们以这种方式走近卡夫卡时，其实离卡夫卡已经越来越远。缺少文学感觉和体验（这似乎是当今研究文学的普遍的正常现象），我们也许还可以阅读和研究兰波、魏尔伦、马拉美、罗布-格里耶、罗兰·巴特，甚至乔伊斯，但我们永远也无法走进卡夫卡。

那怎样才能真正"走进"卡夫卡？曾艳兵采取的方式是：在充分考证、严格论证的前提下，将"悟证"发挥到极致。为此，他创造了一种更为简便直接、更为朴素自然的方法，那就是看着卡夫卡的眼睛，看着卡夫卡的眼睛对我们说话："卡夫卡的眼睛是心灵的眼睛，心灵的眼睛所呈现的一切并非都能还原于语言或符号。卡夫卡的眼睛以不说话的方式说话，卡夫卡的读者以不阅读的方式阅读，也许通过这种方式我们反倒更容易走近卡夫卡，接近卡夫卡，聆听卡夫卡，理解卡夫卡。任何一个有心倾听卡夫卡，有话要对卡夫卡说的读者都不妨拿起卡夫卡的照片，凝视一下他的眼睛，在你和他眼睛对视的那一刻，或许比你诵读有关卡夫卡的千言万语还要让你灵魂震颤、怦然心动。"[10]眼睛是心灵的窗户，透过眼睛看作家的心灵，这是一种更文学的文学研究方式，其中意味，只可意会无法言传。

应该说，科学地研究卡夫卡也是曾艳兵对卡夫卡学的贡献，但他在卡夫卡学方面最大的创造应该还在于他"体验卡夫卡"，或者说，他真正做到了用自己的生命去激活卡夫卡而不只是简单地复述、归纳、解释卡夫卡。"体验卡夫卡"貌似不科学，但对于文学研究，尤其对于卡夫卡研究而言，又非常科学。正因为对卡夫卡体验得如此深刻和真切，所以他的卡夫卡研究，不仅有"考证"的科学之美，"论证"的逻辑之美，还充满了"悟证"的思想和艺术之美。而他以"考证"为基础，以"论证"为过程，以"悟证"为归宿的文学研究方式和经验值得在学界推而广之。

四、走出卡夫卡

通过解读卡夫卡的《饥饿艺术家》，曾艳兵发现了艺术与生活的三种关系：生活是生活，艺术是艺术；艺术是手段，生活是目的；生活就是艺术，艺术就是生活。在走进卡夫卡的过程中，曾艳兵身上体现了"生活就是研究，研究就是生活"的境界。因此，他才能做到著名学者孙郁所认为的那样："他的陈述绝无学院派的僵死气，心灵对撞着，精神在盘诘。他的气质里，也略微可以见

---

10 曾艳兵：《卡夫卡的眼睛》，商务印书馆 2011 年，第 6 页。

到卡夫卡式的焦虑和不安。"[11]

的确，曾艳兵用他的人生阅历、学术态度和学术理念，带领着我们一起走近了卡夫卡，又走进了卡夫卡。他用他的思想理解了卡夫卡，又通过理解卡夫卡获得了新的思想。但曾艳兵还是一位有智慧的学者，当不研究卡夫卡的时候，他做到了"研究是研究，生活是生活"，也就是说，他痴情于卡夫卡，但不会变成卡夫卡，而是走出了卡夫卡。而走出卡夫卡，从某种程度上也是超越了卡夫卡。

一个阅读、思考、研究卡夫卡的学者，不可能是一个完全正常的学者，甚至不可能是一个完全正常的人。如果此话当真，那么，一个学者是因为不正常才去研究卡夫卡呢？还是因为研究卡夫卡才变得不正常？幸运的是，研究卡夫卡之前，曾艳兵是一个正常人，研究卡夫卡之后，曾艳兵还是一个正常人。尽管他的言说方式已经很卡夫卡式了："我该和卡夫卡说声再见了，但是，再见就是再次相见，不是不再见"；"随着年龄的增长，我知道的东西越来越多，但这并不意味着我不知道的就越来越少"；"学术领域之所以出现空白，那肯定是有原因的，填补一个没有意义的空白是没有意义的"；"真正感到没有希望的时候才能感到有希望"；"能够看到用了什么理论的文章都不是理论的文章"；"我是因为研究卡夫卡而误入歧途吗？或是因为误入歧途才理解卡夫卡？又或是因为研究卡夫卡才醒悟什么是误入歧途？"

曾艳兵的言说是卡夫卡式的，但他所言说的，显然是他的世界和他所观察、体悟到的世界，所以，他的言说尽管是卡夫卡式的，却不是卡夫卡的，而是属于他自己的。也就是说，通过研究卡夫卡，曾艳兵形成和发展了他自己的语言。如果说语言是人类拥有世界的唯一方式，每个人的语言也是每个人拥有世界的方式，那么，曾艳兵通过探究卡夫卡的世界而创造了一个他自己的世界，因此，我们阅读曾艳兵研究卡夫卡的论著，触摸的不只是卡夫卡的世界，还有曾艳兵的世界。

更重要的是，现实生活中的曾艳兵还是曾艳兵，而不是卡夫卡，尽管他体验过卡夫卡式的痛苦，但他终究超越了痛苦。卡夫卡由于看得太透彻，太有智慧，以至于无法生活，曾艳兵同样看得太透彻，太有智慧，但是他可以很好、很幸福地生活着。卡夫卡是那么柔弱，是他自己见过的人中最瘦的一个，曾艳兵因为热爱运动，成为我见过的学者中最健美的之一；卡夫卡是那么忧郁，让

---

11 曾艳兵：《卡夫卡的眼睛》，商务印书馆 2011 年，第 1 页。

人感到生活的"冷"，曾艳兵是那么阳光，让人感到生活的"暖"；卡夫卡一生寂寞和孤独，并且也享受寂寞和孤独，曾艳兵除了思想上偶尔有些寂寞外，日常生活中，在工作之余，他"打球、喝酒和会朋友"，生活得惬意、舒适和快乐；卡夫卡活在他自己的心灵世界中，离现实很远很远，曾艳兵也是一位坚定的理想主义者，却又有着健全的现实感，以及审慎、迂回的现实精神，所以他不仅关心遥远的卡夫卡的世界，还关心近在身边的自己的世界："我知道我的女儿在渐渐长大，我与妻子在一起慢慢变老，我父母和岳父岳母的身体令人担忧，我的老师已经退休或正准备退休，我的朋友天南海北，有机会或找机会就相聚，我的学生阳光灿烂、风华正茂。"[12]

总之，曾艳兵的卡夫卡研究从知识出发，又走向了思想；从思想出发，又走向了智慧，从而让他对卡夫卡的理解参与到个体和他人美好生活的建构之中，或者说让每一位卡夫卡的读者，以及他的读者，在认清生活的真相后，依然固执地热爱它。

原载《北方工业大学学报》，2019 年第 6 期

---

12 曾艳兵：《我的作家梦》，《青岛文学》2007 年，第 11 期。

第二辑　跨学科研究

比较文学跨学科研究：
"纷纷扰扰"三十年

在 1962 年的经典论文《比较文学的定义和功用》中，亨利·雷马克说的一段话被视为"比较文学跨学科研究"的滥觞："比较文学是超过一国范围之外的文学研究，并且研究文学与其他知识及信仰领域之间的关系，包括艺术（如绘画、雕刻、建筑、音乐）、哲学、历史、社会科学（如政治、经济、社会学）、自然科学、宗教等等。简言之，比较文学是一国文学与另一国或多国文学的比较，是文学与人类其他表现领域的比较。"[1]随着该文的中译首发于《国外文学》1981 年第 4 期（张隆溪译），"比较文学跨学科研究"也正式开启了它的中国之旅。在此后三十年中，不少学者围绕着它各抒己见，却又很难达成共识。所以说，"比较文学跨学科研究"理论建构的三十年，也是纷纷扰扰，"剪不断、理还乱"的三十年。概而言之，学术界的争议主要集中在三个方面。

一、"跨文化"是必须的吗？

亨利·雷马克在描述"比较文学跨学科研究"时，并没有指明它是否还要"跨文化"，因此，在较长时间里，中国学者也没有认真思考过"比较文学跨学科研究"和"跨学科研究"之间的区别，以致于有意无意地将两者等同起来。比如杨乃乔主编的《比较文学概论》就声明："在一个民族范围内，没有跨语言、跨文化、跨国界，文学与其他相关学科的比较研究也属于比较文

---

1 〔美〕亨利·雷马克：《比较文学的定义与功用》，张隆溪译，《国外文学》1981 年，
　第 4 期。

学。"[2]直到王向远表达了不同的意见，我们才意识到比较文学界一直引以为豪的"比较文学跨学科研究"原来只是一般意义上的"跨学科研究"，而非真的"比较文学跨学科研究"。对此，王向远着重从两个角度加以了辨析[3]：

第一，"跨学科研究"是当今各门学科中通用的研究方法，并不是文学研究的专属方法。自然科学中的数、理、化、生物、医学等学科的研究，往往必须"跨学科"，以至产生了"物理化学""生物医学"等新的跨学科的交叉学科。在人文社会科学的跨学科研究中，也有"教育心理学""教育经济学""历史哲学""宗教心理学"这样的跨学科的交叉学科。

第二，"跨学科研究"是文学研究的普遍方法，并不是比较文学研究才使用的方法。"文学是人学"，一切由人所创造的学问，都与文学有密切的关联，而研究文学势必要"跨进"这些学科，比如，一部《红楼梦》，王国维的研究角度是叔本华的悲观哲学，俞平伯等"索隐派"用的是历史考据学，毛泽东等人用的是马克思主义的阶级分析法，还有宗教学的角度、精神分析学的角度等等，这些研究成果绝大部分都是"跨学科"的，然而，都可以划入比较文学学科中来吗？当然不能！

在陈述了上述两个理由后，王向远提出一个关键性疑问：那么，什么才是真正意义上的"比较文学跨学科研究"呢？他给出的答案是：同时也"跨文化"的跨学科研究。例如，在宗教与文学的跨学科研究中，研究印度佛教与中国文学、基督教与中国文学、伊斯兰教与中国文学的关系，是比较文学跨学科研究，而研究中国本土宗教道教与中国文学的关系，只能属于"跨学科研究"而非"比较文学跨学科研究"。

显然，王向远提高了"比较文学跨学科研究"的入门标准，对"比较文学跨学科研究"与"跨学科研究"作了明确的区分，突出了跨学科研究的"比较文学"特性。传统的观点认为，一切与文学有关的跨学科研究都可以纳入比较文学的范围；按照王向远的标准，一切与文学有关的跨学科研究还必须是"跨文化"的，才算是比较文学研究。

十年之后（2012年），何云波表达了与王向远不一样的看法。作为"泛比较文学"的支持者，何云波提倡不要为比较文学设置过多的条条框框[4]，因此，

2 杨乃乔：《比较文学概论》，北京大学出版社2002年，第136页。
3 王向远：《比较文学学科新论》，江西教育出版社2002年，第102-104页。
4 何云波：《比较文学：越界与融通——兼评马焯荣先生的"泛比较文学论"》，《四川师范大学学报》2007年，第1期。

他对"比较文学跨学科研究"研究范围的界定要"宽松"得多。在他看来，"比较文学跨学科研究"可以跨文化，也可以不跨文化，有些时候，最好还是不要跨文化，比如说中国诗与西洋画，两者属于两个无法通约的知识系统，比较出来的也许具有跨文化的意义，但与真正意义上的跨学科研究并不相干。再如基督教与中国文学的关系，在王向远的理解中倒是典型的比较文学跨学科研究，但何云波却担心，这种研究很容易做成异域文化对中国文学的影响，而这属于比较文学的"影响研究"而非"跨学科研究"。

何云波没有对"比较文学跨学科研究"作"跨文化"的硬性规定，不等于要回到传统的老路上去。他发现，传统的"比较文学跨学科研究"有两个明显的不足，一是无视各种学科的"历史性"，比如忽略了过去的"诗"与现在的"诗"、过去的"画"与现在的"画"、过去的"文学"与现在的"文学"等等之间的差异；二是无视各种学科的"民族性"，比如忽略了中国的"诗"与西方的"诗"、中国的"画"与西方的"画"、中国的"文学"与西方的"文学"之间的差异。以至于大量的研究只注重静态、抽象层面的"文学"与"其他学科"的关系，最后获得了一些并不可靠的发现。

为了避免这样的尴尬，何云波提倡，尽管"比较文学跨学科研究"不一定要"跨文化"，但最好引入"跨文化"的思维和视野："比较文学的跨学科研究，倒不是一定要拿中国诗与西方画，中国文学与西方哲学等来进行比较研究，而是在进行跨学科研究时，引入跨文化的视野。不同学科，在人类文化的知识架构中拥有各自的领域，有着自己的一套概念范畴、话语规则，但同时相互间又有相通之处，如何在对各自'话语'、'知识体系'的清理中，实现跨文明、跨学科的对话，便成为我们深化比较文学跨学科研究的重要步骤。"[5]

二、"以文学为中心"是必须的吗？

1989 年，在为《超学科比较文学研究》撰写的"导论"中，王宁力图将比较文学跨学科研究中国化为"超学科研究"："所谓超学科比较研究除了运用比较这一基本的方法外，它还必须具有一个相辅相成的两极效应。一极是'以文学为中心'（韦勒克语），立足于文学这个'本'，渗透到各个层次去探讨文学与其他学科之间的相互渗透和相互影响关系，然后再从各个层次回

5　何云波：《越界与融通：跨文化视野中的文学跨学科研究》，北京大学出版社 2012 年，第 7 页。

归到'本体'，求得外延的本体……"[6]简言之，"从文学出发"，再"回到文学"，是王宁为"超学科比较文学研究"所预设的一大标志。

像王宁一样坚持"比较文学跨学科研究"必须"以文学为中心"的学者还有不少，甚至说占了大多数。比如蒋述卓强调："进行跨学科比较文学研究，必须是以文学为中心的研究，要突出文学的审美批评与分析。"[7]刘象愚写到："比较文学的研究，无论跨越了什么样的界限，总须把文学性也就是文学之所以为文学的那些基本性质置于自己的核心。"[8]

遗憾的是，面对该如何"以文学为中心"的疑问时，这些学者要么语焉不详，要么顾左右而言其他。其实，并不是他们不想说得清楚，而是"以文学为中心"本身就"只可意会不可言传"。这是因为人以及由人构成的社会是一切系统中最复杂的结构，"是根本不可能用哪一门学科的'内在逻辑'独自就能解释清楚的"[9]。因此，文学固然号称是人学，但它自身并不足以揭示所有人的问题，文学研究当然也不可能。"比较文学跨学科研究"既然已经跨学科了，就必然要牵涉人类创造的各种知识体系，比如最常见的"哲学"和"历史"。古人感叹"文史哲不分家"，表明哲学也是人学，历史也是人学，单单从"人学"的角度看，谁又能将"文学"与"哲学"，"文学"与"历史"截然分开？既然分不开，坚持"以文学为中心"又何其艰难？

正因为看到了"文学性"的虚妄性，青年学者赵义华才对比较文学跨学科研究必须"以文学为中心"提出了质疑。他认为什么是"文学研究"，什么是"非文学研究"，本身就没有一个永恒的划分标准，比较文学界流行的"文学本位论"与其说来自严密的学理论证，不如说来自长期的学科分化所造成的学科身份思维。近代以来的学者们基本都是大学中某个学科领域从事专门性研究的教育者和研究者，这种教学和研究的专门性强化了他们的学科身份思维，"以至于当他们面对一个新的方法时，总是无法摆脱自己的学科中心，任何思考都呈现一种学科向心性，从而影响和限制了学科对话和学科开放，走向固步自封。"[10]

---

6 王宁：《超学科比较文学研究·导论》，中国社会科学出版社 1989 年，第 2-3 页。
7 蒋述卓：《跨学科比较文学研究的前景展望》，《中国比较文学》1995 年，第 1 期。
8 刘象愚：《比较文学的不变与变》，《中国比较文学》2006 年，第 2 期。
9 冯钢：《跨学科研究何以可能？》，《浙江社会科学》2007 年，第 4 期。
10 赵义华：《文学跨学科研究："文学本位"、发生机制和具体展开》，《世界文学评论》2008 年，第 1 期。

赵义华提醒我们，现代科学的发展越来越证明，跨学科互动是学术科研创新的必然途径，打破学科壁垒，走向学科综合越来越成为一种时尚并显示出强大生命力，因此，比较文学跨学科研究不但不应坚持“文学本位”（事实上也无从坚持），相反，还应当积极打破“文学本位”这种学术潜意识的思维壁垒，倡导一种开放的研究心态和研究视野，开展文学与其他学科的多途径互动和对话，以促进学术研究的创新和发展。

赵义华的观点还可以进一步商榷，但无疑说得坦诚和务实。如果说，一般的文学研究“以文学为中心”虽然艰难，却还有可能，那么，比较文学研究“以文学为中心”则有些虚无缥缈，原因很简单：尽管比较文学界一再声称“以文学为本”，但还是无法阻挡“比较文学”在事实上变成了“比较文化”。作为“比较文化”内在组成的“比较文学跨学科研究”又该如何“以文学为中心”呢？或许，“比较文学跨学科研究”有别于“跨学科研究”的文学性或许只在于它“从文学出发”——一方面，它的研究主体通常是文学研究者，另一方面，它的研究对象通常是文学（包括作家和作品），至于它是否必须要“回到文学”，则不宜作过多的约束和强制。

三、到底如何“跨学科”？

如果说要不要“跨文化”争议的实质是“什么是比较文学跨学科研究”，要不要“以文学为中心”争议的实质是“比较文学跨学科研究的目标是什么”，那么，“到底如何跨学科”争议的实质则是“比较文学跨学科研究该如何操作”。

比较文学跨学科研究该如何操作呢？王宁说了一段比较模糊的话：“通过多方面的比较，立足于文学本身的角度，去探讨文学与其他学科的内在联系和相互影响；同时，也通过对各门艺术的鉴赏和比较，发现文学与其他各门艺术在审美形态、审美特征、审美效果以及表现媒介方面的共同点和相异之处，揭示文学与这些艺术门类的内在联系，最终站在总体文学的高度，总结出文学之所以不同于其他艺术的独特规律，进而丰富和完善文学学本身的学科理论建设。”[11]这一界定基本上是对西方“跨学科研究”的继承和复述，所遵循的思路不外乎是两种：一种是借用影响研究的“影响”，探寻文学与其他学科的相互影响；另一种是借用平行研究的“平行”，探寻文学与其他学科的相通或

---

11 王宁：《超学科比较文学研究·导论》，中国社会科学出版社1989年，第3页。

差异。在我们的视野中，国内大部分学者的看法与此大同小异。

让人耳目一新的是王向远构想的"超文学研究"："比较文学的'超文学'的研究，是将某些国际性、世界性的社会事件、历史现象、文化思潮，如政治、经济、军事（战争）、宗教哲学思想等，作为研究文学的角度、切入点或参照系，来研究某一民族、某一国家的文学与外来文化的关系。这里应该特别强调是与文学相关的有关社会文化现象的'国际性'。"[12]在这个界定中，与"文学"这一极相对的不再是"其他学科"，而是其他学科中的"国际性的社会文化思潮"或"国际性的事件"。

在王向远看来，"学科"本身是抽象的、人为划分的东西，是科学研究的范围与对象的圈定，而不是科学研究的对象与课题本身。而"国际性的社会文化思潮"或"国际性的事件"可以被划入到某一学科内，但它存在于一定的时空中，是具体的而非抽象的东西，例如对文学影响甚大的弗洛伊德主义，可以被划入"心理学"或"哲学"学科，但作为"国际性的社会文化思潮"，又不等于"心理学学科"。"第二次世界大战"作为与文学关系密切的"国际性事件"，可以划入"军事"学科，但显然不等于"军事"学科。"超文学研究"所涉及到的正是这种可以划入抽象的学科但本身又是具体的"国际性的社会文化思潮"或"国际性的事件"。由此，文学与自然科学的关系不再受"超文学研究"关注，而与自然科学有关的国际性思潮"唯科学主义"与文学的关系，则属于"超文学研究"的范围。还有，"超文学研究"也不再关注"文学与政治"的关系，但对"红色 30 年代"的共产主义政治思想对欧美文学、亚洲文学乃至世界文学的影响则非常感兴趣。

王向远的新论的确很新，但在何云波那里，则又成了"旧论"。在何云波看来，"超文学研究"的"跨学科"不能算跨"学科"，只能算跨"学科的某些因素"。他进一步认为，在比较文学跨学科研究中，与"文学"相对的必须是各自独立的、自足的"学科"，而不仅仅是"学科"中的某些因素。像文学中的思想、心理、道德、历史等内涵的发掘，诸如某某作品的宗教意识、历史意识、哲学思想、道德感、战争观等等，可以算文学的文化研究，而不能算跨学科研究；从中外文化比较的角度分析中外文学的人生观、宗教观、战争观、爱情观、道德意识等等，是跨文化的文学研究，但并非跨学科的文学研究。只有探讨文学中的道德意识与伦理学意义上的道德的同与异，文学中的思想与

---

12 王向远：《比较文学学科新论》，江西教育出版社 2002 年，第 135 页。

哲学中的思想表达的各自特点，文学中的法律与法学视野中的法律的融合与冲突；文学中的历史与历史书中的历史的相通或分歧……才具有比较文学跨学科研究的意义。

四、从"学科立场"走向"问题立场"

毋庸讳言，比较文学复兴三十年来，我们在理论建构领域几乎是"失语"的，因此，步入中国的"比较文学跨学科研究"一开始打上美国学派的烙印，也是情理之中的事情。好在随着时间的推移，王向远、何云波等学者开始发出自己强有力的声音，让它的中国特色越来越明显。这大概要归功于三个原因：一是"跨学科研究"本身的相对复杂性和模糊性；二是西方学者对"跨学科研究"说得不多，留下了诸多发挥的空间；三是部分中国学者具有原创的意识和能力。

时至今日，"比较文学跨学科研究"的定义、目标和操作方式等关键性问题，学界还是众说纷纭、莫衷一是，让我们陷入无从选择的尴尬——究竟以谁的说法为标准？不过，从学术发展的角度看，"众说纷纭"代表着百家争鸣；"无从选择"意味着有更多选择，因为各家各派并非"不是你死就是我亡"的关系，也不是"长江后浪推前浪，前浪死在沙滩上"的简单更替，而是凭借各自的合理性，在比较文学史上构成多元互补的状态。

即是说，"比较文学跨学科研究"中国化过程中的纷纷扰扰，其实是比较文学及其研究者的幸运，因为不同的观点提供了不同的方法、视角乃至思维，让学界大开眼界。如果非要对这些争议作一个总结的话，我们希望这个总结是开放式的：建议有能力和有魄力的研究者从"学科立场"走向"问题立场"后，然后再来审视这些争议。

我们知道，在一个知识分工越来越精细，学科壁垒越来越牢固的时代，研究者"很容易以自己所在的单学科的研究为起点，完全忽略单一学科之外问题的研究，更缺乏以问题为起点的研究。"[13]这种研究即"学科立场"的研究，其优点在于可以将学科不断深化、细化和系统化，其局限在于让研究对象越来越局部化。由于社会生活不可能像对应于它的社会科学那样被分解成相应的专业学科，"因此处于分解状态下的社会科学各学科实际上并不可能对整体

---

13 顾海良：《"斯诺命题"与人文社会科学的跨学科研究》,《中国社会科学》2010 年,第 6 期。

性的社会生活具有哪怕一丁点的把握。"[14]也就是说，"学科立场"的研究很可能让研究者只见树木不见森林，无法窥破问题的本原。为了反拨学科分割的历史错误，人们才倡导超越"学科立场"，以"问题立场"来做研究，当人们从"问题立场"出发，就会以解决问题的实际需要来发掘和组织不同学科的知识。

在比较文学研究中，同样存在着"学科立场"和"问题立场"。持"学科立场"者，会为比较文学的无所不包焦灼和不安，为比较文学越来越不像比较文学痛心和疾首；持"问题立场"者则乐观地认为，如果比较文学真能无所不包，真得越来越像比较文化，乃至变成了比较文化，那恰恰体现了它的价值和目标。

如果以"学科立场"来审视比较文学跨学科研究，自然会纠结于它需不需要跨文化？究竟是为了文学还是为了非文学？要跨的到底是学科还是学科中的某些因素？如果以"问题立场"来审视比较文学跨学科研究，这些纠结就会烟消云散。文学研究也好，非文学研究也好，都是人为了解决各种问题而创造出来的，比较文学跨学科研究自然也不例外。它虽然依托于"文学研究"，但最终目标并不是解决文学的问题，而是解决人的问题。为了解决人的问题，如果它需要跨文化，那就跨文化，如果它不需要跨文化，那就不跨文化；如果它需要回到文学，那就回到文学，如果它需要走向文化，那就走向文化；如果它需要跨学科，那就跨学科，如果它需要跨学科中的某些因素，那就跨学科中的某些因素。一言以蔽之，只要研究者真的具备跨学科的意识，尤其是具备跨学科的能力，那么，无论怎样跨学科都可以。

原载《湘潭大学学报》，2015 年第 1 期

---

14 冯钢：《跨学科研究何以可能？》，《浙江社会科学》2007 年，第 4 期。

"他一个人就是一整部历史"
——普希金笔下的彼得大帝

普希金曾说，"至于彼得大帝，他一个人就是一整部历史！"[1]为了表达对伟人的怀念和敬意，普希金决定写一部《彼得大帝史》，他于1831年开始了准备工作。1833年，当进入实质构思阶段时，他的兴趣却转向了普加乔夫研究。这样，《彼得大帝史》就成了一部未竟之作。不过，他却用另一种特殊的形式，即彼得题材的文学作品完成了对这"一整部历史"的书写。

一、"永远充当皇位上的劳工"

在普希金的笔下，彼得大帝是一位伟大的启蒙者、改革家、现代俄罗斯的设计师和建筑师。诗歌《斯坦司》（1826）写到："他以真理打动了人心，／他以学术醇化了风习"；"他用独断专行的手／勇敢地撒播着文明"；他"时而是院士，时而是英雄，／时而是航海家，时而是木工，／他以一颗包罗万象的心，／永远充当皇位上的劳工。"[2]短短的几句诗行浓缩了彼得的丰功伟绩：他以强健的身躯、顽强执着的性格、事必躬亲的实干精神、铁腕的手段、超强的个人魅力，冲破重重阻碍，在未开化的土地上拓荒，在落后的俄国播撒文明的种子，从根本上提升了俄国的"硬实力"和"软实力"，奠定了俄国步入现代化国家的基础。

1　〔俄〕普希金：《俄罗斯的夜莺：普希金书信选》，张铁夫译，经济日报出版社2001年，第340页。

2　〔俄〕普希金：《斯坦司》，魏荒弩译，《普希金文集》第2卷，人民文学出版社1995年，第91-92页。

改革不可能是一帆风顺的,尤其是在毫无秩序可言的混乱年代,改革就是一场血与火的战争。《斯坦司》也写到:"彼得的光荣岁月的开始/被叛乱和酷刑搅得暗淡无光"[3]。彼得的改革一开始就受到保守派的武力挑战,诗中说的便是特种常备军的叛乱,彼得对它进行了残酷的镇压。这也暗示了彼得为了给改革保驾护航,还拥有其他方面过人的才能。《波尔塔瓦》(1828-1829)便侧重展示了他的政治家和军事统帅风采。

《波尔塔瓦》写到:"那是个动荡混乱的时代,/那年轻的俄罗斯的力量/正在艰苦的战斗中锻炼,/英明的彼得刚使它成长。"[4]长诗颂扬了年轻的彼得和年轻的俄罗斯一起成长,他们共同经历了"流血的课程""许多命运的打击""长期惩罚的磨练",最后磨砺成剑,破茧成蝶。在改革初期,彼得便遭遇了强敌的威胁:乌克兰统帅马塞帕和瑞典国王查理士十二相互勾结,发动叛乱。1709年,彼得亲率大军在波尔塔瓦和敌军展开决战,平息了内乱,击退了异国的入侵。普希金认为:"波尔塔瓦战争是彼得大帝执政期间最重要、最足以庆幸的一件事。这战争使他得以摆脱危险的敌人,使俄罗斯的政权在南方巩固下来,确保了它在北方新获得的领土,并且向全国证明了沙皇所推行的新政的必要和成功。"[5]

长诗充分展示了彼得作为政治家的冷静和智慧,以及作为军事家的果敢和高明。叛乱发生后,他在第一时间召见被马塞帕残杀的柯楚白等将领的家属,和他们一起流泪,赐予他们新的荣誉和财物,从而安抚了军心,孤立了马塞帕。然后迅速地调遣民兵,"大军象风暴般一涌而来",打了敌手一个措手不及。战斗爆发后,他亲临前线,用激情的演说和身先士卒的行动鼓舞士气:"突然好象是从天上发出/彼得动人的、响亮的声音:/'奋勇前进,上帝保佑我们!'/彼得在一群亲信围绕中/从幕帐里走出。目光炯炯。/他的容貌真是威风凛凛,/他步履矫健,他神采奕奕,/他活象一位天上的雷神。"[6]

战争结束后,彼得又在第一时间举行庆功宴会,奖赏将士,宽恕俘虏:"彼

---

3 〔俄〕普希金:《斯坦司》,魏荒弩译,《普希金文集》第2卷,人民文学出版社1995年,第93页。

4 〔俄〕普希金:《波尔塔瓦》,冯春译,《普希金选集》第3卷,人民文学出版社1987年,第326页。

5 〔俄〕普希金:《波尔塔瓦》,查良铮译,新文艺出版社1957年,第119页。

6 〔俄〕普希金:《波尔塔瓦》,冯春译,《普希金选集》第3卷,人民文学出版社1987年,第378-379页。

得设宴庆祝。他的眼睛／骄傲、明亮，又充满光荣。／皇家的筵席是那样丰盛。／士兵的欢呼使大地震动，／他在自己的帐幕里邀请／自己的将领，对方的将领，／他在款待着可敬的俘虏，／并为自己战争中的老师／他也举起了酒杯在祝福。"[7]通过军事手段和政治手段的完美结合，彼得挽救了国家，保卫了改革，他也成了俄罗斯的保护神和救世主。

二、"皇帝虽公务浩繁，却时常询问爱子的情况"

在普希金笔下，彼得大帝不仅是一位威严的帝王，还是一位慈爱的父亲。这一形象主要体现在《彼得大帝的黑人》（1827，未完成）和《彼得一世的盛宴》（1835）中，不同的是，前者塑造的是"家父"，后者刻画的是"国父"。

《斯坦司》《波尔塔瓦》用"宏大叙事"完成了对彼得的歌颂，《彼得大帝的黑人》则通过"日常叙事"实现了对彼得的赞美。这部小说更像是一篇亲情散文，讲述着"父与子"之间的脉脉温情。彼得有一个黑人教子叫伊勃拉基姆，正在法国留学。小说中写到："皇帝虽公务浩繁，却时常询问爱子的情况，而且总是听到称赞他的成绩和品行的话。"[8]彼得期盼着教子学成后早日回国效力，但教子却寻找各种理由推托。彼得不仅体谅他，还时刻叮嘱他注意身体健康，夸奖他勤奋好学。彼得自己十分节俭，对教子却毫不吝惜，把钱和父亲的忠告一并给他寄去。教子和 D 伯爵夫人有了一个私生子后。彼得非但没有生气，还写信宽慰他，说自己这个做父亲的不仅不会逼迫他回国，而且在任何情况下也不会丢下他不管。教子深受感动，做出了立刻返回俄国的决定。

回国后，在与彼得朝夕相处的日子中，伊勃拉基姆"建立丰功伟绩的高尚情操"被彼得的人格魅力唤醒了。他开始忘却与 D 伯爵夫人的儿女情长，期待着同这个伟大的人物并肩奋斗，和他一同为伟大人民的命运而工作。小说通过伊勃拉基姆这个"儿子"的视角，继续密切追踪着彼得的日常生活：在枢密院同官员们争论立法的重要性；在海军部规划着俄国海军的发展蓝图；在"闲暇时间"阅读翻译过来的外国政论作品，访问商人的工场、手工艺人的作坊以及学者的书房；在皇宫里用"象棋外交"和英国人周旋；在宴会上用德语和瑞

7　〔俄〕普希金：《波尔塔瓦》，冯春译，《普希金选集》第 3 卷，人民文学出版社 1987 年，第 384 页。

8　〔俄〕普希金：《彼得大帝的黑人》，迎秀译，《普希金文集》第 6 卷，人民文学出版社 1995 年，第 3 页。

典俘虏谈论 1701 年的战争；甚至穿着一件粗麻布衫，爬到新船的桅墙上视察……。在日理万机之际，彼得还没有忘记给伊勃拉基姆找一个媳妇，以免他孤苦伶仃，将来没有依靠。

作为伊勃拉基姆的"家父"，彼得是慈爱的，作为俄罗斯的"国父"，彼得同样是宽厚的。《彼得一世的盛宴》（1835）写到，彼得在京城大开酒宴，为什么？为了庆祝打败瑞典人？为了迎接俄国舰队之祖的回归？为了纪念波尔塔瓦战争胜利周年？为了庆祝皇子的诞生？"不对！他这是为了宽恕，／为了赦免臣僚的罪愆，／共饮一杯喜庆的酒，／从此不计往昔旧怨"。[9]普希金特别强调了彼得的宽大为怀精神，在《波尔塔瓦》中，他写了彼得对敌人的宽恕；在《斯坦司》中，他写了彼得对当面撕毁他命令的大臣多尔戈鲁基公爵的原谅。彼得成了精神和道德上的巨人，他拥有超人一等的宽阔心胸，是一个接近上帝的人间帝王。

普希金对彼得的歌颂让我们想起他在 1818 年的宣言："我这只平凡而高贵的竖琴，／从不为人间的上帝捧场，／一种对自由的自豪感使我／从不曾为权势烧过香。／我只学着颂扬自由，／为自由奉献我的诗篇，／我生来不为用羞怯的缪斯／去取媚沙皇的心欢。"[10]难道普希金忘却了自己的使命和承诺？对于诗人的"言行不一"和"前后矛盾"，不妨从以下几个角度来理解。

首先，彼得大帝是一位杰出的历史人物，对于任何一个公正的俄罗斯人来说，忽视他的历史功绩都是不可能的。别林斯基对他的评价代表了大部分俄罗斯人的心声："彼得大帝的名字应当是集中了一切感情、一切信念、一切希望、骄傲、高贵以及一切俄国人的崇敬的精神支柱——他不仅是过去和现在的伟大事物的创造者，而且也将永远是俄罗斯人民的指路星，俄罗斯依赖他将永远走一条追求精神上、人性上、政治上的崇高目的的真正道路。"[11]彼得虽然是一个封建沙皇，但也是一个敢于，并且能够挑战和突破世俗常规，拥有非凡创造力的天才，在他自己的时代和领域，他是绝对的主角，正是从这几点上说，"他的天性和普希金的天性在某种程度上是很接近的。无

9　〔俄〕普希金：《彼得一世的盛宴》，陈馥译，《普希金文集》第 2 卷，人民文学出版社 1995 年，第 457 页。

10　〔俄〕普希金：《致娜·雅·波柳斯科娃》，乌兰汗译，《普希金文集》第 1 卷，人民文学出版社 1995 年，第 252 页。

11　〔俄〕别林斯基：《〈亚历山大·普希金作品集〉第五篇》，满涛、辛未艾译，见《别林斯基选集》第 4 卷，上海译文出版社 1991 年，第 389 页。

怪乎普希金对彼得大帝怀有一种特殊的爱戴、敬仰之情！"[12]普希金也是他的时代和领域中革故鼎新的天才，和彼得不免惺惺相惜。而且普希金还是一个热烈爱着俄国的人，具有深沉的历史感，当他站在国家和历史的角度时，不免高度认可彼得的事业。在他看来，赞美彼得的功绩，等于赞美自己祖国的历史。

再次，作为历史人物，彼得无法听到任何来自后代的颂歌，因此，普希金称颂他就谈不上是"取媚沙皇的欢心"。不仅如此，书写这个昔日沙皇的武功和美德，其实暗含着对现实沙皇的讽刺和规劝。如《彼得一世的盛宴》明为张扬彼得的宽恕精神，暗为批判尼古拉一世对十二月党人的残酷镇压。《斯坦司》的现实指向更为明显。诗歌在赞美彼得的优秀品格之后，话锋一转，将期待和责问抛向了尼古拉一世："请以宗室的近似而自豪吧，／请在各方面都象祖先那样：／象他那样勤奋而又坚定，／也象他，能给人以善良的印象。"[13]普希金以彼得的有为和宽恕为镜，照出了尼古拉一世的无为和残暴，履行了自己"歌颂自由"和绝不"取媚沙皇的欢心"的承诺。

最后，也是最重要的一点，普希金固然不是一个深谙历史唯物主义的马克思主义者，但作为一位超越时代的诗人、思想家和人道主义者，他对彼得的认识同样是辩证的和深刻的。也就是说，在称颂彼得伟业的同时，普希金在其它文字中也揭露了彼得的两面性和局限性。

三、"一个急躁而专制的地主"

彼得的改革并不是为了改变俄国的现存制度，而是为了强化它、巩固它和维护它。换句话说，彼得的统治实际上强化了俄国的专制制度和农奴制度，而这恰恰是普希金所不能容忍的。同时，彼得虽然是俄罗斯最伟大的沙皇，但沙皇毕竟是沙皇，不管他如何进取、开明和慈爱，都无法克服一个封建帝王的不足：残暴、专制、虚伪和冷酷无情等。

在《我的家世》（1830）中，普希金写到："远祖耿直是他的脾性，／由于和彼得皇帝意见相左，／他竟然被处以绞刑。／这件事给我们一个教训：／当权者不喜欢有人和他争论。／雅可夫·多尔果鲁基公爵很幸运，／他善于做

12　〔俄〕屠格涅夫：《莫斯科普希金纪念像揭幕》，冯春译，冯春编选：《普希金评论集》，上海译文出版社 1993 年，第 513 页。

13　〔俄〕普希金：《斯坦司》，魏荒弩译，《普希金文集》第 2 卷，人民文学出版社 1995年，第 13 页。

俯首听命的人。"[14]诗歌清楚地表明，彼得的宽恕是分对象的，他可以"宽恕"两种人，一种是那些"已经俯首听命"的人，一种是那些"可以俯首听命"的人。对他而言，"宽恕"只不过是一种恩威并施，加强个人权威的政治阳谋或阴谋。在《斯坦司》中那个当面顶撞彼得的多尔戈（果）鲁基公爵为什么没有获罪？是因为彼得的心真的如上帝般宽广吗？《我的家世》中给出了答案：因为多尔果（戈）鲁基公爵在骨子里是"善于做俯首听命的人"。我的远祖为什么被彼得判了绞刑？因为他既不属于"已经俯首听命"的人，也不属于"可以俯首听命"的人。

在《彼得大帝史》中，普希金再次指出了彼得的两面性："令人惊奇的是彼得大帝的国家机构和他的临时法令之间的差异。前者是充满善意和智慧的博大理性的成果。后者'经常是残酷且为所欲为的，仿佛是用皮鞭写就的'。前者为了永恒，或至少是为了未来，而后者却是一个急躁而专制的地主的表现。"[15]用"一个急躁而专制的地主"来评说彼得，实际上明确揭露了彼得理性和仁爱的另一面。

普希金对彼得的歌颂和批判在《铜骑士》（1833）中得以合二为一，同时展现出来。诗歌的"序诗"继承了"彼得颂歌"的主题，塑造了一个高瞻远瞩、壮志凌云的彼得堡总设计师和建筑师形象："于是他想：／我们要从这里震慑瑞典。／这里要兴建起一座城市，／叫那傲慢的邻人难堪，／上天注定，让我们在这里／打开一个了望欧洲的窗口，／我们要在海边站稳脚跟。／各国的旗帜将来这里聚首，／沿着新辟的航路，我们／将在这广阔天地欢宴朋友。"[16]但是"正文"却突然转向了"讽刺诗"和"哀歌"，开始讲述叶甫盖尼这个平民百姓家破人亡的故事。叶甫盖尼只有一个素朴的家庭愿望：和未婚妻帕拉莎结婚生子，然后侍奉寡居的母亲。可是一场名为天灾，实为人祸的洪灾淹没了他所有的梦想。当年彼得不顾建筑科学，凭借着个人的英雄意志，将彼得堡建筑在水灾肆虐的涅瓦河畔。一百多年后，他得以永垂史册，他的青铜雕像俯视着这个城市，受后人瞻仰，可是谁又会知晓有一个小人物因为他百年

---

14 〔俄〕普希金：《我的家世》，丘琴译，《普希金文集》第 2 卷，查良铮译，人民文学出版社 1995 年，第 299 页。

15 〔俄〕普希金：《彼得大帝史》，吴晓都译，《普希金全集》第 9 卷（历史卷II），河北教育出版社 1999 年，第 348 页。

16 〔俄〕普希金：《铜骑士》，冯春译，《普希金选集》第 3 卷，人民文学出版社 1987年，第 475-476 页。

前的宏图大业而失去了家庭和幸福?

彼得的伟人意志和叶甫盖尼的快乐生活之间的矛盾透露了普希金对"英雄"的批判性思索。所谓英雄,他是建设者,往往也是破坏者;他的荣誉史往往也是战争史和杀戮史。彼得也是如此,他开辟俄罗斯发展的空间是通过频繁的征伐来实现的;他所推行的诸多建设事业,如兴建彼得堡,是通过残酷的强制手段来实现的。《铜骑士》将帝王戏和平民戏有机融合在一起,用彼得的"国家建设"破坏叶甫盖尼的"家庭建设"来告诉我们:"历史中的英雄恰恰是这样一些人,他们对自己的个人目的和利益具有的合理性深信不疑,以致在他们自己的愿望与公共道德和法律体系对一般人的要求之间存在任何差距时,他们都无法容忍。"[17]在旧的体制下,英雄们决意满足的是他们自己而不是别人,他们永远觉得别人要服从于他们的理想,而自己却不需要考虑别人的感受。这种骄狂的性格,导致他们在颠覆公共道德和法律体系时,往往以牺牲平民的利益为代价。所以,英雄的盛名之下往往充斥着杀戮、死亡、暴力,至少也是冷酷无情。

《铜骑士》对"历史发展"也进行了深层的思索。人们通常只看到历史发展的必然性和规律性,并以是否遵循历史大势、合乎历史潮流来评判人物的行为,却很少考虑过历史的滚滚车轮淹没多少平凡生命的欢声笑语,很少注意到伟大的历史结果是通过怎样残酷的过程来实现的。像很多伟人一样,彼得大帝也是一个浮士德式的人物。浮士德胸怀梦想、不断追寻,被誉为资产阶级英雄。他为了实现他的资产阶级理性王国不惜动用暴力手段,对阻碍他填海造田,不愿意搬迁的海边老人的祖屋进行了"强拆"。从"历史发展"的角度来看,浮士德是伟大的,甚至预示了人类发展的方向,可从法律和人性的角度来看,他却是罪犯和小人。浮士德的难题也是彼得大帝这类旧体制下的英雄们所共同面对,又都无法解决:如何处理好自己的宏图霸业和平民百姓幸福生活之间的矛盾?

原载《兰州学刊》,2009 年第 8 期

---

17 〔美〕海登·怀特:《元史学:十九世纪的欧洲想像》,陈新译,译林出版社 2004
年,第 149 页。

论普希金的历史文学创作

　　普希金不仅写下了大量现实题材杰作，还创作了不少历史文学作品，包括历史诗歌《皇村回忆》（1814）、《英明的奥列格之歌》（1822）、《斯坦司》（1826）、《奥列格的盾》（1829）、《给叶卡捷琳娜·尼古拉耶夫娜·卡拉姆津娜的颂歌》（1827）、《波尔塔瓦》（1828-1829）、《铜骑士》（1833）、《彼得一世的盛宴》（1835）；历史剧《鲍里斯·戈都诺夫》（1825）；历史小说《彼得大帝的黑人》（1827，未完成）、《戈留欣诺村史》（1830）、《上尉的女儿》（1836）等。本文着重探讨这些作品的创作动因、真实性以及历史观等问题。

一、"不希望有另一种历史"

　　对于普希金创作历史文学的动机，车尔尼雪夫斯基是这样理解的："《鲍里斯·戈都诺夫》《波尔塔瓦》《铜骑士》《彼得大帝的黑人》《上尉的女儿》的创作，不但是由于艺术的需要，而且也是出于想表达自己对俄国历史的一定的观察。"[1]

　　普希金从小就表现出对历史的兴趣。据他的姐姐在《弟弟的童年》一文中回忆，"才九岁，他就喜欢读普卢塔赫的作品，读比托布翻译的《伊里亚特》和《奥德赛》。"[2]十二岁那年，普希金报考皇村学校，考了一门"历史基础知识"课程，获得"了解"的等级。进入皇村学校后，通过系统地学习"历史""通史""近三世纪历史""俄罗斯历史"等课程，普希金培养了基本的历史素养。而卡拉姆津的《俄国史》的出版更是进一步激发了他的历史激情。

1　〔俄〕车尔尼雪夫斯基：《〈普希金文集〉（摘录）》，辛未艾译，冯春编选：《普希金评论集》，上海译文出版社1993年，第370页。

2　果戈理等：《回忆普希金》，刘伦振译，天津人民出版社1986年，第5期。

卡拉姆津是普希金的精神偶像，他不仅是文坛前辈，也是一位史学巨擘。1816-1818 年间，他的《俄国史》前 8 卷出版，在一个月内销售了三千册。普希金这样描述人们热捧《俄国史》的盛况："这在我们国内是唯一的范例，卡拉姆津发现古老的俄罗斯，如同哥伦布发现新大陆一样。人们不再会浪费时间去谈论其它事情了。"[3]《俄国史》的"走红"与当时的社会文化心理密切相关：1812 年的卫国战争，1813 年至 1814 年国外远征的胜利，在俄国掀起了一股爱国热潮，为了替这股爱国热潮寻找更深远的依据和动力，社会各阶层兴起了阅读历史和研究历史的风气。

《俄国史》共 12 卷，第 9 至 11 卷于 1812-1824 年间出版，最后一卷共六章，写至第五章时，卡拉姆津因病辞世。他的学生从手稿中整理出来第十二章，并于 1829 年付梓。普希金毫不掩饰对《俄国史》的崇敬之情："《俄国史》不仅是一位伟大作家的作品，而且也是一个诚实的人的功绩"。他甚至认为俄国学校的俄国史课"应当按照卡拉姆津的著作讲授"。[4]普希金不仅通过《俄国史》获取历史信息，更将它当作自己历史文学创作的素材基地。比如他的经典悲剧《鲍里斯·戈多诺夫》便取材于《俄国史》的第九卷和第十卷。普希金承认，"我没有受到任何别的影响的干扰。我模仿莎士比亚的奔放、洒脱的性格描绘，以及计谋布局的随意和朴实，而在对莎士比亚、卡拉姆津的著作和我国古代编年史进行研究之后，我产生了用戏剧形式体现现代史上最富于戏剧性的一个时代的念头。……在事件发展的清晰方面我仿效卡拉姆津，并且竭力从编年史中揣摩当时的思想方式和语言。多么丰富的源泉啊！"[5]

普希金并不满足于通过他人的研究来了解历史。1827 年，在评论《俄国史》的相关章节时，普希金表达了做历史学家的志向："（卡拉姆津）谈到伊戈尔、斯维雅托斯拉夫时，怎么竟写得如此枯燥无味。这是我国历史上的英雄时代啊。我一定要写一部彼得大帝史……。"[6]《彼得大帝史》的准备工作开始于 1831 年。普希金首先研读了伊·高利夫的历史著作《彼得大帝的业绩》。

3　〔苏〕布拉果依：《普希金的历史悲剧》，蓝泰凯译，《贵阳师专学报》1989 年第 3 期。

4　〔俄〕普希金：《普希金文集》（十卷集）第 7 卷，莫斯科：国家文艺出版社 1962 年，第 360 页。

5　〔俄〕普希金：《悲剧〈鲍里斯·戈多诺夫〉序言草稿》，张铁夫译，《普希金文集》第 7 卷，人民文学出版社 1995 年，第 177 页。

6　〔俄〕普希金：《普希金论文学》，张铁夫、黄弗同译，漓江出版社 1983 年，第 198-199 页。

但他很清楚，只凭他人的研究来研究显然不够。于是他又到图书馆和彼得堡的国家文献档案保管处工作，搜集关于彼得大帝的文献资料。在此过程中，普希金有了一个意外的，甚至是更大的收获，就是发现了很多关于普加乔夫的加密文献，由此他也发现了一个"别样"的普加乔夫。

保罗一世上台后才准许出版有关普加乔夫的书籍，但由于相关档案并未解密，因此人们对这位农民起义领袖的了解还停留在道听途说的程度。为了告诉世人"一个真实的普加乔夫"，普希金决定将《彼得大帝史》的写作暂缓一下，先写一部关于普加乔夫的历史著作。为此，他秉承历史学家的严谨和严肃，将多种历史研究方法融会贯通起来。首先，他仔细考辨历史学家们研究普加乔夫的论著。其次，1833 年 2 月，在获得军政部长的准许后，他考察、辨析了档案库中涉及普加乔夫起义的档案和文献资料。最后，在 1833 年年底，他前往普加乔夫起义的发源地和蔓延过的地方，如喀山、奥伦堡、西姆比尔辛克、伯尔得村等地，用周密的调查访问来寻找保存在民间的活档案。

普希金说："我抛弃了虚构，完成了《普加乔夫史》……我不知道我能否将它出版，但至少我凭良心履行了一个历史学家的职责：我尽心竭力地寻求过真理，并且光明磊落地对它进行叙述，力求既不迎合权势，也不投合时好。"[7]幸运的是，《普加乔夫史》于 1834 年 11 月出版。它的写作为创作《上尉的女儿》提供了最坚实的历史基础。设想一下，如果普希金以官方历史文献中的普加乔夫为原型来写小说，那么，还会不会有这部经典的诞生？

当《普加乔夫史》如愿问世后，最先筹划的《彼得大帝史》却成了未竟之作。不过，普希金作为历史学家的地位已经获得了公认。20 世纪 40 年代，时任苏联科学院院长的瓦维诺夫院士指出："普希金关于普加乔夫暴动和彼得大帝时期的历史研究，使他列入于我们最优秀的历史学家之林。"[8]

普希金投身于历史研究还有一个重要动力，就是为俄国历史正名。俄国历史并不悠久，而当时的思想界恰恰又响起了"俄国无历史"的声音。热爱祖国的普希金迫切需要通过历史研究来唤醒国人的历史认同感和自豪感。

普希金的焦灼源自思想家恰达耶夫对俄国历史的批判和否定。1836 年，恰达耶夫在《望远镜》杂志上发表了《哲学书简》的第一封信，集中阐释了他

7　〔俄〕普希金：《普希金论文学》，张铁夫、黄弗同译，漓江出版社 1983 年，第 100 页。

8　〔苏〕格·布洛克：《普希金对历史的研究》，张轶东译，《文史哲》1951 年，第 3 期。

对俄国历史的态度，在思想界掀起轩然大波。其实《哲学书简》中的八封信在1828年至1831年间已经完成，并以手抄本在思想圈中流传，普希金也从恰达耶夫手中得到一份。可以肯定的是，在恰达耶夫用文字正式表述他的思想之前，他关于俄国历史的一些观点在思想界已经不是秘密，《哲学书简》的出版只不过是让这些观点公开化了。

恰达耶夫对俄国历史的论述是令人沮丧的。首先他认为俄国历史缺乏一个激情燃烧的青春时代，缺乏足够迷人和温暖的因素。其它民族的历史都有这样一个"强烈感受""广泛设想"和民众拥有伟大激情的时代，而"各民族历史中这一诱人的阶段，就是各民族的青春，就是一个各民族的能力得到最充分发展的时代，关于这一时代的记忆将构成各民族成年时期的欢乐和教益。"可俄国却完全没有这样一个时期，它拥有的是什么呢？"首先是野蛮的不开化，然后是愚蠢的蒙昧，接下来是残暴的、凌辱的异族统治，这一统治方式后来又为我们本民族的当权者所继承了，——这便是我们的青春可悲的历史。那样一个热情行动、民众的精神力量翻滚游戏的时期，我们完全不曾有过。我们在这个年龄段上的社会生活，充满着浑浊、阴暗的现实，它失去了力量和能量，它除了残暴以外没有兴起过任何东西，除了奴役以外没有温暖过任何东西。在它的传说中，既没有迷人的回忆，也没有为人民所怀念的优美形象，更没有强大的教益。"9

其次，他认为俄国历史没有为世界贡献任何有价值的东西，所以也就被世界排除在外："我们没有历史的经验；一代代人、一个个世纪逝去了，却对我们毫无裨益。看一眼我们，便可以说，人类的普遍规律并不适用于我们。我们是世界上孤独的人们，我们没有给世界以任何东西，没有教给它任何东西；我们没有给人类思想的整体带去任何一个思想，对人类理性的进步没有起过任何作用，而我们由于这种进步所获得的所有东西，都被我们所歪曲了。自我们社会生活最初的时刻起，我们就没有为人们的普遍利益做过任何事情；在我们祖国不会结果的土壤上，没有诞生过一个有益的思想；我们的环境中，没有出现过一个伟大的真理；我们不愿花费力气去亲自想出什么东西，而在别人想出的东西中，我们又只接受那欺骗的外表和无益的奢华。"10

普希金无法认同这种历史虚无主义和历史悲观主义。如果说，恰达耶夫只

9　〔俄〕恰达耶夫：《哲学书简》，刘文飞译，作家出版社1998，第34-35页。
10　〔俄〕恰达耶夫：《哲学书简》，刘文飞译，作家出版社1998年，第42页。

是一个普通民众也罢，可他偏偏是一个影响广泛和深远的思想家。恰达耶夫自己也曾认为，"人民群众服从凌驾于社会之上的特定的力量。他们自己并不思考；他们中间有一定数量的思想家，这些思想家替他们思考，给民族的集体理智以冲击，并推着民族前进。在少数人进行思考的时候，其他的人在感受，其结果，便实现了共同的运动。"[11]为了避免民众因受恰达耶夫的影响而对俄国历史产生误解，在恰达耶夫的言论公开后的 1836 年 10 月 19 日，普希金在致恰达耶夫的信中说："您说我们的历史渺小，我则断然不能赞同。"[12]普希金反驳的理由在于：

首先，尽管俄罗斯在古代没有参与震撼欧洲的重大事件，但它同样拥有一个与其它民族历史相媲美的青春岁月："奥列格和斯维亚托斯拉夫的战争乃至皇室争夺领地的内乱——难道这不是那种充满激烈纷争和炽热的、无目的活动的生活吗？而这种生活不是各民族在青年时代所特有的吗？"[13]

其次，俄罗斯历史具有完整和独特的发展轨迹，也承担起独特的历史使命："鞑靼人的入侵是一种可悲而又伟大的景象。俄国的觉醒，它的逐渐强盛，它的统一（当然是俄国的统一）的进程，两个伊凡，起始于乌格利奇而终止于伊帕季耶夫三一修道院的宏伟的悲剧，——怎么样，难道这一切不是历史，而仅仅是一个模糊的、几乎被遗忘的梦吗？"[14]再次，俄罗斯历史为世界做出了自己不可估量的贡献，如俄罗斯用自己辽阔的土地吞噬和阻挡了蒙古人的入侵，拯救了基督教文明，这本身就是一种伟大的贡献，"至于彼得大帝，他一个人就是一整部历史！至于叶卡捷琳娜二世，她不是把俄国扩展到欧洲的门坎上吗？至于亚历山大，他不是把您带到了巴黎吗？而且（扪心自问）在当今的俄国，您难道就没有发现什么重要的东西，什么能使未来的史学家感到惊异的东西吗？您认为那个历史学家会把我们至于欧洲之外吗？"[15]

最后，普希金由衷地表达了对俄罗斯历史的自豪感："我不想用世上任何

11　〔俄〕恰达耶夫：《哲学书简》，刘文飞译，作家出版社 1998 年，第 41 页。

12　〔俄〕普希金：《俄罗斯的夜莺：普希金书信选》，张铁夫译，经济日报出版社 2001年，第 339 页。

13　〔俄〕普希金：《俄罗斯的夜莺：普希金书信选》，张铁夫译，经济日报出版社 2001年，第 339 页。

14　〔俄〕普希金：《俄罗斯的夜莺：普希金书信选》，张铁夫译，经济日报出版社 2001年，第 339-340 页。

15　〔俄〕普希金：《俄罗斯的夜莺：普希金书信选》，张铁夫译，经济日报出版社 2001年，第 40 页。

东西来替换祖国，或者除了我们祖先的历史——上帝给我们的这种历史除外，我不希望有另一种历史。"[16]

恰达耶夫将俄罗斯现实世界的种种丑陋，如专制、迷信和奴役性等等，都归因于俄国历史的劣根性。因此，他认为俄罗斯要想赢得未来，必须和传统彻底决裂，才能轻装上阵，跟上西欧前进的步伐。而在普希金看来，俄国现实世界的种种丑陋固然是历史遗留的产物，但是不能用历史的劣根性全盘否定历史的整体，从现实的文化中，同样可以感受到历史赐予俄国诸多激动人心的精神财富。更重要的是，现在以过去为条件，同时也是为未来做准备。因此，要实现理想的未来，并在现在采取正确的行动，就必须很好地熟悉过去的经验，注意过去的经验。

普希金和恰达耶夫的历史观表面上是相反的，但本质上却是拥有一个共同的心脏：爱祖国、爱自由、爱俄罗斯人民。只是普希金把俄罗斯当作母亲，而恰达耶夫把它当作孩子。对母亲当然是要维护，对孩子则是要教化。两人辩论的问题表面上是关于俄国过去的命运，本质上是关于俄国未来的前途。

历史已经证明，普希金和恰达耶夫关于俄国历史的争论只是看待历史的角度，以及创造未来的方式发生了错位。这场争论的真正价值在于通过对历史的审视，提出了两个最为现实和迫切的问题："俄罗斯向何处去"；"俄罗斯用何种方式向何处去"？这样的焦虑也激发了"俄罗斯思想"的觉醒。

二、"人民的历史是属于诗人的"

1830 年，在《论瓦尔特·司各特的长篇小说》一文中，普希金指出："在长篇历史小说里，使我们入迷的便是我们在其中所看到的历史的真实。"[17]"历史的真实"既是普希金的审美理念，也贯穿于他的历史文学创作中。作为一名严肃的历史学家，他不仅深知"何谓历史的真实"，更懂得怎样传达"历史的真实"。而作为一个热爱俄国的人，为了给俄国历史正名，反驳恰达耶夫的"俄国无历史"的思想，唤醒民众的历史认同感和自豪感，他更需要在史学著作和文学作品中再现"历史的真实"。

1827 年，普希金在《致〈莫斯科通报〉出版人的信》中谈到《鲍里斯·戈

---

16 〔俄〕普希金：《俄罗斯的夜莺：普希金书信选》，张铁夫译，经济日报出版社 2001 年，第 340 页。

17 〔俄〕普希金：《论瓦尔特·司各特的长篇小说》，张铁夫译，《普希金文集》第 7 卷，人民文学出版社 1995 年，第 181 页，脚注。

都诺夫》时说："我自愿放弃了为经验所证实、为习惯所确认的艺术体系向我提供的许多好处，力求用对人物和时代的忠实描绘，用历史性格和事件的发展来弥补这个明显的缺点。"[18]1829 年，他又说："我效法莎士比亚，只对时代和历史人物作广泛的描绘，而不追求舞台效果、浪漫主义激情等等……。"[19]正因有这样的美学观念，所以当他在 1830 年 11 月收到波果津的历史悲剧《玛尔法女市长》后，立即复信表示肯定，称赞该剧做到了"完全真实地再现过去的时代"[20]，对约翰的描绘"符合历史，几乎贯穿始终。在这种描绘中，悲剧家并不比自己的对象逊色。他对他的情况了如指掌，烂熟于心，展示在我们面前时没有作戏剧性的夸张，没有违情悖理，没有冒充内行。"[21]称赞"真实"的历史文学，意味着对"不真实"的历史文学的批评。普希金在读了雷列耶夫的长诗《沃伊纳洛夫斯基》后，指出该诗"用虚构的恐怖去加重历史人物的负担，这种做法既不困难，也不宽厚。"[22]

　　纵观古今中外被称为历史文学的作品，是浪漫主义的也好，现实主义的也罢；是尊古写作也好，是"失事求似"也罢，其实都在遵循一个底线，即所写的主要人物和时代是真实可靠的。普希金的历史文学也不例外，它们的主角及其活动的年代都有剧可考。例如奥列格、伊凡四世、鲍里斯·戈都诺夫、彼得大帝、保罗一世、叶卡捷琳娜二世，还有农民起义领袖斯杰潘·拉辛和普加乔夫等。至于人物的生活年代，由于史书上都有明确的记载，所以，普希金也不可能随意捏造。

　　普希金喜欢并且善于讲述英雄和帝王的故事，因此，在他的历史文学里，"战争""权力""国家建设"之类的"宏大叙事"是必不可少的。可是，普希金不只是偏爱英雄帝王的故事，他的诸多"宏大叙事"中，交织着一个"日常生活叙事"。如《上尉的女儿》将家庭纪事、个人遭遇和历史大事融合在一

18　〔俄〕普希金:《致〈莫斯科通报〉出版人的信》，张铁夫译，《普希金文集》第 7 卷，人民文学出版社 1995 年，第 163 页。

19　〔俄〕普希金:《关于〈鲍里斯·戈都诺夫〉的一封信》，张铁夫译，《普希金文集》第 7 卷，人民文学出版社 1995 年，第 172 页。

20　〔俄〕普希金:《论民众戏剧和波果津的〈玛尔法女市长〉》，张铁夫译，《普希金文集》第 7 卷，人民文学出版社 1995 年，第 242-243 页。

21　〔俄〕普希金:《论民众戏剧和波果津的〈玛尔法女市长〉》，张铁夫译，《普希金文集》第 7 卷，人民文学出版社 1995 年，第 245 页。

22　〔俄〕普希金:《对批评的反驳及对自己作品的评注》，张铁夫译，《普希金文集》第 7 卷，人民文学出版社 1995 年，第 225 页。

起，通过贵族青年安德烈从军、恋爱和被捕等非琐细的生活细节来塑造英雄普加乔夫的形象，以至于读者无法确定小说的主题到底是爱情还是国家。小说还通过民女马利亚为丈夫鸣冤的情节来歌颂叶卡捷琳娜二世，其宏大叙事几乎是隐藏不露的。再如《波尔塔瓦》，既是关于国家命运的，也是关于普通女人马利亚个人的爱情和幸福的，从中我们读到了个人是如何意外和无辜地成了巨大和可怕的历史权力游戏的牺牲品。相似的情况在《鲍里斯·戈都诺夫》中再次出现。再如在《铜骑士》中，彼得大帝的丰功伟绩和小人物叶甫盖尼微不足道的生活纠缠在一起；在《彼得大帝的黑人》中，彼得大帝的宽厚仁爱也是借助于黑人上尉伊勃拉基姆的日常生活来展示。因此，在普希金的历史文学中，历史是由帝王英雄和布衣草民、达官显贵和平头百姓共同谱就的，是由许多声音和许多力量共同组成的。

对于历史文学家们来说，当他们面向历史的时候，有时不是想不想写英雄帝王的问题，而是只能写英雄帝王的问题。因为历史文学的取材主要来自史料，史料尽管依据的是事实，但绝不等于事实，它不过是一系列被接受的判断而已。因此，我们很容易知道，"人民群众"虽然参与了历史的创造，甚至被认为是历史前进的动力，可是在文字的历史中，向来只有英雄帝王的事迹，几乎没有"人民群众"的名字。因此，不难理解为什么卡拉姆津的《俄国史》单写英雄帝王，张扬英雄创造了俄国历史的英雄史观了。

作为《俄国史》最忠实的读者，普希金对英雄帝王的偏爱并不难解释。不过，作为一名伟大的文学家，他在自己的历史文学中，创造了很多史料上没有的"历史小人物"，之所以说是"创造"，是因为普希金又如何知道彼得大帝时代有个叶甫盖尼？普加乔夫时代有一个安德烈？叶卡捷琳娜时代有一个马利亚？他确实不知道，所以，严格意义上说，这些和英雄帝王们直接发生关联的小人物们，尽管有名有姓，有故事有生活，但其实都是虚构的。而他们的日常生活与帝王的国家事务之间发生的联系，也是作家通过文学手段"制造"出来的历史故事。不过，我们应该感谢普希金的这些"创造"，一方面，他们的存在符合当时历史条件的可能和人物自身性格发展的逻辑，也具有"历史的真实"，另一方面，他们的存在有助于"再现"当时的风土人情和社会风貌。从这个角度来看，诗不仅比历史更真实，诗也比历史更丰富。可是，既然他们是被"创造"出来的历史人物，那么，我们就必须承认，在历史文学中，"历史的真实"其实就是"艺术的真实"，就连彼得大帝这些真实的历史人物，当他们和虚构的小人物们纠缠在一起的时候，其形象同样是"艺术的真实"的生动体现。

在历史小说《戈留欣诺村史》中，普希金借主人公之口说："放下琐屑的和令人可疑的奇闻轶事，去描述真实而伟大的事件。这个打算早就激荡着我的想象。做一个不同时代和不同民族的评判者、观察者和预言家，我认为是作家所能达到的最高成就。"[23]如果将《戈留欣诺村史》看作历史文学的话，那倒是一部很独特的历史文学。因为，无论对普希金来说，还是其他历史文学家而言，让帝王英雄完全缺席，以一个真实的普通小村庄的历史作为题材都是难能可贵的。通常的史学著作也没有用专门的篇幅来记述一个村庄的变迁和普通村民的喜怒哀乐。

《戈留欣诺村史》中"历史人物"和"历史事件"在历史文献中是无法寻觅的，但他们同样有历史的依据，这些依据便是普希金自己通过调查后所发现的"一个村庄的历史"。"一个村庄的历史"应该是"一个国家的历史"的一部分，只不过，人们往往只看到后者，而忽略了前者。因此，普希金对这段小历史的书写，从一个侧面暗合了新历史主义者的呼吁：恢复历史的丰富性和民间性，让小写的复数的历史（Histories）取代大写的单数的历史（History）。此外，《戈留欣诺村史》在叙事上还颇有新历史上义风范，因为传统历史小说的叙述主体总是隐藏于幕后，让历史自行上演，以告诉世人，历史是历史，"我是我"，两者不可混淆。在这部历史小说中，尤其是前半部分，"我"不仅从幕后走向台前，而且作为公开的叙述者和一个积极的对话者，堂而皇之地穿行于历史档案中，与之展开交流对话，将"我"与"历史"、"现实"和"过去"融会贯通起来，从而让历史小说散发出生活纪实散文的气息。

普希金的历史文学主要还是取材于"大历史"，因此，其中的历史事件也更为世人所熟知，判断其历史真实性也更容易简单。《波尔塔瓦》以 1709 年俄国和瑞典在波尔塔瓦进行的战争为背景；《上尉的女儿》以 1773-1775 年的普加乔夫起义为背景；《铜骑士》以 1824 年的彼得堡洪灾为背景，它在《前言》中还特别声明"这篇故事所描写的事件是以事实为根据的。洪水泛滥的详情引自当时的报刊。有兴趣的读者可参阅 B·H·别尔赫撰写的报道。"[24]《鲍

23　〔俄〕普希金：《戈留欣诺村史》，迎秀译，《普希金文集》第 6 卷，人民文学出版社 1995 年，第 168 页。
24　〔俄〕普希金：《铜骑士——彼得堡故事》，卢永译，《普希金文集》第 3 卷，人民文学出版社 1995 年，第 473 页。

里斯·戈都诺夫》的情节基本遵循《俄国史》第九章和第十章对"混乱时期"皇位更替的记述，因此，普希金也在题词中写到："谨以虔诚和感激将本剧献给俄罗斯人所珍贵纪念的尼姑拉·米哈伊洛维奇·卡拉姆津，本剧系受其天才鼓舞而作。"[25]

为了再现真实的历史事件，历史文学必须追求"典型历史细节"的真实。在谈到欧洲那些瓦尔特·司各特的模仿者们时，普希金挪揄到："他们自己背着家庭习气、偏见和日常印象的沉重包袱，走进他们想把读者带入其中的那个时代。在插着羽毛的圆形软帽下，您可以认出你们的理发师梳理过的脑袋；从 á la Henri IV（亨利四世型）的花边褶纹高领里露出了现代 dandy（花花公子）的浆得挺硬的领带。哥特式的女主人公受到 Madame Campan（康庞夫人）的教育，而 16 世纪的国家要人却在阅读《Times》（《泰晤士报》）和《Journal des débats》（《论坛报》）。有多少不合情理的东西、不必要的细节和严重的疏忽！有多少矫揉造作的成分！"[26]在给雷列耶夫的信中，普希金也指出了《奥列格》犯了历史常识错误，"古代的国徽、圣乔治十字章，不可能出现在多神教徒奥列格的盾牌上；崭新的双头鹰是拜占庭的徽章，我们是伊凡三世时期采用的，不是在此前。"[27]显然，普希金对于历史文学中明显的张冠李戴、胡言乱语现象难以忍受。

历史文学所蕴含的"历史的真实"不仅涵括了上述的"写真实的历史人物和时代""写真实的历史事件""追求典型历史细节的真实"，还应该包含着对历史现象作出符合历史全面的评判。普希金对历史人物的态度虽然褒贬不一、抑扬交织，但都基本符合历史大势，很少因为个人偏好而随意评判。如他用"英明"来评价奥列格，这和奥列格在俄罗斯历史上所起的作用是相对称的：奥列格是一位能征善战的基辅大公，他征服基辅的 882 年通常被认为是基辅罗斯（基辅大公国）的建国之年。再如他对彼得大帝和叶卡捷琳娜二世整体上的赞赏态度，也是和他们在俄罗斯历史上所做的贡献相匹配的：彼得大帝为俄罗斯打开了通向欧洲的窗户，叶卡捷琳娜二世为俄罗斯打开了通向欧

---

25 〔俄〕普希金：《鲍里斯·戈都诺夫》，林陵译，《普希金文集》第 4 卷，人民文学出版社 1995 年，第 108 页。

26 〔俄〕普希金：《尤里·米洛斯拉夫斯基或 1612 年的俄罗斯人》，张铁夫译，《普希金文集》第 7 卷，人民文学出版社 1995 年，第 33 页。

27 〔俄〕普希金：《俄罗斯的夜莺：普希金书信选》，张铁夫译，经济日报出版社 2001 年，第 92-93 页。

洲的大门。还如他对保罗一世的不屑也对得起保罗一世在历史上拙劣的行为。另外，他对亚历山大一世、鲍里斯·戈都诺夫的爱恨交加和他们在历史上毁誉参半的表现是相匹配的。

1825 年 2 月 23 日，普希金给诗人尼·伊·格涅吉奇的信中说："人民的历史是属于诗人的。"[28]这句话包含了两层含义：一是诗人需要承担起书写俄国历史的重担；二是诗人需要用诗人的方式来写历史。诗人的方式便是历史文学。对于史学著作来说，历史就是"前景"，"历史的真实"是它终极的追求。对历史文学来说，历史只是背景，"历史的真实"是它的追求之一，但不是唯一的追求，甚至也不是最主要的追求。历史文学更应该追求"艺术的真实"，从历史文学是文学的角度来看，这或许才是它终极的追求。

"历史文学"和"文学"是有区别的，但这种区别不是原则性的，而是属于"人民内部矛盾"。历史文学归根结底属于文学，它遵循的是文学的逻辑。"历史文学"和"历史"是有联系的，但这种联系远小于两者之间的区别。"历史文学"作为文学，它和"历史"的差异，古人早已经有了精准的论述："两者的真正差别在于一个叙述了已经发生的事，另一个谈论了可能会发生的事。因此，诗比历史更富有哲理、更富有严肃性，因为诗意在描述普遍性的事情，而历史则意在记录个别事实。"[29]

这就告诉我们，我们无法苛求历史文学能像历史著作那样，无一事无出处，无一字无来历。否则，历史文学就有等同于历史著作的危险，从而丧失了独立存在的价值。也就是说，历史文学要遵循艺术真实的逻辑，运用自己的心灵去提炼和组织混沌、散漫、荒芜的历史素材，从认识角度、审美角度出发，多层次地对这些历史素材进行加工，然后讲述可能发生的、具有普遍性的事。

比如《鲍里斯·戈都诺夫》，它虽然取材于真实的历史人物和事件，但作为文学作品，为了主题表达的需要，它不免要做一些主观上的艺术加工。在历史学中，一直存有两个悬而未决的疑案，一是真皇子季米特里究竟是如何死的？是在做"插刀入地"游戏时偶然丧命的，还是鲍里斯·戈都诺夫派人所杀？二是伪皇子季米特里究竟是何许人？对于前一个问题，卡拉姆津的《俄国

---

28 〔俄〕普希金：《普希金文集》（十卷集）第 7 卷，莫斯科：国家文艺出版社 1962 年，第 138 页。

29 〔古希腊〕亚里士多德：《论诗》，崔延强译，苗力田主编：《亚里斯多德全集》第九卷，中国人民大学出版社 1994 年，第 654 页。

史》给出了这样的答案：真皇子死于戈都诺夫之手，可这个答案只是根据民间传说而来，并没有得到证实，实际上也无法去证实了。对于后一个问题，更是无人可以知晓。《鲍里斯·戈都诺夫》根据传说，"安排"真皇子死于鲍里斯·戈都诺夫之手，突出了鲍里斯·戈都诺夫的野心，加剧了他内心的痛苦，从而让善与恶、目的与手段、光明与黑暗、外在的强悍和心灵的脆弱融于一体，增强了人物性格的张力，让悲剧从单纯的道德剧提升为复杂的权欲悲剧。戏剧还将历史学家没有定论的伪皇子确定为在逃的小僧格里果里，并让他借助外力推翻了鲍里斯·戈都诺夫的统治，也旨在传达两点：第一，不管是帝王将相，还是凡夫俗子，权欲存于每一个人心中，只等待适合的时机爆发；第二，民众的力量可以左右权力的更替，格里果里能推翻戈都诺夫，靠的不是他自己，也不是外族的势力，更不是死去的真皇子的威望，而是广大的民众。

如果用"历史的真实"原则机械地评判一些属于"艺术的真实"的问题，不免违背了文学的创作逻辑，贻笑大方。如《波尔塔瓦》的批评者们就犯了这种错位评判的错误。在最初评论《波尔塔瓦》的二十篇文章中，有一半指责长诗不符合历史，是反历史主义的。在诗中，马里亚克服宗教障碍、双亲诅咒、社会耻笑和年龄差距而爱上马塞帕，批评者们认为这简直不可思议，他们讽刺普希金"任何人从未见过一个女人爱上一个老头，因而马里亚对老盖特曼的爱情是不可能存在的"。对此，普希金在《驳〈波尔塔瓦〉的批评者们》一文作了正面回答："我对这种解释是不能满意的：爱情是一种最任性的情欲。且不说每天都有人认为丑陋和愚蠢比青春、智慧和美要好得多。请回忆一下一些神话传说、奥维德的《变形记》、勒达、菲利拉、巴齐法雅、皮格玛利翁吧——请相信，所有这些虚构的故事和诗歌并不是格格不入的。而奥瑟罗，那个用自己的历险和战斗故事来俘虏苔丝狄蒙娜的老黑人呢？还有促使一位意大利诗人写出一部优秀悲剧的密拉呢……"[30]

普希金遵循的是爱情逻辑，而爱情的逻辑就是没有逻辑。年轻的马里亚爱上一个老人和苔斯狄蒙娜爱上黑人奥瑟罗一样，固然难以相信，却又是可以相信的。亚里斯多德说，"一件尽管不可能，然而使人可以相信的事，总是优于一件尽管可能，然而使人无法相信的事。"[31]从生活的角度来看，马里亚应该

---

30 〔俄〕普希金：《驳〈波尔塔瓦〉的批评者们》，张铁夫译，《普希金文集》第7卷，人民文学出版社1995年，第46页。
31 〔古希腊〕亚里士多德：《论诗》，崔延强译，苗力田主编：《亚里斯多德全集》第九卷，中国人民大学出版社1994年，第681页。

爱上一个年轻人，一个和自己和相同宗教信仰的人，一个家族可以接纳的人，只有这样才是可能的，但在普希金看来，如果这种情况发生在爱情悲剧中，那反倒使人无法相信。纵观爱情悲剧史，那些在现实在生活中不可能发生的事情，在爱情悲剧中都是可以相信的。这就不难解释，为什么生活中，人们希望有情人终成眷属，但在爱情悲剧中，作家们却偏爱于写劳燕分飞。

不管是"历史的真实"，还是"艺术的真实"，作为历史文学中事实上不可分割，也无法分割的两种因素，它们的存在都是为了艺术的整体服务，即传达一定的历史观，以及对现实、未来的态度。那么，普希金的历史文学又具有怎样的时代向度呢？这已经是后话了。

三、"请在各方面都象祖先那样"

历史文学都有一个"时代向度"，即通过讲述"历史"来观照现实。正像克罗齐所言，"只有一种对现在生活的兴趣才能推动人去考查过去的事实。因为这个缘故，这种过去的事实并不是为了满足一种过去的兴趣，而是为了满足一种现在的兴趣，只要它一经和现在生活的兴趣结合起来就是如此。"[32]那么，普希金的历史文学又具有怎样的时代向度呢？

一、称颂历史上的伟大帝王，发掘俄罗斯的历史精神，讽喻或鞭策现实的帝王。早在 1818 年，普希金就向世人宣布："我这只平凡而高贵的竖琴，／从不为人间的上帝捧场，／一种对自由的自豪感使我／从不曾为权势烧过香。／我只学着颂扬自由，／为自由奉献我的诗篇，／我生来不为用羞怯的缪斯／去取媚沙皇的心欢。"[33]可是在他后来历史文学创作中，我们不仅看到了奥列格、伊凡四世、鲍里斯·戈都诺夫、彼得大帝、保罗一世、叶卡捷琳娜二世等人的"身影"，也看到了他对其中某些帝王的"捧扬"。如何解释这种"言行不一"、"前后矛盾"的现象呢？可以从三个方面来理解：首先，这些帝王属于历史人物，并不是现实中的沙皇，所以，贬抑他们不等于对他们有偏见，称颂他们也不等于是"取媚沙皇的欢心"。其次，普希金是站在历史大势的角度来评判他们的，因此对他们的态度取决于他们在俄国历史上所扮演的角色。有些帝王固然有种种的局限，但不能抹杀他们在"历史"上所做的贡献。第三，

32 〔意〕本纳德多·克罗齐：《历史和编年史》，陈铨、金重远译，田汝康、金重远选编：《现代西方史学流派文选》，上海人民出版社 1982 年，第 334 页。

33 〔俄〕普希金：《致娜·雅·波柳斯科娃》，乌兰汗译，《普希金文集》第 1 卷，人民文学出版社 1995 年，第 252 页。

对他们的描绘和评判是在为现实中的帝王竖一面镜子。

称颂彼得大帝的诗歌《斯坦司》（1826）比较典型地体现了普希金以史为鉴的思想。诗歌用大部分篇章表达了彼得大帝的崇敬之情"但是他以真理打动了人心，／他以学术醇化了风习"；"他用独断专行的手／勇敢地撒播着文明"；他"时而是院士，时而是英雄，／时而是航海家，时而是木工，／他以一颗包罗万象的心，／永远充当皇位上的劳工。"[34]在普希金看来，彼得大帝"他一个人就是一整部历史"。[35]发掘和张扬以他为代表的俄罗斯历史精神，不仅表达了对历史的尊重，更表达出对现实帝王尼古拉一世的讽喻和鞭策："请以宗室的近似而自豪吧，／请在各方面都象祖先那样：／象他那样勤奋而又坚定，／也象他，能给人以善良的印象。"[36]普希金希望尼古拉一世能像彼得大帝一样，做一个有能力、有作为、有志向的开明君主。但是他后来发现，这不过是妄想而已，因为尼古拉一世"身上有很多准尉的东西，而彼得大帝式的东西并不多"。[37]

普希金对尼古拉一世失望的原因是多方面的。首先，和彼得大帝相比，尼古拉一世确实逊色很多。前者开创了俄国"启蒙的真正的春天"，而后者在镇压十二月党人的血腥中即位后，完全丢掉了前期的某些自由主义的面具，实行公开的思想文化压制，他的高压统治使俄罗斯社会生活进入漫长的"冰冷的冬天"。其次，随着俄罗斯思想的觉醒，知识分子对俄罗斯和俄罗斯帝王的期待值也随之增加。从历史发展的角度看，封建专制制度具有必然性和进步性，但从现实和未来的角度看，觉醒的知识分子已经难以容忍。而尼古拉一世恰恰继续采取高压政策巩固他的强权。再次，尼古拉一世对普希金本人威逼利诱，软硬兼施，不仅剥夺过他的自由，还羞辱过他的人格。这也让普希金看清了他的真实面目。最后，常人贵远贱近，尤其当现实充满无法解决的矛盾时，更容易将过去当作精神的家园，因此，赞美甚至美化过去的帝王是不可避免的事情。

---

34 〔俄〕普希金：《斯坦司》，魏荒弩译，《普希金文集》第 2 卷，人民文学出版社 1995年，第 91-92 页。

35 〔俄〕普希金：《俄罗斯的夜莺：普希金书信选》，张铁夫译，经济日报出版社 2001年，第 340 页。

36 〔俄〕普希金：《斯坦司》，魏荒弩译，《普希金文集》第 2 卷，人民文学出版社 1995年，第 92 页。

37 刘文飞：《阅读普希金》，人民文学出版社 2002 年，第 166 页。

在《鲍里斯·戈都诺夫》中，普希金借助修史官皮敏之口表达了对沙皇费奥多尔（1584-1598 年）的好感："上帝喜爱皇帝的温顺，／在他生前，俄罗斯一直四海安宁，／非常太平。"[38]一般的史学家都认为伊凡雷帝和费奥多尔是典型的"虎父犬子"。与创立了丰功伟业的父亲相比，费奥多尔是一个低能的皇帝。可是，有时候，"低能"也是一种优点。至少"低能"者性格温顺、无欲无求，不好大喜功、不劳命伤财，这种天然的"无为而治"反倒给国家带来了安宁和太平。对无能皇帝的怀念暗含着对鲍里斯·戈都诺夫的讽刺。鲍里斯·戈都诺夫是一个有能力、有作为的皇帝，但是俄罗斯的"混乱时代"也是从他开始的。对无能皇帝的欣赏也隐喻了对沙皇亚历山大一世镇压十二月党人、加强专制等某些"有为"行为的嘲讽。

当然，"祖先"留下的不只有需要学习的经验，还有需要避免的教训。《鲍里斯·戈都诺夫》就是影射亚历山大一世的登位方式和登位后的表现，警示他不要重蹈鲍里斯·戈都诺夫的覆辙。普希金在 1827 年《致〈莫斯科通报〉出版人的信》中说："您想知道还有什么妨碍我发表自己的悲剧（指《鲍里斯·戈都诺夫》——引者注）吗？就是其中有些地方使人联想到影射、暗示、allusions（讽喻）。"[39]这里的"有些地方"包括三点：一是指鲍里斯·戈都诺夫弑君的情节，使人联想起亚历山大一世也是踏着保罗一世的尸体登上皇位的；二是指白痴在莫斯科红场隆礼台上高呼"杀死戈都诺夫家族"的场面，暗示亚历山大一世如果继续实行专制暴政的话，也不会有好下场；三是指鲍里斯·戈都诺夫常常锁在寝宫里和魔法师、巫公子、打卦佬一起算命卜卦，讽喻亚历山大一世不务正业，和修士大司祭福季、都主教谢拉菲姆等过往甚密。

普希金对亚历山大一世经过了从希望到失望的转变。亚历山大一世即位伊始，实行了一些自由主义的改革，小部分地解放了农民，并出台了斯彼兰斯基政治改革方案。1812 年的卫国战争，以及随后俄国对法国战争的胜利也增加了普希金对亚历山大一世的好感。当俄国的军队从巴黎凯旋时，俄国似乎成了欧洲的解放者，人们沉浸在胜利的喜悦中。然而，归国后的军人们很快发现，自己的祖国依然是备受奴役的国家。普希金也终于看穿了他的伪自由主义真面目，对他从此失去了信任。1818 年，亚历山大一世在华沙召开的波兰会议

38　〔俄〕普希金：《鲍里斯·戈都诺夫》，林陵译，《普希金文集》第 4 卷，人民文学出版社 1995 年，第 133 页。

39　〔俄〕普希金：《致〈莫斯科通报〉出版人的信》，张铁夫译，《普希金文集》第 7 卷，人民文学出版社 1995 年，第 165 页。

上许诺在俄国制定一部宪法，普希金把此种允诺讽刺为大人哄小孩子玩的"童话"：孩子在小床上高兴地／跳了又跳：／"难道这是真事？／难道这不是玩笑？"／母亲对他说："合上你的小眼睛，睡吧，宝宝；／你已经听完了你的父皇／给你讲的这一篇童话，／到时候了，你正该睡觉。"[40]

二、重新审视历史人物或事件，得出新的结论，传达自由、平等和公正的理念。卡尔·包勃尔说："总之，不可能有一部'真正如实表现过去'的历史；只能有各种历史的解释，而且没有一种解释是最后的解释；因为每一代人都有权利去作出自己的解释。每一代人不仅有权利，并且也有义务去这样做；因为的确有一种迫切的需要等着解决。"[41]普希金的历史文学也在履行着他那代人解释历史的义务，当然，有的解释没有得出新的结论，而有的解释则得出了新的结论，比如《上尉的女儿》。

在普希金之前，写普加乔夫的文章和书籍几乎都按照叶卡捷琳娜二世政府的说法，竭力贬低这位农民起义领袖的形象，把他称之为"贼""欺骗者""野兽""残忍者"等等。在《上尉的女儿》中，普加乔夫的聪明、勇敢、诚挚、冷静、温和和宽恕精神得到了比较翔实的描写。尤其是小说采取一位自小接受贵族荣誉教育，一直对农民军有着偏见和误解，固守贵族立场的贵族军官的视角来叙述，更是"客观地"突出了普加乔夫的诸多优秀品质：知恩图报、善恶分明、指挥有力、视死如归等。

普希金带着客观的心态来写普加乔夫，而他越客观，就越掩饰不住对这位被官方历史恶魔化的起义军首领的欣赏之情。在普希金的心目中，普加乔夫、斯杰潘·拉辛等人不仅是真正的英雄，还是特殊的帝王，因为他们的伟大程度和彼得大帝是一样的，都属于"具有坚强性格、高尚激情和事业心的人。"[42]普希金曾用诗句称颂斯杰潘·拉辛是"俄罗斯历史上唯一富有诗意的人。"[43]

作为俄国历史学家，普希金对农民起义的破坏性和无序性是心中有数的，因此，他对暴动血腥的一面并没有回避，而这也是历次暴动中最常见的，甚至

---

40 〔俄〕普希金：《童话》，乌兰汗译，《普希金文集》第 1 卷，人民文学出版社 1995 年，第 255-256 页。

41 〔英〕卡尔·包勃尔：《历史有意义吗？》王造时译，田汝康、金重远等选编：《现代西方史学流派文选》，上海人民出版社 1982 年，第 155 页。

42 〔俄〕列·格罗斯曼：《普希金传》，王士燮译，黑龙江人民出版社 1983 年，第 427 页。

43 〔法〕亨利·特洛亚：《普希金传》，张继双等译，世界知识出版社 1992 年，第 293 页。

可以说是最正常的事情。作为贵族，他也不可能完全无视农民起义所带来的危机感，因此，小说第六章赞美亚历山大皇帝仁慈的统治和主张温和的改革；第十三章以安德烈之口表达对这场无意识和残酷的暴动的痛恨；第十四章对叶卡捷琳娜二世的称颂等，是符合普希金的思想境界的：他不会支持沙皇专制制度，反对农民起义，但也没有达到无产阶级革命家的高度，可以完全站在历史唯物主义的高度来写作。他只是秉承诗人的良心和一个贵族思想家应有的深度，看到了造成农民造反的深层原因便是专制制度和农奴制度，所以说，他对尼古拉一世的不满也好，对农民起义领袖的认同也好，都是因为他欣赏那种挑战专制制度，追寻自由、公正和平等的精神。

　　三、辩证地评判伟大人物的功过是非，张扬一种历史理性。判断一个作家是否具有历史理性，最好的方式就是看他对自己最喜爱的历史人物的态度。在俄罗斯的帝王中，普希金像很多俄罗斯人一样，最推崇的自然是彼得大帝。别林斯基说："彼得大帝的名字应当是集中了一切感情、一切信念、一切希望、骄傲、高贵以及一切俄国人的崇敬的精神支柱——他不仅是过去和现在的伟大事物的创造者，而且也将永远是俄罗斯人民的指路星，俄罗斯依赖他将永远走一条追求精神上、人性上、政治上的崇高目的的真正道路。"[44]屠格涅夫则认为，"他（彼得大帝）的天性和普希金的天性在某种程度上是很接近的，尤怪乎普希金对彼得大帝怀有一种特殊的爱戴敬仰之情！"[45]

　　无论从彼得大帝本身的伟大，还是从普希金本人对他的情感上来说，普希金称颂彼得大帝都是无可厚非的。因此，当他用《斯坦司》（1826）、《彼得大帝的黑人》（1827，未完成）、《波尔塔瓦》（1828-1829）、《彼得一世的盛宴》（1835）等"彼得题材"的创作全方位地赞颂彼得的丰功伟绩时，我们是完全可以理解的。正因为如此，当普希金能够以一个俄国人、一个19世纪的俄国人、一个有着帝王情结的俄国人、一个崇拜彼得大帝的俄国人身份，在《铜骑士》中反思和批判他的偶像彼得大帝时，我们更能够感受到普希金作为诗人和思想家的可贵之处。

　　《铜骑士》（1833）的"序诗"是颂歌，赞美彼得大帝的高瞻远瞩和雄图大业："于是他想：／我们要从这里震慑瑞典。／这里要兴建起一座城市，／

44　〔俄〕别林斯基：《〈亚历山大·普希金作品集〉第五篇》，《别林斯基选集》第四卷，满涛、辛未艾译，上海译文出版社1991年，第389页。

45　〔俄〕屠格涅夫：《莫斯科普希金纪念像揭幕》，冯春译，冯春编选：《普希金评论集》，上海译文出版社1993年，第513页。

叫那傲慢的邻人难堪，／上天注定，让我们在这里／打开一个了望欧洲的窗口，／我们要在海边站稳脚跟。／各国的旗帜将来这里聚首，／沿着新辟的航路，我们／将在这广阔天地欢宴朋友。"[46]正当我们以为普希金继续他的歌颂主题时，诗歌突然转向一个"悲惨的故事"的讲述：一场洪灾让平民百姓叶甫盖尼家破人亡。叶甫盖尼的不幸表面上是"天灾"，实为"人祸"：彼得大帝为了实现自己的英雄意志，违背建筑规律在易发洪灾的涅瓦河畔建筑彼得堡。诗歌对历史的思索是理性的：人们通常只看到了历史发展的必然性和规律性，对英雄人物的评判也以是否遵循历史大势为标尺，却很少思考过历史的滚滚车轮究竟淹没过多少平凡个体的欢声笑语。普希金对彼得大帝"另一面"的思考揭示了旧文化体制下英雄们的局限：他们决意满足的是自己而不是别人，他们永远觉得别人要服从于他们的理想，而自己却不需要考虑别人的感受。这种骄狂的性格，导致他们在颠覆公共道德和法律体系时，往往以牺牲平民的利益为代价，所以，他们的盛名之下往往充斥着杀戮、死亡、暴力，至少也是冷酷无情。

四、思考民众在历史进程中的作用和局限性。普希金丝毫不怀疑民众力量的伟大。因此，在悲剧《鲍里斯·戈都诺夫》中，民众成了左右皇位归属的决定性力量。鲍里斯是被"民意"推上皇位的。戏剧中写到，"众百姓"跑着，号叫呼喊："哎呀，开恩吧，我们的父亲！治理我们吧！／做我们的父亲，我们的皇帝吧！"[47]鲍里斯半推半就，"心不甘情不愿"地满足了百姓们的请求。鲍里斯的对手舒伊斯基看穿了问题的实质，他们决定以其人之道还治其人之身："既然鲍里斯一个劲儿地耍手段，我们就去制造人民的骚乱；让他们罢免戈都诺夫。"[48]显然，"民意"成了权力斗争的工具，谁都可以利用，就看你如何利用。可以说，"民意"集中体现了政治的阴谋和阳谋。

伪皇子季米特里同样是利用"民意"的天才。他利用伦理的力量，大力宣传鲍里斯的弑君窃国之罪，成功地赢得了民心，夺取了鲍里斯家族的政权。颇有意味的是，悲剧中有一个也叫"普希金"的人物，他是季米特里的谋士，他

---

46 〔俄〕普希金：《铜骑士》，冯春译，《普希金选集》第 3 卷，人民文学出版社 1987 年，第 475-476 页。

47 〔俄〕普希金：《鲍里斯·戈都诺夫》，林陵译，《普希金文集》第 4 卷，人民文学出版社 1995 年，第 121 页。

48 〔俄〕普希金：《鲍里斯·戈都诺夫》，林陵译，《普希金文集》第 4 卷，人民文学出版社 1995 年，第 115 页。

对鲍里斯的拥趸巴斯曼诺夫指出了季米特里获胜的秘诀：“我们的力量在哪儿？／并不是军队，不是的，也不是波兰的援助，／而是民意；是的！人民的公意。”[49]在“普希金”的鼓吹和游说下，不仅巴斯曼诺夫投降了，连那些曾经苦求鲍里斯做他们沙皇的“众百姓”们也倒戈了，他们呼喊着“我们的父亲季米特里万岁！”“去，把鲍里斯的小狗捆起来！”“去捆绑！去践踏！季米特里万岁！／杀死鲍里斯·戈都诺夫全族！”[50]

　　难道百姓用自己的意志拥护了一个比鲍里斯更称职的皇帝吗？显然不是。除了权欲和鲍里斯一样强外，季米特里丝毫没有显示出什么过人的治国才能。因此，他们拥护谁，推翻谁，其实都是盲目的。对于他们而言，谁做皇帝都是一样的，也就是说，他们可以左右皇位的归属，却左右不了自己的命运。在悲剧中，“众百姓”呼喊谁来当皇帝，其实都是在贵族（往往是那个准备当皇帝的人的谋士）的带领下进行的。“众百姓”对未来的皇帝并没有多少真情实感，比如一个诚实的百姓为了表演出“哭喊”的效果，想到了用洋葱来抹眼睛。这个细节隐喻了民众其实缺乏足够的自我意志，他们并不清楚为什么要拥护一个人，又为什么要推翻一个人。总而言之，是“英雄们”在带领他们思考和行动。历史是群众推动的，可是历史的方向却并不是群众确定的。悲剧也借助舒伊斯基的口揭示了民众行动的盲目性和易变性：“无知的贱民／是易变的、好乱的、迷信的，／容易相信空洞的希望。”[51]在悲剧的结尾，当伪皇子的谋士再次带领“众百姓”喊“季米特里万岁”时，“众百姓沉默无言”。但此句原为“众百姓：季米特里皇帝万岁！”普希金做这样的修改，透露出他实在不愿意看到“民意”被统治者们反复利用的场景。因此，他用“众百姓沉默无言”来表达对民众的期待：就算不能做自己的主人，也不能做被利用的工具。

原载《外国文学研究》，2011年第3期

49　〔俄〕普希金：《鲍里斯·戈都诺夫》，林陵译，《普希金文集》第4卷，人民文学出版社1995年，第249页。

50　〔俄〕普希金：《鲍里斯·戈都诺夫》，林陵译，《普希金文集》第4卷，人民文学出版社1995年，第254页。

51　〔俄〕普希金：《鲍里斯·戈都诺夫》，林陵译，《普希金文集》第4卷，人民文学出版社1995年，第174页。

面对永恒矛盾的普希金——普希金笔下的"都市世界"与"自然世界"

普希金拥有两个世界：都市世界和自然世界。都市世界主要指俄国的"两京"——莫斯科和彼得堡；自然世界则包括皇村中学、高加索、克里米亚、米哈伊洛夫斯科耶村、三山村和波尔金诺村等。当然，都市世界和自然世界不只是空间／物理意义上的，更是精神／心理意义上的。都市世界代表着喧闹、荣耀和自由的人身，当然还有情敌、沙皇和被捆缚的心灵；自然世界意味着孤寂、落寞和被禁锢的人身，当然还有纯朴的乡民、无言的风景和自由的心灵。

作为一个出生都市的显赫贵族，普希金对都市世界有着天生的依赖，所以他很难彻底地融入自然世界；作为一位天才诗人，普希金与自然世界有着不解的缘分，所以他从未真正属于都市世界。他只能在两个世界之间穿梭往来，他不得不面对一个永恒的矛盾。

一、贵族身份与诗人秉性

普希金出生在莫斯科（1812年毁于大火，1813年开始重建）。从空间大小和建筑规模上看，当时的莫斯科还不能算是现代意义上的都市，而是几个村落的组合体，保留了一些乡村气息。不过，作为俄罗斯的第二首都，它的社会结构和生活方式又具有典型的都市特性。作为显赫贵族世家的子嗣，普希金从小就遵循按着都市的理念和节奏生活，如要接受通行的家庭教育：聘请外国教师，学习和掌握欧洲语言，尤其是法语。这种正统的贵族教育模式在客观上培养了普希金的贵族气息，可是并没有给普希金留下多少美好的印象。在后来的回忆中，普希金将这种教育称为"该死的教育"。[1]普希金感激的是另一种教育：民间语文。

倘如翻阅一些文学艺术家的传记，就不难发现，在他们的童年生活中，往往有两个因素在发挥着重要作用，一是大自然，一是女性。普希金也不例外。在13岁之前，普希金经常随家人离开莫斯科的沙龙，来到温和宁静的乡下：

> 普希金很喜欢那所乡下小屋。小屋坐落在白桦林中。在林中空地上有张小木桌，旁边有一条长凳。夏日，普希金一家就在那里进餐饮茶，周围是嗡嗡叫的蜜蜂。前面是一个水塘，水面倒映着塘边的杉树。杉树的叶子黑油油的，树顶呈尖形。水塘边有株孤零零的老椴树。就在这株椴树下，小普希金常常独自一人玩着玩具，幻想着未来。[2]

柯林武德认为，自然不仅指"自然事物的总和或聚集"，还有另一个意义，即本源。[3]所以，构筑普希金自然世界的质料除了大自然，还有富有自然性的各类事物，比如农民的日常生活和女性的温柔。在普希金的童年记忆中，最重要的女人就是他的奶妈。对普希金而言，奶妈就是俄罗斯民间语文的代名词。所以，他永远记得一个个夜晚，老奶妈守在床头，为他哼唱催眠曲，为他讲述一个个童话故事。"通过奶妈的故事，我们就会明白，孩子成长的主要因素是在家庭和城市之外"。[4]也就是说，儿童的天性，总是更倾向与自然相通相融，"他们可以冲破阻力、扒开牢笼，哪怕是仅仅扒开牢笼的一个'孔洞'，来与大自然神交意会"。[5]

在皇村中学求学时期，普希金继续着自己的自然之旅。皇村中学是一所典型的官方学校，它的教育理念、教学方法和课程设置都来自听命于沙皇的教育部。皇村中学是很多普通贵族通往成功的奠基石，但是它的大门却关住了一个野性而又腼腆的男孩。普希金刚刚逃离家庭的束缚，又被父母强行送到这个地

1 〔俄〕普希金：《致列·谢·普希金》，何茂正译，《普希金文集》第7卷，人民文学出版社1995年，第390页。

2 〔法〕亨利·特罗亚：《天才诗人普希金》，张继双等译，世界知识出版社2000年，第30页。

3 〔英〕柯林武德：《自然的观念》，吴国盛、柯映红译，华夏出版社1990年，第47页。

4 〔法〕亨利·特罗亚：《天才诗人普希金》，张继双等译，世界知识出版社2000年，第28页。

5 鲁枢元：《生态文艺学》，陕西人民教育出版社2000年，第212页。

方。1816 年 3 月 27 日，在致维亚泽姆斯基的信中，普希金诉苦道："我觉得皇村学校（或叫讲学堂，谢天谢地，只是不要叫贵族学校）从来没有象现在这样令人难以忍受。"普希金接着发出感叹：

能在嘈杂的城市里憧憬孤寂，

看到千里之遥的荒丘、花园和农舍

和生长着静悄悄的树林的山冈、

急湍湍流动着的清泉，

甚至……牧童牧放着的羊群，

这样的人该有多幸福！[6]

怀着对大自然的无限期待，在私底下，普希金为自己开辟出一个第二课堂："白天，他徜徉在叶卡捷琳娜花园的树林里，陶醉在水波潋滟的湖边景色中；夜里，他在他那间不到十平方米的斗室里潜心创作，把大自然赋予他的灵感倾注在笔端"。[7]因此，与其说是皇村中学培养了普希金，不如说是普希金完成了自我的塑造。也就是说，皇村中学的"第一课堂"束缚了他的人性，让他烦恼异常，可诗歌和大自然构建起来的"第二课堂"却成为普希金美妙的回忆："在那儿，大自然和理想一同把我哺育，我领略了诗歌、欢乐和宁静……"[8]

从很多文艺家的经历来看，"孩童时期的印象，保存在人的记忆里，在灵魂深处生了根，好像种子撒在好的土地中一样，过了很多年之后，它们在上帝的世界里发出它们光辉的、绿色的嫩芽"。[9]童年和少年时期的普希金就面临着两个世界的夹击，他的贵族身份注定他身处都市世界，他的诗人秉性让他企盼着能够身处自然；可是当他真的身处自然的时候，他又牵挂着那个让他厌烦的都市世界。这种矛盾几乎贯穿了普希金的一生。

二、在都市中向往自然

1817 年，普希金被分配到外交部任职，成为十品文官，他也借此名正言

6　〔俄〕普希金：《致彼·安·维亚泽姆斯基》，何茂正译，《普希金文集》第 7 卷，人民文学出版社 1995 年，第 314 页。

7　张铁夫：《普希金的生活与创作》，中国社会科学出版社 2004 年，第 16 页。

8　〔俄〕普希金：《皇村》，杜承南译，《普希金文集》第 1 卷，人民文学出版社 1995 年，第 430 页。

9　〔英〕艾尔默·莫德：《托尔斯泰传》（第一卷），宋蜀碧、徐迟译，北京十月文艺出版社 1984 年，第 24 页。

顺地踏入都市世界。不过，他依然有很多机会亲近自然。比如，刚刚就职后，他就可以去母亲的领地米哈伊洛夫斯科耶村探亲避暑。米哈伊洛夫斯科耶村简朴、宁静、景色迷人，其邻村是三山村。三山村及其主人奥西波娃的形象对普希金来说是乡间宁静生活的象征。但是，普希金在享受俄罗斯农村乐趣的同时又感到非常厌烦，因为他留恋彼得堡丰富的文化娱乐和消遣生活，诚如他自己所言："中学一毕业，我几乎马上就回到了普斯科夫省母亲的领地。我还记得乡间生活，那俄罗斯浴、草莓和其他趣事叫我欣喜若狂，但我并没有流连忘返。我当时喜欢、至今仍然喜欢的是喧闹之声和来往的人群……"。[10]

由此看来，青年普希金还渴望建功立业，还喜欢喧闹和娱乐，离不开都市世界里的沙龙和贵妇人。这样，他只能再从大自然中返回都市，在都市世界中建构一个自然世界了。他希望用艺术来介入社会，用艺术的自然性来造就政治的和谐。在《自由颂》（1817）中，他传达了"和谐社会"的理想，也提出了实现这一理想的前提是让法高于皇权。因此，刘文飞认为，普希金"是把自由当作法律的体现来歌颂的，也就是说，普希金歌颂的自由，就是那与专制、与暴君对立的民主。"[11]可是社会现实无法容忍他的天才和天真，或者说，都市世界可以接纳一个迷恋都市的贵族普希金，却只能拒斥一个时刻想让都市成为自然的诗人普希金，哪怕他是用语言而不是武器在做这件事情，所以，"普希金欲将法律置于君王之上的思想，触犯了沙皇的意志，这是两次遭到放逐的原因之一。"[12]

普希金确实留恋都市世界，可他又确实不属于这个世界。在彼得堡的两年，普希金因为无聊、烦恼而消沉。他开始厌恶上流社会，讨厌阴谋和舞会。他开始感到自己似乎缺少点什么，感到他的命运应该在别的地方，他说："圣彼得堡令人窒息，我渴望新天地"。[13]所以，当普希金因张扬自由而得罪沙皇被流放南方的时候，他感到这次流放不是对他的惩罚，而是对他的奖赏。因为，他早就希望出走，而现在终于可以走了。他甚至说这是"自愿流放"。他声称这样一来，他就"撕破了束缚他的罗网"。普希金精神上的疲倦、失望和耻辱

10 〔法〕亨利·特罗亚：《天才诗人普希金》，张继双等译，世界知识出版社 2000 年，第 118 页。

11 刘文飞：《阅读普希金》，人民文学出版社 2002 年，第 203 页。

12 查晓燕：《普希金：俄罗斯精神文化的象征》，北京大学出版社 2001 年，第 114 页。

13 〔法〕亨利·特罗亚：《天才诗人普希金》，张继双等译，世界知识出版社 2000 年，第 158 页。

同离开首都一起消失了。他不是被赶走的，而是自己溜走的。他离开了这座用大理石建成的云雾笼罩的城市，离开了沙龙里阿谀奉承、游手好闲、狂欢纵饮的人群，离开了无休止的聚会、谎言和背叛。

都市／政治世界的迫害加深了普希金对自然／艺术世界的感情。正如何怀宏所言，"人和人之间的某种不愉快的断裂已经发生，人们在生活中遇到挫折，感到阻隔，于是他们的眼光开始偏移，偏向视线可接触之处的自然：她的宁静可以使人忘却烦恼；她的沉默正好是一个忠实的观众；她在时空上的无限延伸，对于一个因失掉了联系而无所归宿的人来说，正好是一个安身之处，一个承纳他的痛苦的场所。"[14]对普希金来说，南方的高加索和克里米亚刚好成为他释放和吐纳悲郁的天地，让他疲惫的身心、焦躁的心情得到了久违的抚慰。

面对绵延起伏的高加索山脉，普希金充满了惊奇。比起莫斯科郊区的农村和位于彼得堡皇宫旁边的皇村中学，这才是真正的大自然。他的惊奇可想而知：

> 现在在我面前展现的
> 是高加索高傲的群山。
> 我登上陡峭的山巅，
> 站在怪石嶙峋的山坡上，
> 欣赏这苍莽、阴郁的
> 大自然无比美妙的景象，
> ……[15]

在 1820 年致弟弟的信中，普希金坦言高加索既疗养了自己的身体，也抚慰了自己的心灵："我在高加索住了两个月；泉水对我非常有用，效果显著，特别是硫矿温泉。……我感到遗憾的是，我的朋友，你没有和我一起观赏这些壮丽的、逶迤不绝的群山；在晴朗的早晨远眺，一个个冰雪覆盖的峰峦，犹如一朵朵奇异的云彩，五彩斑斓，一动不动"。[16]高加索阳光灿烂的天空，荒凉的原野景色，使普希金对自由生活更加热爱。在这神秘的高山地区，他更加痛

14　何怀宏：《生态伦理：精神资源与哲学基础》，河北大学出版社 2002 年，第 56 页。

15　〔俄〕普希金：《鲁斯兰与柳德米拉》，王士燮译，《普希金文集》第 3 卷，人民文学出版社 1995 年，第 132 页。

16　〔俄〕普希金：《俄罗斯的夜莺：普希金书信选》，张铁夫译，经济日报出版社 2001，第 1-2 页。

恨城市生活和发生在城市里的阴谋诡计。"他感到自己同那里的岩石、白雪是朋友，同山洞和瀑布是知己。"[17]

普希金还领略了克里米亚的海洋风光。在诗歌《"谁见过那个地方？……"》（1821）中，普希金饱含深情地怀念着这段沿海漫游的经历：

> 谁见过那个地方？天然的丰饶
>
> 使柞木林繁茂，使草地肥壮，
>
> 那里的波浪爱抚着和平的海岸，
>
> 激扬起水花儿，欢乐地喧响，
>
> 那里的月桂树笼罩着丘陵山冈，
>
> 郁郁不乐的雪花儿不敢光降。
>
> 试问：什么人见过那美好边疆？
>
> 我这无名囚徒爱过那个地方。[18]

在大海边，在高山上，在大自然之中，远离人寰，方知一切世俗功利的渺小，包括"文章千秋事"和千秋的名声。难怪普希金在发出这样的赞叹："幸福的、南方的天堂；美妙绝伦的地方；还有那令人浮想联翩的大自然——群山、果园和大海"。[19]普希金有理由感谢都市世界的无情，否则他不可能这样亲近最为纯粹的自然世界。对此，果戈理有着较为精辟的论断："命运好像故意把他抛往那些地方，在那里俄国的边陲显出它的鲜明而雄伟的特色，在那里，俄国无边无际的平川被高入云的山峦所截断，并且吹拂着南风。在暑热的盆地里，巨大无朋、终年积雪的高加索使他惊叹不止；可以说，高加索唤起了他心灵的力量，粉碎了束缚住他的自由思想的残余锁链。"[20]

三、在自然中想念都市

在普希金的笔下，高加索山脉无疑是和谐的。民族对立和冲突，山民们的野蛮和残忍被推到次要位置。也就是说，高加索"经过作者审美选择的过滤，

17　〔法〕亨利·特罗亚：《天才诗人普希金》，张继双等译，世界知识出版社 2000 年，第 185 页。

18　〔俄〕普希金：《"谁见过那个地方？……"》，谷羽译，《普希金抒情诗全集（II）》，湖南文艺出版社 1993，第 81 页。

19　〔俄〕普希金：《俄罗斯的夜莺：普希金书信选》，张铁夫译，经济日报出版社 2001 年，第 5-6 页。

20　〔俄〕果戈理：《关于普希金的几句话》，冯春译，冯春编选：《普希金评论集》，上海译文出版社 1993 年，第 6-7 页。

略去了现实生活的沉重与苦难，呈现在读者面前的自然环境、社会习惯、民风民俗、人物性格、人际关系等等，都展示出一个和谐美好的、未经现代文明污染的人间乐园。"[21]

此时的普希金已经走进自然、欣赏自然，甚至敬重自然。但是，他并没有融入自然，他没有将自己视为自然的一部分，他只是将自然当作质疑和对抗都市世界的一种手段。所以，"他注重忠实地表现大自然外在的美，更甚于探索大自然内在的奥秘（像丘特切夫那样）；同时，他还更注重表现大自然在人的内心世界唤起的情绪及其变化。在普希金那儿，几乎没有纯然描绘自然景色的诗作，他在描绘大自然的同时，几乎从不会忘记人这个主体。"[22]

普希金对大自然的爱是有条件的。普希金对大自然有保留的爱在他的《高加索的俘虏》中得以印证。小说的主人公作为"文明逆子"，匆匆来到高加索寻找和谐，"自然之女"爱上了他，也就是说，他有足够的机会完全脱离他所厌恶的都市世界，永远地留守这个他渴慕已久的自然世界。可是，他畏惧了，畏惧了大自然对他的接纳和挽留。他对"自然之女"的爱恋中有一份潜意识的居高临下。对于俘虏的真诚与虚伪的矛盾，周湘鲁的论述可谓一针见血："被少女所吸引的男主人公一面唾弃败坏的文明，一面在面对未开化的野蛮民族时，不可避免地流露出文化优越感，少女的纯朴动人与她父兄的野蛮互相补充，共同诠释着与文明对立的自然和原始，男主人公一面向往自然生存状态的美好，一面对原始生存状态的无序恐惧拒斥。"[23]

普希金为故事主人公作了这样的辩护："别的人感到遗憾的是，俘虏没有跳进河中把我的车尔凯斯姑娘捞起来——可不，你试试看吧；我在高加索的许多河流中游过泳，——你自己会在这里淹死，却连鬼都找不到一个；我的俘虏是一个聪明人，非常精明，他不迷恋那个车尔凯斯姑娘——他不投河是对的。"[24]

让俘虏离开都市，又让他回归都市；让俘虏渴望走进自然，又让他逃避自然，这些都是普希金的所为。所以，这是一个矛盾的普希金，但也是一个真实的普希金。这让普希金的生命和他关于自然的作品更具有一种内在的张力。如

21 龙慧萍：《他者的本土》，《湘潭大学学报》2008 年，第 2 期。
22 朱宪生编著：《普希金》，辽海出版社 1998 年，第 47 页。
23 周湘鲁：《高加索：想象的变迁与歧路》，《读书》2007 年，第 3 期。
24 〔俄〕普希金：《俄罗斯的夜莺：普希金书信选》，张铁夫译，经济日报出版社 2001 年，第 48-50 页。

果说，西欧浪漫主义者"回归自然"的主张颇具预见性和现代性的话，那么，普希金对都市人"回归自然"的动机和结果的质疑态度恐怕更具有预见性和现代性，更真实地揭示了现代人的精神状态和生命困境。

普希金就像他笔下的俘虏一样，在身处大自然的时候，又开始了对都市的想念。流放的日子死气沉沉，这让他忧郁孤寂。随着流放的期限一拖再拖，普希金对大自然的奇异感觉不再那么强烈，他十次、二十次地希望皇帝开恩放他回到圣彼得堡。但是第二次流放又开始了，只不过地点变成了母亲的领地米哈伊洛夫斯科耶村。1824 年 8 月 9 日，普希金回到了自己家里。他站在了故居地门前，也站在了新的牢房门口。

这是普希金第三次来到这儿。前两次是消夏。苍翠的群山、高大的古木、茵茵的草地、悠悠的流水，使久居彼得堡的青年诗人流连忘返，并将这里的美丽风光写进了《乡村》（1819）一诗：

> 我的眼前啊到处是一幅幅生动的画面：
> 在这里，我看到水面如镜的平湖碧蓝碧蓝，
> 湖面上，渔夫的风帆有时泛着熠熠白光，
> 湖后面，是连绵起伏的山岗和阡陌纵横的稻田，
> 远处，农家的茅舍星星点点，
> 牛羊成群放牧在湿润的湖岸边，
> 谷物干燥房轻烟袅袅，磨坊风车旋转；
> 富庶和劳动的景象到处呈现……
> 在这里，我摆脱了世俗的束缚，
> 我学着在真实中寻求幸福，
> 我以自由的心灵视法律为神祇，
> ……25

我们与其说是普希金在描绘乡村，不如说普希金在想象乡村。他是用都市人的眼光、审美的眼光在审视乡村。当他在赞美乡村的时候，他知道自己随时，或许是明天，就可以回到彼得堡的。所以，当他因为被流放而不是度假来到这个美丽如画的小山村时，我们却读到了普希金的苦闷、不满而不是喜悦和感激：

> 可是幸运总和我作对，

---

25 〔俄〕普希金:《乡村》，谷羽译，《普希金抒情诗全集（I）》，湖南文艺出版社 1993 年，第 427-428 页。

我常年漂泊，无靠无依，

听凭专制政权的摆布，

睡时还不知醒来身在何地。

终年流放，饱受煎熬，

如今仍深陷囹圄，度日如年。[26]

当然，随着时间的推移，普希金在自然的怀抱中也只能慢慢释怀。乡村风景依旧迷人，更重要的是，孤独的生活也是单纯和自由的生活，可以让他再次远离复杂而专制的都市。在普希金的自然世界中，奶娘讲述的童话依然让他着迷："这些童话故事多美啊！每一个童话故事都是一篇叙事诗！"[27]皇村中学的同学，最好的朋友普欣给他带来了诗歌、友谊和少年时代的回忆。邻村三山村的美丽风光和热情纯朴好客的女主人奥西波娃让普希金体会了人性的真诚、淳朴和良善。红颜知己凯恩的来访更是让普希金感谢命运善待自己，让他获得精神的新生：我的心在狂喜中跳跃，／心中的一切又重新苏醒，／有了倾心的人，有了诗的灵感，／有了生命，有了眼泪，也有了爱情。[28]

四、在都市与自然的永恒矛盾中

1826年9月8日，普希金结束了7年的流放生活，回到了让他爱恨交加的莫斯科。1827年5月，普希金又回到了离别七年的彼得堡。可是，回到了久违的都市世界后，普希金心灵的自由却消失了。1827年6月10日左右，他在给奥西波娃的信中说："两个首都虽然有所不同，但却同样庸俗和愚昧。由于我一向追求公正，如果让我在二者之间进行选择，那么我要说，我会选择三山村"[29]1828年1月24日，在致奥西波娃的信中，普希金再次写道："夫人，彼得堡的喧嚣与忙乱对我已经变得非常陌生了——对此我已经难以忍受。我更喜欢您那美妙绝伦的花园和索罗契河两岸迷人的景色。"[30]

26　〔俄〕《普希金：致雅泽科夫》，杜承南译，《普希金文集》第1卷，人民文学出版社1995年，第468页。

27　〔俄〕普希金：《致列·谢·普希金》，何茂正译，《普希金文集》第7卷，人民文学出版社1995年，第390页。

28　〔俄〕普希金：《致凯恩》，戈宝权译，《普希金抒情诗全集（II）》，湖南文艺出版社1993年，第318页。

29　〔俄〕普希金：《俄罗斯的夜莺：普希金书信选》，张铁夫译，经济日报出版社2001年，第155页。

30　〔俄〕普希金：《俄罗斯的夜莺：普希金书信选》，张铁夫译，经济日报出版社2001年，第164页。

在彼得堡，上流社会那些消遣活动对普希金已失去了吸引力。朋友们都感到他闷闷不乐、痛苦、尖刻。他经常一大早就出城，步行走到皇村。他边走边考虑逃走和结婚的事情。在他眼里，出走和结婚同样重要，因为二者都可以让他得到解脱。1826 至 1828 年的两年间，普希金在都市世界（莫斯科和彼得堡）和自然世界（普斯科夫、米哈伊洛夫斯科耶村、马林尼基）之间穿梭往来，试图寻找心灵的平衡。1829 年 5 月 1 日夜，普希金动身前往高加索前线。这次真正的"自我流放"折射出普希金对自然的信任和依恋。1832 年，普希金把这次旅行写成一首无题诗（残稿）：

> 我去到那遥远的边疆，
> 轰动的……并非我所向往，
> 我不寻求黄金，寻求荣誉，
> 在那刀光剑影的战场。
>
> 我想使心灵得到净化，
> 把那昔日的生活重温：
> 会一会青年时代的朋友，
> 陶醉于甜蜜的友情。[31]

1830 年 9 月 3 日，普希金来到父亲的领地波尔金诺村。他原打算在这里呆三个星期，至多呆一个月。但霍乱让他滞留了三个月。这倒让普希金意外地远离了尘嚣，将全部的精力投入到艺术世界的创造之中。"波尔金诺的秋天"让普希金的天才得以全面发挥。对于这段和谐的时光，普希金赞叹道：

> 就在这甜蜜的静谧中我忘却世界，
> 我的幻想催我进入甜蜜的梦境，
> 我心中的诗就这样渐渐地苏醒：
> 抒情的波涛冲击着我的心灵，
> 心灵颤栗、呼唤，它，如在梦中，
> 渴望最终能自由地倾泻激情——
> 这时一群无形的客人——往昔的相识
> 朝我走来，你们啊我的想象的果实。[32]

---

31 张铁夫：《普希金的生活与创作》，中国社会科学出版社 2004 年，第 233 页。

32 〔俄〕普希金：《秋（断章）》，王守仁译，《普希金文集》第 2 卷，人民文学出版社 1995 年，第 368 页。

波尔金诺是个贫穷的村庄。可在这寂静的地方，普希金感到十分平静，这是他一生中最感安宁的地方。1831年10月1日，普希金再次来到波尔金诺，住了40天，在创作上又获得丰收。不过，回到彼得堡后，沙皇任命普希金为宫廷侍从。这不仅是对普希金的束缚，更是对他的侮辱。他向妻子表达了逃离都市的渴望："我这疲乏不堪的奴隶，早想远走高飞，／到远方隐居，在写作和安乐中憩息。"[33]政治的压迫，婚姻的糟糕，经济的窘迫，让普希金痛苦异常。1835年9月7日，普希金第五次来到米哈伊洛夫斯科耶村。不过，这时期的普希金已很难在自然世界中找到安宁和和谐了，这次的自然之旅没有给他的艺术世界增色多少。或许是年轻的普希金在精神上已经老了；或许是多年来在两个世界之间的挣扎渐渐耗尽了他的灵感。

没有自然世界，便不会有一个伟大诗人普希金。可以说，自然世界更符合普希金的诗人天性，所以回归自然的旅程往往能够造就他创作上的一个个高峰。普希金与自然世界的关系也印证了"自然与艺术原是一对欢喜冤家。它们是你中有我，我中有你，心心相印，息息相通……艺术家从自然那里所得到的体会，原是艺术家自己灌注到自然身上去的；自然从艺术家那里得到的赞美，原是自然本身从艺术家心底召唤起来的。"[34]也就是说，"艺术不可能让自己摆脱出它的本原。它是自由和完善的内在极限的见证，是人类植根于自然的见证。"[35]

从这个意义上说，普希金同很多诗人一样，是反都市的。而都市世界在普希金的生命中也确实扮演着反动的角色，他几乎毁掉了普希金的艺术。但是，这并不意味着都市世界在普希金的人生和创作中丝毫不起作用。恰恰相反，没有一个都市世界的存在，也不会有一个伟大诗人普希金。普希金所建构的种种生命理想来自他的自然世界，如乡村、童年、奶娘、女性等，但是他所批判的对象，如最让人痛恨的专制制度，却来自他所生活的都市。所以，在普希金的生命场和艺术场中，都市世界处于"都市／自然"这对关系里的"都市"这一维。缺乏这一维，自然世界里所呈现的自由与和谐境界也就无从着落。也就是说，如果没有来自都市世界的压迫和束缚，普希金对自由和自然的渴望不会

33 张铁夫：《普希金的生活与创作》，中国社会科学出版社2004年，第303页。

34 钱谷融：《艺术·人·真诚——钱谷融论文自选集》，华东师范大学出版社1995年，第167-168页。

35 〔美〕马尔库塞：《审美之维——马尔库塞美学论著集》，李小兵译，生活.读书.新知三联书店1989年，第227页。

如此强烈，他的生命和他的很多作品不会如此充满张力。普希金的经历告诉我们，由风险、逆境构成的生存困境，固然会给文学艺术家带来身体上的、情感上的、精神上的种种苦痛，甚至可能会摧毁一个作家的生命，但同时也可能使一个作家在历经磨折的同时成长为文学原野上的参天大树。

普希金对自然的回归之所以不那么彻底，一方面同他的贵族身份和都市生活经历有关，另一方面同他所要张扬的主题有关。也就是说，普希金之所以没有像卢梭、华兹华斯等西欧浪漫主义者那样自觉、彻底和坚决地回归自然，是因为在18世纪初期，在俄国占主导的是封建农奴经济，人与自然关系紧张的程度还没有显现。所以普希金真正要批判的是专制制度。专制制度归根结底属于人与人的关系范畴，只有当这个矛盾在现存世界无法解决的时候，普希金才会怀想自然，因此，在他的笔下，"都市／自然"的对立其实就是"专制／自由"的对立，这就是为什么普希金眼里看到的是大海，心里想的却是自由的原因。而从现代性的角度来说，普希金在"都市／自然"之间的游走更代表了现代人真实的生命境遇。与此不同，在西欧很多国家，资本主义文明已经浮出历史地表，卢梭等人批判的矛头指向的是现代工业文明所带来的负面效应，也就是说，人与自然的关系在他们的笔下才成为焦点的问题，这样他们笔下的自然世界为都市世界所竖的镜子，映照的主要不是封建专制对人身自由的禁锢，而是现代人的道德沦丧、诗意丧失、环境恶化、精神病变和生态危机等，而从现代性的角度看，西欧浪漫主义者的乐观和理想固然批判了现代工业文明，但对现代人依赖工业文明的程度显然估计不足。

原载《俄罗斯文艺》，2009 年第 6 期

奥涅金为何拒绝达吉雅娜？——《叶甫盖尼·奥涅金》中的抑郁症及其隐喻

　　解读《叶甫盖尼·奥涅金》的论著不说汗牛充栋，至少也是堆积如山。但都没有正面解答过这样一个疑问：奥涅金为何拒绝达吉雅娜？实际上，对这个疑问的合理解释，是理解小说悲剧内涵的一个重要切入点，或者说，解答了这个疑问，我们才可以更好地解释另外两个诗学层面的疑难：为何说这部小说不仅仅是一出爱情悲剧？为何说有道德缺陷的奥涅金比道德相对完善的连斯基更有资格做悲剧的主人公？

一、奥涅金没有理由拒绝达吉雅娜

　　至少有三条证据可以证明奥涅金没有理由拒绝达吉雅娜。

　　第一条理由是达吉雅娜完全符合奥涅金的审美观和择偶标准。在拉林的家中，在连斯基的指引下，奥涅金第一次见到了连斯基的未婚妻奥丽加，也第一次见到了坐在奥丽加旁边的姐姐达吉雅娜。奥涅金立刻以奥丽加为参照系，说出自己对达吉雅娜的第一印象：

> "请问：哪一位是达吉雅娜？"
>
> "就是她，那位忧郁的姑娘，
>
> 如斯薇特兰娜般默默无言，
>
> 一进来就坐下，紧靠着门窗。"
>
> "你真的爱上了那个小的？"
>
> "怎么样？"
>
> "我宁愿挑选另一个，

> 要是我像你是一个诗人。
>
> 奥丽加脸上缺少生命的烈火。
>
> 她就像凡·戴克笔下的马利亚:
>
> 生着个圆圆的红红的脸,
>
> 恰如这个无味的月亮,
>
> 漂浮在这无味的天边。"[1]

奥涅金这番评价和感慨至少包含了三层意思:一是如果自己挑选未婚妻,肯定要挑选姐姐达吉雅娜这种类型的;二是如果自己挑选未婚妻,绝不会像连斯基那样挑选奥丽加那种类型的,因为她"脸上缺少生命的烈火",还因为她"恰如这个无味的月亮,漂浮在无味的天空";三是自己的审美观是正常和高水平的,但连斯基的审美观是不正常和低水平的。奥涅金这番话说得过于直白,导致连斯基当场脸色大变,一路上都因为心情不好而没有再说话。

第二条理由是奥涅金同样符合达吉雅娜的审美观和择偶标准。进入恋爱年纪,也一直渴望恋爱的达吉雅娜此前已拒绝了很多男士的求爱。但"挑剔"的她在第一次见到奥涅金时,便瞬间芳心暗许:

> 她那爱情的苦恼久久地
>
> 紧压着她的年轻的芳心,
>
> 心中正在等待着……某一个人,
>
> 她终于等到了……一睁开眼睛,
>
> 她就说:是他,就是这个人!
>
> 唉!现在无论是白天,是黑夜,
>
> 是她那热烈而孤寂的梦境,
>
> 一切都离不开这个男子,
>
> 一切都在施展它的魔法,
>
> 向这可爱的少女提起他的名字。[2]

从此以后,无论是白天还是黑夜,达吉雅娜脑海中只有奥涅金一个人的影子,周边一切的人和事,她一概不再关心:

1　〔俄〕普希金:《叶甫盖尼·奥涅金》,冯春译,上海译文出版社1982年版,第74页。

2　〔俄〕普希金:《叶甫盖尼·奥涅金》,冯春译,上海译文出版社1982年版,第76页。

达吉雅娜受着相思的煎熬，

她走进花园独自在那里发愁，

那呆滞的目光突然低垂，

她真是懒得再往前行走。

胸脯不停地起伏，双颊

燃烧起阵阵嫣红的火苗，

呼吸仿佛在嘴边消失，

耳朵嗡嗡响，眼前金星冒……[3]

　　这是一种典型的初恋的感觉，它超越了时代、民族和身份，是男女之间普遍存在的一种纯天然的、直观的感受，说明"在爱情上，一些非理性的或非理智的成分表现得特别明显。好像它的一切都不能靠人的意识来预见、引导和督促。"[4]难能可贵的是，在一个女性真实情感依然遭到压抑的时代，达吉雅娜能够勇敢地袒露自己的情意。更让人诧异和敬佩的是，她在扛不住对奥涅金的思念之后，出乎意料地克服了女性的羞涩和性别文化的压抑，积极主动地给奥涅金写了一封情书，向他直截了当地表达了爱意：

您为什么要来访问我们？

在这荒僻的为人遗忘的乡间，

我本来永远不会认识您，

也不会遭到这痛苦的磨难。

随着时光的流逝（谁知道呢！）

平静了我这缺少经验的心，

我许会找到个合意的朋友，

我会成为一个忠实的妻子，

成为一个贤良慈祥的母亲。

另一个！……不，在这世界上

我的心决不献给任何一个人！

这是神明所注定，上苍的意思：

3　〔俄〕普希金：《叶甫盖尼·奥涅金》，冯春译，上海译文出版社1982年版，第81-82页。

4　〔保加利亚〕瓦西列夫：《爱情面面观》，王永嘉、杨家荣、马步宁、陈丽娅译，新世纪出版社1986年版，第76页。

只有你才能占有我的心。
我整个生命是最好的证明，
保证我一定会和你相逢；
我知道，你是上帝赐给我的，
你将要保护我的一生……[5]

读完这封真诚、火热的情书后，平时习惯于逢场作戏，对爱情早已经心灰意冷的奥涅金也被深深地打动了："但是达尼亚（达吉雅娜的昵称——引者注）的这封书信 / 却深深触动了奥涅金的心弦：/ 一个少女的梦想的话语 / 在他心中掀起了思绪的波澜；/ 于是他想起可爱的达吉雅娜 / 那苍白的脸色和忧愁的面容；/ 于是他的心深深地沉浸于 / 那甜蜜而又纯洁的梦幻。"[6]也就是说，达吉雅娜的勇敢和真诚深深触动了奥涅金逐渐僵死的内心，唤醒了他对爱情久违的感觉。

第三条理由是奥涅金和达吉雅娜的爱情有着坚实的情感基础。奥涅金和达吉雅娜，虽然一为城里人，一为乡下人；一为贵族之后，一为地主之女，但两人内在的精神品质和精神追求却有着根本性的相通。就像小说中的"我"（叙述者）所描写的那样，达吉雅娜"没有妹妹那样的美丽"，她的脸蛋也"不绯红鲜艳"，但她身上有一些掩盖不住的气质深深地吸引着奥涅金：她"腼腆、忧郁、沉默寡言，/ 胆怯得像林中的小鹿一样"；她"经常整日里单独一个人 / 默默地望着窗外出神"；她"喜欢在朝霞升起之前 / 便独自来到阳台上面"；她"很早就喜欢阅读小说，/ 有了书一切都能够遗忘"……可以说，达吉雅娜由内而外、自然流露出来的忧郁气质、敏感气质、浪漫气质、沉思气质、孤独气质以及书卷气，正是奥涅金所拥有和所期待的，也正是奥涅金所能读懂和所能欣赏的。换言之，就精神层面而言，两个人属于同一世界。

按照正常的逻辑来推断，奥涅金会在第一时间接受达吉雅娜的求爱，接下来就算不能步入婚姻的殿堂，至少也可以轰轰烈烈地恋爱一场。但是，奥涅金没有"按常理出牌"，他明白无误地拒绝了达吉雅娜。在拒绝时，他虽然找了一些安慰性的理由，但依然安慰不了达吉雅娜受伤的心灵。

5　〔俄〕普希金：《叶甫盖尼·奥涅金》，冯春译，上海译文出版社 1982 年版，第 93-94 页。

6　〔俄〕普希金：《叶甫盖尼·奥涅金》，冯春译，上海译文出版社 1982 年版，第 107 页。

二、奥涅金拒绝达吉雅娜只有一种可能

奥涅金拒绝达吉雅娜只有一种可能，那就是他有病。这一点，小说中的"我"，也就是故事的讲述者已经交代得很清楚。小说中的"我"对奥涅金的生活和思想了如指掌，因此可以用全知全能的视角，为读者"提供事实、'画面'，或概述"[7]实际上，在故事开始不久，"我"就已经向读者说明了奥涅金患抑郁症的事实：

> 他已患上了一种病症，
>
> 这原因早该好好探寻，
>
> 他像英国人那样消沉，
>
> 简单说，俄国人的忧郁病
>
> 已经渐渐缠上他的身；
>
> 感谢上帝，他总算不想
>
> 用枪结束自己的生命；
>
> 可是时生活却提不起精神。
>
> 他像哈罗德那样忧愁倦怠，
>
> 出现在上流社会的客厅；
>
> 无论是流言还是打波士顿（一种牌——引者注），
>
> 是多情的秋波、做作的叹气，
>
> 什么也不能打动他的心，
>
> 什么也不能引起他的注意。[8]

根据这段描述，可以判断出奥涅金是一个暂时还不会自杀的中度抑郁症患者。这就能很好地解释奥涅金的种种反常行为了，因为抑郁症最突出的症状就是"什么也不能打动他的心，／什么也不能引起他的注意。"奥涅金为了报复连斯基邀请达吉雅娜跳舞，就整场舞会都和奥丽加不停地跳舞和说悄悄话，因为他对友情失去了兴趣，哪怕这是他唯一的友情；奥涅金未做任何思考便答应与连斯基决斗，却没有为决斗做任何精神和物质上的准备，第二天决斗时间已过还在呼呼大睡，然后没有带一位职业助手就匆忙赶到现场，因为他对自己的生命失去了兴趣；他根本不愿意去乡下照顾伯父，在勉强赶去的路上恨不得

---

7 〔美〕W.C.布斯：《小说修辞学》，华明、胡晓苏、周宪译，北京大学出版社 1987年版，第 191 页。

8 〔俄〕普希金：《叶甫盖尼·奥涅金》，冯春译，上海译文出版社 1982 年版，第 28-29 页。

伯父早点死掉，因为他对亲情失去了兴趣；他在乡下第三天，就对乡村的美丽风光和宁静生活失去了兴趣；他想过写作，但最终一个字都没有想出来；他重拾起书本，却一本也看不下去……与种种反常行为相伴随的，便是他对爱情也失去了兴趣，哪怕这是他唯一的爱情。

可以说，对一切美好和不美好的事物都失去了兴趣，同时也失去了追求和拥有的信心，是抑郁症的一种典型表现。当奥涅金对最美好的生命都无所谓的时候，那么，他对美好的爱情失去了兴趣（其实也是失去了信心）也就在情理之中了。可以说，正是抑郁症让奥涅金丧失正常去爱的能力和正常去爱的希望。就像同样患有抑郁症的哈姆莱特所言："人类不能使我发生兴趣；不，女人也不能使我发生兴趣……"[9]当男人对女人都没有兴趣的时候，要么是身体上有病，要么是精神上有病，而哈姆莱特和奥涅金都属于后者。

奥涅金像很多抑郁症患者一样，精神的痛苦宁愿自己扛，也不愿向他人倾诉。

奥涅金归根结底是善良的，他不愿意让别人来承担自己那种让人悲观、绝望的情绪。从某种程度上说，善良也是他患有抑郁症的一个重要原因。他因为很清楚自己患有抑郁症，丧失了爱的能力和爱的资格，所以他可以在上流社会逢场作戏（尽管他现在也失去了兴趣），却不愿意伤害一个自己深爱和深爱自己的女人。也因为如此，当奥涅金读完达吉雅娜的情书，在深为感动之后，却只能无奈地选择拒绝：

> 但我不是为幸福而生，
>
> 它和我的心没有缘分，
>
> 您枉然生就这样的美质：
>
> 受用它我没有这样幸运。
>
> 请相信吧（良心就是保证），
>
> 我们的婚姻将很痛苦。[10]

奥涅金其实就是在告诉达吉雅娜，如果自己是正常人，有资格和有条件步入婚姻的话，那么达吉雅娜无疑是他唯一的选择。但他不是正常人，因此他不再拥有获得家庭幸福的权利。他自己内心很明白，一个精神不正常和一个精神

9　〔英〕莎士比亚：《哈姆莱特》，朱生豪译，《莎士比亚全集》（增订本）第5卷，译林出版社2016年版，第317页。

10　〔俄〕普希金：《叶甫盖尼·奥涅金》，冯春译，上海译文出版社1982年版，第109页。

正常的人，不管彼此多么相爱，也无法组建正常的家庭，享受世俗的幸福："世界上还有什么比这样的家／更糟，在那里可怜的妻子／为不称心的丈夫悲哀痛哭，／在孤寂中度过漫长的时日"[11]。

只可惜，并没有患有抑郁症，同时对抑郁症一无所知的达吉雅娜对奥涅金的解释根本无法理解。这就好比一个身患绝症的男人，出于不愿意耽搁爱人幸福的高尚动机，掩盖了自己身患绝症的真相，然后寻找其他种种似乎更合理的借口与爱人分离，但其结果却是引起爱人更深的误解、悲痛甚至怨恨。奥涅金善良和高尚的拒绝因为表达有误，被陷入热恋的达吉雅娜理解成无情的托词和居高临下的说教。就这样，奥涅金因为"爱"而拒绝达吉雅娜，却被达吉雅娜理解成为因为"不爱"而拒绝。奥涅金不希望自己去伤害达吉雅娜的主观动机，在客观上却让达吉雅娜尝尽了失恋的痛楚甚至屈辱。

三、奥涅金患的是"俄国人的抑郁病"

在《疾病的隐喻》中，苏珊·桑塔格探讨了癌症（包括白血病）、肺结核、瘟疫、梅毒、艾滋病等在社会或者文学中的隐喻，却没有关注到抑郁症的隐喻功能。其实，至少在19世纪的西方文学中，抑郁症的隐喻是显而易见的："十九世纪早期的忧郁是一种病，这种病不是哪一个人或哪一个国家所独有的，它是一场由一个民族传到另一个民族的瘟疫，就像中世纪常常传遍整个欧洲的那些次宗教狂热一样。"[12]19世纪初期西方文学中的抑郁症隐喻，催生了一大批被称为"世纪病患者"的文学形象，这就包括俄国文学中的"多余人"。而奥涅金正是"多余人"的鼻祖。

苏珊·桑塔格认为，"从隐喻的角度说，肺病是一种灵魂病。作为一种袭击身体任何部位的疾病，癌症是一种身体病。"[13]抑郁症和肺病一样，也是"一种灵魂病"，而且是看不见摸不着，却始终如影随形的"一种灵魂病"，是比肺病更彻底、更深刻、更让人绝望的"一种灵魂病"。奥涅金不幸患上的就是这种"灵魂病"。他由于善良，所以拒绝了达吉雅娜的爱，从而导致

11　〔俄〕普希金：《叶甫盖尼·奥涅金》，冯春译，上海译文出版社1982年版，第109-110页。

12　〔丹麦〕勃兰兑斯：《十九世纪文学主流·流亡文学》，张道真译，人民文学出版社1997年版，第31页。

13　〔美〕苏珊·桑塔格：《疾病的隐喻》，程巍译，上海译文出版社2003年版，第18页。

"为什么明明相爱，但最后还是要分开"的爱情悲剧。但是，奥涅金的悲剧并不仅仅是抑郁症导致的爱情悲剧。因为就像小说中的"我"（故事讲述者）交代的那样，奥涅金患上的不仅是抑郁症，而且是"俄国人的抑郁病"。正因为是"俄国人的抑郁病"，所以奥涅金的爱情悲剧就超越了"爱情"的范围，上升到"文化"的高度；超越了"个体"的范围，上升到"时代"的高度。也因为如此，有诸多道德缺陷的奥涅金比道德相对完善的连斯基更有资格做悲剧的主人公。

在小说中，还有一个重要的男性角色，就是奥涅金唯一的朋友连斯基。在相对孤僻的乡村，他们因为气质上的相通和精神上的相互吸引而成为好友，但他们的性格却又迥然有别：

> 他们结识了，可是巉岩和波浪，
>
> 诗歌和散文，冰雪和火焰，
>
> 彼此的差别也不如他们明显。[14]

"巉岩"的特征是稳重安静，"波浪"的特征是骚动不安；"诗歌"代表自由和随意，"散文"代表章法和规矩；"冰雪"象征极度的冷漠，"火焰"象征如火的热情。也就是说，奥涅金是一个骚动不安、自由随意和冷如冰霜的人；连斯基则是一个稳重安静、遵守章法规矩和热情如火的人。

连斯基是朴实无华的乡村地主，很少出入娱乐场所，所以说他"稳重安静"；连斯基英俊潇洒，所有适龄的乡村女子都把他当成丈夫的最佳人选，但他却从不风流，一心一意地爱着一个人，所以说他"遵守章法规矩"；连斯基非常热爱传统生活，对爱情、婚姻、家庭和友谊以及所有日常幸福都充满热切的期待，也愿意为之付出真诚的努力，所以说他"热情如火"。奥涅金的情况恰恰相反。在日常生活中，他是"寻欢作乐穷奢极欲的公子"；在感情世界中，他专一于"爱情"但从不专一于爱情的具体对象，可谓是玩弄感情的高手。他由于对什么都没有兴趣，所以最终带着浓厚的悲观情绪，走向了自我封闭的内心，从而在"骚动不安"和"自由随意"之后，又将"冷若冰霜"的面孔留给了整个世界。

但是，看起来一切正常的连斯基，却无法取代看起来一切不正常的奥涅金成为悲剧的主角，就因为奥涅金的形象更富有时代意义和象征意义，也更富有

14　〔俄〕普希金：《叶甫盖尼·奥涅金》，冯春译，上海译文出版社1982年版，第51-
　　52页。

悲剧性。奥涅金至少有七个明显的特点：一是贵族，虽然家庭没落，但贵族的生活习性和整体气质却保持得很好；二是正处于躁动不安的青春期；三是长期无人看管（"我的奥涅金已是无拘无束"）；四是社交高手，跳舞、喝酒、追女性，样样精通（"小小年纪他就学会挑逗，把那卖弄风情的老手引诱！"）；五是受过良好的贵族教育，能说一口流利的法语（"他的法语已是无懈可击"）；六是读了不少有思想的书，如《荷马史诗》《唐璜》《国富论》《社会契约论》，这些书籍涉及到自由和民主等问题；七是长期过着养尊处优、奢靡腐化的生活（"这寻欢作乐穷奢极欲的公子，／在喧闹的舞会中玩得筋疲力尽，／他还把早晨当作夜半，／正睡得既甜蜜而又深沉。"）。

西方有思想的书读得多了，让奥涅金具备了一定的辨别和反思能力，故他对贵族这种醉生梦死的生活产生了厌恶之情，有开始"忏悔"的迹象；长期的养尊处优又让奥涅金无法抗拒和脱离这种醉生梦死的生活。时间一久，奥涅金的人格逐渐分裂了。在19世纪初期的俄罗斯，奥涅金的人格分裂更能体现时代大潮中贵族知识分子的精神困惑和精神困境。

众所周知，1812年抵抗拿破仑入侵的卫国战争让俄罗斯的民族意识空前觉醒和高涨，同时也因为"在历史上，人生探索的活跃总是发生在价值观念转换的时代。"[15]因此，面对"旧的社会结构和信仰体系业已自行瓦解，新的社会力量尚且微弱，社会动乱，个人命运乖促"的"世纪转折点"，俄罗斯贵族知识分子开始做出自己的思考和选择，一部分人继续心安理得地享受着寄生虫一样的奢靡生活；一部分人像"十二月党人"那样，通过比较激进的行动来变革现实；还有一部分人像奥涅金那样，一方面为自己的寄生生活感到焦灼和痛苦，另一方面又没有能力和胆量脱离现状去做一个"斗士"和"英雄"，而只能无所事事又不知所措地苟活着。

在19世纪初期的俄国文学中，奥涅金这样的贵族知识分子渐渐成为一种类型。莱蒙托夫《当代英雄》中的毕巧林、屠格涅夫《罗亭》中的罗亭、赫尔岑《谁之罪》中的别尔托夫等，他们的人生和奥涅金一样，始终处于一种矛盾状态：一方面，他们受西欧现代化思想的影响很深，对俄国的农奴制度和专制制度深恶痛绝；另一方面，他们的骨子中又流淌着东方专制制度和封建农奴制度的血液；一方面，他们在身份上趋向上层，另一方面，他们在思想上趋向下层；他们既不会和政府合作，也不会和普通民众打成一片，最后，他们成了漂

---

15 周国平：《尼采——在世纪的转折点上》，译林出版社2012年版，第61页。

浮在上层和下层之间的一个奇特阶层，成了"马车的第五个轮子"，成了活着没有多大用，死了也没有多大损失的"多余人"：

> 奥涅金（我又来说他的故事）
> 在决斗中打死了他的朋友，
> 没有目的，无所作为地
> 白白混过了二十六个春秋，
> 在无所事事的悠闲中苦恼着，
> 没有官职、妻子和工作，
> 不管什么事他都不会做。[16]

像奥涅金这样的贵族知识分子，其实并非完全多余的"多余人"，因为他们多少起到一定的"启蒙"作用，即从理论上告诉俄罗斯人，至少可以告诉自己什么是错的，什么是对的。当他们完成"启蒙"的历史使命后，俄罗斯人则更需要通过"革命"革故鼎新，而承担"革命"重任的只能是以资产阶级为主导的平民知识分子。正是在这一背景之下，最后一代"多余人"，如冈察洛夫《奥勃洛摩夫》中的奥勃洛摩夫，这位连做梦都梦见自己在睡觉的懒人，因为真正的"多余"而需要退出历史舞台了。

四、奥涅金比连斯基更具有悲剧性

因为奥涅金具有如此典型的代表性，所以他比连斯基更适合做悲剧的主人公。或者说，和连斯基相比，奥涅金更能体现时代转型、文化转型的悲剧性。恩格斯认为，悲剧就是"历史的必然要求与这个要求的实际上不可能实现"[17]。鲁迅认为，"悲剧将人生的有价值的东西毁灭给人看"[18]。文艺理论家徐岱认为，这两种悲剧观都有其考虑不周全的地方，应该汲取两种悲剧观的各自所长，重新定义悲剧："悲剧是人生有价值的东西以历史必然的方式毁灭给人看"[19]。按照这种新定义，悲剧的构成必须具备两个条件：一是悲剧主人公是有价值的；一是其毁灭的方式是历史的必然的。

---

16 〔俄〕普希金：《叶甫盖尼·奥涅金》，冯春译，上海译文出版社 1982 年版，第 236-237 页。

17 〔德〕恩格斯：《恩格斯致斐·拉萨尔》，《马克思恩格斯选集》第 4 卷，中共中央马克思恩格斯列宁斯大林著作编译局译，人民出版社 1995 年版，第 560 页。

18 鲁迅：《再论雷峰塔的倒掉》，《鲁迅全集》第一卷，人民文学出版社 2005 年版，第 203 页。

19 徐岱：《艺术的精神》，首都师范大学出版社 2001 年版，第 162 页。

悲剧主人公的价值构成不外乎有三种：一是正价值占主导，但有负价值；二是正负价值对半；三是负价值占主导，但有正价值。由此相应，悲剧具有三种类型：一是"赞歌式悲剧"，歌颂被旧时代所毁灭的新时代英雄，如哈姆莱特和"拜伦式英雄"；二是"哀歌式悲剧"，哀叹介于英雄和恶魔之间者，他们可以是既不是英雄也不是恶魔的小人物，如埃斯梅拉达；也可以是英雄性和恶魔性混杂的大人物，如麦克白、奥赛罗；三是"挽歌式悲剧"，惋惜被新的文化因素所抛弃的旧人物（他们是旧文化中的一员，但又和旧文化有些不同），如以奥涅金为代表的"多余人"。

奥涅金是一个"负价值"占主导的"多余人"。其身上的"正价值"在于他从一个沉醉于感官享乐的人逐渐变成一个厌倦感官享乐的人，更在于他开始成为一个思考者和自省者；一个焦灼者和苦恼者；一个因生命中缺乏意义的追寻而惶恐不安的人。如果奥涅金对感官游戏继续心满意足的话，那么他将因为完全缺乏正价值而被剥夺悲剧主人公的资格，但现在，他用"不幸福""空虚苦恼""悲观厌世"的精神状态和自己的过去保持了距离，也和整个贵族文化保持了距离，因此，他具备了悲剧主人公最基本的条件：具有一定的正价值。连斯基没有明显的缺点，他在道德上也比奥涅金"完善"，一般而言，道德完善的人更适合做悲剧的主角，但在《叶甫盖尼·奥涅金》中，连斯基的毁灭和奥涅金的毁灭相比，缺乏足够的历史性，也缺乏足够的必然性。

奥涅金的毁灭更具有历史性。奥涅金所处的时期，俄罗斯正从封建贵族文化向资本主义平民文化转型。一方面，贵族文化濒临死亡，另一方面，平民文化虽然已经孕育，但尚未浮出历史地表，这几乎是一个文化真空时期。奥涅金的症状代表了在历史和文化的裂变中，俄罗斯贵族知识分子所呈现出的生命状态：依赖于贵族文化又反感贵族文化；反感贵族文化，又脱离不了贵族文化。对贵族文化的反感，让他们在观念上能对现实生活投去蔑视的目光；对贵族文化的依赖，注定了他们在行为上懦弱无为，也根本找不到人生的方向。反观连斯基，他是地主，不适合代表当时的贵族文化；他过于生活化和世俗化，不适合代表理想主义的知识分子；他还过于"完美"，因而不适合代表非常不完美的贵族知识分子。因此，连斯基的身份和性格就他所处的历史语境而言，并不具有典型性。

奥涅金的毁灭更具有必然性。一是因为他自身的矛盾性。奥涅金似乎不再依恋传统，但却要依赖于传统；他还具备理想主义者的一些素质，但"理想"

的内容又相当的朦胧和模糊，因此，就算他能脱离旧的文化因素，也不知道会走向何方，何况他还依赖着他所厌倦的现实社会。二是因为贵族知识分子的矛盾性。郑也夫将知识分子划分为四种类型："（1）非文化型知识分子：他们具有大学学历，但不从事文化（包括科技）工作，而在机关部门从事管理和事务性工作。（2）传授与应用型知识分子：教师、工程师、临床医生等。（3）创造型知识分子：学者、科学家、作家、艺术家等等。（4）批判型知识分子。"[20]林贤治将知识分子划分为三种类型："一、幕僚知识分子，葛兰西称为'统治集团的管家'；二、技术知识分子，也称'技术专家'；三、人文知识分子。"[21]如果说俄罗斯知识分子可以归入"批判性知识分子"和"人文知识分子"，那么，在俄罗斯知识分子中的贵族知识分子则不知该归入何种知识分子，或许，他们本身可以自成一类，他们的显著特点是具有很强的自我反思性，但距离"批判性知识分子"和"人文知识分子"还有不小的距离。他们在历史转型时期对贵族文化的双重姿态注定了他们无法承载起新的文化理想，而只能随着那个被淘汰的社会一起消亡，但由于他们有过适应历史潮流的努力，因而当他们消亡时，新时代必须为他们歌唱，但不管这首歌唱得多么动人，归根结底只能是一曲挽歌。

三是来自于达吉雅娜的矛盾性。奥涅金的命运和达吉雅娜的命运紧紧相连。奥涅金是俄罗斯贵族知识分子的代表，达吉雅娜是俄罗斯古典女性的化身。在那个历史时期，"在封建俄国，盛行着'上帝主宰世界，沙皇主宰国家，男人主宰家庭'的原则，家长对于妇女、儿童和全家老少拥有不受任何限制的统治权。在家庭中，妇女的地位极端低下。一句粗俗的谚语反映了她们在丈夫家中的地位：'男人不打你，就是不爱你。'"[22]在这样的社会条件下，对于达吉雅娜而言，最"正确"的选择或许就是坚决不能有自由地寻找幸福的念头，因为只要有这种念头出现，并且勇敢地追寻，那就必然注定了悲剧的发生。但是，达吉雅娜却能让爱情的自然性暂时遮蔽爱情的社会性，主动示爱，可谓是"现代性"一次耀眼的闪烁。正是从这个意义说，"普希金笔下的男性主人公，就像被雨淋湿的柴火，怎么也燃烧不起来；他们是一群跟自己的时代格格不入而又软弱无力的人，例如，奥涅金、高加索的俘虏和阿列哥就是这样的人。

---

20 郑也夫：《知识分子研究》，中国青年出版社 2004 年版，第 10 页。
21 林贤治：《五四之魂——中国知识分子精神史》，漓江出版社 2012 年版，第 208 页。
22 姚海：《俄罗斯文化之路》，浙江人民出版社 1992 年版，第 97 页。

然而，普希金的女主人公则充满力量感，像一团热烈而明净的火焰，给人带来足够多的光明和温暖。《茨冈人》中的茨冈姑娘，《高加索的俘虏》中的切尔克斯女郎，《叶甫盖尼·奥涅金》中的达吉雅娜，就是这样的人。"[23]

但是，在第一次被拒绝之后，达吉雅娜很快就退守到旧有的传统之中。她终究成不了可以为爱奋不顾身、飞蛾扑火的简·爱和安娜·卡列尼娜，因此，她最后还是像其他俄罗斯传统女性一样，遵从母命，嫁给了一个自己并不爱的人。就这样，达吉雅娜的"追求"与"拒绝"刚好和奥涅金的"拒绝"与"追求"形成两次错位。如果达吉雅娜一贯地传统，她就不会爱上奥涅金；如果达吉雅娜一贯地现代，她就可以背叛传统，坚决地和奥涅金在一起，哪怕时间很短暂。但她最后还是遵循历史的和现实的逻辑，从"现代"退守到"传统"，这就加速了奥涅金的毁灭。

有缺陷的奥涅金毕竟是奥涅金，完美的连斯基也只是连斯基。连斯基是个好人，因为意外而失去生命，所以他的故事令人悲伤，但不具有悲剧性。奥涅金算不得是一个好人，但是他的毁灭不是随机的，而是历史的；不是偶然的，而是必然的，所以，他的抑郁症不只是属于他个人，还属于文化转型时期的俄罗斯知识分子。最终，奥涅金用他的痛苦和不幸，谱写了一曲让人忧伤、让人哀叹的"挽歌式悲剧"。

原载《俄罗斯文艺》，2021 年第 1 期，

人大复印资料《外国文学研究》2021 年第 7 期全文复印

---

23 李建军：《重估俄罗斯文学》（上），二十一世纪出版集团 2018 年版，第 191 页。

谁能诗意地安居？
——解读厄普代克长篇小说《农庄》

　　约翰·厄普代克（1932-2009 年）是美国当代文坛最负盛誉的作家之一，中国读者比较熟悉他写尽 20 世纪美国社会沧桑的"兔子四部曲"，但对他其他长篇小说非常陌生，其中包括《农庄》（*Of the Farm*, Alfred A.Knopf,1965）。其实自 1959 年发表《贫民院集市》（*The Poorhouse Fair*）以来，厄普代克已出版了二十一部长篇小说，《农庄》是其中的第四部。

一、母亲与我

　　在阅读这部作品之前，我们首先注意到厄普代克那段说特别也不特别的生活经历：他 1932 生于宾夕法尼亚州的一个小村镇上，1950 年考入美国最名牌的哈佛大学攻读文学，毕业后步入职业文坛，不久就小有名气。1954 年，他有幸到英国游学，1955 年回到纽约后签约美国最权威文学杂志《纽约客》，1957 年，出于某些原因，他离开纽约，迁居马萨诸塞州一个偏僻的小镇，潜心文学创作，并很快红遍美国。

　　直觉告诉我们，偏远乡村和繁华都市的双重生活经历，可能会在他的创作中有所反映。这一直觉源于我的阅读经验：在田野里和孩子们嬉戏的卢梭，跑到湖畔生火做饭的华兹华斯，在瓦尔登湖上泛舟的梭罗，迷失在城市里的孩子叶赛宁，匍匐在地亲吻黄土的路遥，在麦地里嗅闻麦乡的海子，在村头看蚂蚁搬家的刘亮程等等，哪一个不是从乡村闯进城市，或是从城市流落到乡村的。

　　小说印证了我的直觉是对的。厄普代克确实把他的双重生活，以及由双重生活引发的双重情感移入了故事。只不过，他没有像卢梭、海子等人一样，在作品中和心灵上让乡村和城市发生惨烈的火拼，最后弄得两者都遍体鳞伤。他只是把乡村和城市，这一深刻的社会心理纠缠化解到日常生活中母子之间的争执。

故事中的"我"生于、长于农庄，后到纽约求学并工作，35 岁时，"我"已经成为高级白领。随着身份的改变，"我"回到农庄的次数越来越少，经过在电话中和母亲多次的讨价还价，我终于还是决定回一次农庄，并带上了现在的第二任妻子佩吉以及佩吉和前夫的儿子理查德。应该说，"我"其实就是离开纽约之前的厄普代克的真实写照。

小说就是从这里开始的。在回到农庄的几天里，"我"和母亲之间发生了一些不愉快的事情。比如母亲希望"我"能"常回家看看"，因为她一人住在农庄，孤独得只能找狗聊天。"我"终于回来了，但又容忍不了她的唠唠叨叨。母亲还对"我"换了个妻子颇有微词，她说"我"和前妻裘恩离婚，再和佩吉结婚绝对是犯了个错误。因为裘恩和"我"以及农庄一起，已经成为她记忆的一部分，而佩吉是新来的，而且来自遥远而陌生的纽约，所以她无法接受。还有对"我"的职业，母亲也难以理解。她希望"我"成为华兹华斯那样的诗人，虽然她并不懂诗歌，但对诗歌的重要性却有自己的看法，当年她之所以把"我"送进了哈佛大学，是因为从爱默生到艾略特，从哈佛毕业的诗人比其他任何大学都多。但"我"放弃了当诗人的理想，毕业后从事了商业。

"我"和母亲根本性的争执还在于对农庄的不同态度。母亲希望"我"继承农庄，而"我"坚决要离开农庄。母亲一直说"我们的农庄"，而"我"则称"你的农庄"。小说的英文题目为"*Of the Farm*"，翻译成"农庄"其实是个权宜之计，直译应该是"被农庄所有"，也就是说，谁拥有农庄谁也就"被农庄所有"，我放弃农庄的所有权，主张出售农庄，是因为我从不想"被农庄所有"。母亲视农庄为自己的生命和归宿，希望像自己的父母和丈夫一样，最后老死在农庄，所以，她不愿放弃农庄，当然，她也就"被农庄所有"。

在散文化和诗意化的讲述中，厄普代克把乡村和城市的矛盾消解得几乎"无迹可循"。不过，素朴的家庭故事并不能掩盖厄普代克的真实意图：他是在借助家庭性质的代沟来折射复杂的文化心理纠缠和心灵中"我"和"自我"的冲突。

二、农庄与纽约

　　故事中的农庄是乡村文明的象征，原始、落后，但却弥漫着自然气息，充满了恋家和怀旧的脉脉温情。纽约是都市文化的隐喻，现代、发达，但空间狭窄，弥漫着喜新厌旧的冷漠人情。母亲是乡村文明的最后一个捍卫者和城市文化最早的批判者，"我"是都市文化最早的追慕者和乡村文明最后的一个叛离者。"我"和母亲对农庄的不同态度，不仅是两代人生活观和世界观的矛盾，也是工业化进程中两种文化方式的冲撞。

　　而母亲和"我"的矛盾，以及乡村和城市的冲突，归根结底是厄普代克心灵困惑的表现。厄普代克从乡下闯入纽约，又从纽约逃到乡下，乡村和城市、原始和文明、过去和现在，农人和白领，双重的经历和身份在他心中缠绕不清，面对矛盾的双方，他的情感都是复杂的。

　　一方面厄普代克借助母亲的形象表达对乡村的赞颂和对城市的批判。故事中的母亲不再是没有文化的村妇，而是一个卢梭式的哲人，她看透了乡村和城市的区别：乡村里随处可以看见和触摸到上帝，但城市里，人们信不信上帝还值得怀疑。她还告诫"我"，在纽约，人们会忘记一切的，只知道石头，玻璃，地铁，别的什么也不知道。她只去过一次纽约，但却知道住在空调设施齐备的城市里，一年四季都是一个样。而在农庄里，每个星期都不同，每天都有意想不到的新鲜事，田野天天换新貌，鸟儿唱着不同的歌，任何事情都不会重复，如自然是不会重复的：像今晚这样的八月的夜晚，过去没有过，以后也不会再有。有信仰，有亲情，有变化，这是母亲心中的纯正的乡村；没信仰、没亲情、没变化，这是母亲心中真实的城市。母亲神喻般的话语，可看成是成为"纽约人"后的厄普代克对城市的反思和对乡村的缅怀。

　　另一方面，厄普代克借助"我"的选择表达世人对城市必然性的向往和追慕。童年的乡村生活虽然可以唤起"我"的愧疚，并为遗忘故土和遗忘母亲而不安，也能反思到摆满屋子的昂贵礼物代替不了亲身回来一次。"我"还能在寻找那逝去的朴素岁月中，看到自己堕落沉沦的斑迹。但所谓的忏悔、不安和反思都是转瞬即逝的，一转身，"我"口口声声说的是"我从未喜欢过农庄"，"我不是农夫的儿子"，然后，"我"像我的第二任妻子，以及"我"的后辈理查德这些第一次来到农庄的城市人一样，毅然决然地要离开农庄。因为，纽约，这座如画如照的城市，"我"孩提时代心驰神往的人世天堂，正在呼唤"我"，催促"我"离开。故事的最后，"我"钻进汽车，驶上大路，奔向高速公路干线，"我"对自己的这种欲望感到羞惭，然而"我"的决心已定，不容更改。

因为"我"心中响着三种声音："我不想回到"（农庄）、"我要离开"（农庄）和"我要回到"（纽约），它们主宰了"我"的情感和选择，而对乡村的丝许愧疚和对城市的急切渴慕代表了尚未离开乡村时的厄普代克的真实情感。

因而可以说，故事中"我"和母亲的矛盾，其实就是乡村时期的厄普代克和城市时期的厄普代克的矛盾。在故事中，"我"取得了胜利，母亲只能用眼泪为"我"送别，而在现实生活中，厄普代克不也是在一声叹息中，告别了农耕时代的最后一位老人，奔纽约而去吗？然而，回到纽约中的"我"真的会永久地幸福吗？身居都市的厄普代克真的会就此满足吗？厄普代克用自己的亲身经历续写了"我"的故事。

厄普代克在纽约功成名就之后，却又突然"厌恶"起纽约来，然后"躲"到马萨诸塞州一个偏僻的小镇上去了。厄普代克是对都市失望了，在城市里他找不到自己所期待的生活，所以又回到了乡村，重新做了一个"乡村人"。

但这个"乡村人"是打了引号的，因为此"乡村人"不是彼乡村人。这是一位神秘的纽约来客，他只是隐居在乡村从事高级的精神活动而不是艰苦的农耕，而且他的劳动成果还要运回都市去展示，继而获取更大的声名。也就是说，他只是一个居住在乡村的城市人，他的身体安在乡村，但他的灵魂还是属于城市的。因该说，故事中的"我"选择离开农庄，回到纽约；现实中的厄普代克选择离开农庄，闯进纽约，又回到乡村，这种百般的折腾，目的都是一样：调整生活状态，获取最佳的生活感受，尽可能幸福地活着。一个人能幸福地生活，用哲学家海德格尔的表述，就是人在诗意地安居着。

三、厄普代克与海德格尔

什么是诗意的安居呢？小说中的母亲自以为她的农庄生活就已经很诗意了，所以邀请儿子"我"一起去生活，但"我"却无情地否定了这种生活。那"我"在纽约的商场上拼杀算不算幸福呢？小说中有一个象征性事件：大学毕业后，"我"成了一个商人，而不是母亲所希望的诗人，但"我"之所以娶了裘恩，却是因为她给"我"的第一印象酷似华兹华斯诗歌中的姑娘。和裘恩结合，象征了作为世俗商人的"我"，其实渴望一种诗意的生活，而诗意的生活中，不能没有诗或充满诗意的人作伴。但我还是和裘恩离婚了，再和完全都市化的佩吉结了婚。意味着"我"生命中的最后一点诗意丧失了。所以，有一点很清楚，物质财富获得的越多，自我也就丧失得越多，人也就离诗意越远。

这就可以解释，为什么厄普代克在声名显赫之时，突然躲到乡下写作。他是在寻求一种诗意的生活。而这种生活既不存在于养育他的宾夕法尼亚州的小镇，否则他当年就不会离开那里；也不存在于让他功成名就的纽约，否则他也不会离开那里。那只能存在于别处，一个叫马萨诸塞州的小镇上。

这样看来，所谓诗意地安居，做一个纯粹的乡村人肯定不行，做一个纯粹的城市人也肯定不行，而是要做一个好像乡村人的城市人。如果能像后来的厄普代克一样，居住在某个小镇上，你就可以热爱乡村，因为你不需要在炎炎烈日下从事劳作；你就可以拒绝名利，因为你比谁都更有机会拥有名利。你好像是一个乡村人，因为你现在住在乡村，但你和乡村有三重的距离，一是空间的距离，你是从城里人的视角看乡村。二是时间的距离，你是从自己的过去（居住在城市）和未来（回到城市）看现在居住的乡村。三是想象和现实的距离，你是用想象的眼光看待现实的乡村。

你好像是城市人，但你和城市也有着三重距离：一是空间的距离，你是从乡村看城市，你比一般的城市人拥有精神的制高点。二是时间的距离，你是从现在的乡村看自己过去居住过的和未来要回去的城市，所以你对烦嚣城市拥有一种优越感。三是想象和现实的距离，你是用想象的批判代替自己现实中对城市的依赖和眷恋。

这是一个典型的厄普代克式的悖论，也是一个典型的海德格尔式的悖论。虽然海德格尔是"人，诗意地安居"这一命题最初的提出者和鼓吹者。海德格尔喜欢在乡下从事哲学思索，他为我们描绘了那个梦一样的工作世界：

> 南黑森林一个开阔山谷的陡峭斜坡上，有一间滑雪的小屋，海拔一千一百五十米，小屋仅六米宽，七米长。低矮的屋顶覆盖着三个房间：房屋兼起居室，卧室和书房。整个狭长的谷地和对面同样陡峭的山坡上，疏疏落落地点缀着农舍，再往上是草地和牧场，一直延伸到林子，那里古老的杉树茂密参天。这一切之上，是夏日明净的天空。两只苍鹰在这片灿烂的晴空里盘旋，舒缓、自在。[1]

1　〔德〕海德格尔：《人，诗意地安居：海德格尔语要》，郜元宝译，远东出版社1995年，第83页。

住在这样的乡下，夜间和农民一起烤火，听老农和伐木工人唠嗑，再回到自己的小屋里撰写哲学著作，这大概就是海德格尔所推崇的"人，诗意地安居"。海德格尔把自己视为非一般的城里人，因为他没有像一般的城里人那样，从所谓的"逗留乡间"中获得一点刺激，而是让群山和人民组成的世界来支持和引导自己整个的工作。

不过从海德格尔的"我为什么住在乡下"的文字中，我们还是很容易看出哲学家的矛盾：他固然是在和农民打成一片，但是他在小屋里的工作还是一次次被各种各样的研讨会、演讲邀请、会议和弗莱堡的教职所打断。也就是说，他是经常回到城里去的，而且有一天，他终将不再回来。

我们看到了海德格尔的双重的优越感，面对一般城里人，他可以住在乡下，享受那份舒缓、自在；面对一般农人，他可以经常回到城里去，接受城市的顶礼膜拜，所以，他所描绘的诗意地生活，决不是农民的生活，也不是城里人的生活，而是介于两者之间的一种最佳的生命状态。

其实，厄普代克的和海德格尔的诗意安居，说白了就是做一个有钱的诗人，一个不为面包发愁的哲学家，一个呆在乡村从事精神耕作的艺术家。他们的理想并不深刻，人类诗意地安居，就是在足够的物质保证基础上，从事自由、舒心的精神活动。海德格尔说，诗人的天职是还乡，但他自己的经历还蕴含着一个潜台词：还乡时，别忘了带足日用的面包和回城的钞票。

原载《湖南人文科技学院学报》，2006 年第 5 期

厄普代克长篇小说的宗教之维

厄普代克的长篇小说致力于从宗教的角度揭示当代美国人的信仰危机，而信仰是否出现危机的问题归根结底是信不信仰上帝的问题。因此，厄普代克围绕着人们对待上帝的态度来勾勒信仰危机出现的过程、表现和结果，并在故事的讲述中传达了自己的价值判断。

一、守护上帝

厄普代克在早期作品中塑造了一组组矛盾的人物形象，人物之间的矛盾不仅体现了生活方式的冲突，更象征了昔日美国和今日美国对上帝态度的分歧：昔日守护上帝，今日遗弃上帝。《贫民院集市》（1959）是厄普代克的长篇小说处女作，乔治·J.塞拉斯（George J.Searles）认为它"几乎可以视为（他全部作品的）主题陈述"[1]。这部作品的主题贯穿了厄普代克此后的创作。小说中描写了 94 岁的贫民院居民胡克和 30 岁的贫民院院长康纳之间的辩论。作为正方，胡克辩论的主题是"上帝存在"；作为反方，康纳的辩题则是"上帝不存在"。问题在于，上帝是否存在其实是不能证明的，因为"上帝只是一种光，一种希望，一种爱的力量，对之只能凭感知信仰，而不能将其作为学理上的思考对象。将上帝对象化，无异于把上帝推向审判席，接受理性的拷问。"[2]因此，证明上帝存在，就是否认上帝。不信仰上帝的康纳恰恰用"证明上帝"将信仰上帝的胡克引入圈套，导致胡克几乎无言以对。

在科学发达的现代社会，"上帝不存在"似乎不需任何辩论来加以确认。

---

1 William R Macnaughton, *Critical Essays on John Upudike*, Boston: Massachusetts G.k.Hall and Co, 1982, p236.

2 启良：《西方文化概论》，花城出版社 2000 年，第 162 页。

因此，康纳可以凭借"事实"轻而易举地赢得辩论。可是事实不等于真理，康纳虽然赢得了辩论，但却输了人心。他虽然积极进取，开拓创新，让贫民院的物质设施和现代化管理水平日新月异，但是老人们怀念的却是前任院长，不思进取的酒鬼门德尔松。原因很简单，在康纳构想的尘世乌托邦中，什么都不缺，唯独缺少了上帝的仁慈；在门德尔松管理的贫民院中，什么都缺，唯独不缺上帝的宽容。康纳给老人们带来了丰富的物质保障，但却剥夺了老人们的个性和自由；门德尔松却带给他们赞歌、祈祷、信仰和无限的精神慰藉。作为这场辩论赛的主持人，"职业道德"使厄普代克不能直接表露对辩论双方的态度。但是，透过看似平静的表述，读者依然能够感受到他对胡克的道义支持：康纳虽然在事实上赢得辩论，但他在道义上却不应该赢得辩论；上帝虽然事实上并不存在，但上帝却不应该不存在。康纳构想的尘世乌托邦在原罪、惩罚和天堂缺席之后，"没有善，没有信仰，除了商业外一无所有"[3]。而胡克和他坚守的基督教价值观虽然在当代社会生活中式微，但却代表着真正的美国精神。

在《马人》（1963）中，这种怀旧情绪依然得以张扬。用世俗的标准来衡量，主人公乔治·卡德维尔是一个彻底的失败者和小人物。但是他的两种素质却让他无限地接近上帝。第一种素质是对爱的坚守。卡德维尔在课堂上告诉学生，"爱推动了宇宙的运动。一切存在的事物都是她的孩子"[4]。这句话几乎是基督教义的翻版。卡德维尔言行一致，他的确爱着一切人，甚至那些不值得他去爱的人。比如在一个寒冷的冬日早晨，为了送一个搭便车的陌生人，他特意绕了三英里的路。这个陌生人不仅没有说一声谢谢，下车时还顺手牵羊，拿走了他珍贵的手套。面对儿子彼得的责备，他只轻轻地说了句："他比我更需要它们"[5]。第二种素质是经受住肉欲的诱惑。卡德维尔无意中走进学校的锅炉房，撞见了正在洗澡的薇拉。面对薇拉的竭力引诱，卡德维尔以害怕为由加以拒绝。在这部充满隐喻的作品中，薇拉对应了希腊神话中的爱神阿弗洛狄忒，是肉欲的象征。卡德维尔对友爱和博爱的拥抱，对肉欲拒绝的态度令这个人物具有一种宗教的光辉。

《农庄》（1965）的主人公罗宾逊太太也用自己的方式守护着上帝在人间的位置。她的儿子乔伊是个纽约商人，乔伊竭力劝说她搬到纽约居住，但是她

3　John Updike, *The Poorhouse Fair*, New York: Alfred A.Knopf, 1977, p116.

4　John Updike, *The Centaur*, New York: Fawcett Crest, 1963, p78.

5　John Updike, *The Centaur*, New York: Fawcett Crest, 1963, p73.

坚守着自己所认定的生活方式。罗宾逊太太一语道破了农庄和纽约的区别绝
不只是风景的不同，而是一个拥有上帝，一个没有上帝："（在农庄），我任
何时候都能看见和触摸到上帝。如果我在这个农庄不能看见和触摸到上帝，如
果我住在纽约，那我就不知道还会不会相信上帝了。你懂了吧，这就是为什么
守护这个农庄是如此的重要。"[6]与母亲不同，乔伊背叛了农庄，不仅如此，
他还背叛了自己的第一次婚姻。他的第一个妻子琼高雅大方，是理想和精神的
象征，而第二个妻子佩吉则是一个没有文化，粗俗不堪的女人，是肉欲的化身。
乔伊的再婚遭到罗宾逊太太的谴责："与琼在一起，你还有成为诗人的可能。
你所爱的是这个（佩吉），现在你再也不能做诗人了。"[7]乔伊早已是个标准的
商人而不是诗人了，他现在欣赏的不再是诗歌而是性。显然，乔伊表面上是逃
离农庄和婚姻，实质上是选择了一种没有上帝的生活；罗宾逊太太守护着农庄
和婚姻，实质上是坚守一种拥有上帝的人生。

　　厄普代克对胡克、卡德维尔、罗宾逊太太所代表的美国昔日的价值观充满
了赞颂。从这个角度看，他的早期小说可以看成是为基督教信仰所唱的赞歌。
但是，现实让他清楚地认识到，自己所赞美的对象正在日渐消失，以康纳、彼
得、乔伊为代表的年轻一代将要建立起上帝缺席的新价值主导。因此，他的早
期小说又是为丧失基督教信仰所唱的挽歌。在此后的创作中，厄普代克开始擦
干眼泪，暂时忘却对过去的留恋，将"没有上帝"当成一个既定的事实，着重
描绘当代美国人在"没有上帝"之后的生命状态。

二、遗弃上帝

　　在厄普代克的早期小说中，信仰上帝者和不信仰上帝者构成两种对立的
力量，而信仰者的故事不仅扮演着重要的角色，占据了主导的地位，厄普代克
的笔墨和情感也更多地倾向对信仰者的赞颂和惋惜。但是从第五部作品《夫妇
们》（1965）开始，家庭中的代际关系开始让位于社会中的男女关系，那些守
护上帝的老人形象开始消失，他们所守护的道德和信仰所提供的制约力量开
始弱化，年轻一代的美国中产阶级开始占据故事的中央。厄普代克要构筑一个
彻底现实的舞台，充分展示当代美国人的生活和情感。

　　康纳、彼得、乔伊所代表的美国新生代试图逃离父辈们所信仰的上帝的制

6　John Updike, *Of the Farm*, New York: Alfred A.Knopf, 1965, p70.
7　John Updike, *Of the Farm*, New York: Alfred A.Knopf, 1965, p139.

约，现在，他们的努力终于如愿以偿，他们彻底告别了上帝，生活在一个"没有上帝"的世界。在摆脱了上帝的束缚之后，他们开始寻找上帝的替代物，试图用新的价值，如网球、篮球等各式体育运动，桥牌等各种客厅游戏，还有吸毒和电影等新奇事物来引导自己获取幸福。总体来看，他们是在用多种多样的世俗事物来取代属于神圣领域的上帝，这也体现出他们共同的生命态度：既然无法改变世界，那么个人的唯一出路就是借助感官游戏来改变自己对世界的看法。在形形色色的感官游戏中，性无疑最受他们的青睐，也是他们在遗弃上帝后所寻找到的最好的上帝替代物。

早在 1965 年，厄普代克就在自传《童年：山茱萸树》中总结并预测，性、宗教和艺术将是他创作的"三个伟大秘密"[8]。从前两个秘密来看，厄普代克确实履行了他的"承诺"，他的创作几乎都围绕着人物对待上帝的态度来展开，而从第二部作品开始，人物对待上帝的态度又主要是通过他们对待性的态度来揭示的。在《兔子，跑吧》（1960）和《马人》中，性受到宗教的制约，更没有取代上帝的位置；在《农庄》中，性虽然最终成为年轻一代的生活选择，但却是含蓄的；从《夫妇们》开始，性在彻底地替代上帝后，自身成为一种新的宗教。

《夫妇们》是厄普代克最为标准的一部中产阶级小说。厄普代克认为，写性是中产阶级小说的特质之一："中产阶级长篇小说有着内在的色情性，正如中产阶级的基本单位——建立在婚约基础上的家庭——是色情的。谁爱着谁一旦这个问题显得毫不急迫，那么必须改写新的小说，或者干脆不要写了。如果家庭的稳定性和个人拯救问题提上了日程，那么性的寻求和放纵行为就变得重要起来。如果问题只是经济重建和生产方式的社会调控，那么性，如同在毛泽东时代的中国，就无关紧要，并越少越好。"[9]厄普代克由此认为，"如果你准备在一部作品中写性，你应该实实在在去写。你应该深入其中去展示发生了什么，去让它成为人类的事务。在维多利亚时代，保守地关上卧室的门对那个时代足够了，但对今天的世界，这样做似乎显得不够诚实。"[10]

8　John Updike, *The Dogwood Tree: A Boyhood in Assorted Prose*, New York: Alfred A.Knopf, 1979, p180-186.

9　David Thorburn and Howard Eiland, *John Updike: A Collection of Critical Essays*, New Jersey :Prentice Hall, Inc.Englewood Cliffs, 1979, p51.

10　Frank Gado, *Conversations on Writers and Writing with Glenway Wescott John Dos Passos, Robert Penn Warren, John Updike, John Barth, Robert Coover*, Union College Press, 1973, p98-99.

　　《夫妇们》讲述了 10 对中产阶级夫妇们的日常生活和情感纠葛。他们几乎拥有了常人所渴求的一切物质财富，他们受过高等教育，懂得欣赏科学和艺术，但是他们没有将创造力运用到真正有意义的创造上，而是用在发现各种感官享乐方式上。于是，他们在塔博克斯创建了一个属于自己的现代乌托邦，这个现代乌托邦的实质就是"性天堂"。在性天堂中，他们用通奸、换妻等两性之间的性游戏来获得期待中的满足。对他们来说，交换妻子或者丈夫就像交换药方一样自然随意。显然，性天堂"颠覆了我们通常的乌托邦价值，它不是要提升人们的理性，而是要解放人们的本能；它不是要完善人们的心灵，而是要复苏人们的身体。"[11]因此，性爱乌托邦彻底告别了传统的基督教道德，以及基督教义中通过禁欲来完善自我的劝告。《夫妇们》实际上回答了《贫民院集市》所暗含的一个设问："基督教之后是什么"："一种非基督教的思想，即人类相互关系，包括性关系的宗教出现了。从某种程度上说，自我写《夫妇们》的数年来，性关系发生了。我之后的那代人似乎试图在彼此间探寻宗教的价值，而不是期待在超自然或者先验的实体中探寻宗教的价值。"[12]《夫妇们》的故事虽然是虚构的，但厄普代克说，故事的情节"建立在我从报纸上看到的事情，以及我透过窗子看到的事情。"[13]因此，夫妇们就算不能代表所有的美国人，至少也代表了绝大部分美国人。

　　自《夫妇们》之后，性描绘依然是厄普代克塑造人物性格，揭示作品主题的主要手段，不过，就性描写的充分和彻底性而言，《夫妇们》和《嫁给我吧》无疑是最好的范本。《嫁给我吧》虽然出版于 1976 年，但它实际写于 1963 年，且早于《夫妇们》。小说讲述了两对夫妇之间的换妻行为，其故事情节和故事背景和《夫妇们》极为相似，可以说是《夫妇们》的浓缩版。

三、回归上帝

　　厄普代克被誉为"卓越的基督教文学家"[14]。甚至被贴上教会作家的标签。厄普代克对此不以为然："教会作家的义务是为基督教的伪善效忠，我是一位常去做礼拜的教徒，但我和普通人一样审视这个世界，审视上帝与上帝创

11　David Thorburn and Howard Eiland, *John Updike: A Collection of Critical Essays*, New Jersey: Prentice Hall, Inc. Englewood Cliffs, 1979, p84-86.

12　John Updike, *Couples*, New York: Alfred A.Knopf, 1986, p87.

13　James Plath, *Conversation with John Upike*, Universtiye of Missouri Press, 1994, p.107.

14　James Yerkes, *John Upike and Religion*, William B.Eerdmans Publishing Company, 1999,p.3.

造的世界之间的矛盾，实际上我必须自由地写下我所看到的东西。贴上教会标签的作家写作会受到局限。"[15]厄普代克是作家而不是牧师，因此他不会通过作品来宣扬教义；厄普代克是民众作家而不是教会作家，因此他信奉的是基督教而不是教会。我们常常觉得厄普代克的上帝是隐藏的，又是可见的；是缺席的，又是在场的。这是因为厄普代克将个体的情感和作家的行业规范区别开来：从情感上说，他深爱着美国，但是他笔下的美国是糟糕的；他虔诚地信仰上帝，但是他笔下的上帝常常被人们离弃。

厄普代克一方面说："上帝再不向着美国了。美国的形象是失败的、失去上帝恩宠的"，这是他作品中的美国；可是另一方面，他又说："在所有的美国作家中，也许我算得上因自己是一名美国人而感到最幸福的人。我认为自己是一个很好的爱国者。"[16]这种两难造就了厄普代克艺术旨趣的模糊性："我所有的作品意味着和读者进行道德辩论，这个问题通常是，'什么是好人'或者是'什么是善'"[17]。这意味着厄普代克不会参与到人物对错、是非的评判之中去，他想把评判的权力留给读者。可是不能就此认为厄普代克的作品没有任何倾向，因为"艺术的本质是赞成或反对的斗争，漠不关心的艺术是没有而且也不可能有的。"[18]在小说中，厄普代克描绘人物的行动本身就是他的介入；他对材料和事件的取舍，本身就潜藏着一定的倾向性。也就是说，厄普代克是通过自己的"替身"，即"隐含的作者"来让读者知道，在价值领域中，他们应该站在他这一方，而不是遗弃上帝者的那一方。换句话说，厄普代克通过"否定之否定"的方式，传达出他对当代美国人精神归宿的一种期待：人们应该回归上帝。

之所以如此理解厄普代克长篇小说的价值取向，理由至少有三个：

第一，厄普代克是一位虔诚的基督徒。

当同时代人已经停止上教堂祈祷的时候，厄普代克却是教堂的常客。他一直坚持到位于马萨诸塞贝弗利农场的圣·约翰主教教堂祷告。厄普代克说："到目前为止，我一直有基督教信仰，它有助于我成为一个作家，让我避免成

---

15 〔美〕弗里茨·J.拉达茨：《艺术的真谛存在于它隐含的痛》，施显松译，《译文》2004 年，第 2 期。

16 〔美〕弗里茨·J.拉达茨：《艺术的真谛存在于它隐含的痛》，施显松译，《译文》2004 年，第 2 期。

17 James Plath, *Conversations with John Updike*, Universtiy of Missouri Press, 1994, p50.

18 林焕平：《高尔基论文学》，广西人民出版社 1980 年，第 7 页。

为一个遭受商业或批评过度困扰的人。"[19]厄普代克对上帝的忠诚源于家庭的熏陶。他的父母都是虔诚的路德教徒，在六岁的时候，他随同父母搬到外婆家，和当牧师的外公生活在一起。成年后，他又娶了一位一神论牧师的女儿，并加入圣公会。其次是受他心中的"文化英雄"克尔恺郭尔和卡尔·巴特的影响。他们说"溺水的人类不能拽着自己的头发将自己提出水面"，对于这句话，厄普代克解释道："人类从自身得不到帮助——没有超自然，自然多少是恐怖的。我相信所有的问题根本上是可以解决的，信仰会消除全部的绝望。"[20]厄普代克还承认："我尊重科学的新发展。同时，我发现，作为人类，我们似乎时常需要教堂这服药剂。"[21]在厄普代克看来，"只有古老的基督教才能赋予一个人行动意志。"[22]

　　第二，性无法将人类引向幸福的彼岸。

　　在厄普代克的作品中，当代美国人在遗弃上帝后，试图用各种世俗事物来替代上帝的位置，其中性成为他们新的"宗教"。厄普代克说．"性和宗教是人类的两种根本性关注——性是我们的身体和动物的自我奉献出来的礼物，宗教是我们的心灵和精神的自我奉献出来的礼物——我很难想象我自己没有这两件事物，哪怕我只是一个孩子。人类的活力无法缺少其一，追溯它们的形态是独特的好小说的任务之一。"[23]在厄普代克看来，人类是一分为二的生物，一边是物质的欲望，一边是精神的渴求。可是，人类如果企图用物质的欲望（以性为代表）来取代精神的渴求（以宗教为代表），投身于自然而不是超自然，肉欲而不是精神，那么，人类在寻找意义的过程中，最终将被物质世界所窒息和毁灭。

　　其实就性或者宗教本身而言，都无所谓对与错，错的是人类对待性或者宗教的态度：企图让性取代宗教而独尊，或者让宗教取代性而称王。西方文化自身的发展演变早已经证实了这点：无论是世俗文化，还是神性文化，如果走向极端，都会受到其对立面的制约，而且当其对立面成为一种反拨的力量时，就必然是革命性的。在《夫妇们》等作品中，厄普代克更多是把通奸、换妻等无节制的性行为当作消极的例子来运用，竭力描绘它们的危害性：无辜者失去生命；原本和谐的家庭遭到解体；被遗弃的女人受到伤害；沉溺于通奸中的男人陷入更深的绝望

19　James Plath, *Conversations with John Updike*, Universtiy of Missouri Press, 1994, p.182.
20　James Plath, *Conversations with John Updike*, Universtiy of Missouri Press, 1994, p.14.
21　James Plath, *Conversations with John Updike*, Universtiy of Missouri Press, 1994, p.182.
22　James Plath, *Conversations with John Updike*, Universtiy of Missouri Press, 1994, p.14.
23　James Plath, *Conversations with John Updike*, University of Missouri Press, 1994, p.246.

和虚空……。种种场景暗示出一点："人在一个超越自然的层面上被还原为动物，成为欲望的牺牲品。人不仅已失去了尊严和高贵，而且也失去了前进的道路和希望。这决不是人所真正期待的，这样的场面让人恐惧，所以也是丑陋的，不具有任何美。"[24]这样的场景是丑陋的，但却是真实的，人们在对这些场景的极度厌恶中否定了肉欲的放纵，小说也因此达到"以毒攻毒"的效果，引导人们强调理性对感性的宏观调控，张扬神性对激情的垂帘听政。

最后，上帝具有其他事物无法替代的意义。

上帝一旦远去，人类不得不在失去光彩和深度的世界中，过着空虚无聊的生活。他们于是又觉得上帝的可贵，越来越感到上帝不可或缺。帕斯卡尔认为，人类之所以寻找上帝，是因为"惟有上帝才是人类真正的美好……自然界中没有任何东西能够取代上帝的地位。"[25]哪怕在盛传"上帝死了"的 20 世纪，艾略特依然坚信上帝具有无法估量的价值："我不相信，在基督教信仰完全消失之后，欧洲文化还能残存下去……如果基督教消失了，我们的整个文化也将消失。"[26]厄普代克同样肯定上帝的意义："我坚信，没有上帝世人不会好过，之所以有各种各样的超验存在，乃因人们想借此增强生活的力量。"[27]他说自己对上帝的信仰源自一个三段论：1. 如果上帝不存在，世界就是恐怖的。2. 世界不是恐怖的。3. 因此，上帝是存在的。[28]

理查德·斯德伯温相信："有一个上帝的可能性明显地大于没有一个上帝的可能性。"[29]鉴于上述分析，我们认为厄普代克长篇小说整体价值取向的最好表达是："人类有一个上帝获取幸福的可能性明显地大于没有一个上帝获取幸福的可能性"。

原载《南京师范大学文学院学报》，2008 年第 3 期

---

24 徐岱：《体验自由》，浙江大学出版社 1999 年，第 45 页。

25 〔法〕帕斯卡尔：《思想录》，何兆武译，商务印书馆 1985 年，第 185 页。

26 〔英〕艾略特：《基督教与文化》，杨民生译，四川人民出版社 1989 年，第 205-206 页。

27 〔美〕弗里茨·J.拉达茨：《艺术的真谛存在于它隐含的痛》，施显松译，《译文》2004 年，第 2 期。

28 John Updike. *Self-Consciousness*, New York: Alfred A.Knopf, 1989, p.230.

29 〔英〕理查德·斯温伯恩：《上帝是否存在？》，胡自信译，北京大学出版社 2005 年，第 118 页。

天国离我们越来越远
——论厄普代克长篇小说《马人》

　　《马人》（*The Centaur*, 1963）是厄普代克的第三部长篇小说，在 1964 年获美国国家图书奖，但国内学界对他鲜有论述。因此，它的主人公"马人"卡德威尔（Caldwell）并没有像"兔子"安格斯特罗姆（Angstrom）一样幸运，在中国的土地上风光地"跑来跑去"。为弥补这一缺憾，本文试图通过对"马人"形象的探讨来阐释《马人》的艺术精神。

一、卡尔·巴特的预言和喀戎的受难

　　《马人》充满了深层的象征和隐喻，不过有一条"捷径"可走入它的奥秘，即从小说卷首的两段引语出发，再顺藤摸瓜，大概能窥见小说的本来面目。第一段引语，摘自瑞士神学家卡尔·巴特（Karl Barth）的《教义学纲要》（Dogmatics in Outline）第九章的导论：

　　　　天国是人类不能感知的创造，人间是人类可以理解的创造，而
　　人类便是介于天国和人间的生物。[1]

　　这段话可看成是卡尔·巴特对现代人类命运的预言，而卡尔·巴特恰恰是厄普代克的精神偶像和精神资源之一，所以，我们有理由相信，厄普代克是在用《马人》这个形象的故事表达对这一抽象预言的理解和认同。

　　第二段引语出自约瑟芬·普瑞斯顿·皮巴迪（Josephine Preston Peabody）编的《希腊民间故事新说》，讲述的是马人喀戎（Chiron）受难的故事：

　　　　但是仍然需要有人献出生命来救赎那上古的窃火之罪。恰好马

1　John Upike, *The Centaur*, Yew York: Alfred A.Knopf, 1963.

人（一半是马，一半是人）中最著名的喀戎因一次莫名的不幸而受了伤，正在痛苦中浪迹天涯。因为，在底萨莱的拉庇泰人婚宴上，一个醉醺醺的马人想把新娘偷走，一场惨烈的争斗随之而来。在全场的混乱中，无辜的喀戎中了毒箭，将永远遭受不能痊愈的箭伤的折磨。不朽的喀戎渴望一死，他请求以自己的死亡来弥补普罗米修斯的盗火之罪。天神们听到了他的请求，免除了他的痛苦，也革掉了他的永生。他像一切疲惫的人那样死去。在众星之中，宙斯将他置于闪烁的射手座。[2]

厄普代克把卡尔·巴特的预言和希腊神话传说一前一后置于卷首，其用意何在？这是理解小说的关键。卡尔·巴特的预言可看成整部小说的总纲，总领着希腊神话传说和卡德威尔的故事，而希腊神话传说则引导着我们对卡德威尔故事的理解。

继乔伊斯、福克纳等人的成功之后，美国很多作家开始回归西方传统，从两个最基本的神话学资源——《圣经》传说和古希腊神话中寻找灵感，如罗伯特·库弗、伯纳德·马拉默德和约翰·加纳德都善于运用《圣经》中的形象和结构。约翰·巴思、理查德·布朗蒂甘和詹姆斯·狄更则巧妙地把希腊神话融入小说中。

《马人》也是一个明显且成功的后继者，希腊神话故事在小说中起着至关重要的作用。作家有意把喀戎的受难作为潜在和深层的文本使神话传说和现实故事之间形成或平行对应或交叉融合的关系。而最大的疑问在于：这样的设置，究竟有怎样的意图和作用？

一部分学者对《马人》中充满神话颇有微词，如英国文学家 D·安赖特认为厄普代克这样做是为了"掩饰故事内容贫乏"。另一部分学者则观点相反，如 P·韦伊曼认为神话故事的运用，使小说具备了"巨大的时间幅度和比喻的深度"[3]。约翰·尼尔也持相似的看法，他认为"神话之线，让小说充满了宗教的深度，具有了神秘性和难以直观的意味。而小说在现实和神话之间流动，是厄普代克刻画乔治·卡德威尔形象的一个重要方面。"[4]在我们看来，后者

2　John Upike, *The Centaur*, Yew York: Alfred A.Knopf, 1963.

3　〔美〕莫里斯·缅杰利松：《约翰厄普代克经历的道路和走过的歧路》，《当代美国文学探胜》，傅仲选译，上海译文出版社 1994 年，第 193-195 页。

4　John Neary, *Something and Nothingness: The Fiction of John Updike and John Fowles*, Southern Illinois University Press, 1992, p.111-112.

的看法应该更科学和客观一些。

二、神话传说和现实故事

远古的神话传说和现代人的现实故事，看起来风马牛不相及，但稍作分析，便会发现，喀戎的传说和卡德威尔的故事其实是异形同构。

首先是人物形象，存在着明显的对称关系。从身份看，喀戎和卡德威尔都是老师，前者教授人类和希腊英雄们各种技艺，后者在中学讲台上讲解自然科学。从地位看，他们在各自的评价体系中，都属于最底层的弱势群体：在推崇丰功伟绩和俊男美女的希腊神系中，喀戎平凡的身手和丑陋的外表注定了他是个无名小神。而现实世界中的卡德威尔则在为一日三餐发愁，还要时时刻刻担心失业，也是一个不折不扣的小人物。从性格看，两者都没有因身份卑微而自暴自弃，而是默默地承受命运的重压，艰辛地生活着。从命运看，两者都是命运的弃儿，喀戎作为智者和授恩者，却被受恩的学生赫拉克勒斯射伤，最后导致死亡，卡德威尔也同样好人未得好报，他搭载一个过路人，却被过路人顺手牵走了儿子送的手套，他用心授课，却被学生们用箭射中脚踝，用铅弹击中脸部。

其次，也是最重要的是，两个故事有着内在的一致性，即都在讲述一个好人受难的悲剧。喀戎的受难过程自不必赘言，卡德威尔的受难始于开头的一个象征性情节：卡德威尔被学生用箭射中脚踝，身体遭到伤害。在希腊神话中，表面上是赫拉克勒斯让喀戎遭受苦痛，其实是不公正的命运在捉弄喀戎。喀戎的不幸暗示了世界的无序性和荒诞性。而在现实的故事中，表面上是学生在整治老师，其实是残酷的现实在捉弄和伤害这个中学教员。学生的玩具箭不会导致卡德威尔走向死亡，但由此诱发了卡德威尔内心希望的死亡，他从此越来越觉得自己有不治之症将不久于人世。其实他肉体上还算健康，只是心灵上缺少一个生活的理由和支撑，从而蜕变成一个虚无主义者，见人就唠叨"无知便是幸福"的"警言"。

这样看来，一个卑微的好人、意外遭受苦难、承受苦难、暂时的死亡（喀戎是肉体死亡，卡德威尔是精神死亡）等等是两个故事的共同要素。现在的疑问是，喀戎通过拯救他人（普罗米修斯）而拯救了自己（免于痛苦，得以复活），那么，卡德威尔呢？小说是一个开放式的结尾，并没有明确交待卡德威尔肉体是否死亡，医生的检查也证明他肉身正常，所以，卡德威尔并没有一个肉体获得拯救的结局。

其实，厄普代克是在借助神话中喀戎肉体受难——肉体死亡——肉体复活的故事结构，来表现现代人的精神历程：精神受难——精神死亡——？。卡德威尔的精神是否获得拯救，走向新生，是小说的一大悬念。在神话中，喀戎通过拯救人类的恩神普罗米修斯最终获得宙斯的拯救，这是一个充满神性光辉的寓言：拯救他人者必将获得他人拯救。在现实故事中，对应普罗米修斯角色的是卡德威尔的儿子彼得，从故事的发展来看，卡德威尔把家庭当成生命的支点，他最后生活下去的最大支撑是为了儿子彼得的未来，他很清楚如果自己绝望了，必将祸及家庭和儿子的生活。所以，从自我角度出发，他变成一个虚无主义者，但从世俗生活出发，他不得不正视自己作为一家之主的角色，尤其是一个父亲的身份。尤其是当他和儿子在外面共同相处了三天，最后在风雪中回到温馨的家，他更加明确了自己作为一个家庭拯救者和守护者的责任，这样他精神"复活"了——不再总想着自己要死，而是要想着明天该怎样生活。

相比普罗米修斯，彼得不是人类的授恩者，也没有为人类承受被缚的苦难，他只是个普通的孩子，何况他还是卡德威尔的儿子，这样卡德威尔的拯救行为和精神复活就不具备任何的崇高性和神圣性，也不会给人以任何的悲壮感，相反，倒让人们品出太多的苦涩。

三、神在天国和人在人间

神话传说和现实故事的异形同构，让两个人物的命运穿越时空的隔阂，有机地对接起来，远古形象和现实人物的对照，让小说具有了普遍的寓言意义：人类在任何时刻，都要承受命运强加的莫名的苦难，人类也会在苦难中寻找解脱的方式。

单就卡德威尔的故事而言，《马人》的基调是写实主义的，还因为过于注重细节的刻画，从而带有自然主义色彩。但神话传说的融入让整部小说具有了荒诞色彩和形而上的象征意蕴。这样，小说中神话传说的设置，用意和作用之一在于为现实世界提供一个"同构同质"的背景，从而加强小说的整体寓言性，让一个现实美国人的生活能够贯通远古的岁月，超脱现实的界限，代表着人类（至少是普通人）一种共同和必然的生命状态。

不过，神话传说和现实故事的"同构"并不完全，喀戎的受难是肉体的，但解脱苦难的方式和结果是神性的——用悲壮的死换取最后的永生；卡德威尔的受难是精神的，但解脱苦难的方式和结果是世俗的——用平庸的活来守护家庭。这种不同表明，厄普代克不仅要赋予卡德威尔更多的寓言意义，也要赋予他更多的现实精神。

喀戎传说和卡德威尔故事"同构"的不完全正体现出它们内在意蕴不同的一面：卡德威尔的世俗性复活对照喀戎的神性光辉，表达了厄普代克对现实中普通美国人生存状况的一种讽喻：他们精神上苦痛，行为上平庸。现实的美国社会不再是远古的奥林匹斯山，现代人也不会像那崇高的普罗米修斯和喀戎一样用肉体的殉难来拯救他人和自我。这样，小说中神话传说的设置，用意之二在于为现实世界提供一个"同构异质"的参照，衬托出现代美国人，充满危机的不仅是经济，更是精神，而他们选择解脱的方式比任何时代都趋向世俗化和平庸化。

神话传说和现实故事的平行或交融让小说中充满二元对立的意象：喀戎和卡德威尔、传说和现实、神界（奥林匹斯山）和人界（奥林格小镇）、诸神和人类、精神和肉体、死亡和复活、神性和人性、崇高性和世俗性等等。而这些二元对立的意象其实都包含在卷首卡尔·巴特的预言之中。

卡尔·巴特视人类为介于天国和人间的生物，其实暗合了"马人"的形象，"马人"一半是人，一半是马象征了人性的两极。但人性在两极之中，最后会偏向哪一极？先人们信仰神话的世界和宗教的世界，所以，他们离神性很近，但现代社会呢？卡尔·巴特认为天国是人类不能感知的世界，而人间是人类可以理解的世界，并不是说人们不应该感知和触摸天国，而是说，在这个物欲膨胀的时代中，人们已经不能够固守那份超凡脱俗，反而越来越贴近地面了。

卡尔·巴特是著名的"危机神学家"，他思想的核心之一便是揭示在现代社会中，人与上帝的距离越来越远，神在天国，人在人间，而人间因为人类对神性的疏远和背离，渐渐变成了难以忍受的炼狱，这样人类更加难以洞悉神的秘密。厄普代克借助卡尔·巴特的话来总领整部小说并用喀戎受难和卡德威尔受难的对比，来传达他对现代美国人生活状况的一种形象化理解：命运的不公和生活的苦难无处不在，远古的希腊人用神的故事表达他们直面苦难的态度——用肉体的死亡来拯救他人，而拯救他人者必将获得自救。但现代人的神性渐渐被世俗的欲望侵蚀和磨灭，虽然他们在精神上要比先人承受更多的苦难，但人们却没有像先人们那样，受到神的佑护，这样天国不仅难以追寻，而且变得越来越遥远和陌生。

但厄普代克并无意责难卡德威尔，他也根本没有想过要把这个人物塑造成拯救美国精神的英雄，相反，他一直在实践自己的创作宣言："我写的小说是关于平常人的日常生活，它比历史书更具有历史感"[5]，所以他说要通过《兔子快跑》和《马人》来反映两种人生，"一种反映的是兔子的人生，一种躲闪逃避的态度——听信本能，草率莽撞，惊慌失措，于是就有了主人公的名字，安格斯特罗姆；另一种是马对人生的态度——套上挽具后一直不停地拉车，到死为止。"[6]这样看来，把卡德威尔塑造成一个值得同情而不是遭受讽刺的小人物才是作家的本意。

这个叫卡德威尔的人，如同希腊神话中的喀戎，心肠温柔，友善待人，但在只有强者和富翁才过得舒服的世界中受苦受难。他精神上的绝望来源于心灵世界中的他，曾像普罗米修斯和喀戎一样，具有一种拯救性情怀，他不仅希望自己的妻子和儿子生活安康，还在构想着一个田园诗般的人类未来：充满欢声笑语，处处歌舞升平，人们体验不到沉重的忧虑和压抑。这样他精神上的死亡如同喀戎肉体死亡一样，笼罩上了一层神性光辉。但他只是一个小人物，而且是一个神性失落时代的小人物，他无法用精神上的忧虑和绝望来掩饰现实的无助和残酷，所以拯救社会，构想未来也只是暂时的想想而已，最后他只能默认现实，正视自己只是一个卑微的一家之长，牺牲自己来拯救他人，自己不仅没有能力，其实也没有资格，自己的意义在于一个家庭，而不在于整个人类。这样，他躲避了崇高，反而获得了解脱；他获得了解脱，也趋向了彻底的平庸。他终于像一匹马一样，放弃灵魂的波澜起伏，一直不停地拉着沉重的生活之车，到死为止。而这正是很多平凡人都无法避免的，真实的生命历程。

原载《德州学院学报》，2005 年第 1 期

5　〔美〕查尔斯·托马斯·塞缪尔：《约翰·厄普代克访谈录》，《当代外国文学》1997
　　年，第 2 期。

6　约翰·厄普代克：《兔子为什么非跑不可》，张媒译，《外国文学》1992 年，第 2 期。

美国乡土文学的三种书写

美国乡土文学有三种书写方式：浪漫主义、现实主义和现代主义，分别以詹姆斯·库柏、赫姆林·加兰和威廉·福克纳为代表，通过对他们乡土文学的分析，可以简洁勾勒出美国乡土文学的演变和发展。

一、库柏：西部牧歌

在库柏的乡土文学中，乡土是未被开发的西部原始边疆。建国之初，美国从领导者到普通大众，都在构想一个"农业乌托邦"。因此他们宣称以狩猎为主的西部边疆是"西部沙漠"，只有用南方的农业取代西部的狩猎后，"西部沙漠"才会变成"西部花园"。而"随着南北战争的结束，以宅第法为基础，人们终于在西部实现了农业乌托邦的梦想"。[1]可是农业乌托邦的实现却是以森林的被砍伐、印第安人的被杀戮和人性的被侵蚀作为代价的。

在西部的土地上，当农场取代森林；白人取代印第安人；"文明"取代"野蛮"后，凡夫俗子们体味着现代农业文明所带来的征服的快感，而库柏却沉浸在回忆昔日西部边疆的痛苦之中。在"皮袜子故事集"中，库柏毫不掩饰对昔日西部"处女地"的赞美。可是这片土地已被农业文明肆虐得"面目全非"，它的主人也遭到"改朝换代"。而库柏只能在自己的观念和作品中复活这片西部"处女地"，随同土地一起复活的还有土地的主人，一位叫做纳蒂·邦波的主人公，他是一位生活在印第安人中间的猎人，一位拒绝现代文明"招安"的自然之子。

1　Henry Nash Smith：《处女地：作为象征和神话的美国西部》，薛蕃康等译，上海外语教育出版社 1991 年，第 178 页。

库柏在自己的作品中寻求着自然，守护着乡土，因此，他的乡土文学是典型的"感伤的诗"。既然农业文明的进程破坏了现实人性的和谐，现实已经不再等同于自然，那么他只能像很多"感伤的诗人"一样，将昔日的原始生活加以复活和歌颂。纳蒂·邦波这个与所谓文明人相对立的"高贵的野蛮人"体现出库柏对理想人性的期待。这种期待显然与18世纪以来在欧洲兴起的原始主义之风一脉相承："一个民族越不开化，也就是越有生气、越无拘束，如果它有诗歌，那么它的诗歌就必然会越粗野、越生动、越自由、越有质感、越充满抒情意味！"[2]

原始主义实际上是浪漫主义的价值取向。在他们看来，社会组织形式越原始越美好，因为自然和人性被破坏的机会也越小。因此，农业社会优于工业社会；游牧社会优于农业社会；而原始社会无疑是最美好的社会。库柏无疑秉承了原始主义的宗旨，他将失去的西部原始边疆当成现实加以书写和赞美。一方面，他强调昔日西部边疆的一切都是美好而值得留恋的，而现实的农业文明剥夺了诗意、价值和意义等美好的事物；另一方面，他"认为过去的事情比现在更好、更美、更健康、更令人愉悦、更文明也更振奋人心"。[3]库柏竭力张扬西部原始生活中光明的一面，回避甚至无视过去野蛮、丑陋和落后等负面特性，与其说是基于他对过去的客观认识，毋宁说是基于他质疑现实的需要：在"美好的过去"和"庸俗的现在"的鲜明对比中，批判现实，挺进未来。

对现代农业文明的失望让西部边疆成了库柏寄托怀旧情绪的最佳场所。而这种对过去全方位肯定和赞美的心态，传达的是一种"回归式"的怀旧情绪：呼吁人们回到美好的过去，而回到过去实质上就是面向未来。而当库柏将心中的理想——昔日的西部——当成"现实"以及"未来"来描绘时，他无疑是在书写一首首"西部牧歌"。

二、加兰：乡村讽刺诗

在美学名著《论素朴的诗和感伤的诗》中，席勒将"感伤的诗"分为三类：第一类是讽刺诗，是把现实写成反感的对象，在批判现实中寄托诗人的理想。第二类是哀歌，理想已经摆脱了现实，但是理想并未实现，只能将理想当作没

2　〔德〕赫尔德：《关于莪相和古代民族诗歌的通讯》，关惠文译，见《文艺理论译丛》，中国文联出版公司1983年，第205页。

3　Davis F, *Yearning for Yesterday: A Sociology of Nostalgia*, New York: The Free Press, 1979, p.19.

有达到的或者失去的东西来写，因而内心处于既向往理想又留恋现实的特殊状态。第三类，即牧歌，理想完全压倒了污浊的现实，它在遥远的过去或者渺茫的未来成为"现实"，因此，将理想表现为现实的东西大加赞美。[4]借助于席勒的概念，我们将库柏的乡土文学称之为"西部牧歌"，而加兰的乡土小说则是"乡村讽刺诗"。"乡村讽刺诗"和"西部牧歌"至少有三个显著区别：在乡土形态上，前者描绘的是西部的乡村，后者描绘的是西部的边疆；在乡土人物上，前者塑造农民形象，后者塑造猎人形象；在书写心态上，前者用"讽刺"，也就是"客观"的心态写乡村，后者用美化的心态写边疆。

在加兰的乡土创作中，乡土形态之所以由"西部边疆"转变为"西部乡村"，是因为在美国的西部，边疆在现代化的进程中业已消失，取而代之的是农庄和城市：美国"在两大战争——内战和第一次世界大战——之间，……在不到 50 年的时间里，……边疆地区业已消失。乡村将人们从更偏远的地区和海对面的土地上吸引过来，结果逐渐发展为城镇，然后几乎在一夜之间又发展成为城市。"[5]

随着边疆的消失，在美国西部的土地上，原始森林和现代农庄的对立随即转变成为乡村小镇和现代都市的对立。于是，在加兰为代表的乡土文学家笔下，乡土的主体形态也由"西部边疆"转换成为"西部乡村"，乡村农民也取代森林猎人成为作品的主人公。加兰和库柏更大的区别在于：库柏用浪漫主义书写"西部牧歌"，将边疆当作已实现的理想来写；而加兰则用现实主义书写"乡村讽刺诗"，将乡村当作令人反感的对象来写，让人们在反感现实中渴望理想。

加兰奉行的是写真主义原则："真实主义作家应当从现在去寻找主题。过去已经歼灭，而未来将自己照顾自己"。[6]也就是说，当过去和现在相对立时，库柏让过去走向"台前"，以此来衬托现实的丑陋，而加兰则让过去退到"幕后"，让现实的丑陋来衬托过去的美好。而两者都是为了质疑现实的合理性，为挺进未来寻找一个依据。

---

4 参见〔德〕席勒：《论素朴的诗和感伤的诗》，张玉能译，载《审美教育书简》，译林出版社 2009 年，第 148-237 页。

5 美国新闻署编：《美国历史概况》（上），杨俊峰等译，辽宁教育出版社 2003 年，第 297-303 页。

6 〔美〕赫姆林·加兰：《破碎的偶像》，刘保瑞等译，《美国作家论文学》，生活·读书·新知三联书店 1984 年，第 96 页。

当美国乡土文学发展到加兰这个阶段，美国文学的主潮也步入了现实主义时期，因此，加兰用"写真主义"来写乡村，也是当时美国文学的主潮所决定的。正因如此，加兰没有像一般的浪漫主义作家一样，将"记忆的乡土"当作"现实的乡土"来写，或者将"现实的乡土"当作"未来的乡土"写。如果说他的乡土小说中也充满怀旧的话，那么这不是回归式的怀旧，而是一种反思式的怀旧。

反思式怀旧比回归式怀旧更能触及人类深层的精神。首先，反思式怀旧虽然对消逝的过去充满怀念，但他们并不想返回过去，因为他们知道这也不可能。其次，反思式怀旧揭示了怀旧行为的双面性：无论在哪种怀旧中，怀旧客体都呈现为正面、美好和积极的形象，这既让怀旧行为具有重温往昔美好感觉的可能性，也暗示了怀旧行为具有粉饰过去，遮蔽过去丑陋和消极的一面。与牧歌的迷恋过去不同，反思式怀旧既能品味到遥远过去的韵味，也不会因为盲目迷信过去，从而封闭了对现实生活的真实观感，相反，它能够勇敢地面对现实，让人们在面对现实的残酷中更强烈地寻求理想。

三、福克纳：南方哀歌

在 20 世纪初期，随着美国文学步入现代主义和实验阶段，美国乡土文学也产生了一种新的书写方式：以福克纳为代表的现代主义书写。在福克纳建造的"约克纳帕塔法"神话王国中，乡土人情作为无形而又强有力的力量，"体现在福克纳很多作品中但又不惹人注意。它是福克纳作品的主要气氛，精华所在。"[7]不过在福克纳的笔下，乡土形态既不是西部边疆，也不是西部乡村，而是南方的种植园；乡土人物既不是猎人，也不是普通的农民，而是种植园主。与此同时，福克纳还采用多元的艺术手法，当然主要是现代主义的手法来书写南方的乡土。在人的无意识流动中，乡土景观带有神秘和不可捉摸的色彩，它不仅失去了单纯的牧歌色彩，也失去了单纯的讽刺诗色彩。可以说，福克纳的乡土文学是介于"牧歌"和"讽刺诗"之间的"哀歌"。

"哀歌"在席勒的观念中，体现出主体既向往理想（过去）又留恋现实（承认现实的合理性）的特殊状态。借助"哀歌"的概念，可以表达福克纳乡土小说的双重情感：既像库柏那样迷恋乡土，又像加兰那样批判乡土。

7　〔美〕H.R.斯通贝克：《威廉·福克纳与乡土人情》，陶洁译，见《福克纳中短篇小说选》，中国文联出版公司 1985 年，第 17 页。

　　福克纳笔下的乡土——南方种植园——就像西部边疆一样，具有象征和神话的功能。在南北战争之后，失败的南方人缺乏正视现实的勇气，他们转而美化过去南方的生活。于是旧南方的庄园经济、阶级结构和家庭生活被神话成充满甜蜜、柔情和阳光的人间乐土，甚至连奴隶制和种族压迫也被鼓吹成上帝恩赐美国人的礼物。

　　因此在内战结束后的几十年间，南方文学主要是一些逃避现实，沉溺过去的消极怀旧之作，缺乏自我反思和自我批判的意识。到了 20 世纪初，随着南方自身的恢复和发展，以及北方工商业经济和价值观念的冲击，南方的经济形态和思想观念也在发生改变。南方人开始正视旧南方在经济、社会、文化和观念上的劣根性，特别是奴隶制度和种族主义的反动性。这种痛苦的自我剖析在他们内心产生了对南方爱恨交织的感情。而南方文学也从自我辩护转变为自我剖析，并由此推动了美国南方文艺复兴的到来。

　　在南方文学的转型中，福克纳无疑起着重要的作用。他的南方乡土小说也正是变革中的南方传统文化与现代世界思潮相撞击的产物。因此，他的创作告别了乡土文学的"牧歌时代"，但又不等同于"讽刺诗"，而只能将两种单纯的情感交织在一起，从而变成了第三种复杂的情感模式："南方哀歌"。

　　哀歌首先意味着默认了旧南方的消失，以及新南方建立的合理性，与此同时，也意味着对旧南方劣根性的反思。福克纳的改变也是时代氛围改变的结果。当历史步入 20 世纪的门槛后，很多被改变的事物已经成为既定的事实，因此，很多人渐渐接纳并欣赏着改变的世界。所以到了 20 世纪，美国文学对现存城市的态度不再是单纯的谴责或者敌视，对昔日乡村的态度也不再是单纯的怀念或者美化。受时代精神转变的影响，福克纳的乡土文学对旧南方的反思和批判是十分明确的，旧南方种植园文化的闭塞、保守和贫困，特别是奴隶制度和种族压迫成了福克纳讽刺的对象。

　　哀歌其次意味着对旧南方消失的惋惜。旧南方的消失固然有其历史的必然性和合理性，但是旧南方的正面价值也随同旧南方的消失而消失了。如南方种植园的乡村风情，特别是家族文化的脉脉温情等，尽管这些正面价值是微弱的，甚至虚幻的，可也正是现实所缺乏的。更重要的是，旧南方不管在历史的进程中扮演着怎样反动的角色，可它毕竟是历史的一部分，没有旧南方，便没有今天美国的历史。因此，对旧南方的怀念，并不是对过去的美化，而是对文化之根的寻求和尊重。在福克纳的心中，故土是根，是人们赖以生存的土壤；

家族是根，是血脉生生不息的传承；历史传统是根，它承载了荣誉、同情、自豪、怜悯之心和牺牲精神等昔日的荣耀。但是令福克纳难过的是，这种根的观念正随同现代化的进程而渐渐消失。

原载《求索》，2007 年第 1 期

第三辑　形象学研究

比较文学形象学的理论建构

形象学是研究"形象"的学问。不过，比较文学意义上的形象学所研究的"形象"主要指"异国形象"[1]。因此，形象学旨在考察一国文学／文化塑造的异国形象"是什么"，"为什么"如此塑造异国形象，进而探讨异国形象的塑造对自我和他者文化的发展能够起到怎样的作用。

一、形象学的理论范畴

形象学作为比较文学的重要研究类型之一，发展至今，已经初步形成独特和完整的理论体系。标志有三个：1. 拥有独特而明确的研究对象。2. 形成了独特而清晰的研究方向。3. 创造出独特而有效的理论范畴。

首先来辨析形象学的几个重要理论范畴：形象、社会集体想象物和套话。

1. 形象

"形象"作为形象学的核心理论范畴，揭示出形象学独特而明确的研究对象。著名的形象学学者，法国的让–马克·莫哈认为"形象"具有三层含义：

> 它是异国的形象，是出自一个民族（社会、文化）的形象，最后，是由一个作家特殊感受所创作出的形象。[2]

莫哈从性质和范围上揭示了"形象"的独特性：1. "它是异国形象"，这层

---

1 异国形象的核心是"异族"形象，西方国家大多数是民族国家，民族和国家合二为一。但有些国家，如中国是多民族国家，因此，异族形象和异国形象并不能完全等同，而研究某民族文学／文化中的异族形象其实也是典型的比较文学形象学研究。但为了避免表达的繁琐，学术界基本上只用"异国形象"这个概念。

2 〔法〕让—马克·莫哈：《试论文学形象学的研究史及方法论》，孟华主编，《比较文学形象学》，北京大学出版社 2001 年，第 25 页。

含义指明了"形象"的独特性质："异国"性。这里的"异国"可以是异国的人物，如普希金诗歌中的拿破仑形象，也可以是异国的物质文明，如欧洲文学中的中国园林形象，还可以是异国的文化，如伏尔泰作品中的中国政治形象等。2. 它"是出自一个民族（社会、文化）的形象"，这层含义指明了"形象"的存在范围之一：文化文本中的异国形象。3. 它"是由一个作家特殊感受所创作出来的形象"，这层含义揭示出"形象"的存在范围之二：文学文本中的异国形象。

当然，并非所有关于异国事物的描写都是比较文学意义上的"异国形象"。那些客观中性的、并不体现对异国认识和评价的事物，比如对异国自然景物的客观描写和对异国文化历史状况的知识性介绍等，并不是比较文学意义上的"异国形象"。

2. 社会集体想象物

当异国形象存在于文化文本，如历史资料、生活习俗、影视广告等中时，异国形象就是群体而非个体塑造的结果。莫哈认为社会集体想象物"是对一个社会（人种、教派、民族、行会、学派……）集体描述的总和"[3]。这句话应该理解为：社会集体想象物是"集体"对异国形象描述的总和，换言之，是一个国家的总体对另一个国家的看法。根据对异国态度的不同，社会集体想象物体现为两种形态："意识形态"和"乌托邦"。

首先看"意识形态"。这里的意识形态并不单指政治意识形态，而是各种思想观念的总和。一个国家对异国形象的塑造往往不是基于异国的现实，而是基于它当时的社会需要。一般而言，当这个国家的主流思潮处于上升阶段时，为了保存现实，维护现存文化的权威，它就会以自己的"意识形态"作为尺度，来塑造和理解异国形象，其结果往往是塑造出否定性的异国形象。因此，意识形态化的社会集体想象物是指一国文化出于维护现存文化的需要，按照自身的模式来塑造、评判和同化异国形象。

其次看"乌托邦"。当一个国家的主流思潮开始走下坡路时，它或者从自身文化的次传统中，或者从异国文化中寻找智慧来弥补自身的缺陷，这时，它所塑造的异国形象就是"乌托邦"的。对这种情况，乐黛云先生有很形象化的解释：

3　〔法〕让—马克·莫哈：《试论文学形象学的研究史及方法论》，孟华主编，《比较文学形象学》，北京大学出版社 2001 年，第 30 页。

人们由于无法解决现实生活中的问题和不满，就会构造一个
"非我"来与"自我"相对立，把一切理想的、圆满的、在"我方"
无法实现的品质都投射于对方，构成一种"他性"而使矛盾得到缓
解。这里起主导作用的不一定是对方的现实，而是我方的需求。[4]

比如"自 15 世纪以来，西方人一直在寻找一种原始社会。他们想通过对
原始社会的描绘，来批评自己的社会和文化。如 1968 年西欧发生大规模学生
运动时，学生们非常重视中国。他们认为只有中国才有真正的人道，并视中国
为一种理想的典范。他们当时都很想到中国来。"[5]20 世纪 60 年代，西欧文
化为了宣扬一种不满现实的理想主义情怀，从而想象出一个具有"真正的人
道"的中国，而这显然并不符合中国当时的历史事实。

不难发现，"乌托邦"和"意识形态"在功能上是恰恰相反的：乌托邦本
质上是质疑现实的，而意识形态恰恰要维护现实。当一个国家质疑它现存文化
的合理性时，就会抛弃对白身的认同，塑造 个令人向往、优越于自身的异国
形象。因此，乌托邦化的社会集体想象物是指一个国家出于反省或颠覆现存文
化的需要，塑造出 个理想化的异国形象。

从表面上看，"意识形态"和"乌托邦"是社会集体想象物中两种完全
对立的形态。因为前者为了认同本土文化塑造出一个被否定的异国形象；后者
为了质疑本土文化塑造出一个被肯定的异国形象。但从本质上看，两者又是相
通的，因为无论是"意识形态"认同自身否定异国，还是"乌托邦"否定白身
肯定异国，其立足点都是本土文化；其终极目标都是为了完善自身文化，只不
过它们所走的道路是相反的：把异国形象"意识形态化"，是着眼于本土文化
现在的完善；把异国形象"乌托邦化"，是着眼于本土文化未来的完善。

3. 套话

套话原指印刷行业中使用的"铅版"，形象学借用它，指代一个国家对异
国比较固定和模式化的看法。因此，套话本质上是"自我"关于"他者"的社
会集体想象物。不过，套话又是比较独特的社会集体想象物，因为它是社会集
体想象物的最小单位。通常的社会集体想象物比较宽泛和模糊，具体表述出来

4 乐黛云：《文化交流的双向反应——〈中国文学在国外〉丛书总序》，见严绍璗、王
　晓平：《中国文学在日本》，花城出版社 1990 年，第 3 页。
5 参见〔德〕顾彬《关于"异"的研究》，曹卫东编译，北京大学出版社 1997 年，第
　2 页。

具有一定的难度。而套话因为含义清晰，具有高度的浓缩性、稳定性和隐喻性，能够在最小的单位中蕴含丰富的异国信息，所以就成为社会集体形象物最特殊和最基本的形态。

首先，套话具有高度的浓缩性。从语言的角度看，套话的最大特点是简洁。大多数套话由简单的词汇构成，成为表达异国形象的最小单位。但因为套话"直指事物最主要的部分"，[6]也就是异国形象最本质的部分，所以套话虽然简洁，但却可以承载丰富的异国信息。因此，套话能够小中见大，具有高度的浓缩性。如从明代到抗日战争时期，我国分别用"倭寇""东洋人""小日本""日本鬼子"指代日本人，这些套话不仅是描述日本人的外部形象，也暗含了饱受日本侵略的中国人对日本人性格的一种否定性描绘。

其次，套话具有相对的稳定性。套话一旦形成，在当时的历史语境中，其内涵便稳定下来，并获得群体的理解和认同。但套话的稳定性是相对的，因为套话在特定的历史语境中形成，随着特定历史语境的消失，套话在新的历史语境中所具有的象征含义或者消失，或者削弱。因此，要辨析套话的内涵，需要还原套话所产生的历史语境。随着新中国的成立，中日关系的改善，"倭寇""东洋人""小日本""日本鬼子"这些套话便渐渐淡出了人们的视野。

最后，套话具有内在的隐喻性。巴柔认为套话就是"以隐含的方式提出了一种恒定的等级标准，一种对世界和一切文化的真正的二分法。"[7]巴柔其实揭示出套话的内在隐喻性：套话塑造"他者"形象是以"自我"形象为参照的。因此，套话在塑造"他者"形象的同时，其实也暗含了对"自我"形象的塑造。而"他者"形象和"自我"形象往往是二元对立的，显示出两种世界和两种文化的等级差异。如法国人在使用"英国人嗜茶""德国人嗜啤酒"的套话过程中，暗含着一个与之对立的"法国人嗜葡萄酒"的自我套话，并且法国人从有利于法国文化的角度出发，对"嗜葡萄酒"和"嗜茶""嗜啤酒"做出等级区分："嗜葡萄酒"要优越于"嗜茶"和"嗜啤酒"。再如欧洲启蒙主义者使用"哲人王"描述中国古代以康熙为代表的理性政治时，就暗含着

6　〔法〕达尼埃尔—亨利·巴柔：《从文化形象到集体想象物》，孟华主编，《比较文学形象学》，北京大学出版社 2001 年，第 126 页。

7　〔法〕达尼埃尔—亨利·巴柔：《从文化形象到集体想象物》，孟华主编，《比较文学形象学》，北京大学出版社 2001 年，第 127 页。

一个与之对立的自我形象: 欧洲政治是非理性的, 而中国的理性的哲人政治明
显要优越于非理性的欧洲政治。

二、形象学的研究方向

随着"形象"含义的明确, "形象学"的研究方向也随之被揭示出来。莫
哈基于形象学的两种存在范围, 提出形象学有两个主要研究方向:

> 一是研究"游记这些原始材料"; 但主要还是研究"文学作品,
> 这些作品或直接描绘异国, 或涉及到或多或少模式化了的对一个异
> 国的总体认识"[8]。

莫哈用"游记这些原始材料"代指各种社会文化材料, 与之相对的就是体
现作家独特感受的"文学作品"。因此, 他为形象学设计的两个主要研究方向
就是: 1. 研究文化文本中的异国形象 (外部研究)。2. 研究文学文本中的异国
形象 (内部研究)。莫哈还发现了一个普遍现象: 文学作品或多或少会体现"模
式化了的对一个异国的总体认识", 也就是说, 作家塑造的异国形象和整个社
会文化所塑造的异国形象"或多或少"会有关联, 这其实暗示了形象学还有第
三个研究方向: 研究文学文本与文化文本中异国形象之间的关系 (综合研究)。

1. 外部研究。外部研究以文化文本中的异国形象为主要研究对象, 也就
是对"社会集体想象物" (包含套话) 的研究。莫哈认为:

> 对社会集体想象物的研究代表了形象学的历史层面。与其他描
> 述相比, 这种研究并不注重文学描述。[9]

形象学的外部研究具有鲜明的跨学科性和实证性, 其基本步骤是: 首先梳
理一国的社会文化观念, 梳理它对异国的总体看法 (社会集体想象物)。其次
是认真研究异国的社会文化事实。最后把该国的社会集体想象物与异国的社
会文化事实进行比照, 辨析异国形象的真实与否, 进而思考异国形象被这样塑
造的深层原因。在外部研究中, 套话作为社会集体想象物最特殊和最基本的形
态, 受到研究者的青睐。对单个套话的演变作"历时"的追溯, 可以勾勒出异
国形象某个层面的变迁; 对多个套话进行共时分析, 可以揭示出异国形象的多
个层面。

8　〔法〕让—马克·莫哈:《试论文学形象学的研究史及方法论》, 孟华主编,《比较
　　文学形象学》, 北京大学出版社 2001 年, 第 17 页。
9　〔法〕让—马克·莫哈:《试论文学形象学的研究史及方法论》, 孟华主编,《比较
　　文学形象学》, 北京大学出版社 2001 年, 第 29 页。

2. 内部研究。内部研究以文学文本中的异国形象为主要研究对象。巴柔把内部研究划分为三种基本形式：词汇研究、等级关系研究和故事情节研究。[10]

（1）词汇研究。在文学文本中，作家往往用一些关键词汇来描述他心目中的异国形象。如 1914 年，俄罗斯诗人普希金在诗歌《给娜塔丽娅》中写道：

> 我不是主宰宫闱的帝王，
>
> 我不是黑人，也不是土耳其人。
>
> 你可不能那样对待我，
>
> 像对待彬彬有礼的中国人，
>
> 像对待粗暴无礼的美国人。[11]

普希金用"粗暴无礼"描述美国人形象，却用"彬彬有礼"来描述他心目中的中国人形象。其实普希金并没有到过中国，也没有见过中国人，他对中国人的印象一方面来源于间接知识（如书本），另一方面则来源于他的想象。

（2）等级关系研究。1829 年，普希金在诗歌《我们走吧，无论上哪儿，我都愿意……》中写道：

> 我们走吧，无论上哪儿，我都愿意，
>
> 朋友们，随便你们想要去什么地方，
>
> 为了远离骄傲的人儿，我都愿意奉陪
>
> 不管是到遥远中国的长城边上，
>
> 也不管是去人声鼎沸的巴黎市街，
>
> ……[12]

在这首诗歌中，普希金用了一个关键词汇来塑造他心目中的中国："遥远"。"遥远"在空间上拉开了中国文化与俄罗斯现实的距离，表达了中国文化在普希金心目中美好而又遥不可及的形象。在该诗歌的手稿中，普希金所用的修饰语不是"遥远的"而是"平静的"[13]，这更能够体现普希金当时的心态和

---

10 〔法〕达尼埃尔—亨利·巴柔：《比较文学意义上的形象学》，孟华译，《中国比较文学》1998 年，第 4 期。

11 〔俄〕普希金：《给娜塔丽亚》，冯春译，《普希金抒情诗选》，安徽文艺出版社 1985 年，第 6 页。

12 〔俄〕普希金：《我们走吧，无论上哪儿，我都愿意……》，顾蕴璞译，《普希金文集》第 2 卷，人民文学出版社 1995 年，第 213 页。

13 张铁夫：《普希金笔下的中国形象》，《普希金与中国》，岳麓书社 2000 年，第 25 页。

他心目中的中国形象：中国是安全的避难所和平静的港湾。

张铁夫先生认为，为了躲避婚姻，尤其是要躲避沙皇的政治迫害，此时的普希金急于离开俄罗斯。因此，从未到过中国的普希金所塑造的中国形象背后，暗含着作为参照的俄罗斯形象。因为个体情感的需要，普希金所塑造的中国形象与俄罗斯形象是呈二元等级对立的：我／他者、普希金／中国；本土文化／被描述者文化、俄罗斯文化／中国文化；烦乱／平静、危险／安全等。这个二元等级对立揭示出，普希金在诗歌中塑造了一个乌托邦化的中国形象，其原因在于，普希金急于逃避烦乱和危险的现实生活，期待到遥远、平静和安全的中国文化中寻找庇护。

（3）故事情节研究。在一些叙事性文学作品中，故事情节中包含着对异国形象的描述。如19世纪中叶后美国的"中国城小说"，往往有一个中国恶棍绑架一名美国妇女，然后由一个美国人将妇女救出，而中国恶棍不是被打死就是被关进监狱。这个模式化的故事情节对美国人形象和中国人形象作了一系列二元对立的等级区分：中国人／美国人、邪恶／正义、恶棍／英雄、暴力／反暴力等。20世纪50、60年代，一些好莱坞电影（剧本）中，如《樱花恋》（1957）和《苏丝黄的世界》（1960）等，其基本情节（主题）都是高大英俊的美国男子征服、拥有东方女子娇小的身躯及尤悔的感情。[14]透过这样的故事情节，可以发现美国人是如何塑造东方人形象的。

3. 综合研究。对形象学作内、外部研究的划分，只是一种学理上的权宜之计。在实际研究的过程中，内部和外部研究可能会有所侧重，但却不能断然分开。因为外部研究往往要落实到具体的文学文本分析；而内部研究更离不开对社会集体想象物的探讨。文学文本中的异国形象与社会集体想象物之间的关系不外乎有三种。

第一种：创造。当某种社会集体想象物呈现空白或者薄弱状态时，文学文本中的异国形象虽然是作家的独创，但由于社会影响巨大，并具有广阔的接受基础，就逐渐获得群体的认同，从而由个体塑造的异国形象上升为社会集体想象物。如套话"中国佬约翰"最初只是文学中的一个词汇。1858年4月10日，英国著名的《笨拙》杂志刊登了一首诗歌：《一首为广州写的歌》。诗歌用"中国佬约翰"代指中国人，通过谩骂"中国佬约翰"来丑化中国人形象。在美国，

---

14 钟玲：《美国诗与中国梦——美国现代诗里的中国文化模式》，广西师范大学出版社2003年，第23页。

"中国佬约翰"则是对华人劳工的蔑称，最早出自美国作家布勒特·哈特的笔端。19世纪70年代，在一篇题为《中国佬约翰》的小说中，哈特把"中国老约翰"塑造成呆板、麻木、不可捉摸、愚蠢的外表下掩盖着邪恶、诡计多端的形象。

华人劳工在19世纪50、60年代为美国的西部开发做出过杰出贡献，曾一度受到美国人的尊敬，被称为模范移民。因此，到19世纪70年代，尽管美国人对华人劳工的态度开始由友好转向敌视，但完全负面的社会集体想象物还很薄弱。随着哈特作品的发表，他塑造的"中国佬约翰"形象由于影响巨大，并具有广泛的接受基础，就渐渐从文学作品中的一个词汇上升为社会集体想象物，成为美国人描述华人形象的套话。由此可以看出，作家在创造新的社会集体想象物过程中起到了重要的作用。

第二种：等同。一个作家对异国现实的感知与其隶属的社会的集体想象密不可分。因为大多数人并不是通过自己的直接接触去感知异国，而是通过阅读作品或其它传媒来接受异国形象的。孟华教授则认为：

> 即使他们有机会亲赴异国，他们也是社会中之人，与具体的社会、历史语境也有着千丝万缕的联系，多多少少自觉不自觉地都会在这种文化大背景中来读解异国。事实上，任何个人都不可能绝对脱离集体无意识的樊笼，无论他有多么强烈的批判意识。[15]

孟华教授强调的是社会集体想象物对作家塑造异国形象的制约。作家完全认同强大的社会集体想象物时，他所塑造的异国形象就会依附于社会集体想象物。这时，作家塑造的异国形象就和社会集体想象物保持一致（如作品中的词汇和套话保持一致）。在这种情况下，对文学文本中异国形象的探讨更要以对社会集体想象物的分析为背景。如在18世纪70年之前，欧洲对中国的社会集体想象物是正面的，这个时期，欧洲很多作家，如曼德维尔和伏尔泰等，他们塑造的中国形象和欧洲的社会集体想象物完全相同。而他们对中国形象的塑造反过来又宣传和强化了固有的社会集体想象物。

第三种：叛逆。作家由于个人经历的特殊等原因，也会塑造出特殊的异国形象和社会集体想象物相对抗。如18世纪70年代之前，欧洲对中国的社会集体想象物主要是正面的，但是在少数作家的创作中，中国形象却与社会

---

15 孟华：《比较文学形象学论文翻译、研究札记》，见孟华主编《比较文学形象学》，北京大学出版社2001年，第7页。

集体想象物是相反的。如孟德斯鸠《法的精神》总体上把中国政府看成是专制的；卢梭在《论科学与艺术》中嘲讽中国人缺乏"斗争精神"；笛福的《鲁宾逊飘流记续编》等作品把中国人描述为贫困、奸诈、怯懦、愚昧而又自以为是。再如 18 世纪 70 年代之后，欧洲对中国的社会集体想象物主要是负面的，但普希金的诗歌中却对"中国花园""中国长城""中国人"充满了赞美之情。[16]

三、形象学的最新发展

　　形象学虽然近几年才得到公认和重视，但它的历史可以追溯到比较文学产生之时。早在 1896 年，法国学派的路易–保尔·贝兹就在《关于比较文学史的性质、任务和意义的批评研究》一文中提出比较文学需要：

> 探索民族和民族是怎样相互观察的：赞赏或指责，接受或抵制，
> 模仿或歪曲，理解或不理解，口陈肝胆或虚与委蛇。[17]

　　贝兹其实已揭示出形象学的雏形：探寻民族与民族之间的相互印象和态度。法国学派的卡雷和基业被尊为"形象学"的奠基者。法国学派推崇影响研究，在影响研究的"X 与 Y"模式中，研究者通常会引述 Y 国作家对 X 国文学和文化等方面的看法，而这些看法常常是作家所属的社会和群体共同持有的，即形象学意义上的"社会集体想象物"。在影响研究的"媒介学"实践中，也很容易发现旅游者、传教士、流亡者等作为两国文学发生关联的"媒介者"，他们写下的游记、札记、报告中普遍存在着异国的形象，研究者会有意或无意地把这些异国形象和异国的现实进行对比，看其偏离的程度，思考偏离的原因。所以，在影响研究的实践中，有关异国形象的问题就慢慢浮出了水面。法国学派对此不可能完全视而不见。

　　卡雷作为法国学派的新一代，对于精细考证的兴趣已经没有前辈们那样浓厚，他开始注重探讨作家之间的相互理解。1928 年，他去开罗开设了一门叫做"法国旅行家和作家在埃及"的课程，于 1933 年整理成书出版。1947年，他出版了《法国作家和德国幻象》，从而开启了形象学研究的序幕。卡雷的学生基亚更进一步，他在《比较文学》中把"人们所看到的外国"专辟为一节，同时指出，比较文学应该"不再追求抽象的总括性影响，而设法深入了解

16　参见张铁夫《普希金笔下的中国形象》，《普希金与中国》，岳麓书社 2000 年。

17　〔德〕狄泽林克：《比较文学形象学》，方维规译，《中国比较文学》2007 年，第 3 期。

一些伟大民族传说是如何在个人或集体的意识中形成和存在下去的"。[18]

基亚虽然没有明确提出"形象学"这一概念，但他认识到"异国形象"在一定程度上代表了本民族对异国文化的看法，折射出异国文化在本国的介绍、传播和被诠释的情况，这就在事实上提出了形象学的基本理论。他所撰写的"人们所看到的外国"分析了法国人心目中的英国和德国形象，文字虽然粗略，但却是标准的比较文学形象学研究。在此基础上，他认为"人们可以按照一定的方法，准确地把在一定时期内一个国家的某个形象或某些形象的流传情况描述出来"[19]，而这代表着比较文学未来的方向。

如果说，卡雷和基亚是传统形象学的创始人，那么，巴柔则是当代形象学的奠基者。巴柔曾是法国比较学学会会长，法国学派的第四代掌门人，也是比较文学形象学的旗手。1989 年，他为《比较文学概论》所撰写的《从文化形象到集体想象物》一章标志着当代形象学的形成。与传统形象学相比，当代形象学正在完成三个转向。

第一，研究视角：从"他者"转向"自我"。作为形象学的创始人，卡雷和基亚在改良比较文学实证性的过程中，试图把比较文学从重视"是什么"的现象考证转向理性主义的"为什么"探求。不过，由于影响研究固有模式的制约，卡雷和基亚所从事的形象学实践还是停留在异国形象的归纳和梳理基础上，研究重点不是"为什么"而是"是什么"。而巴柔则把形象学的重点从梳理他者形象"是什么"转向探究自我"为什么"塑造他者形象，巴柔的理论依据是：

> 我"看"他者；但他者的形象也传递了我自己的某个形象。在个人（一个作家）、集体（一个社会、一个国家、一个民族）或半集体（一种思想流派、一种"舆论"）的层面上，他者形象都不可避免地同样要表现出对他者的否定，对我自身、对我自己所处空间的补充和外延。我想言说他者（最常见的是由于专断和复杂的原因），但在言说他者时，我却否认了他，而言说了自我。[20]

因此，当代形象学并不注重判断他者形象的真伪及其偏离程度，而是注重探求自我塑造他者形象的动机。如考察西方人塑造中国形象，其主要目的不是

18　〔法〕基亚：《比较文学》，颜保译，北京大学出版社 1983 年，第 106 页。

19　〔法〕基亚：《比较文学》，颜保译，北京大学出版社 1983 年，第 113-114 页。

20　〔法〕达尼埃尔–亨利·巴柔：《从文化形象到集体想象物》，孟华主编，《比较文学形象学》，北京大学出版社 2001 年，第 123-124 页。

追究中国形象是否符合中国的实际，而是思考西方人"为什么"这样塑造中国形象。1250-1750 年前后，西方塑造的中国形象是乌托邦的，肯定和美化的成分多，这是由这一个时期西方文化的需要所决定的。处于现代性萌发阶段的西方文化更多是关心异己世界的超越性和批判价值，而一个更完美的世界可以使西方文化超越自身和改造自身。启蒙运动使中国形象向负面转化，中国形象中否定性的内容越来越多。这时，中国形象在西方文化中的"他者"出现，不是要昭示西方文化的缺憾，而是要印证西方文化的完美和优越。西方的中国形象的变化，本质上不是中国形象在变化，而是构筑中国形象的西方文化的自我意识在变化。西方文化塑造的中国形象，其功能不是在某种程度上反映或认识中国的现实，而是作为他者帮助西方确认了西方对自我的认识和评价。因此可以得出这样的结论：中国是一面镜子，它是不透明的，西方从中看不到真正的中国，只能看到西方自己。[21]

第二，研究范围：由文学转向文化。传统形象学主要注重文学文本中异国形象的研究，这就无法解决几个关键性问题：1. 异国形象并非首先在文学中形成，而文学也不是塑造异国形象最主要的方式。2. 文学中的异国形象很大程度上受制于文化中的异国形象，或者说文学中的异国形象只是文化中的异国形象的一种表达方式。3. 对文学中异国形象的梳理和分析无法离开深层的文化分析。基于这些原因，让-马克·莫哈指出：

> 异国形象属于对一种文化或一个社会的想象，它在各方面都超出了文学本来意义上的范畴，而成为人类学或史学的研究对象。正因为文学作品是在这个广阔的背景上形成的，形象学研究就必须按照跨学科的方法进行，这总是要令文学纯粹主义者不满的。[22]

为避免这样的尴尬，当代形象学首先要突破传统形象学对"形象"的界定，指出形象是"在文学化同时也是社会化的过程中得到的对异国认识的总和"，这样就把文化中的异国形象和文学中的异国形象提到同等重要的位置。而在具体的研究过程中，更是把社会集体想象物研究当成文学文本研究的背景，甚至终极的目标。

---

21 参见周宁、宋炳辉：《西方的中国形象研究——关于形象学学科领域与研究范型的对话》，《中国比较文学》2005 年，第 2 期。

22 〔法〕让-马克·莫哈：《试论文学形象学的研究史及方法论》，孟华主编，《比较文学形象学》，北京大学出版社 2001 年，第 17-18 页。

第三，研究方法：从考证转向审美。形象学从影响研究中分离和独立出来，所以受考证方法影响很大。而传统形象学因为注重考察异国形象"是什么"，所以，对史料的发掘和占有就显得格外重要。而当代形象学研究的视角从"是什么"重心转向"为什么"中心，这样，研究方法也随之从"考证"中心转向"审美"中心。但这并不意味着"考证"的方法在当代形象学中并不重要，而是说，在当代形象学研究中，传统形象学所注重的异国形象"是什么"不再是最终的目标，而是追问"为什么"的必要步骤。因此，当代形象学固然要保留"考证"，但是综合的审美批评更为重要。

比如研究西方的中国形象，通常有两种知识立场：一是现代的，经验的知识立场；二是后现代的、批判的知识立场。前者假设西方的中国形象是中国现实的反映，有理解与曲解、有真理或错误；后者假设西方的中国形象是西方文化的表述，无所谓真实或虚构。从现代的、经验的知识立场向后现代的、批判的知识立场的转换，正好代表着形象学从传统走向当代。当代形象学所持的是后现代的知识立场，因此，在后现代的批判的理论前提下研究西方的中国形象，就不必困扰于西方的中国形象是否"真实"或"失实"，而是去追索西方的中国形象；作为一种知识与想象体系，在西方文化语境中的生成、传播、延续的过程与方式。[23]

最后，尤为值得注意的是，随着海外华文文学在国内的走红，我国的形象学研究出现了一个新的研究趋势：探讨华文文学中的"自塑形象"。所谓"自塑形象"，是指那些由"中国作家"自己塑造出来的中国形象，但是塑造这些形象的作品必须以异国读者为受众，或者以身处异域的中国人为描写对象，所以，谭恩美、汤亭亭等人的作品，如《喜福会》、《女勇士》中的中国形象都可以纳入形象学的研究范围。黄皮肤黑眼睛，却拥有非中国国籍的海外华文作家具有双重文化身份，如谭恩美和汤亭亭作为美籍华人，身上交织着中美两种文化因子，因此，她们笔下的中国也可以看作是"美国人"眼中的中国，却又不完全等同于一般美国人眼中的中国；同样的道理，他们笔下的美国可以看作"中国人"眼中的美国，却又相异于一般中国人眼中的中国。

海外华文文学只是流散文学大潮中具有中国特色的一部分，也就是说，作家远离故国，漂泊流浪在异国他乡不仅是中国现象，也是一种世界性现象。所以，除了华人流散文学（海外华文文学），还有非洲流散文学、南亚流散文学、

---

23 参见周宁：《西方的中国形象史：问题与领域》，《东南学术》2005 年，第 1 期。

印地语流散文学、朝鲜流散文学等等。在异质文化交互作用下形成的各类流散文学，在文化属性上呈现出双重的特性，它们所塑造的"故国形象"和"居住国形象"要比通常意义上的"异国形象"复杂许多，或许正因如此，它们越来越受到比较文学形象学的青睐。

原载张铁夫、季水河主编的《新编比较文学教程》，

湖南教育出版社 2009 年

拿破仑的三幅面孔
——普希金笔下的拿破仑形象

拿破仑是一位"千年一遇的非凡人物"[1]，他以一生写就的史诗不但受到史学家们的垂青，也吸引了文学家们的眼球。法国的贝朗瑞、司汤达、巴尔扎克、夏多布里昂、大仲马、雨果，俄国的莱蒙托夫、托尔斯泰，德国的歌德、海涅、马克思、恩格斯，英国的拜伦、雪莱、湖畔派诗人、司各特、哈代、卡莱尔，美国的爱默生，波兰的密茨凯维奇等等，都曾书写和评说过拿破仑。

普希金对拿破仑亦情有独钟，在他的笔下，拿破仑和奥列格、伊凡四世、鲍里斯·戈都诺夫、彼得大帝、叶卡捷琳娜二世、保罗一世、亚历山大一世、尼古拉一世等本土帝王一起，构筑成一道独特的"帝王形象"景观，传递着诗人对历史的考量，对现实的思虑，乃至对生命的体悟。从整体上看，普希金对拿破仑形象的塑造呈现出三个阶段性的差异，因此，拿破仑也就拥有了三副不同的面孔。

一、"人间的灾星"

普希金最早塑造拿破仑形象的是《皇村回忆》[2]（1814），诗歌对拿破仑的第一个态度是"谴责"。诗中写到，拿破仑是"一个靠诡计和鲁莽上台的皇帝"，他上台的第一件事情便是"用凶恶的手举起血腥的宝剑"，"马上燃起

1　〔德〕艾米尔·路德维希：《拿破仑传·作者的话》，梅沱等译，花城出版社1999年，第3页。

2　〔俄〕普希金：《皇村回忆》，王士燮译，《普希金文集》第1卷，人民文学出版社1995年，第43-52页。

/ 新战争的可怕烽烟"，以至于诗人惊呼"人间的灾星出现了"。显然，"野心家"和"战争狂人"是普希金对拿破仑的初步判断。

评说历史人物时，视角往往决定立场，立场通常决定倾向。《皇村回忆》评判拿破仑的视角是 1812 年的卫国战争，对普希金而言，看待这场战争的立场只有一个："俄国人"。因此，这场战争的性质就是拿破仑入侵俄国："敌人象浩荡的洪水 / 淹没了俄国的土地。"这场战争的结果就是俄罗斯人民受到了严重的伤害："阴郁的草原在沉睡，/ 田野蒸发着血腥气。/ 和平的城市和村庄在黑夜里燃烧，/ 周围的天空被照得一片火红，/ 密林成了难民的藏身之地，/ 铁犁锈了，在地里闲着无用。/ / 敌人横冲直撞，不可阻挡，/ 烧杀劫掠，一切都化为灰烬。"

这场战争以俄国的胜利而告终。以此为契机，普希金表达了对拿破仑的第二个态度——"蔑视"："闻风丧胆吧，异族的军队！""发抖吧，暴君！你的末日到了！""看，敌人在逃跑，连头也不敢回，/ 他们的鲜血在雪地上流成河，/ 他们在逃——俄国的剑从后面追赶，/ 黑夜里等着他们的是死亡和饥饿。""啊，你们这些残暴的高卢人！/ 竟然也被欧洲强大的民族 / 吓得发抖。"在对法国及拿破仑进行否定性塑造的同时，普希金对抵御外敌入侵的俄国，以及打败拿破仑的亚历山大一世进行了不遗余力的赞颂。这种朴素的爱国热情也影响到诗歌对拿破仑更深层次的误读："你蔑视信仰、法律和正义的呼声。""你消失了啊，象早晨的恶梦！"

1814 年，失败后的拿破仑被囚禁在厄尔巴岛，1815 年 2 月 26 日，他顺利逃离该岛，3 月 1 日返回法国，并很快重掌大权。以此为背景，普希金创作了《厄尔巴岛上的拿破仑》[3]（1815）一诗。虽然 1812 年卫国战争的硝烟逐渐散去，但拿破仑投在俄国人和普希金心头的阴影依然存在。因此，这首诗歌还是以"俄国人"的立场对拿破仑被囚以及重登帝位表达了警惕和嘲讽："黑夜里一座荒凉的礁石上 / 独坐着拿破仑。/ 这魔王淤积着阴沉的思想，/ 想为欧洲制造新的枷锁"。

与《皇村回忆》不同的是，这首诗歌在描绘拿破仑时，还增加了一个"诗人"的立场。普希金很清楚，一个人的自我表白，比由别人来解释要好得多，即使他错了，或是在说谎，毕竟也是在向后人，向了解真相的人揭示自己，所

3　〔俄〕普希金：《厄尔巴岛上的拿破仑》，韩志洁译，《普希金文集》第 1 卷，人民文学出版社 1995 年，第 83-88 页。

以他潜入拿破仑的内心世界，在批判他狂妄的外在行为的同时，用一场想象的拿破仑独白揭露他精神上的焦灼和痛苦。拿破仑是沮丧的："留给我的是耻辱和牢监！／我的铮铮作响的盾被击破，／头盔不再在战场上闪现，／宝剑在河边谷田里被人忘却，／在雾中失去了光泽。"拿破仑是孤独的："只有一个孤独的我心事重重"。拿破仑是缺少幸福感的："幸福啊！你这残酷的诱惑者，／风暴中你原是我的秘密的守护神，／是你从孩提时候起抚育了我，／如今如同美梦，不见了踪影！"

可以说，"诗人"的立场让《厄尔巴岛上的拿破仑》增加了诸多哲学的意味，诗歌在塑造一个沮丧、孤独和被幸福抛弃的拿破仑形象的同时，还揭示了导致这一切的根源："都是欲望惹的祸"，从这个角度说，拿破仑不过是一个悲剧性人物罢了，让人对他心生怜悯。但诗人马上提醒读者，这也是拿破仑让世人感到恐惧和不安的地方，因为那个原本沮丧、孤独和自怜的拿破仑瞬间又燃起了欲望之火，在内心叫喊到："战栗吧，高卢！欧洲！复仇啊，复仇！／哭吧！你的灾星升起，一切都将死亡，／到那时，当全世界变成废墟之后，／我就在坟墓上称王！"

应该说，普希金尝试着理解和包容拿破仑，力图同情和惋惜他的失败和被囚，可当拿破仑叫嚣着"燃起战火！在高卢雄鹰之后／紧跟我们持剑的胜利之神，／众山谷中将血流成河，／我将轰倒各王朝的宝座，／粉碎欧罗巴神奇的盾"之时，普希金对拿破仑的态度又恢复为责难和诅咒。在他看来，卷土重来的拿破仑只会给欧洲带来新的灾难，因此法国人赶走路易十八，迎回拿破仑完全是一场错误："啊，强盗，高卢人还要把你接纳，／合法的帝王心惊胆战地逃走。"普希金坚信，拿破仑必不会有什么好下场："然而，你不见，黑暗遮住了泛红的晚霞？／你的白昼已到了尽头。""颤抖吧！死神就在你头顶，／你的厄运尚在隐蔽！"

《自由颂》[4]（1817）延续了普希金对拿破仑的否定性塑造。这首诗歌的基本主题是歌颂"强大的法律"和"神圣的自由"，与此相应，就是"抨击宝座的罪愆"，向世界呼喊"战抖吧，世间的暴君"。诗歌中，暴君是作为"法律"和"自由"的对立面而出现的，他们有两个代表人物，一个是保罗一世，另一个就是拿破仑。诗歌透露出普希金对拿破仑上台的态度：路易十六被处死

4　〔俄〕普希金:《自由颂》，魏荒弩译，《普希金文集》第1卷，人民文学出版社1995年，第225-230页。

是不合法的，因此，拿破仑做法国的领导人也是非法的，他登上皇位，等于把专制的牢笼戴在了法国人的头上："路易高高升起走向死亡，／他把失去了皇冠的头垂在／背信的血腥的断头台上。／法律沉默了——人民沉默了，／罪恶的刑斧自天而降……／于是，这个恶徒的紫袍／覆在戴枷锁的高卢人身上。"

《自由颂》和《皇村回忆》、《厄尔巴岛上的拿破仑》一样，将拿破仑视为"正义"、"和平"和"自由"的对立面，并且表达了对拿破仑的憎恨之情："你这独断专行的恶魔！／我憎恨你和你的宝座，／我带着残忍的喜悦看见／你的死亡和你儿女的覆没。／人们将会在你的额角／读到人民咒骂的印记，／你是人间的灾祸、自然的羞愧，／你是世人对神的责备。"

不难发现，少年时代的普希金出于对祖国的热爱，主要从拿破仑入侵的视角，以及一个深受其害的"俄国人"立场来评判拿破仑。因此，他用一连串的贬义词描绘出一个面目狰狞、臭名昭著的拿破仑形象："敌人""魔王""暴君""恶徒""早晨的恶梦""人间的灾祸""人间的灾星"。可以说，这些判断是有些偏激和单一的，有民族主义的嫌疑，但也是可以理解的：这个时期的普希金在面对拿破仑时，更像一个有爱国之心的普通人，无法理解和原谅拿破仑的所作所为。当然，随着视角和立场的变化，普希金对拿破仑的态度也发生了巨大的改变。

二、"伟大的人物明星"

1821 年 5 月 5 日，拿破仑悄然离世，普希金于 6 月 8 日创作了《拿破仑》[5]一诗。诗中，普希金一改此前对拿破仑的责骂，用一种平静和舒缓的基调对他好战的一生表达了疑惑和遗憾："是谁蛊惑了你？狂人！／谁竟使奇才目光短浅？"也对他的失败表达了哀婉："拿破仑的严酷时代，／已经无可奈何的沉落。／逝去了，胜利的骄子，／遭受审判的执政者，／他受到天下人的放逐，／已是后代崛起的时刻。"

普希金创作《拿破仑》时，拿破仑斯人已逝，1812 年的硝烟业已消散，剑拔弩张的法俄矛盾也逐步淡化，普希金仇恨拿破仑的理由也就没有当初那么多了。《拿破仑》一诗表明，普希金没有再"感情用事"，紧扣"侵略"这一关键词大做文章，而是用冷静的心态，理性的眼光，全方位和多角度地回顾

5　〔俄〕普希金：《拿破仑》，谷羽译，《普希金文集》第 1 卷，人民文学出版社 1995 年，第 367-373 页。

和审视了拿破仑的一生。与此相应，他不再局限于从"俄国人"的立场评判拿破仑，而是从"欧洲"甚至"世界"的立场，用一种历史学家的客观和公正来辨析拿破仑的功过是非，并最终给予拿破仑非常高的整体评价："奇异的命运已告终结，／伟大的人物明星殒灭"，"人民的憎恨已熄灭，／而不朽之光却在闪烁。"

《拿破仑》努力还原出一个"客观"的拿破仑。它称拿破仑为"伟大的人物明星"，预言他"不朽之光却在闪烁"，也是一种历史学家式的评判，包含着高度的历史理性。诗歌对拿破仑的认同并没有局限于此，它在思考"拿破仑究竟给俄国和世界究竟带来什么"时，从政治、文化和理念的层面，而非战争的层面，揭示出拿破仑最为珍贵的价值："他为俄罗斯人民／指出了崇高的使命，／给世界以永恒的自由，／是他放逐生涯的遗赠。"

"拿破仑是自由的化身"，这一判断在《致大海》[6]（1824）中再次被凸显出来。1820 年 5 月，普希金因冒犯亚历山大一世而遭到第一次流放。1824 年 9 月，他又用第二次流放的开始来作为第一次流放的结束。《致大海》动笔于他离开第一个流放地之前，完成于他抵达第二个流放地之后。从囚禁到再次被囚禁，普希金内心的苦闷、压抑以及对自由的渴望之情可想而之。因此，《致大海》的基本精神便是对自由的向往。

诗歌中，大海、拜伦和拿破仑构成三个"三位一体"的意象，它们均是"自由"的象征。大海是"自由奔放的"，拜伦"他长逝了，自由失声哭泣"，拿破仑同样代表着诗人对自由的遥望："如今哪儿是我／热烈向往、无牵无挂的道路？／在你的浩瀚中有一个处所／能使我沉睡的心灵复苏。"这里的"有一个处所"，结合下文便可得知，是指囚禁和埋葬拿破仑的圣赫拿岛："一面峭壁，一座光荣的坟茔……／在那儿，多少珍贵的思念／沉浸在无限凄凉的梦境；／拿破仑就是在那儿长眠。"大海、拜伦和拿破仑都是普希金在身陷囹圄时的精神寄托，可是大海却要和它"再见了"，拜伦已经"长逝了"，拿破仑也成了"一座光荣的坟茔"，普希金的失落和悲郁也油然而生。

1824 年，普希金还创作了《"皇宫前肃立的卫兵睡意朦胧……"》[7]，诗

6　〔俄〕普希金：《致大海》，杜承南译，《普希金文集》第 1 卷，人民文学出版社 1995 年，第 451-454 页。

7　〔俄〕普希金：《皇宫前肃立的卫兵睡意朦胧……》，杜承南译，《普希金文集》第 1 卷，人民文学出版社 1995 年，第 480-483 页。

歌同样将拿破仑形象"乌托邦化"。这首诗歌的写作背景是：欧洲国家的民族解放运动遭到以俄国沙皇为首的神圣同盟的镇压，反动势力乘机抬头，将控制的范围扩展到整个欧洲大陆。在普希金看来，这些行为的最大危害是扼杀了自由，强化了专制，因此他指责沙皇亚历山大一世："无声的禁锢是他给世界的馈赠"，"万众匍伏——头颅低垂在重轭之下。"谁与自由为敌，普希金就与谁为敌。现实的困苦让普希金将逝去的拿破仑再次当成对抗专制的救世主："这就是那位天庭使者，人世精英，／他注定来执行不可知的天命，／连沙皇都要对这位骑士鞠躬致敬，／叛逆的自由的继承者和元凶"。

怀此信念，拿破仑的外貌被普希金描绘得威武神勇和充满浩然正气："啊，他的目光诡异，机灵，捉摸不定，／忽而凝视远方，忽而炯炯有神，／象雷神英姿勃发，象闪电辉耀长空；／正处在才华、精力和实权的顶峰，／这位西方的国君／将是威震北方君主的统领。"诗歌在提及 1807 年的法俄战争时，拿破仑也被视为正义的一方："这就是他：在奥斯特利兹平原，／横扫一切，猛追北方的联军，／俄国人头一回这样狼狈逃窜。／就是他：带着胜利者的协定，／带着耻辱，带着和平，／在蒂尔西特，出现在年轻沙皇的面前。"

拿破仑的确是资本主义制度的保护者和普及者，他发动的战争无论动机如何，客观上都有助于冲决和瓦解欧洲各国的封建统治，将资本主义的民主、法制和自由理念向世界播撒。不过，普希金完全忘却"俄国人"的立场，用这样超然的心态来肯定拿破仑的意义，将他当作自由的守护神，我们也不得不承认，他是在塑造一个"乌托邦化"的拿破仑形象。

从"自由的敌人"到"自由的化身"，普希金对拿破仑形象的塑造发生了颠覆性的改变，原因何在？我们知道，普希金向来是专制的诅咒者，他对沙皇自然也不会有真正的尊敬。《自由颂》、《童话》（1818）等诗都对亚历山大一世进行了冷嘲热讽。不过，那时两人的矛盾并未公开和激化，尤其是当俄国面临外敌之时，普希金更是从一个俄国人的立场来维护和肯定沙皇。可是，当拿破仑不再与俄国为敌时，亚历山大一世却处处与俄国为敌，尤其是 1820 年直接向普希金下手，将他流放到南俄，这让普希金进一步看清亚历山大一世的真面目，认识到真正的"暴君"其实就在眼前。对俄国现实和沙皇的极度失望催迫普希金寻找新的寄托和希望。

像很多否定现实者一样，普希金对抗现实的武器也是两种："过去的事物"和"域外的事物"。第一种思路让他竭力赞美彼得大帝的武功和美德，希望现实的沙皇能处处像他们的祖先一样，做一个宽容和有作为的帝王。不过，彼得大帝再怎么伟大，作为一个专制制度的守护者，他缺乏普希金所追寻的一种根本性的素质：自由。于是，普希金又有了第二种思路，借助法国的拿破仑形象来照出沙皇专制制度的丑陋，正所谓"人们由于无法解决现实生活中的问题和不满，就会构造一个'非我'来与'自我'相对立，把一切理想的、圆满的、在'我方'无法实现的品质都投射于对方，构成一种'他性'而使矛盾得到缓解。这里起主导作用的不一定是对方的现实，而是我方的需求。"[8]

三、"世上奇异的过客"

无论是塑造一个否定性的拿破仑形象，还是塑造一个肯定性的拿破仑形象，都说明普希金对拿破仑的描绘带有很强的功利性、目的性和现实性，因此，他在少年时代和青年时代对拿破仑的认识才会出现如此大的差异，甚至得出两种完全相悖的判断。普希金对拿破仑评判的矛盾一方面是由他视野和立场的变迁所致，另一方面则源于拿破仑自身的复杂性：他既是努力奋斗以求欧洲统一与法制的英雄，也是流干法国鲜血，蹂躏欧洲，以满足个人权欲与战争欲的食人魔。普希金在少年时代侧重从"食人魔"的角度来理解拿破仑，在青年时代侧重从"英雄"的角度来看待拿破仑，但都没有意识到"食人魔"和"英雄"其实代表着拿破仑的两面。

不过，在诗歌《你是受谁的派遣？为什么把你派来？……》[9]（1824）中，我们读到了这样的诗句："你是受谁的派遣？为什么把你派来？／你这样忠心地维护什么：恶行，美德？／为什么闪光？为什么熄灭？"诗人的诸多疑问和种种不确定恰恰透露了普希金已经初步认识到拿破仑的两面性：既是革命家，也是野心家；既是建设者，也是破坏者；既是战天斗地的枭雄，也是命运的弃儿和牺牲品；既将自由的理念向世界播撒，也将专制的牢笼套在欧洲的头上……

诗歌用一连串的疑问传达了普希金对拿破仑的新认识：拿破仑是一个很难对他作出单一和明确评判的矛盾体，这也表明普希金在历经岁月和思想的磨砺之后，终于能够对拿破仑作出历史哲学层面的沉思。不过，在这一连串的

8　乐黛云：《文化交流的双向反应——〈中国文学在国外〉丛书总序》，见严绍璗、王晓平：《中国文学在日本》，花城出版社 1990 年，第 3 页。

9　〔俄〕普希金：《你是受谁的派遣？为什么把你派来？……》，杜承南译，《普希金文集》第 1 卷，人民文学出版社 1995 年，第 461-462 页。

疑问之后，诗人又用"这世上奇异的过客"来描述拿破仑，这句话恰恰代表了拿破仑在普希金心目中的第三种形象。这意味着，在普希金看来，能够认识到拿破仑是一个矛盾体固然是一种进步和升华，但是从生命哲学的角度来说，拿破仑所做的一切是恶行也好，美德也罢；闪光也好，熄灭也罢，其实都不再重要，因为他的一生固然有些"奇异"，但终究不过是转瞬即逝的历史过客和历史必然性的无足挂齿的玩偶，留给后人的除了一声叹息外，还能够有些什么？

《英雄》[10]（1830）一诗同样从生命哲学的角度来冷眼旁观拿破仑的一生。乍看这首诗歌的题目，好像它要大写特写"英雄"拿破仑所创造的丰功伟绩，可事实并非如此。诗歌中有"友人"和"诗人"两个角色，前者代表了世人，后者就是普希金自己。通过"友人"和"诗人"的对话，可以获取这样的讯息：普希金承认拿破仑是一个英雄，因为"友人"问"诗人"："谁最能征服你的心？""诗人"回答是拿破仑："就是他，是他，那个好战的异邦人，／一个个国君向他弯下腰身"。

为什么说拿破仑是"英雄"？"友人"用反问的方式替"诗人"设想了种种理由：因为1796-1797年的意大利战役吗？因为1799年的雾月政变吗？因为1798-1799年的远征埃及吗？因为1812年的占领莫斯科吗？"友人"的猜想其实代表了世人评判英雄的尺度，但是被"诗人"一一加以否决，他告诉"友人"，拿破仑之所以征服他的心，与拿破仑的成功无关，与拿破仑的失败也无关："我看到他不是在战斗中，／不是在幸福的温床上，／不是在他成为凯撒的快婿，／不是当他坐在岩石上／忍受着寂寞的严酷的刑罚，／人们用英雄的诨名将他嘲弄"。很显然，普希金借助"诗人"之口否认了那些评判英雄的常规标准，在他看来，轰轰烈烈的大事不是拿破仑成为英雄的理由，反而是"人们用英雄的诨名将他嘲弄"。拿破仑之所以无愧"英雄"的称号，在于他内心有爱心和仁慈，冒着生命危险去医院探视和鼓励黑死病人："致命的黑死病（病中之王）／正吞噬着每一个病人……／面对这种非战斗的死亡，／他心情沉重地进行慰问，／冷静地握住病人的手／顿时又焕发了新的劲头……／我发誓：他就是天庭的友人，／不管浑浊的尘世作出／怎样的判决……"

面对"诗人"抛出的这一全新的英雄观，"友人"不免为他担心："这是诗人的幻想，／严苛的历史学家不会承认它们！"不过，"诗人"并不在乎，

10　〔俄〕普希金：《英雄》，丘琴译，《普希金文集》第 2 卷，人民文学出版社 1995
　　年，第 280-284 页。

他相信拿破仑不是诸多宏大叙事堆砌起来的神话，而是一个有"心"的人，在他的身上体现了悲悯和温暖，因此，"诗人"告诫世人不要再从外部角度评判拿破仑："给英雄留下一颗心吧！没有它／他将是怎样的人？一个暴君……"

《英雄》中还有句叹息："他已经消失了，如霞光一瞬"，这和"你这世上奇异的过客"的慨叹有着异曲同工之妙，而在《回首往昔：我们青春的节庆……》[11]（1836）中，我们又读到了相似的诗句："拿破仑已被流放到海岛，／在那里的岩石上被人们遗忘。"正可谓"给人类带来火种的普罗米修斯，自己却被永远绑缚在巉岩之上，任由秃鹫啄食他的五脏六腑。拿破仑被困锁在圣赫拿岛的乱石之中，成为一个牺牲品。"[12]不难发现，后期的普希金对拿破仑形象的塑造，更具有一种超脱性，他对拿破仑既没有了浓烈的恨，也没有了热烈的爱，有的只是一种心静如水的坦然、一种参透人世宇宙的睿智。他更倾向从哲学、生命的角度，而非历史和国家的角度来省察这个叫拿破仑的人了。他的诗句开始传达一种情绪：英雄和凡人一样，他们都是世上的匆匆过客，一眨眼就成"往昔"了："帝王一个个登极，一个个倒毙，／时而荣誉，时而自由，时而豪情，／人们的鲜血轮番为之致祭。"又何必因为他们是帝王而多一份义愤填膺、热血沸腾、赞叹惋惜呢？

由于视角、立场和心境的变迁，普希金先后为拿破仑描绘出三个不同的面孔，这让我们认识到，"诗比历史更真实"，并不意味着诗人比历史学家更客观，但意味着诗人比历史学家更真诚和坦白，他们从不掩饰自己的立场和倾向，因此，诗人对历史人物的评说固然不能代表历史的真实，但一定体现出诗人自己的真实。同时，我们也发现，对拿破仑态度的变迁折射出普希金从激情到沉静、从沉静到超然物外的思想历程，揭示出他多重和多变的身份：俄国人、历史学家、诗人和哲人。

原载《海南大学学报》，2010 年第 2 期

11　〔俄〕普希金：《回首往昔：我们青春的节庆……》，陈守成译，《普希金文集》第2 卷，人民文学出版社 1995 年，第 474-477 页。

12　〔英〕弗兰克·麦克林恩：《拿破仑传》，唐建文等译，世界知识出版社 2006 年，第 600 页。

歌德笔下的拿破仑形象

　　海涅认为拿破仑和歌德分别是人类"政治运动"和"艺术活动"的代表[1]，因此当拿破仑在政坛称帝后，海涅干脆将文坛的歌德直呼为"歌德皇帝"[2]。海涅的做法清楚地表明：虽然说歌德和拿破仑，一个是德国人、一个是法国人，在空间上相隔遥远；一个是诗人、一个是政治家，在行业上相距遥远；一个出生于1749年、一个出生于1769年，在年龄上相差遥远，但他们在事实或者精神上却有着"剪不断，理还乱"的关联，因此，可通过对歌德笔下拿破仑形象进行梳理和评析，从而实现对歌德的精神世界深刻理解和认识。

一、"拿破仑摆布世界，就像洪默尔摆布他的钢琴一样"

　　歌德曾很自豪地说，对于"整个拿破仑时代、拿破仑的覆灭以及后来的一些事件，我都是一个活着的见证人。"[3]不过，让人不解的是，在拿破仑活着的时候，歌德倒很少公开评价过他，在拿破仑离世多年后，歌德却又频频发表对他的看法，这也导致歌德评说拿破仑的文字体现了"三集中"的特征：从时间上说，集中于晚年岁月；从场合上说，集中于《歌德谈话录》；从态度上说，集中于欣赏和崇拜。

　　1827年7月25日，在谈及司各特的一封信时，歌德说："我急于想看到他答应寄来的《拿破仑传》。我已听到许多对这部书的反驳和强烈抗议，我敢

1　〔德〕海涅：《路德维希·伯尔纳。一份备忘录》，胡其鼎译，《海涅全集》（第十二卷），河北教育出版社2003年，第39页

2　〔德〕海涅：《论浪漫派》，孙坤荣译，《海涅全集》（第八卷），河北教育出版社2003年，第47页。

3　〔德〕爱克曼辑录：《歌德谈话录》，朱光潜译，人民文学出版社2000年，第29页。

说它无论如何是值得注意的。"[4]1829 年 4 月 7 日，歌德告诉爱克曼："我在读《拿破仑征埃及记》，这是天天随从他的布里安写的。"[5]1831 年 2 月 14 日，根据爱克曼的记录，歌德刚读过拿破仑曾经的副官拉普将军撰写的回忆拿破仑的《回忆录》。毋庸置疑，歌德对当时一切与拿破仑有关的书籍都充满强烈的兴趣，这正好表明，暮年的歌德非常在乎他人是如何看待拿破仑的，而这种"在乎"又恰恰揭示了一点：在歌德的心目中，拿破仑占有举足轻重的地位。我们很快发现，歌德是把拿破仑当作偶像来赞美和崇拜的，这方面的证据虽然不是随处可见，但都非常有说服力。

第一个有力的证据是歌德对贝朗瑞政治诗的赞同。歌德很坦诚地说："我一般不爱好所谓政治诗……不过贝朗瑞的政治诗我却很欣赏"[6]。前半句话倒是很容易理解，因为歌德一向讨厌将政治和诗歌混为一谈，并反复声明："一个诗人如果想要搞政治活动，他就必须加入一个政党；一旦加入政党，他就失其为诗人了，就必须同他的自由精神和公正见解告别，把褊狭和盲目仇恨这顶帽子拉下来蒙住耳朵了。"[7]可后半句话怎样解释呢？歌德为什么对贝朗瑞的政治诗另眼相待呢？

对于自己的"自相矛盾"，歌德给出了这样的答案（抑或辩解）：因为贝朗瑞的政治诗"主题总是十分明确而且有重要意义的。他对拿破仑的爱戴推崇以及对其丰功伟绩的追念，对当时受压迫的法国人民来说是一种安慰"[8]。在另一个时间和场合，歌德将这个答案更加具体化了："不过贝朗瑞在他的政治诗歌方面显示了他是法国的恩人。联盟国入侵法国之后，法国人在贝朗瑞那里找到了发泄受压迫情绪的最好的喉舌。贝朗瑞指引他们回忆在拿破仑皇帝统治下所赢得的光辉战绩。对拿破仑的伟大才能贝朗瑞是爱戴的……"[9]

4　〔德〕爱克曼辑录：《歌德谈话录》，朱光潜译，人民文学出版社 2000 年，第 151 页。

5　〔德〕爱克曼辑录：《歌德谈话录》，朱光潜译，人民文学出版社 2000 年，第 187-188 页。

6　〔德〕爱克曼辑录：《歌德谈话录》，朱光潜译，人民文学出版社 2000 年，第 206 页。

7　〔德〕爱克曼辑录：《歌德谈话录》，朱光潜译，人民文学出版社 2000 年，第 254 页。

8　〔德〕爱克曼辑录：《歌德谈话录》，朱光潜译，人民文学出版社 2000 年，第 206 页。

9　〔德〕爱克曼辑录：《歌德谈话录》，朱光潜译，人民文学出版社 2000 年，第 141 页。

至此，我们才恍然大悟，一向不爱政治诗的歌德之所以褒扬贝朗瑞的政治诗，是因为贝朗瑞的政治诗是向拿破仑致敬的，也就是说，歌德独赞贝朗瑞的政治诗是"爱屋及乌"的典型表现，这里的"乌"就是贝朗瑞，这里的"屋"正是拿破仑。

第二个有力的证据是 1828 年 3 月 11 日歌德在爱克曼面前说的一番话："拿破仑真了不起！他一向爽朗，一向英明果断，每时每刻都精神饱满，只要他认为有利和必要的事，他说干就干。他一生就像一个迈大步的半神，从战役走向战役，从胜利走向胜利。可以说，他的心情永远是爽朗的。因此，像他那样光辉灿烂的经历是前无古人的，也许还会后无来者。"[10]歌德对拿破仑的敬仰和赞叹已经溢于言表。

第三个有力的证据是 1829 年 4 月 7 日，在与爱克曼的谈话中，歌德说出了一段更为著名的评论："拿破仑摆布世界，就像胡梅尔（原文如此，疑为"洪默尔"——引者注）摆布他的钢琴一样。这两人的成就都使我们惊奇，我们不懂其中奥妙，可是事实摆在眼前，确实如此。拿破仑尤其伟大，因为他在任何时候都是一样。无论在战役前还是在战役中，也无论是战胜还是战败，他都一样坚定地站着，对于他要做的事既能看得很清楚，又能当机立断。在任何时候他都胸有成竹，应付裕如，就像洪默尔那样，无论演奏的是慢板还是快板，是低调还是高调。凡是真正的才能都显出这种伶巧，无论在和平时期的艺术中还是在军事艺术中，无论是面对钢琴还是站在大炮后面。"[11]

三重证据（当然并不止这三重证据）足以勾画出歌德心中的拿破仑形象：一个不折不扣的天才、英雄和成功者。当然，在 19 世纪的西方作家中，赞誉过拿破仑的远不止歌德一人，就连像斯达尔夫人、司各特、夏多布里昂这些著名的反拿破仑者，也都公开表达过对拿破仑的敬佩之情。但必须强调的是，似乎只有歌德一人对拿破仑的态度是始终如一和单纯专一的：只有赞美，没有批评，没有在其他作家身上常见的前后矛盾（如普希金对拿破仑的理解）或视角矛盾（如托尔斯泰对拿破仑的评判）。歌德为什么会对拿破仑如此顶礼膜拜？歌德自己没有明确交代过，不过，通过他有限的言行还是能够发现一丝蛛丝马迹，其中需要重点交代的就是拿破仑对他的"尊敬""欣赏""礼遇"。

10　〔德〕爱克曼辑录：《歌德谈话录》，朱光潜译，人民文学出版社 2000 年，第 160 页。

11　〔德〕爱克曼辑录：《歌德谈话录》，朱光潜译，人民文学出版社 2000 年，第 188 页。

二、"对于拿破仑，我没有什么可埋怨的。"

在晚年时期，最让歌德感到骄傲的回忆之一就是拿破仑对自己方方面面的"厚爱"，而这些"厚爱"又是 19 世纪其他作家没有享受过的，因此可以说，与拿破仑的"深厚私交"应该是歌德单纯地赞誉拿破仑的一个重要缘由。

首先来看拿破仑对《少年维特之烦恼》的特别关注和推崇。1824 年 1 月 2 日，爱克曼问歌德："拿破仑曾向你指出《维特》里有一段话在他看来是经不起严格检查的，而你当时也承认他说的对，我非常想知道所指的究竟是哪一段。"歌德带着一种神秘的微笑说："猜猜看吧。"爱克曼说："我猜想那是指绿蒂既不告诉阿尔博特，也没有向他说明自己心中的疑惧，就把手枪送交维特那一段话。你固然费大力替这种缄默找出了动机，但是事关营救一个朋友生命的迫切需要，你所给的动机是站不住脚的。"歌德回答说："你的意见当然不坏，不过拿破仑所指的究竟是你所想的那一段还是另一段，我认为还是不说出为好，反正你的意见和拿破仑的意见都是正确的。"[12]

拿破仑究竟如何评价《少年维特之烦恼》的？由于歌德一直保密，因此，我们也无法知道。或许歌德认为，拿破仑究竟说了些什么，是赞赏还是批评，其实并不重要，重要的是，拿破仑看了自己作品就已经是他的荣耀，何况从他提出的问题来看，他看得是非常认真和仔细的，这更是自己无上的荣光。

1829 年 4 月 7 日，歌德再次谈及拿破仑对《少年维特之烦恼》的青睐："可是你得向我致敬。拿破仑在行军时所携带的书籍中有什么书？有我的《少年维特》！"紧接着，歌德很肯定地告诉爱克曼："他就像刑事法官研究证据那样仔细研究过。他和我谈到《少年维特》时也显出这种认真精神。布里安在他的著作里把拿破仑带到埃及的书开列了一个目录，其中就有《少年维特》。这个目录有一点值得注意，所带的书用不同的标签分了类。例如在政治里有《旧约》、《新约》和《古兰经》，由此可知拿破仑是怎样看待宗教的。"[13]这段话暗含着这样的潜台词：如果说从随身携带《圣经》和《古兰经》可以看出拿破仑是怎样看待宗教的，那么从随身携带《少年维特之烦恼》则可以看出拿破仑是怎样重视他歌德的。

---

12 〔德〕爱克曼辑录：《歌德谈话录》，朱光潜译，人民文学出版社 2000 年，第 17-18 页。

13 〔德〕爱克曼辑录：《歌德谈话录》，朱光潜译，人民文学出版社 2000 年，第 188-189 页。

其次来看歌德与拿破仑的两次"会见"——也许说拿破仑两次"接见"了歌德会更准确一些。第一次会见发生在 1808 年 10 月 2 日，当时拿破仑在埃尔富特主持军政会议，便抽空召见了歌德，这便是《歌德谈话录》中简略提及的"埃尔福特会见"。歌德研究专家格尔茨发挥一位作家的想象力，在《歌德传》中以歌德自述的形式对这次会见做了合理性的虚构与扩充。

在格尔茨的描写中，拿破仑仔细地打量了歌德一番，说："您真是一位人物。"拿破仑接着询问歌德的年纪。当歌德说他六十岁的时候，拿破仑称赞他保养得好。然后拿破仑把话题转向《维特》，他对《维特》的熟悉表明他仔细地研究过这部小说。拿破仑甚至将大臣们晾到一边，特地走向歌德，用温和的声调同他讲话，问他有没有结婚，是否有儿女，有何爱好。在整个对话中，拿破仑也认真地倾听歌德的意见，点头或者说"是"和"对"。当拿破仑自己讲完话后，通常总要补充一句："歌德先生的意见怎样？"[14]1830 年 3 月 14 日，歌德在回忆这次会见时充满感激之情地说："对于拿破仑，我没有什么可埋怨的。他对我极友好，他谈论《维特》这个题目的方式，也是人们可以期待于他这位具有伟大精神的人物的。"[15]

第二次会见发生在几天之后的 10 月 7 日。拿破仑来到魏玛，在歌德领导的魏玛剧院里，皇帝带来的巴黎剧团演出了伏尔泰的剧本《凯撒之死》，歌德受邀观看演出。演出结束后，拿破仑和歌德讨论起悲剧艺术。拿破仑告诉歌德："你应该重写《凯撒之死》，比伏尔泰写得更庄严、伟大些。这将成为你一生最伟大的杰作！你应该在这部悲剧中向世界指出：如果人们可以给他足够的时间去完成那未完的计划，那么他将使全人类幸福！到巴黎来吧！我要求你如此做！在那里你将可以有更开阔的眼界，为你新的文学创作找到充分的材料。"[16]虽然歌德因种种原因没有前往巴黎，但是对拿破仑的这次盛情邀请他一定是铭记于心的。

毫无疑问，拿破仑对歌德的"知遇之恩"是歌德对拿破仑充满好感的重要理由，而这个非常独特的理由在 19 世纪其他批判或赞誉过拿破仑的作家身

14　〔德〕汉斯—尤尔根·格尔茨:《歌德传》，伊德等译，商务印书馆 1982 年，第 129-131 页。

15　〔德〕爱克曼辑录:《歌德谈话录》，朱光潜译，人民文学出版社 2000 年，第 215 页。

16　〔德〕艾密尔·鲁特维克:《拿破仑》，阳若迅等译，国际文化出版公司 2003 年，第 242 页。

上是很难找到的。拿破仑对歌德的态度可以看作是一个伟人对另一个伟人的惺惺相惜，也可以看作一个政客对一个文化名人的利用。歌德将拿破仑对自己诸多摸不清动机的礼遇当作了引以为傲的资本，其受宠若惊的神情不免让人想起恩格斯的话："在他心中经常进行着天才诗人和法兰克福市议员的谨慎的儿子、可敬的魏玛的枢密顾问之间的斗争；前者厌恶周围环境的鄙俗气，而后者却又不得不对这种鄙俗气妥协，迁就。因此歌德有时非常伟大，有时极为渺小；有时是叛逆的、爱嘲笑的、鄙视世界的天才，有时则是谨小慎微、事事知足、胸襟狭隘的庸人。"[17]

纵观歌德的一生，不难发现，歌德不仅善于和皇帝打交道，也精通与权贵们的周旋之道，这的确是其他天才诗人们不具备的，而这一"特长"也暴露了他"庸人"的一面。当然，我们还应该知道，歌德崇拜拿破仑的原因还包含诸多体现他"天才诗人"特性的因素。

三、"拿破仑是我们无法模仿的人物"

由于拿破仑是一个极为复杂的人物，因此，当歌德只是单纯地赞美他时，可以说歌德将拿破仑的形象乌托邦化了，其原因除了上文所论述的拿破仑对歌德的"厚爱"，至少还同歌德的天才观、爱国主义思想和世界主义理念有密切关系。

（一）天才观

青年时代，歌德是"狂飙突进运动"的主将，在他身上，从头骨到脚趾都显示了天才。晚年时期，歌德虽然在行动上沉静了许多，但在思想上依然保持着对天才的偏爱。在他看来，"天才与所操的是哪一行一业无关，各行各业的天才都是一样的。不管是像奥肯和韩波尔那样显示天才于科学，像弗里德里希、彼得大帝和拿破仑那样显示天才于军事和政治，还是像贝朗瑞那样写诗歌，实质都是一样……"[18]那么，天才的共性到底有哪些呢？在拿破仑身上又是如何体现的呢？

1. 天才具有创造性。"天才到底是什么呢？它不过是成就见得上帝和大自然的伟大事业的那种创造力，因为天才这种创造力是产生结果的，长久起作

---

17 〔德〕恩格斯：《诗歌和散文中的德国社会主义》，《马克思恩格斯全集》（第四卷），人民出版社 1958 年，第 256 页。
18 〔德〕爱克曼辑录：《歌德谈话录》，朱光潜译，人民文学出版社 2000 年，第 162 页。

用的。"[19]创造性在拿破仑身上体现得非常明显，因为"拿破仑是我们无法模仿的人物"，"是从来没有见过的最富于创造力的人"[20]。

2. 天才的创造具有持久的影响力。这一特性拿破仑显然也具备："拿破仑的榜样，特别使那批在他统治时期成长起来的法国青年养成了唯我主义。他们不会安定下来，除非等到他们中间又出现一个伟大的专制君主，使他们自己所向往做到的那种人做到登峰造极的地步。不幸的是，像拿破仑那样的人是不会很快出世的。"[21]

3. 天才的创造力并不单纯依靠精神，还要依赖身体。歌德认为："身体对创造力至少有极大的影响。过去有过一个时期，在德国人们常把天才想象为一个矮小瘦弱的驼子。但是我宁愿看到一个身体健壮的天才。"[22]拿破仑正是如此，"人们常说拿破仑是个花岗石做的人，这也是主要就他的身体来说的"[23]。

4. 因此天才对人的身体要求很高，所以天才常常出现在青年人中间。歌德感慨："要成就大事业，就要趁青年时代。拿破仑不是唯一的例子。……历史上有成百上千的能干人在青年时期就已在内阁里或战场上立了大功，博得了巨大的声誉。"[24]歌德由此重申了他的人才观："假如我是个君主，我绝不把凭出身和资历逐级上升、而现在已到了老年、踏着习惯的步伐蹒跚爬行的人摆在高位上，因为这种人成就不了什么大事业。我要的是青年人……"[25]

5. 有个别的天才，即天才中的天才，拥有两次青春，因此在不再年轻的时候也能保持创造力。歌德认为，拿破仑就是这样的天才，因为旺盛的生命力

19　〔德〕爱克曼辑录：《歌德谈话录》，朱光潜译，人民文学出版社 2000 年，第 161 页。
20　〔德〕爱克曼辑录：《歌德谈话录》，朱光潜译，人民文学出版社 2000 年，第 160-161 页。
21　〔德〕爱克曼辑录：《歌德谈话录》，朱光潜译，人民文学出版社 2000 年，第 234 页。
22　〔德〕爱克曼辑录：《歌德谈话录》，朱光潜译，人民文学出版社 2000 年，第 163 页。
23　〔德〕爱克曼辑录：《歌德谈话录》，朱光潜译，人民文学出版社 2000 年，第 163 页。
24　〔德〕爱克曼辑录：《歌德谈话录》，朱光潜译，人民文学出版社 2000 年，第 163 页。
25　〔德〕爱克曼辑录：《歌德谈话录》，朱光潜译，人民文学出版社 2000 年，第 163-164 页。

贯穿了他的一生，在四十岁的时候，他依然是屹立不倒的英雄："如果想一想拿破仑所成就和所忍受的一切，就可以想象出，在他四十岁的时候，身上已没有哪一点是健全的了。可是甚至到了那样的年龄，他还是作为一个完好的英雄挺立着。"[26]对于这种现象，歌德解释为"他们这种人是些不平凡的天才，他们在经历一种第二届青春，至于旁人则只有一届青春"[27]。

6. 天才如同精灵，其出现无法解释，其表现无法复制。歌德认为，拿破仑"完全是具有最高度精灵的人物，没有旁人能比得上他"，而"精灵是知解力和理性都无法解释的"[28]。精灵不仅是无法解释的，也是无法模仿和超越的，如绘画界的拉斐尔、音乐界的莫扎特、诗歌界的莎士比亚，都是人们想超越而无法超越、想模仿而无法模仿的精灵，政治界的拿破仑同样如此，他"也是个高不可攀的人物"[29]。

（二）爱国主义思想

当拿破仑侵占德国的时候，歌德的表现过于"冷静"和"中立"，这种"事不关己"的态度自然引发了很多人的不满和批评。很多年后的 1830 年 3 月 14 日，爱克曼无意中向歌德提及此事："人们都在责怪您，说您当时没有拿起武器，至少是没有以诗人的身份去参加斗争。"歌德为自己辩护说："我心里没有仇恨，怎么能拿起武器？我当时已不是青年，心里怎么能燃起仇恨？如果我在二十岁时碰上那次事件（指拿破仑攻克柏林，占领德国后，德国各地兴起的解放斗争——引者注），我绝不居人后，可是当时我已年过六十啦。此外，我们为祖国服务也不能都采用同一方式，每个人应该按照资禀，各尽所能。我辛苦了半个世纪，也够累了。我敢说，自然分配给我的那份工作（指文学创作——引者注），我都夜以继日地在干，从来不肯休息或懈怠，总是努力做研究，尽可能多做而且做好。"[30]歌德的这番辩护多少有些矛盾和虚伪：他一方

---

26 〔德〕爱克曼辑录：《歌德谈话录》，朱光潜译，人民文学出版社 2000 年，第 163 页。

27 〔德〕爱克曼辑录：《歌德谈话录》，朱光潜译，人民文学出版社 2000 年，第 164 页。

28 〔德〕爱克曼辑录：《歌德谈话录》，朱光潜译，人民文学出版社 2000 年，第 231 页。

29 〔德〕爱克曼辑录：《歌德谈话录》，朱光潜译，人民文学出版社 2000 年，第 196 页。

30 〔德〕爱克曼辑录：《歌德谈话录》，朱光潜译，人民文学出版社 2000 年，第 208 页。

面认为自己拥有第二届青春，此时却又承认已经老了，无法像年轻人那样行动了；他一方面与政治瓜葛不断，此时却又说诗人只需要用写作的方式报国，不需要掺和政治事件。当然，歌德的这番话还可以从另一个角度来理解：歌德的爱国主义思想有些与众不同。

歌德的爱国主义可以称为"否定的爱国主义"，痛心疾首、忧国忧民的爱国主义。这种爱国主义，用恰达耶夫的话说："对祖国的爱，是一种美好的感情，但是，还有一种比这更美好的感情，这就是对真理的爱。"[31]对歌德而言，他所爱的"真理"包含了能向世人说出关于祖国的真话，让普通大众对德意志的现状有一个清新的认识。于是他有些残忍地说，德意志并不是一个"国"："我们没有一个都城，甚至没有一块国土，可以让我们明确地说：这就是德国！如果我在维也纳问这是哪一国，回答是：这是奥地利！如果我在柏林提这个问题，回答是：普鲁士！仅仅十六年前，我们正想摆脱法国人，当时到处都是德国。"[32]就对德国现状的认识而言，歌德与恩格斯是英雄所见略同的，凶为恩格斯同样指出："古老的德国当时叫做神圣罗马帝国，它由无数的小邦，即无数的王国、选帝侯国、公国、大公国和最大公国、侯国、伯爵领地、男爵领地和帝国自由市所组成，它们彼此独立，只服从皇帝和联邦议会的权力（假使有这样的权力的话，但是事实上儿百年来根本就没有这样的权力）。"[33]

面对一个死气沉沉、老态龙钟、病入膏肓、四分五裂的德意志，歌德确实无法闭着眼睛赞美他。他期盼改变这样的现实，但他自身的创造力只局限于思想领域——"狂飙突进运动"的不了了之已经揭示了这一点。而他向"过去"寻找出路的尝试（研究古典美学）也早已被证明是行不通的，因此，他只能将目光转向"域外"。这样，拿破仑便适时地走进了他的视野。因此可以说，歌德竖起拿破仑这面镜子，只为映照出德意志丑陋的现实和美好的未来。

歌德很清楚，德国要变革现实，恰恰需要拿破仑这样充满创造力的人物。正像恩格斯所言，假如说德国像一个"粪堆"，本国暂时又不会产生粪堆的清

31　〔俄〕恰达耶夫：《哲学书简》，刘文飞译，作家出版社 1998 年，第 194 页。

32　〔德〕爱克曼辑录：《歌德谈话录》，朱光潜译，人民文学出版社 2000 年，第 207 页。

33　〔德〕恩格斯：《德国状况》，《马克思恩格斯全集》第二卷，人民出版社 1951 年，第 631 页。

除者——德国的资产者本身就是粪，"周围的粪使他们感到很温暖"[34]，那么，拿破仑无疑就是一个及时而合格的清洁工，因为"拿破仑摧毁了神圣罗马帝国，并以并小邦为大邦的办法减少了德国的小邦的数目。他把他的法典带到被他征服的国家里，这个法典比历来的法典都优越得多；它在原则上承认平等。拿破仑强迫一向只为私人利益而生活的德国人去努力实现伟大的理想，为更崇高的公共利益服务"。[35]正是从这一角度出发，歌德觉得德意志人无须仇恨拿破仑，因为反抗拿破仑的胜利也不会给现在的人民带来真正的自由，而只会使人民从一种压迫下解放出来，同时又被置于另一种更糟糕的压迫之下。这一理念同恩格斯的观点再次不谋而合了："要是反对拿破仑的战争确实是争取自由、反对暴政的战争，那么结果就应该是所有被拿破仑征服了的国家，在拿破仑垮台之后，都宣布平等的原则，享受到平等原则带来的幸福。但是事实恰恰相反。"[36]

（三）世界主义理念

勃兰兑斯在论及海涅是个世界主义者时特意提到了歌德："汉利希·海涅论血统是东洋人，论生地与教育是德国人，论教养多半是法国人，而且在精神上，除去歌德以外，比其他任何德国诗人，都是一个具有更强固的特形的世界主义者。"[37]这句话传递了一个重要信息，在 19 世纪的德国诗人中，歌德最具世界主义胸怀。

反对民族仇恨是歌德"世界主义理念"的体现之一。在歌德看来，爱自己的民族并不等于要仇视另一个民族，"一般说来，民族仇恨有些奇怪。你会发现在文化水平最低的地方，民族仇恨最强烈。但是也有一种文化水平，其中民族仇恨会消失，人民在某种程度上站在超民族的地位，把邻国人民的哀乐看成自己的哀乐。这种文化水平正适合我的性格。我在六十岁之前，就早已坚定地站在这种文化水平上面了"[38]。因为反对民族仇恨，所以当拿破仑

---

34 〔德〕马克思：《德国状况》，《马克思恩格斯全集（第二卷）》，人民出版社 1957 年，第 633 页。

35 〔德〕恩格斯：《诗歌和散文中的德国社会主义》，《马克思恩格斯全集》（第四卷），人民出版社 1958 年，第 636 页。

36 〔德〕马克思：《德国状况》，《马克思恩格斯全集》（第二卷），人民出版社 1957 年，第 639 页。

37 〔丹麦〕勃兰兑斯：《海涅评传》，侍桁译，国际文化服务社 1953 年，第 1 页。

38 〔德〕爱克曼辑录：《歌德谈话录》，朱光潜译，人民文学出版社 2000 年，第 210 页。

率领法国人侵占德国时，歌德并没有在书房里写"战歌"表达对敌人的敌意："本来没有仇恨，怎么能写表达仇恨的诗歌呢？还可以向你说句知心话，我并不仇恨法国人，尽管在德国摆脱了法国人统治时，我向上帝表示过衷心的感谢。对我来说，只有文明和野蛮之分才重要，法国人在世界上是最有文化教养的，我自己的文化教养大半要归功于法国人，对这样的一个民族我怎么恨得起来呢？"[39]

根据歌德的陈述，他实际上拥有三重身份：（1）德国人；（2）"野蛮人"；（3）接受过法国文化熏陶的野蛮人。当面对"世界上最有文化教养的"法国时，他认为自己最优先的身份应该是后两种而不是"德国人"，因此，他没有将拿破仑的到来看作法国人对德国人的入侵，而是看作文明人对"野蛮人"的教化和拯救，这种明确欣赏甚至感激"敌人"法国的情感；这种在文化上彻底自我否定的激进主义；这种"如果我不得不在背叛我的国家和我的信念之间做出选择的话，我希望我有胆量背叛我的国家"的大胆告白无疑是一般德国人无法理解和认同的。

用世界性的眼光审视世界是歌德"世界主义理念"的第二个体现。歌德说："不过说句实话，我们德国人如果不跳开周围环境的小圈子朝外面看一看，我们就会陷入上面说的那种学究式的昏头昏脑。所以我喜欢环视四周的外国民族情况，我也劝每个人都这么办。"[40]那么，超越德国的立场，环顾周围的世界将会发现什么？歌德说，你将会发现"世界总是永远一样的，一些情境经常重现，这个民族和那个民族一样过生活，讲恋爱，动情感"[41]，一旦有此发现，那么，民族认同、交流和融合将会越来越多，民族对立、封闭和仇恨将会越来越少。

或许，歌德在当时推崇世界主义理念，尤其是鼓励人们宽容和学习很多德国人心目中的敌人——法国，多少有些不合时宜。不过越是深刻的思想越是难以被同时代人理解，也越是具有前瞻性和现代性。可以说，没有这种世界主义理念，歌德不会成为比较文学的鼻祖，因为他根本不会发现"民族文学在现代

39　〔德〕爱克曼辑录：《歌德谈话录》，朱光潜译，人民文学出版社 2000 年，第 210 页。

40　〔德〕爱克曼辑录：《歌德谈话录》，朱光潜译，人民文学出版社 2000 年，第 111 页。

41　〔德〕爱克曼辑录：《歌德谈话录》，朱光潜译，人民文学出版社 2000 年，第 54 页。

算不了很大的一回事，世界文学的时代已快来临了"[42]。同样可以说，没有这种世界主义理念，在今天的德国和世界，歌德不会拥有如此高的声誉。

原载《武汉科技大学学报》，2011 年第 5 期

---

[42] 〔德〕爱克曼辑录：《歌德谈话录》，朱光潜译，人民文学出版社 2000 年，第 111 页。

论《战争与和平》中的拿破仑

在生活中，列夫·托尔斯泰对拿破仑处处鄙视。

1865 年 3 月 19 日，他在日记中写道："在意大利战争中，他抢走绘画、雕塑。他喜欢驰骋疆场。人员死伤是他的快乐。同约瑟芬结婚是他在上流社会的胜利。他三次修改里沃利战役报告，谎话连篇。起初他还称得上是一个人，在偏执这一点上是个强者，后来却优柔寡断……在圣赫勒拿岛上的十足的疯狂、衰竭、渺小。"[1]

在 1890 年 1 月 15 日的一封信中，他写道："我没有改变自己的观点，甚至可以说，我非常珍视我的观点。在没有详尽无遗地指出这个人物的全部可怕的阴暗面之前是找不到，也不可能找到他的光明面的。最珍贵的材料是《圣赫勒拿岛上的笔记》。还有医生写的有关他的笔记。不管他们怎样夸张地吹捧他的伟大，但他头戴礼帽，挺着肚子、托着肥胖的身躯在岛上闲逛，把全部精神寄托在回忆自己昔日的威风上的一副可怜相，真是极其可悲而又可憎。"[2]

列夫·托尔斯泰是一个喜欢"独白"的作家，就是说，他习惯于将个人的情感和态度带入自己的小说中。因此，有理由推论，他大约写于 1863 年至 1869 年间的《战争与和平》，不可避免地要将拿破仑彻底贬低一番。可真实的情况是：小说的前半部分，充分尊重了不同人物对拿破仑的不同评说，从而呈现出一个立体的拿破仑。这是何故？小说的后半部分开始了对拿破仑全方位的否定，从而呈现出一个单向度的拿破仑，让我们又看到了那个"熟悉"的列夫·托尔斯泰，这又是何故？

1　〔俄〕列夫·托尔斯泰：《列夫·托尔斯泰文集》第 17 卷，陈馥、郑揆译，人民文学出版社 1991 年，第 113-114 页。

2　〔俄〕列夫·托尔斯泰：《列夫·托尔斯泰文集》第 17 卷，陈馥、郑揆译，人民文学出版社 1991 年，第 232 页。

一、"毕竟是一位伟大的统帅"

《战争与和平》的前半部分以 1805 年的俄法战争为背景。故事开篇便写道，随着 1805 年俄法战争呈"山雨欲来风满楼"之势，战争的主角之一拿破仑也立刻成为三教九流在宫廷晚会上热议的焦点。

俄国皇后的女官和亲信安娜·帕夫洛夫娜·舍列尔语言极为丰富，她将拿破仑形容为"恶贯满盈"的"怪物""凶手""恶棍""混世魔王"和"篡位的奸贼"。莫特马尔子爵是拿破仑的仇视者，为了增加众人对拿破仑的厌恶感，他当众"爆料"拿破仑的生活作风问题：拿破仑曾去巴黎密会情人乔治小姐，与情敌昂吉安公爵不期而遇，昂吉安公爵并没有利用拿破仑昏厥的机会对付拿破仑，拿破仑后来却以怨报德，用处死公爵的方式来"报答"昂吉安公爵的宽容大量。

正当大家众口一词地指责、挖苦、审判、妖魔化"缺席的在场者"拿破仑时，男主角之一皮埃尔站出来表示抗议。他的观点是：拿破仑是值得敬佩的。他认为，拿破仑之所以处死波旁王朝的代表人物昂吉安公爵，并不是因为子爵所说的私人恩怨，而是因为对国家的利益有必要性，即是说，处死昂吉安公爵，不仅看不出拿破仑的渺小，恰恰相反，见证了拿破仑的伟大。

皮埃尔这个"半路杀出的程咬金"对拿破仑的一番辩护引发了更激烈的辩论，小说此时呈现出"众声喧哗"的热闹场景。莫特马尔子爵认为，拿破仑在取得政权后，如果把政权交给合法的国王而不是利用政权来屠杀，才能称作伟人。皮埃尔则辩驳道，拿破仑未将政权交给人民，是因为人民将政权交给了他，这是人民的选择而不是他自己的选择。安娜·帕夫洛夫娜·舍列尔提出质疑，"革命"是伟大的事业，但"弑君"也是吗？皮埃尔辩解道，拿破仑不是"弑君"，拿破仑是在追寻自己的理想……

皮埃尔"舌战群儒"的场景浓缩了当时欧洲人对拿破仑所持的两种截然相反的态度。那么究竟谁对谁错？正当双方争执得不可开交的时候，另一位男主角安德烈公爵开始发表高见："对于一位政治家，我们应当分清，哪些是他的私人行为，哪些是统帅的或者皇帝的行为。""在阿尔科拉桥上的拿破仑是伟人，在雅法医院里向鼠疫患者伸出手来的拿破仑也是伟人，但是……但是有些行为却令人很难为他辩解。"[3]安德烈没有像皮埃尔那样对拿破仑毫无保留

3　〔俄〕列夫·托尔斯泰：《战争与和平》，刘辽逸译，人民文学出版社 1989 年，第 22 页。

的崇拜，而是觉得拿破仑有些所作所为是不妥的，不过，他也认为，拿破仑不管做过什么，毕竟是一个伟大的统帅。

皮埃尔和安德烈都是列夫·托尔斯泰极为偏爱的主人公，说话的分量显然要高于"配角"。而两位主人公对拿破仑的高度认可和列夫·托尔斯泰在日记中对拿破仑的极度鄙视显然是背道而驰的。从这个角度说，在此时的列夫·托尔斯泰身上，"小说家"战胜了"俄国人"，"复调"战胜了"独白"。换句话说，尽管列夫·托尔斯泰本人对拿破仑恨之入骨，但他这个时候并没有将个人情感和态度带入小说之中，恰恰相反，他将评说拿破仑的权力全部交给了笔下的人物，完全通过人物之口，甚至通过人物之间的辩论来"客观"呈现当时不同人心中的拿破仑形象，而每个人物对拿破仑的评说又非常符合他们各自的身份。

安娜·帕夫洛夫娜·舍列尔是正统而保守的俄国封建贵族，所以仇视拿破仑；莫特马尔子爵是法国流亡者和保皇党，所以仇恨拿破仑；彼埃尔是留学过法国的共和主义拥护者，所以毫无保留地爱戴拿破仑；安德烈是一名开明贵族，介于保守的俄国封建贵族和资产阶级化的皮埃尔之间，所以看拿破仑的眼光既不是完全的鄙视，也不是完全的仰视，而是一种趋向辩证和客观的平视，或者说是一种有保留的赞赏。由此不难发现，埃娃·汤普逊的下列论断是站不住脚的："在托尔斯泰的笔下，奥斯特里茨的这位英雄（指拿破仑，引者注）是一个自高自大、愚蠢的、肥胖的侏儒，既不懂得战略，也不懂得生活。"[4]

《战争与和平》前半部分塑造拿破仑的手法充分证明，小说其实是有相当的复调性的，因为"复调的实质恰恰在于：不同声音在这里仍保持各自的独立，作为独立的声音结合在一个统一体中，这已是比单声结构高出一层的统一体。如果非说个人意志不可，那么复调结构中恰恰是几个人的意志结合起来，从原则上便超出了某一个人意志的范围。可以这么说，复调结构的艺术意志，在于把众多意志结合起来，在于形成事件"[5]。

将评判拿破仑的权力完全交给小说中的人物，从中除了可以看出列夫·托尔斯泰战胜了"独白"和"介入"的冲动，体现了一个"小说家"的立场和

4　〔美〕埃娃·汤普逊：《帝国意识：俄国文学与殖民主义》，杨德友译，北京大学出版社 2009 年，第 118 页。
5　〔苏〕巴赫金：《陀思妥耶夫斯基诗学问题》，白春仁、顾亚玲译，生活·读书·新知三联书店 1988 年，第 50 页。

胸怀，还可以看出他对 1805 年法俄战争性质的理解：这是一场具有争霸性质的战争，俄国人和法国人都未安好心，都犯有错误，故俄国人并没有权力和资格去谴责法国人拿破仑，就像皮埃尔所言："这次是反拿破仑的战争。如果为了自由而战，那我是理解的，我首先就去服兵役。但是帮助英国和奥地利去反对一个世界上最伟大的人……这不好。"[6]

不过，随着 1812 年这场侵略与反侵略战争的到来，列夫·托尔斯泰的俄国人身份，以及由此产生的爱国主义激情终于可以名正言顺地释放出来，与此相应，他对拿破仑的态度由不置一词转向明确的、全方位的谴责，小说的艺术手法也从复调转向了独白。

二、"所有的行为显然都是可怜的、龌龊的"

1812 年的俄法战争，在列夫·托尔斯泰看来，它的性质是很容易界定的：这是一场侵略与反侵略的卫国之战，所以，就无须掩饰自己的爱国情感了："我受的是爱国主义教育，没有摆脱它，正像没有摆脱个人的、家庭的、甚至贵族的利己主义一样，没有摆脱爱国主义。"[7]在爱国主义的指引下，"俄国人"列夫·托尔斯泰开始战胜"小说家"列夫·托尔斯泰，在小说中旗帜鲜明地谴责和嘲讽拿破仑。

列夫·托尔斯泰讽刺拿破仑是"所谓天才军事家"。他肯定地说，拿破仑的法国军队在 1812 年遭到覆灭的原因有二：一是他们深入俄国腹地，却迟迟不做过冬的准备；二是由于焚烧俄国城市在俄国人民中激起仇恨。也就是说，拿破仑贸然进入莫斯科已经是没头脑的行径，进入莫斯科后的不作为则更是愚蠢。从这些军事行动中只会得出一个结论：当时人人所鼓吹的"天才军事家"前面要加上"所谓"两字。列夫·托尔斯泰话中带刺地说，有些史学家非常牵强地猜测拿破仑已经意识到战线拉长的危险，这是在高估拿破仑的军事智慧。事实胜于雄辩，当时的拿破仑不仅不怕战线拉长，反而将长驱直入当作胜利而得意扬扬。总而言之，进入莫斯科是拿破仑缺乏军事才能的必然表现，而不是一般人所说的只是他的一个偶然失误所致。就像一个棋手输了棋，表面上是因为走错了一步棋，其实是由于他每步棋都犯了同样的错误，没有哪一步

6　〔俄〕列夫·托尔斯泰：《战争与和平》，刘辽逸译，人民文学出版社 1989 年，第 27 页。

7　〔俄〕列夫·托尔斯泰：《列夫·托尔斯泰文集》第 17 卷，陈馥、郑揆译，人民文学出版社 1991 年，第 279 页。

是走对的，他之所以特别注意那步错棋，只是由于对手利用了它才引起他的注意罢了。

列夫·托尔斯泰认为，拿破仑不仅缺乏军事才华，在其他方面也同样一塌糊涂。他是狂妄无知的，一直相信自己根本不会有什么错误，在他的观念中，他所做的一切都是好的，之所以好，并不是因为它符合是非好坏的目的，而是因为那是他做的。在被囚圣赫勒拿岛时，他还不知悔改，居然将一个法国人的生命换五个俄国人的生命当作高兴的理由，尸横遍野的战场在他的笔下居然被写成"战场的景象是壮丽的"。他实际上是在表演一出自演自赏的可怜的滑稽戏，在已经不需要为自己的行为辩护的时候，他还在耍诡计、说谎话为自己辩护。他是残暴的，不仅在俄国犯下罪行，还在非洲，对手无寸铁的人民，几乎都是居民，干下了一系列暴行。他还要尽力使自己相信，这么干好得很，这才是光荣，这才像古罗马的皇帝恺撒和马其顿君王亚历山大。他是自私、残忍和懦弱的，当他在俄国遭遇失败后，他将法国的将士留在莫斯科挨冻受死，自己却独自逃回了巴黎，这乃是卑鄙透顶、连小孩子都引以为耻的行径。

综合拿破仑的种种表现，列夫·托尔斯泰得出一个结论：拿破仑所有的行为显然都是可怜的、龌龊的。所以，1812 年的俄法战争，不仅是俄国战胜了法国、库图佐夫战胜了拿破仑，也是善战胜了恶。即是说，列夫·托尔斯泰完全否定了 1812 年战争中的拿破仑，不仅表达了一种朴素的民族情感，也是在批判一切违背善和正义的行径。

在塑造 1812 年战争中的拿破仑形象时，列夫·托尔斯泰显然按捺不住内心的激动和愤懑，迫不及待地开始了他的独白。虽然他也偶尔让笔下的人物自己说出对拿破仑的看法，但这些看法和列夫·托尔斯泰的独白又是惊人的一致，因此，这些人物的言语实质上也就是列夫·托尔斯泰的心声了，以至于连他自己都承认"我就专注于历史方面，人物则停滞不前。这是个缺点……"[8]

小说在描写 1812 年的战争时，拿破仑被列夫·托尔斯泰批判得面目全非，从这个角度看，埃娃·汤普逊的论断又实事求是了："《战争与和平》大概提出了文学对拿破仑的最低下的描写。"[9]"在《战争与和平》里，拿破仑被描写成了一个眼界狭小的小丑，一个呆子，专门喜好空洞的姿态，却没有能力捕

8　〔俄〕列夫·托尔斯泰：《列夫·托尔斯泰文集》第 16 卷，周圣、单继达译，人民文学出版社 1992 年，第 110 页。

9　〔美〕埃娃·汤普逊：《帝国意识：俄国文学与殖民主义》，杨德友译，北京大学出版社 2009 年，第 118 页。

捉军事策划的周密细致要求。"[10]

通过对拿破仑的否定性塑造,列夫·托尔斯泰质疑了人们评判英雄的标准。在他看来,一般的历史学家衡量英雄的尺度是他们"伟大不伟大",却从未考虑过他们有没有违反"正义"和"善",在他们眼中,"伟大"成为英雄的某种特性,因此,不再有所谓善,也不再有所谓恶,只有"伟大"和"不伟大","伟大"就是好,"不伟大"就是坏。对此,列夫·托尔斯泰不无痛心地说:"可是谁也没有想一想,承认没有善恶标准的伟大,不过是承认其微不足道和无限的渺小罢了。"[11]

可以说,列夫·托尔斯泰这一观念充分展示了他作为思想家的超越性和深刻性,也充分展示了他艺术家的本色:"对于史学家,就人物为其某一目的所起的促进作用而言,是有英雄的。对于艺术家,就人物符合于生活的一切方面来说,不可能也不应该有英雄,应该有的是人。"[12]

三、"微不足道的历史傀儡"

在小说的后半部分,列夫·托尔斯泰渐渐取代笔下的人物,对拿破仑展开越来越激烈的批判。这一转变不仅意味着列夫·托尔斯泰的爱国者身份越来越清晰,也意味着他思想家的身份越来越凸现。因此,在他的笔下,拿破仑不仅是丑陋和需要谴责的,而且是渺小和不值一提的。而这一层次的拿破仑也折射出列夫·托尔斯泰对战争的强烈反感,对生命的无限敬重,对英雄意志和人民意志的独特理解,以及对历史内在律令的由衷敬畏。

当拿破仑辩称不管是现在还是过去,他都不喜欢战争,他是被迫诉诸战争的时候,列夫·托尔斯泰称这是很可笑的诡辩。他认为,战争不是请客吃饭,而是生活中最丑恶的事情,所以不要把战争当儿戏。他在日记中也明确写道:"和平是人类最高的物质财富,这同健康是个人最高的物质财富一样。"[13]因此,他坚信,不管发动战争的借口如何动听和崇高,都不应该盲目

---

10 〔美〕埃娃·汤普逊:《帝国意识:俄国文学与殖民主义》,杨德友译,北京大学
   出版社 2009 年,第 119-120 页。
11 〔俄〕列夫·托尔斯泰:《战争与和平》,刘辽逸译,人民文学出版社 1989 年,第
   1176 页。
12 〔俄〕列夫·托尔斯泰:《列夫·托尔斯泰文集》第 14 卷,陈燊译,人民文学出
   版社 1992 年,第 17 页。
13 〔俄〕列夫·托尔斯泰:《列夫·托尔斯泰文集》第 17 卷,陈馥、郑揆译,人民
   文学出版社 1991 年,第 297 页。

推崇战争，至于侵略战争，更是要严加谴责。鉴于此，列夫·托尔斯泰不仅否定了 1805 年的法俄战争，还从更高意义上否定了 1812 年的俄法战争："假如本世纪初叶历次欧洲战争的目的，是为了俄国的强大，那么，即使没有这些战争，也不用侵略，这个目的也能达到。如果为了法国的强大，那么，不用革命，也不用建立帝国，照样也能达到这个目的。假如目的是传播思想，那么，出版书籍来完成这项工作要比军队好得多。如果目的是为了文明进步，那么，不用说，除了使用毁灭人的生命及其财富的手段外，还有其他更适于传播文明的途径。"[14]

对战争的强烈反感透露了列夫·托尔斯泰对生命的无限敬重。在他的笔下，安德烈最初是一位渴望建功立业的俄国贵族，这就导致两种结果：一是作为俄国人他参加俄国对抗拿破仑的斗争；二是作为职业军人他从内心深处崇拜当时欧洲人共同的偶像——拿破仑。但在目睹了战争的残酷之后，安德烈对战争和拿破仑的态度都发生了巨大的转变。首先，他开始厌恶战争，尽管 1812 年的卫国战争已经具有正义的性质，他依然拒绝继续参军，甚至拿破仑打到家门前，他也拒绝到俄国军队服役。其次，他开始鄙视曾经的偶像拿破仑，哪怕亲眼见拿破仑本人，他有的也不是激动而是怀疑："他知道这是拿破仑——他所崇拜的英雄，但是此刻，与他的心灵和那个高高的、无边无际的大空和浮云之间所发生的一切相比，他觉得拿破仑是那么渺小、那么微不足道。"[15]

安德烈最初用世俗的眼光崇拜拿破仑，现在又从生命的高度俯视拿破仑，这一变化正是列夫·托尔斯泰审视拿破仑的视角的变迁。在他看来，与生命的尊严、幸福、安宁相比较，任何世俗的武功都是多么的鄙俗。因此他一再强调，与生命相比，所谓的"胜利"是微不足道的。故他主张法国人溃败以后，俄国人不要去追击，因为法国人已经在逃跑，不追击他们，他们也会逃出俄国。如果追击他们，哪怕用一个俄国人的生命换取五个法国人的生命，或者捉住几个法国的将领，也是得不偿失的。

反战的列夫·托尔斯泰却无法阻止战争的发生，这是让他极度痛苦的事情。他一再质问："为什么打起波罗底诺战役？"在他看来，不论是对法国人

14　〔俄〕列夫·托尔斯泰：《战争与和平》，刘辽逸译，人民文学出版社 1989 年，第 1243 页。
15　〔俄〕列夫·托尔斯泰：《战争与和平》，刘辽逸译，人民文学出版社 1989 年，第 322 页。

还是对俄国人，这次战役都是毫无意义的。这次战役，对俄国人来说，最直接的结果曾是也必然是促进了莫斯科的毁灭，这是俄国人怕得要命的；对法国人来说，曾是也必然是促进了他们全军的覆没，这是法国人怕得要命的。

在审视这场战争的前因和后果时，列夫·托尔斯泰还表达了对"英雄意志"和"人民意志"的理解。在他看来，"英雄意志"的确是存在的，比如说，法国在1812年入侵俄国，拿破仑的意志就起到了重要作用。英雄的意志往往左右了民众的意志。比如说拿破仑不经意坐在一块河边的圆木上思考如何让军队从浅滩过河，一名老军官就高呼着"万岁"跃马冲进河中，几百名部下跟着他跳进去，试图泅水过河。最后有四十多名士兵淹死了，侥幸游过河的士兵眼望着拿破仑刚才坐过但现在已经离开的地方，高呼着"万岁"，他们以为自己很幸运——在皇帝的"注视"中为皇帝而战。

列夫·托尔斯泰觉得，在历史发展过程中，英雄意志左右民众的意志有时候会带来好的结果，比如库图佐夫率领俄国人民赢得卫国战争的胜利；有时候则会带来悲剧性的后果，比如拿破仑加速了法军的覆没；有时候会造成非常可笑和可悲的场面：比如在1805年，拿破仑和亚历山大刚刚还刀兵相见，俄国军人对拿破仑的愤恨、蔑视和恐惧的混合感情仍然存在，可是一眨眼，拿破仑却跑到俄国军中给俄国士兵拉扎列夫颁发勋章去了，然后还和亚历山大手挽起手来，以至于一些俄国士兵预测，俄国沙皇是不是也礼尚往来，给法国士兵送一枚乔治勋章。

列夫·托尔斯泰同样看到了"民众意志"具有不可小觑的力量。从正的方面说，民众是历史朝着正确方向前进的重要推动力，比如俄国之所以赢得胜利，除了库图佐夫的指挥外，主要还是依靠俄国人民的力量。从反的方面说，人民意志也可能是历史朝着错误方向前进的重要推动力，比如法国入侵俄国其实是拿破仑和法国人民共同完成的，如果一个法国军士不肯服第二次兵役，第二个不愿意，第三个、第一千个军士和士兵都不愿意，那么拿破仑的军队就少了很多人，战争也就不可能发生了。列夫·托尔斯泰显然并不是替拿破仑辩护和脱罪，而是告诫世人，不要轻易地将所有的恶行推给英雄们，如同不要轻易地将所有的善行都谦让给英雄一样。

列夫·托尔斯泰认为，英雄意志和民众意志都是值得重视的，但民众自己总是忽略了自己的意志，误以为世上发生的一切都与自己无关；英雄们却总是夸大了自己的意志，误以为世上所发生的一切都是以他们的意志为转移的。从历史的高度来看，英雄们的所作所为不是随心所欲的，而是与整个历史过程相关联，并且在很久以前就决定了的。一个历史事件的发生，比如法俄之间的相互残杀，就是按照参与战争的几十万人的意志进行的。至于战争双方的统帅库图佐夫和拿破仑，不过是历史的工具。正是从这个意义上讲，列夫·托尔斯泰认定，国王是历史的奴隶，而拿破仑只是个"微不足道的历史傀儡"。列夫·托尔斯泰其实是在提醒世人，不要将历史事件的发生简单地归结为某种原因或者某个人的意志，历史并不是我们想象的那样可以轻松、确定地解释。有的历史学家将拿破仑 1812 年的失败归结为他患了感冒导致指挥失误，列夫·托尔斯泰不无讽刺地说，按照这种逻辑，那个忘记给拿破仑拿防水靴子的侍仆岂不成了俄国的救星？

列夫·托尔斯泰提出这样的设问：苹果成熟了就掉下来，——它为什么掉下来？是因为地心引力吗？是因为茎干枯了吗？是因为太阳把它晒干了吗？是因为它太重了吗？是因为风吹了它吗？是因为树下有一个小孩想吃它吗？在他看来，这些都不是原因，这一切只是每个重大的、有机的、自发的事件得以实现的各种条件的偶合，而历史事件如同这个落下的苹果。

我们可以认为列夫·托尔斯泰信奉的是历史宿命论和不可知论，故意将历史神秘化和虚无化，但也可以认为，与那些随时随地都想正确和明确地解释历史的正统历史学家相比，列夫·托尔斯泰无疑更具有自知之明。他的历史观看似在宣扬历史的偶然性，实为张扬历史的必然性，他说："一座被刨倒的一百万普特的山之所以倒下来，是由于最后一个工人用十字镐刨了最后一下，说这话的人也对也不对。在各种历史事件中，那些所谓伟大的人物，不过是给事件命名的标签罢了，他们也正如标签一样，与事情本身关系极少。"16

同样的道理，一个历史事件的发生，表面上是某个人或者某群人的某个行为推动的，实际上这个历史事件之所以必然发生，只不过因为它不得不发生罢了。总之，历史是无数看得见和看不见的因素共同作用的结果，看得见的只是少数，看不见的却是多数。每个个体，无论是英雄还是民众，都可以享受自己创造的历史荣誉，也应该为自己造就的历史污点承担责任。

通过《战争与和平》中的拿破仑形象，可以从一个独特的角度了解列夫·托尔斯泰思想的丰富性和多层性，他对英雄、战争、生命、历史、人民等问题

---

16 〔俄〕列夫·托尔斯泰：《战争与和平》，刘辽逸译，人民文学出版社 1989 年，第680 页。

的理解无疑是独到而有教益的，同时，他塑造拿破仑形象手法的变化也生动地见证了他的小说艺术从"复调"向"独白"的变迁。

原载《俄罗斯文艺》，2018 年第 3 期

拜伦笔下的拿破仑形象

拜伦比较完整地见证了拿破仑荣辱与共的一生："他五岁那年，拿破仑由丁土伦一战而声名大震，他十一岁那年（公元 1799 年），拿破仑做了革命的法国的第_执政。1804 年他十六岁时，拿破仑登了帝位。同时，英国的小皮特第_次组阁，英法战争开始。拿破仑在滑铁卢战败被流放到圣海伦娜岛的 1815 年，拜伦二十七岁，正是他在伦敦声名最高的时候。"[1]因此，无论是作为一个普通的欧洲人，还是作为一位对政治比较敏感的诗人，拜伦都无法回避对拿破仑的评说。

拜伦和拿破仑虽然一为诗人，一为军人，可在世人眼里，由于他们是各自领域中的旷世天才，所以是可以相提并论的。比如在《致大海》中，普希金将他们同视为自由的化身而加以热情的讴歌。再如和拜伦同时代的人送给拜伦一个响亮的外号："诗国中的伟大的拿破仑。"[2]那么，拜伦本人究竟是如何看待拿破仑的呢？他对拿破仑真的有惺惺相惜的感觉吗？答案可能比我们想象中的要复杂一些。

一、"世界的暴君"和"高卢之秃鹰"

1809 年 6 月，为了阅读宇宙这部大书，拜伦踏上了亲身观察世界的旅程。根据勃兰兑斯的分析，此时的拜伦"不会对本国同胞的历史功业，例如'红白玫瑰战争'这类往事发思古之幽情；占据着他脑海的是当代政治；在往昔的岁月中，除去为争取自由而进行的那些伟大的斗争以外，没有任何东西能使他感

1　〔日〕鹤见祐辅：《明月中天：拜伦传》，陈秋帆译，湖南文艺出版社 1981 年，第 7 页。

2　〔英〕拜伦：《唐璜》（下），查良铮译，人民文学出版社 1980 年，第 726 页。

兴趣"。[3]当拜伦途径葡萄牙，抵达西班牙时，西班牙人民失去自由的遭遇引起他的驻足和关注："西班牙的人民呵，命运多么不幸／从未获得自由的人为着自由斗争。"[4]

让西班牙人民失去自由的人正是拿破仑。1808 年，拿破仑侵占了马德里，又拘禁了西班牙国王斐迪南七世，立自己的兄长约瑟夫为新国王。英国为了同拿破仑争夺比利斯半岛的势力，联合西班牙上层贵族对抗拿破仑，西班牙人民为了独立和自由，也组成游击队抵抗侵略者。拜伦的《恰尔德·哈洛尔德游记》第 1 章第 31 节至第 90 节正是以此为背景开始了对拿破仑形象的塑造。

拜伦认为，西班牙人民是值得尊敬和赞颂的，因为他们不甘屈服、奋勇反抗，甚至像奥古斯丁娜这样"鸽子般温柔"的女性，为了民族大义，也蜕变成伟大的战士："爱人战死后，她没有流无用的眼泪，／首领牺牲了，她站上他危险的岗位，／伙伴逃奔啦，她阻止这卑贱的行动，／敌人退了，她率领人马去追踪，／谁能给死去的爱人更大的安慰？／谁能像她似地为殉难的首领复仇？"拜伦还为西班牙人民的前途深感忧虑："必须死吗，这些傲岸、勇敢的年轻人，／由于那野心的头子要扩大他不义的统治？／在投降与坟墓之间没有第三条路可寻？／难道西班牙必须灭亡，当强盗得势？"有论者认为，这些诗句意味着拜伦意识到，西班牙游击队虽然斗志昂扬，但实力却逊于侵略者，因此，"他对西班牙游击队的同情，蒙上了阴暗的色彩。"[5]

的确，在创作《恰尔德·哈洛尔德游记》前两章时，由于拿破仑的侵略还没有遇到摧毁性的打击，因此，拜伦对拿破仑的能量还有些"仰视性"的厌恶。不过，当拜伦创作《拿破仑颂》[6]时，不可一世的拿破仑已经沦为厄尔巴岛上的囚徒了，因此，他对拿破仑的态度也变成了"俯视性"的谴责。

《拿破仑颂》名为"颂"拿破仑，实为"咒"拿破仑，这一"名不副实"的艺术正符合拜伦冷嘲热讽的风格。诗的题词写到："请拿来汉尼拔的尸灰瓮／称一称他的尸灰有多重：／难道就只是这些！"人们常常将拿破仑和汉尼拔相提并论，拜伦却提醒世人，汉尼拔很伟大吗？那么称一称他的骨灰，看看

3　〔丹麦〕勃兰兑斯：《十九世纪文学主流·英国的自然主义》，徐式谷等译，人民文学出版社 1984 年，第 333 页。

4　〔英〕拜伦：《恰尔德·哈洛尔德游记》，杨熙龄译，新文艺出版社 1956 年，第 50 页。

5　〔苏〕叶利斯特拉托娃：《拜伦》，周其勋译，上海译文出版社 1985 年，第 40 页。

6　〔英〕拜伦：《拜伦诗选》，查良铮译，上海译文出版社 1982 年，第 31-42 页。

又有几斤几两？而拿破仑不过是又一个汉尼拔罢了。接下来，拜伦对拿破仑展开了全方位的解构。

首先，拿破仑是一个"不屑一提的人"："完了，但昨天还是一个国君！／并且有多少君王协助你争战；／而现在，你成了不屑一提的人，／你还活着，却又如此卑贱！／这可就是那高踞万邦的王，／曾把敌人的骸骨铺满大地上？／他居然这样苟延残喘？／因为他，曾被错误地叫作'晨星'，／呵，没有人、也没有魔鬼跌得这样深。"拜伦觉得，拿破仑从让世人闻风丧胆，到人人"不屑一提"，从"高踞万邦"到"苟延残喘"，他的起起落落是一场让人看不懂的闹剧，见证了所谓"英雄"的脆弱和虚妄。

其次，拿破仑是一个"毒心汉"。诗歌认为拿破仑下场凄凉，却是咎由自取："你这个毒心汉！为什么要蹂躏／那俯首屈膝的你的同种？／由于只看自己，逐渐变为盲目，／你使其他的人睁开了眼睛。／你威武有力，你可以挽救人民，／但是你，对于崇奉你的人们，／你唯一的馈赠只是坟墓，／只有等你覆没了，人们才看出／原来勃勃的野心比渺小还不如！"由于拿破仑深深地伤害了欧洲人民，诗人义愤填膺地指责他："你邪恶的事业是用血写的"，"你的胜利再也谈不上荣誉／它只深描出每种污点"。

再次，拿破仑是一个野心家。诗人认为，早年的拿破仑做过一些有价值的事情，如果他能够适可而止、急流勇退，会给世人留下一些美好的印象："如果那时候，不等享受太多，／你就放下这无限的权力，／那一举给你带来的美名／会胜过马伦哥传扬的英名。"遗憾的是，拿破仑缺乏自知之明，过于迷恋权力，以至于在歧路上越走越远："但是你一定要粉墨登场，／你必须穿上紫红的外衣，／仿佛那件愚蠢的皇裳／遮上胸口就能把往事忘记。"诗人觉得，拿破仑之所以导致"大地曾为他血流成河"，全因他竭力攫取一切能够获得和无法获得的权力。

最后，拿破仑是一个苟且偷生的"狗熊"。在诗人看来，拿破仑并不是真的勇士。如果是的话，当他不能轰轰烈烈地生的时候，就应该选择轰轰烈烈地死。但是，他接受了被流放到厄尔巴岛的屈辱条件。拜伦相信，拿破仑的这一选择并不是什么忍辱负重和卧薪尝胆，而是"好死不如赖活"的自然流露："死为人君呢——还是生为奴隶——／你大胆的抉择实在不够荣誉。"在拜伦眼里，拿破仑的被囚和普罗米修斯的被俘表面上是相似的——都是"为上帝所遗弃，为人们所诅咒"，但实质上却不可同日而语：普罗米修斯因为给人类带来光明，终会得到赫拉克勒斯的拯救，以及众神的原谅和敬仰，拿破仑却因他的疯狂而陷入万劫不复的深渊；普罗米修斯之所以选择生，是因为他无法选择死："他被贬的时候没有丧失荣誉，／如果是凡人，他会骄傲地死去！"而拿破仑呢？他可以像英雄般死去，但却选择了狗熊似的活。

拜伦之所以处处"贬低"拿破仑，同他审视拿破仑的立场和角度是有关的。拜伦痛恨封建制和君主制，自由和民族对他而言，要高于民族利益。拿破仑的称帝，以及对欧洲各国的征伐，恰恰同他的愿望相抵触，因此，拿破仑让拜伦感到失望也就不奇怪了。更重要是，拜伦还为拿破仑树立了一个完美的参照系：华盛顿。可以说，华盛顿的伟大放大了拿破仑的渺小。

在《拿破仑颂》中，拜伦为拿破仑树立了三面镜子，前两面镜子是苏拉和查理五世。苏拉是古罗马的执政官，曾经是个滥杀无辜的独裁者。但在公元前79年，他放下屠刀，立地成佛，辞职返回了故乡。诗人觉得，苏拉唯一的光荣就是他的退隐："放弃了权，无权而仍受尊重。"查理五世是西班牙国王，1555年，他将王冕让给弟弟斐迪南，将王位让给弟弟菲利浦，然后隐居寺院中，过着清苦的僧人生活："不再为权力的欲望所鼓舞，／他抛开了王冠，舍去帝国，／为了一间密室，一串念珠"。在拜伦看来，苏拉和查理五世虽然曾是残暴之徒，但是他们迷途知返，用"无为"来代替"作恶"，也不失为一种善行，理应成为拿破仑效仿的榜样。

拜伦还为拿破仑竖起第三面镜子：华盛顿。诗歌用反问之法，提出只有华盛顿创建的美国才是理想的国度："哪里才没有罪恶中的光荣／和不卑鄙的国家？／是的，有一个，绝后，空前，／能比辛辛内塔斯之贤，／连嫉妒也不敢对他／泄愤，他的名字是华盛顿，／只有他的美德才使人脸红。"辛辛内塔斯是公元前五世纪时的罗马政治家，他在家耕地时被召回朝廷率军杀敌，16天后，他拯救了罗马，却又返回家中种地。拜伦认为，华盛顿就是辛辛内塔斯式的现代圣人。

在拜伦的心目中，拿破仑要远逊于华盛顿。拿破仑早年抗击欧洲反法同盟，捍卫了法国大革命的成果，却由于个人野心的膨胀和政治智慧的不足，致使一场卫国之战演变成无休止的侵略之战，导致法国陷入了长期的动荡和混乱。在拜伦看来，拿破仑离"英雄"两字尚有很大距离，因为英雄之所以为英雄，不只在于他有所为，更在于他有所不为。后期的拿破仑就像古希腊那个徒手劈橡树、终为橡树所困而致死的勇士米罗一样，一味地想凭借主观意志打破不可逾越的必然性限制，终落得个凄凉的下场。拜伦也就借此告诫世人，权欲危害无穷，权力如过眼云烟："一座军刀统治的玲珑宝塔：／外貌是青铜，脚基是泥沙。"

在拜伦看来，真正的英雄应该如华盛顿，拿得起，放得下，既创立丰功伟业，更拥有高尚的情感："活着的伟人就／总该能点燃高尚的感情，／令人仰望而惊叹其崇高。"华盛顿是美国的开国元勋，拥有至上的威望和声誉，他本可以轻松地选择皇冠，却选择了总统，而世界却因多了一位总统，而使皇冠从此黯淡无光。更可贵的是，他虽然大权在握，却始终听从良知的召唤，谨慎谦卑地使用权力，最后还"挥一挥衣袖，不带走一片云彩"，潇洒地与权力再见。在拜伦看来，华盛顿是真正的为自由和独立而战，而不是为权力和交椅而战，而引领自由的伟人自然要比"一将功成万骨枯"的野心家更值得敬仰。通过华盛顿和拿破仑的对比，拜伦传达出他对当权者的期待：要学华盛顿，不做拿破仑。

这其实正是拜伦的政治理想。拜伦在诗歌《译自法文的颂诗》[7]中认为，如果说拿破仑从反面证明了独裁和专制对于民主性政治体制建设的危害性："已经两次了，付过珍贵代价的法国／不会忘记她学来的'处世的一课'：／她的安全并不在于哪个／卡倍或拿破仑的宝座！／而是需要平等的权利和法律"，那么华盛顿则从正面为人类的政治建设指明了出路：国王和英雄并非不可或缺，人们不要将自己的命运寄托在任何救世主身上，因为个人的自由终究要靠自治的心灵和精神来保障，因此说，民主共和政府才是一个国家最理想的归宿。

二、"一个伟大而不是最坏的人"

在拜伦创作《拿破仑的告别》[8]时，短暂复出，又迅速沉沦的拿破仑刚刚向对手投降，准备去圣赫勒拿岛报到了。面对如此凄惨的拿破仑，拜伦的态度舒缓了很多，他开始对拿破仑做一个比较整体性的判断，而不只盯着他的"侵略"行径不放。因此，《拿破仑的告别》描绘拿破仑的语言没有先前那样强烈的鄙视性，倾向性，而是趋向平和、客观和理性。诗人认为，拿破仑虽然失败了，却是个有能力、有抱负的人，曾对欧洲产生过巨大的影响："在这里，我的荣

7　〔英〕拜伦：《拜伦诗选》，查良铮译，上海译文出版社1982年，第73-79页。
8　〔英〕拜伦：《拜伦诗选》，查良铮译，上海译文出版社1982年，第71-72页。

誉的暗影／跃升起来并且以她的名字笼罩着世界——／如今她遗弃了我，但无论如何，我的声名、却填满她最光辉或最龌龊的故事的一页。／我曾经和一个世界争战，我所以被制服／只因为太迢遥的胜利的流星引诱了我；／我曾经力敌万邦……"诗人还认为，拿破仑对法国也具有举足轻重的作用，正是通过他的努力，法国才赢得了独立、尊严和荣耀："当你的王冠加于我的时刻，／我曾经使你成为世界的明珠和奇迹"，随着拿破仑的垮台，法国在欧洲的地位一落千丈："终于看你落得／仍如我初见的那般：国光失色，身价扫地。"

1816年3月，拜伦创作了上文提及的《译自法文的颂诗》（又名《滑铁卢颂》）。滑铁卢战役导致拿破仑一败不起，但拜伦并没有因此流露一点的兴奋和惊喜。诗人认为，拿破仑遭遇滑铁卢并不是拿破仑的对手有多强大："首领覆没了，并非由于你们，／滑铁卢的胜利的将军！"而是由于拿破仑自身的原因："如果那个带兵的公民（指拿破仑——引者注）／不对他的同胞发号施令……／即使暴君结成伙，谁又能／和那个年青的首领争胜？／谁能对败绩的法国夸耀，／如果不是暴政将她领导？／如果不是为野心所怂恿，／在君王身上沉没了英雄。"

虽然说拜伦还在用"野心"来形容拿破仑的追求，用"暴政"来形容拿破仑的统治，但整体而言，《拿破仑的告别》和《译自法文的颂诗》对拿破仑的憎恨已经淡化，甚至消失。不过，"恨意"的淡化并不意味着"爱意"的增加，"恨意"的消失并不意味着"爱意"的出现。有学者认为，"拜伦世界观里的资产阶级个人主义特征表现在他对拿破仑的个性的赞美。拿破仑之所以被理想化，是由于拜伦和同时代的进步人士一样，把青年波拿巴描写成法国革命军队解放传统的继承人。"[9]拜伦对青年拿破仑确实有明显的好感，在批评拿破仑的时候，往往也是将拿破仑的"过去"和"现在"进行对比，以衬托出拿破仑的倒退。但是，从具体作品来看，拜伦关注的重心正是拿破仑"现在"的恶行，而不是他"过去"的美德。拜伦之所以开始弱化拿破仑的"恶"，一是因为他注重从整体而不是局部上评价拿破仑，二是因为他发现"后拿破仑时代"并没有比"拿破仑时代"变得更好，但这也只能说明拜伦对拿破仑的评价趋向于辩证，还谈不上将拿破仑理想化。

《恰尔德·哈洛尔德游记》第3章正是表达了对"后拿破仑时代"的怀疑："天网恢恢！高卢也许就此变一匹马，／受缰绳的束缚；但世界能更自由

9　〔苏〕叶利斯特拉托娃：《拜伦》，周其勋译，上海译文出版社1985年，第95页。

了吗？"拜伦认为，反法同盟取代拿破仑，成为欧洲新的统治者，并不是历史的进步，而是历史的倒退："啊，难道那复活起来的奴隶制度，／又将成为开明时代的偶像，那丑陋的怪物？／难道我们，打倒了狮子又向豺狼朝礼？／奴才相地朝皇座屈膝，低声下气？"拜伦由此告诉世人："那就大可不必／为一个暴君的推翻而大吹大擂！"

拜伦对滑铁卢之战"胜方"的嘲弄也从侧面表达了他对"后拿破仑时代"的批判。击败拿破仑的英国将军威灵顿一度被奉为拯救欧洲的救星，也受到华兹华斯、骚塞、司各特等人的吹捧，但拜伦在《唐璜》第9章中却对威灵顿以及"威灵顿崇拜"大泼冷水。诗人认为，欧洲人将威灵顿视为"各族的救星"和"欧洲的解放者"是无稽之谈，威灵顿打败拿破仑不仅没有让各民族得救，让欧洲解放，反而让各民族和欧洲"更不自由"，诗人还因此蔑称威灵顿为"杰出的刽子手"[10]。

《青铜世纪》[11]对"后拿破仑时代"的失望更是溢于言表。我们知道，根据古希腊诗人赫西奥德所载，人类经历了5个时代：黄金世纪、白银世纪、青铜世纪、英雄世纪和黑铁世纪。青铜世纪是充满暴虐和战乱的世纪，诗歌以"青铜世纪"为题，已经清晰地表明拜伦对"神圣同盟"取代拿破仑的态度。诗歌写到，在拿破仑离世的第2年，"神圣同盟"便在维罗那召开会议，图谋着瓜分世界。诗人对此深表痛心，同时又很乐观地预测，这些封建专制统治者和野心家们的下场将是坟墓和死亡。

正是由于"后拿破仑时代"更加反动，拿破仑死后的声誉反而得到恢复和提升，拜伦也开始怀念起曾让他痛恨的拿破仑来："呵，好景不再！——一切逝去的时代都好。"也因为如此，《青铜世纪》对拿破仑多了一份同情和惋惜："看吧，他只落得一个孤寂的荒岛／作为辉煌的收获——随你感叹或微笑。／你可以感叹于奋飞高翔的巨鹰／竟降格而啄食自己狭小的囚笼；／或笑看这魔王，以前把万邦横扫，／现在竟天天为规定的口粮而争吵；／或悲伤地看到他如何在每一餐／为了减少的菜和省略的酒而哀怨。"

在同情和惋惜之余，《青铜世纪》对拿破仑的历史地位作了非常高的预测："他的名字将变受辱之地为圣土，／对一切人（除了他自己）都是护身符；／在东风下扬帆的船从海上过路，／将会有水手们在桅杆上向它欢呼；／只要有

<hr />

10　〔英〕拜伦：《唐璜》（下），查良铮译，人民文学出版社1980年，第614页。
11　〔英〕拜伦：《拜伦诗选》，查良铮译，上海译文出版社1982年，第405-463页。

一天高卢的胜利碑重树，／有如在沙漠的天空下庞贝的石柱，／那埋葬了他的骨灰的荒凉海盗／将如英雄的像，俯瞰大西洋的波涛；／而雄浑的大自然将举办他的葬礼，／远胜过吝啬的'嫉妒'所拒绝的哀祭。""诗人认为，拿破仑作为法国革命的象征将永垂不朽，并成为未来对帝王战斗的号角："他的名字总有一天／像色斯卡的战鼓，能使敌人胆寒。"

《青铜世纪》第5节回顾和梳理了拿破仑不平凡的一生：从远征埃及到横扫欧洲；从兵败莫斯科到巴黎陷落，从遭遇滑铁卢到沦为圣赫勒拿岛之囚……诗歌最后对拿破仑作了比较辩证的评判："身为众王之王，却也是奴下之奴，／他打碎了千万人的锁链，却又铸出／新的枷锁给欧洲和他自己戴上，／而他浮影般在地牢和皇位间消亡！"

不难发现，自《拿破仑的告别》之后，拜伦对拿破仑的情感越来越矛盾和复杂，既没有单纯的恨，也没有单纯的爱，而是恨与爱紧紧纠缠在一起。有时候，爱与恨相互抵消，诗歌的语言便出奇的平静和理性；有时候，爱与恨同时迸发，于是在谴责中包含着赞颂，在赞颂中隐藏着谴责。因此，我们认为，《恰尔德·哈洛尔德游记》第3章对拿破仑形象的塑造代表了拜伦对拿破仑最终的认识。

在诗歌中，拜伦为我们描绘出一个功与过、是与非、善与恶、伟大与渺小、光明与黑暗、睿智与愚蠢并存的拿破仑形象：他"那矛盾的心灵有时伟大得惊人"，有时候，"却以同样刚愎的心胸，／固执地盯住了细小不堪的事故"；他既是世界的"征服者"，也是世界的"俘虏"；他"有时超人，有时很愚蠢，／有时趾高气扬，有时处于逆境"；他"一时乖乖听命，一时拿帝皇当搁脚凳"；他能够"倾复、统治和重建一个帝国"，却管不住自己最起码的感情；他虽然能够掌握人类的心灵，"却无自知之明，填不满好战的欲壑"，"不知盈虚的道理，人有旦夕的祸福"；他"在困境中比得意时聪明……"总之，他是一个"伟大而不是最坏的人"。

杨熙龄先生认为，"拜伦有时也攻击拿破仑，称他为'暴君'，但主要地是用他自己的色彩把拿破仑描绘成一个失败了的、拜伦式的英雄，把他美化；而且在拜伦笔下，还有一种深深的惋惜之情，给人以'惺惺惜惺惺'之感。"[12]如上所论，我们认为这样的判断是不符合实际的。在早期作品中，拜伦将拿

---

12 杨熙龄：《拜伦的诗和政治见解》，《恰尔德·哈洛尔德游记》，上海译文出版社 1990年，第 321-322 页。

破仑视为侵略者和专制帝王，以自由和独立为尺度，以圣人华盛顿为镜，塑造出一个让人憎恶的"世界暴君"和"高卢之秃鹰"形象。在中后期作品中，拜伦从整体上评价拿破仑，或者以更加反动的"后拿破仑时代"为镜，认为拿破仑"是一个伟大而不是最坏的人"。"伟大"一词意味着拜伦承认了拿破仑的历史影响力，但是"不是最坏的人"并不是一个很高的评价，也是拜伦在充分认识到拿破仑的两面性后，对拿破仑所作的一个非常谨慎的判断。

　　总之，在少部分作品中，拜伦将拿破仑塑造成"暴君"；在大多数作品中，拜伦将拿破仑塑造成一个让人爱与恨、崇拜和鄙视、期待和失望、惋惜和诅咒交织在一起的矛盾体。也就是说，拜伦对拿破仑恨过，爱恨交加过，但从未明显地崇拜过拿破仑，对他也无惺惺相惜之感。

原载《洛阳理工学院学报》，2011 年第 3 期

论莱蒙托夫"拿破仑组诗"中的
拿破仑形象

在 19 世纪的俄罗斯作家中,对拿破仑着墨甚多的,除了普希金和列夫·托尔斯泰,还有 位就是莱蒙托夫。莱蒙托夫主要通过"拿破仑组诗"来评说拿破仑。"拿破仑组诗"根据对拿破仑态度的不同,可分为两类:一类以《波罗金诺战场》(1830-1831)、《两个巨人》(1832)、《波罗金诺》(1837)为代表,将拿破仑塑造成可恶的"侵略者";另一类以《拿破仑》(1829)、《拿破仑》(1830)、《拿破仑的墓志铭》(1830)、《圣赫勒拿岛》(1831)、《飞船》(1840)、《最后的新居》(1841)为代表,将拿破仑塑造成可敬的"英雄"。

一、可恶的侵略者

莱蒙托夫批判拿破仑的三首诗歌均以波罗金诺战役为背景。1811 年,俄罗斯沙皇亚历山大一世拒绝继续与法国合作封锁英国。为了"惩戒"俄罗斯,1812 年,拿破仑集兵 50 余万远征俄罗斯,在莫斯科附近遭遇了一场最激烈的战斗:波罗金诺之战。对拿破仑及其拥趸们来说,他们有理由认定波罗金诺战役是一场正义之战,是弘扬法国大革命成果的必经之途。诚如池田大作所分析的那样,法国大革命后,"自由、平等、博爱"的理念在国内民众中迅速传播,法兰西的土地上洋溢着高远的理想主义,而在同妄图扼杀革命的各种内外势力的激烈对抗中,高昂的民族主义思想在人们心中落地生根。因此,"拿破仑进攻各国之初,说是侵略,不如说更多的带有解放运动的意义"[1]。

---

1 〔日〕池田大作:《我的人学》,铭九、潘金生、庞春兰译,北京大学出版社 1990 年,第 111 页。

可是对爱国的俄国人民而言，拿破仑却是一个心怀鬼胎的入侵者。虽然说欧洲群众最初是怀着好感来看待拿破仑的，但是，拿破仑鼓吹的理想是一回事，他的所作所为却是另一回事。不管拿破仑怎样高举"自由"和"平等"的旗帜，他施行的都是"征服者"和"专制者"的一套做法：侵占领土，掠夺财富，任命自己的亲眷为占领国的国王等等。这样，原本对拿破仑充满期待的人们最后又失望地发现，拿破仑把自由的理念教给了他们，却把新的枷锁戴在他们头上。他们原本痛恨本国封建君主，却由于看清了拿破仑的另一面，反而将国内的阶级矛盾暂时放在一边，将捍卫民族独立和自由视为首要职责。

1812 年，只有两岁的莱蒙托夫无法亲历波罗金诺战役。后来，促使他对这一事件产生兴趣的主要有两个人，一个是法国人嘉培，另一个是俄国人塔尔哈雷的仆人。嘉培是拿破仑军队中一名教养有素的军官，1812 年当了俘虏后留在俄国，做过莱蒙托夫的家庭教师，"他以自己生动的故事引起了米哈伊尔·尤里耶维奇对 1812 年事件和作为统帅的拿破仑的极大兴趣"[2]。塔尔哈雷的仆人在俄国本土参加了这次伟大的历史战役，莱蒙托夫从他以及同他一起参战的农民那里，听到过许多在 1812 年战争中俄国人为祖国英勇战斗的故事。

法国人嘉培和俄国人塔尔哈雷的仆人，都帮助莱蒙托夫进一步了解了波罗金诺战役以及战役中的拿破仑，但此时影响他评判拿破仑的却是后者，因为莱蒙托夫是在"卫国战争"这一语境中评判拿破仑的，更何况，他的爱国之心比普通的俄国人更为深沉。"莱蒙托夫只可能直接从俄国人民反对外国侵略者的伟大斗争的参加者那里去获取如此强烈的印象。这些印象发展了他对祖国、对俄国人民的炽热爱情，使他产生了对人民伟力的深刻信念。直至生命的最后一天，在莱蒙托夫身上都沁透着这种爱国主义的情操。"[3]

《波罗金诺战场》[4]表现了面对拿破仑的入侵，俄国人民同仇敌忾、视死如归的精神。诗人动情地写道："我们以身相许为祖国报效，／我们对波罗金诺战役／宣誓尽忠，肝胆相照。"对祖国的爱意味着对入侵者的恨："骑兵扑向敌人的大炮／战士们的手砍杀不动了／血淋淋的尸首堆成了山／挡住炮弹

2　〔俄〕尼科列娃：《决斗的流刑犯：莱蒙托夫传》，刘伦振译，湖南文艺出版社 1993 年，第 18 页。

3　〔俄〕尼科列娃：《决斗的流刑犯：莱蒙托夫传》，刘伦振译，湖南文艺出版社 1993 年，第 18-19 页。

4　〔俄〕莱蒙托夫：《莱蒙托夫全集》第 1 卷，顾蕴璞译，河北教育出版社 1996 年，第 305-309 页。

的轨道。""敌人",这是《波罗金诺战场》中唯一直接描绘"法国"和"拿破仑"形象的词汇,也就是说,诗歌的主要篇幅是在塑造俄罗斯的自我形象:永不屈服、勇敢抗争、向往自由。不过,战争是发生在"自我"和"他者"之间的,具体到波罗金诺战役,"自我"便是俄国和他的统帅"库图佐夫","他者"便是"法国"和他的领袖"拿破仑"。因此对俄国形象的描绘也就映照出法国的形象,对俄国形象的肯定也就表现了对法国形象的否定。在这首诗歌中,那个一直没有"出场"的拿破仑,作为法国形象的一部分,无疑是一个让俄国人民恨之入骨的"敌人",因为正是拜他所赐,美丽无辜的波罗金诺才成为尸骨堆积如山的战场。

《波罗金诺》[5]的主题是对《波罗金诺战场》的延续和发展。这其实是一篇微型叙事诗,主人公是一位参加过波罗金诺战役的俄国老兵,基本情节是——尼古拉一世时代的"我"采访这位老兵,询问他当年参加的波罗金诺战役是否"激烈得不得了",这无疑勾起了老人连绵的思绪,他开始讲述自己那段"激情燃烧的岁月"。老兵告诉"我",当年的俄国人民是如何英勇果敢、奋勇杀敌的。通过老兵所回忆的那段残酷而光荣的昔日时光,诗人塑造出了充满自豪感和牺牲精神的俄国人民形象。与此相应,诗人对俄国人民当时的敌人,即法国和拿破仑充满了鄙夷之情。诗歌不仅称入侵的法国为"敌人",还连用四个"法国佬"来蔑称拿破仑的军队:"咱把烧毁的莫斯科扔掉,/可没把法国佬轻饶?""等晨曦刚刚照亮了大炮,/照亮了林木蓝色的树梢,/法国佬立刻就来到。""法国佬在狂呼乱叫""法国佬穿过弥漫的硝烟,/像片乌云压向我们碉堡。"

写于卫国战争20周年纪念之际的《两个巨人》[6]对拿破仑形象的否定性塑造更近一步:"年老的俄国巨人/头上金冠辉煌,/等候另一个巨人/来自异国他邦。"诗歌中的两个巨人,一个指俄国(包括库图佐夫),另一个指法国(包括拿破仑)。诗歌用"巨人"来称呼俄罗斯,无疑是正面的颂扬;用"巨人"来称呼入侵者法国,显然是反讽了。诗人认为,1812年的俄法之战是两个"巨人"之间的"决一雌雄",不过,"莽撞"的法国难敌"俄罗斯的勇士",很快以惨败而告终,而它的首领——被诗人讥讽为"狂夫"的拿破仑在

5　〔俄〕莱蒙托夫:《莱蒙托夫全集》第2卷,顾蕴璞译,河北教育出版社1996年,
　　第139-144页。
6　〔俄〕莱蒙托夫:《莱蒙托夫全集》第2卷,顾蕴璞译,河北教育出版社1996年,
　　第74-75页。

—273—

短暂的威风后，很快得到了应有的下场："惨叫"并且"摔倒"，然后被流放到遥远的厄尔巴岛。诗人也因此戏称拿破仑为"三星期的勇士"。

在《波罗金诺战场》《两个巨人》和《波罗金诺》中，莱蒙托夫主要通过对俄罗斯形象的直接塑造，实现了对拿破仑形象的间接塑造。对拿破仑的"原则性"否定，证明莱蒙托夫是一位坚定的爱国主义者。对于莱蒙托夫的"爱国"，鲁迅评价颇高："来尔孟多夫亦甚爱国，顾绝异普式庚，不以武力若何，形其伟大。凡所眷爱，乃在乡村大野，及村人之生活；且推其爱而及高加索土人。此土人者，以自由故，力敌俄国者也……"[7]鲁迅的意思是说，莱蒙托夫的爱国和普希金的爱国根本不同，因为他不以武力如何来描写强大的祖国。他所爱恋的，乃是乡村田野，以及乡村中人们的生活，并且推而广之，他也热爱高加索的土著人民，那些土著人民就是为了争取自由而竭力反抗俄国统治的。

鲁迅的话传达出这样的信息：莱蒙托夫的爱国主义是纯粹的、无条件和超功利的，丝毫没有民族主义的迹象，而普希金的爱国主义却很容易滑向狭隘的民族主义。莱蒙托夫和普希金的这点不同，通过他们"波罗金诺题材"诗歌的差异便可窥一斑。在《波罗金诺战场》和《波罗金诺》中，莱蒙托夫对法国人的蔑视以及对俄国人民的歌颂，都是显示被侵略者的力量、鼓舞被侵略者的信心、激发被侵略者的爱国热情的需要。在《皇村回忆》（1814）、《厄尔巴岛上的拿破仑》（1815）和《自由颂》（1817）中，普希金也有这种需要，因此他尽情责骂拿破仑，深情赞美伟大的俄国，甚至俄国的封建帝王们，都无可厚非。但是在《波罗金诺纪念日》（1831）中，普希金却没有这种需要。

1831年，波兰反抗俄国的入侵，西欧各国支持波兰，对于俄国十分憎恶，普希金为了声援俄国，写了《在这神圣的坟墓之前……》《给诽谤俄罗斯的人》和《波罗金诺纪念日》等诗作，借助当年卫国战争的胜利为俄国歌功颂德，为俄国的侵略行为辩解。面对侵略者，普希金有时义愤填膺，因为侵略者是入侵他祖国的法国，有时却竭力辩护，只因侵略者正是他自己的祖国。普希金爱国主义的矛盾性和局限性显而易见。

对于普希金爱国主义的局限性，鲁迅早有洞见和批评："普式庚乃作《俄国之馋谤者》暨《波罗及诺之一周年》二篇，以自明爱国。丹麦评骘家勃阑兑思（G·Brandes）于是有微辞，谓惟武力之侍而狼藉人之自由，虽云爱国，顾

7　鲁迅：《摩罗诗力说》，《鲁迅全集》第1卷，人民文学出版社2005年，第93页。

为兽爱。"[8]赫尔岑也一针见血地指出："应当痛苦地承认，普希金的爱国精神是狭隘的；在伟大的诗人中可以发现不少廷臣，歌德、拉辛等等可证明这一点；普希金既不是廷臣，也不是政府的拥护者，然而国家中的那种暴虐的势力却来奉承他的爱国精神的本能，这就是他所以同情粗野的愿望，要用炮弹来答复反抗的原因。"[9]

莱蒙托夫超越了普希金的局限。他既可以为英勇抵抗侵略者的祖国唱赞歌，只因祖国的自由受到他人的威胁，也可以为高加索人民伸张正义，只因他的祖国正在剥夺高加索人民的自由。可以说，"自由"是莱蒙托夫思想的核心。正是"自由"让他能够超越民族和国家立场，在更广阔的历史语境中审视拿破仑，从而塑造出一个"英雄"的拿破仑形象。

二、可敬的英雄

别斯图热夫在写给尼古拉一世的信中说："拿破仑入侵俄国后，俄国人民才首次感觉到自己的力量、独立的感情，开始是爱国主义的，后来是人民的感情这时才在每个人的心中苏醒。这就是俄罗斯自由意识的开端。"[10]俄国的贵族青年们为了反对拿破仑，将战场从国内延伸到国外。通过千里转战，他们不仅战胜了不可一世的拿破仑，还接触和接受了资产阶级文化，在他们的内心，自我意识迅速地增强："19世纪初期，拿破仑入侵俄国固然是一种侵略行动，但他在客观上却将'法兰西的瘟疫'——法国大革命所张扬的反封建的民主自由思想带入了沉睡的俄罗斯，唤起了俄罗斯民族意识的觉醒。当一批驱赶溃败法军的俄军贵族青年以胜利者的姿态出现在巴黎时，他们却没有产生任何胜利者的自豪感：塞纳河畔的文明程度远远高于伏尔加河流域的发展水平。重返俄罗斯后，周围的一切给这批贵族青年造成的心理反差更大了。种种困惑、怀疑和激愤，终于酿成了1825年12月14日的伟大行动。"[11]当异族入侵的威胁解除后，他们逐渐将目光集中到国内的矛盾，深感自己仍处于沙皇专制和农奴制的束缚之中，于是他们渴望在侵略者的专制下获得解

8 鲁迅：《摩罗诗力说》，《鲁迅全集》第1卷，人民文学出版社2005年，第91页。
9 〔俄〕赫尔岑：《赫尔岑论文学》，辛未艾译，上海译文出版社1989年，第62-63页。
10 苏联科学院历史所列宁格勒分所：《俄国文化史纲——从远古至1917年》，张开等译，商务印书馆1994年，第265页。
11 汪介之：《选择与失落——中俄文学关系的文化观照》，江苏文艺出版社1995年，第45-46页。

放后，继续从沙皇专制和农奴制的压迫下获得自由，正像泽齐娜说的那样：
"从俄国境内赶走拿破仑大军和 1813-1814 年胜利完成国外进军，促进了民
族觉悟的迅速高涨。战争使许多人开始认真思考俄国人民，特别是俄国农民
的命运。"[12]

当批判的焦点转向沙皇专制和农奴制度时，曾经的入侵者拿破仑就成了
"自由"和"民主"的象征，映照出令人厌恶和绝望的俄国现实。莱蒙托夫也
正是从追寻自由的角度，肯定拿破仑的历史价值和现实意义的。在他看来，拿
破仑最终的失败无疑值得惋惜，因此，诗歌《拿破仑》（1829）[13]的中心思想就
是缅怀英雄和歌颂这位失败的英雄。诗人认为，拿破仑不仅是"英雄"——
"这里，朋友，安息着英雄拿破仑！"而且还是"盖世英雄"——"孤独的小
岛，莫非你是 / 盖世英雄纯洁岁月的见证人？"作为"英雄"和"盖世英
雄"，拿破仑自然要得到世人的尊敬和崇拜："几乎全世界的人都欢呼他。"

1830 年，莱蒙托夫又创作了一首《拿破仑》[14]。诗歌首次描绘了拿破仑的
外貌："这高高的前额，锐利的双眼，/ 这两臂，交叉如十字架模样。"诗歌
借助浪漫主义笔法，想象出拿破仑的灵魂在朝思暮想着故国法兰西："这位不
可知的幽灵望着东方，/ 在那里新的一日露出晨光；/ 那里有法兰西！……那
是它的祖国"。诗歌还描绘了拿破仑的阴灵在圣赫勒拿岛孤独地徘徊："一个
忧伤的幽灵站在岩石间。"可以说，一个热爱法国、孤独寂寞、让人怜悯和惋
惜的拿破仑形象跃然纸上。

《拿破仑的墓志铭》[15]对拿破仑的一生做了总结性评价。诗歌认为，拿破
仑也许会受到这样或那样的争议，但无疑是"命运的伟丈夫"，是一个伟大谁
也改变不了的人："谁也不会谴责你的阴魂，/ 命运的伟丈夫！你带领人们如
命运压顶；/ 懂得高抬你的人才能把你推倒；/ 但伟大却是谁也改变不了。"

鲁迅认为："来尔孟多夫之于拿坡仑，亦稍与裴伦异趣。裴伦初尝责拿坡
仑对于革命思想之谬，及既败，乃有愤于野犬之食死狮而崇之。来尔孟多夫则

12　〔俄〕M·P.泽齐娜等：《俄罗斯文化史》，刘文飞、苏玲译，上海译文出版社 1999
　　年，第 265 页。

13　〔俄〕莱蒙托夫：《莱蒙托夫全集》第 1 卷，顾蕴璞译，河北教育出版社 1996 年，
　　第 60-63 页。

14　〔俄〕莱蒙托夫：《莱蒙托夫全集》第 1 卷，顾蕴璞译，河北教育出版社 1996 年，
　　第 151-152 页。

15　〔俄〕莱蒙托夫：《莱蒙托夫全集》第 1 卷，顾蕴璞译，河北教育出版社 1996 年，
　　第 154 页。

专责法人，谓自陷其雄士。"[16]意思是说，莱蒙托夫对于拿破仑的态度和拜伦稍有不同，拜伦起初曾谴责拿破仑对于革命思想的错误态度，等拿破仑失败后，他因为痛恨那些像野狗争死狮一样的人们，转而崇拜拿破仑，莱蒙托夫则自始至终谴责那些法国人，说他们毁灭了自己的英雄。莱蒙托夫因为爱戴拿破仑而谴责这些法国人主要是通过《圣赫勒拿岛》《飞船》和《最后的新居》体现出来的。

《圣赫勒拿岛》[17]旗帜鲜明地指出，复辟的七月王朝让法国沦落为一个"罪恶的国家"，这是对拿破仑宝贵遗产的挥霍和破坏，因此，拿破仑的光荣岁月更值得怀念和尊敬。诗歌对拿破仑的整体评判更是荡气回肠："他死后和生前一样无祖先和儿孙，／虽然被击败了，仍不失为英雄：／他生来就是飘忽命运的玩物，／像阵风暴打从我们眼前驰骋；／人世对他很陌生，他的一切都是谜，／他兴旺的日子，就是没落的时辰！"

1840 年，莱蒙托夫听闻法国政府准备把拿破仑的骨灰从圣赫勒拿岛运回巴黎，他为此感到十分不安。诗人认为，拿破仑保护和继承了法国的资产阶级革命事业，在他失败后，法国统治者践踏了法国大革命的成果，因此，他们现在把拿破仑的骨灰运回巴黎，是对拿破仑莫大的差辱。为表达这一愤慨，莱蒙托夫创作了诗歌《飞船》[18]。诗中写到，苏醒过来的拿破仑乘坐一条孤孤单单的海船"驶往故国法兰西"，当他遥遥望见法国国土时，"他的心便又突突跳起，／眼里燃起激情的烈火"。可是，当他登上海岸后，才发现，昨日的荣光已不复存在，自己只是个孑然一身的孤家寡人。梦醒的拿破仑只能气得不住顿足捶胸，顺着悄然无声的海岸，一刻不停地走来走去，然后呼唤着已经逝去的儿子，可是皇太子已经凋残，于是，他只能久久地等他到来，独自呆立，孤孤单单。

结尾处的诗句更是描绘出一个壮志未酬身先死、被法国遗忘和抛弃、灵魂想回归故国却无法如愿的拿破仑形象："他伫立着长吁短叹，／直到东天露出了霞光，／眼里涌出痛苦的泪水，／一滴滴落到寒沙之上。"诗歌认为，现在的法国已不再属于拿破仑，法国已经背叛了拿破仑的精神遗产，倒退为一个由

---

16 鲁迅：《摩罗诗力说》，《鲁迅全集》第 1 卷，人民文学出版社 2005 年，第 93 页。

17 〔俄〕莱蒙托夫：《莱蒙托夫全集》第 1 卷，顾蕴璞译，河北教育出版社 1996 年，第 402-403 页。

18 〔俄〕莱蒙托夫：《莱蒙托夫全集》第 2 卷，顾蕴璞译，河北教育出版社 1996 年，第 242-246 页。

封建专制主宰的"罪恶的国家",所以拿破仑的灵魂不仅无法回来,也不应该回来,目前而言,那个孤独的海岛才是这位"大海之子"最好的归宿。

可是法国政府和莱蒙托夫想得并不一样。1840 年 12 月 15 日,他们把拿破仑的尸骸由圣赫勒拿岛运回了巴黎。法国的媒体为这件事推波助澜,大肆鼓吹。莱蒙托夫却在《最后的新居》[19]中表达了谴责和嘲讽。诗人觉得,法国人这样折腾拿破仑完全是虚情假意的表演:"我抑制不住自己的愤慨和感触,/恍悟这类庄严欢快的关怀的虚情,/情不自禁地想对这伟大的人民说:/你们是可怜而无聊的人们!"诗歌认为,正是在拿破仑的庇佑下,法国才走向强盛,获得了荣光。可是,法国人却恩将仇报,出卖了拿破仑,出卖了他们过去的信仰,"而当他在异国的田野即将高傲地死去,/请问你们此时在干什么勾当?"诗歌还写到,在很长一段时间中,法国人根本就背叛和遗忘了拿破仑,可当觉得拿破仑具有利用价值时,又恬不知耻地打起他遗骸的主意,让他的灵魂不得安宁。法国人践踏着拿破仑的亡魂,却还带着自得的笑容,诗人为此痛心疾首。诗人相信,拿破仑如果有在天之灵,也会为自己的遭遇感到"愤愤不平":"他在悲哀折磨之余将深情怀想起/遥远异国天穹下那个暑热的孤岛来!/在那里,守卫他的是和他一样/伟大而不可战胜的大海!"

从爱国的视角出发,莱蒙托夫认为拿破仑是民族自由的践踏者,所以用"敌人""法国佬""狂夫"和"三星期的勇士"等鄙视性词汇塑造他的形象。从自由的立场出发,莱蒙托夫认为拿破仑是自由的捍卫者和传播者,所以用"命运的伟丈夫""伟大却是谁也改变不了""虽然被击败了,仍不失为英雄"等语言描绘他的形象。揭示莱蒙托夫的这一矛盾,让我们更加相信,莱蒙托夫既是坚定的爱国者,又是追寻自由的斗士,而在他心目中,"自由"又在"爱国"之上。这似乎是一种矛盾,但其实又是和谐统一的。

莱蒙托夫对祖国俄罗斯的爱是纯粹的:"在莱蒙托夫的作品里,我们特别珍视的是他对美好未来的刚毅信心,对祖国各族人民和大自然的无比热爱,对人们应当生活在和平与相互尊敬之中的坚定信念。"[20]对莱蒙托夫而言,爱自己的祖国,意味着热切希望从她身上看到人类美好理想的实现,并且尽自己的

---

19 〔俄〕莱蒙托夫:《莱蒙托夫全集》第 2 卷,顾蕴璞译,河北教育出版社 1996 年,第 294-297 页。

20 〔苏〕维·马努伊洛夫:《莱蒙托夫传》,刘伦振译,天津人民出版社 1991 年,第 12 页。

力量去促成这一点。而在莱蒙托夫的心灵深处,自由更是人类美好理想最核心的体现。莱蒙托夫对自由的爱是炽热的,"他就像自己那诺夫哥罗德的英雄一样,是'自由的最后一个儿子'","在珍视自身自由的同时,他还总会在主人公们身上寻找自由"[21]。

遗憾的是,在自己深爱的祖国俄罗斯,毕生寻求自由的莱蒙托夫却看不到他渴望看到的自由。"人民在俄国昔日的伟大历史中扮演着英雄的角色,可现在却过着悲惨的奴隶生活,两者之间这种可怕的不协调,不能不使这个深思熟虑的孩子感到震惊。"[22]天性热爱自由的莱蒙托夫,自然不想也不能接受摧残人类、压榨人民、阻碍祖国进一步发展的一切。而祖国自由缺失的现实情况,反过来也强化了莱蒙托夫对农奴制度下被压迫的农民终生不渝的同情,以及对人类个性自由更加急切和热切的企盼。

当饱含泪水,炽热地爱恋着祖国的时候,莱蒙托夫对自由的向往比任何时候都要强烈,因为他深爱的祖国正缺乏珍贵的自由;当饱含深情,热切地追寻着自由的时候,莱蒙托夫对祖国的爱恋比任何时候都要浓烈,因为他深爱的自由正远离自己的祖国。他爱的是拥有自由的祖国,他爱的是没有遗落他的祖国的自由。因此,可以明确地说,在莱蒙托夫身上,交织着对自由的强烈之爱和同样有力的对祖国的深情之爱。这种交织,很自然地影响到他对拿破仑形象截然不同的塑造上。而莱蒙托夫笔下截然不同的拿破仑形象,也从一个角度印证了热爱祖国与追求自由在他身上的交织。

原载《廊坊师范学院学报》,2020 年第 1 期

21　〔俄〕邦达连科:《天才的陨落——莱蒙托夫传》,王立业译,新星出版社 2016 年,第 467-468 页。

22　〔俄〕尼科列娃:《决斗的流刑犯:莱蒙托夫传》,刘伦振译,湖南文艺出版社 1993年,第 20 页。